KB123651

서북공정

국립중앙도서관 출판예정도서목록(CIP)

서북공정 / 지은이: 방대진. -- 서울 : 황금소나무, 2017
    p. ;   cm

ISBN 978-89-97508-42-6 03810 : ₩15000

한국 현대 소설[韓國現代小說]

813.7-KDC6
895.735-DDC23   CIP2017015277

서북공정

2017년 7월 13일 1판 1쇄 인쇄
2017년 7월 20일 1판 1쇄 발행

지은이_방대진
펴낸이_정영석 ㅣ 펴낸곳_황금소나무
주 소_서울시 동작구 양녕로25길 27, 403호
전 화_02-6414-5995 / 팩 스_02-6280-9390
출판등록_제25100-2016-000064호
홈페이지_http://www.mindbooks.co.kr
ⓒ 방대진, 2017

ISBN 978-89-97508-42-6 03810

서북공정

방대진 장편 역사소설

황금소나무

시대의 변혁기에 섰습니다. 각자가 할 일을 하면서도 공동체의 앞길을 함께 모색해야 하는 때이지요. 생각해야 할 몇 가지 중요한 것 중에는 지도자의 선택이라는 사항이 포함됩니다. 그 선택의 첫 번째 덕목을 저는 사랑이라고 생각합니다. 사랑의 반대어는 없다고 하지요. 미움이나 증오는 사랑의 반대가 될 수 없습니다. 미움이나 증오가 생기는 사랑은 집착이나 정복욕의 다른 이름입니다. 자기 자신을 사랑하는 만큼 타인을 사랑할 수 있는 사람. 그 사람이 진정한 지도자가 될 최고의 자질을 가졌다고 생각합니다.

이 소설은 이 시대를 다룬 글은 아닙니다. 그런데 이 글에 나오는 각 인물이 고민하고 행동하는 것들에는 오늘날 보아도 어렵지 않게 이해되는 것들을 발견할 수 있을 것입니다. 지금은 '국민'을 위한 정의, 평화, 소통 등등이 중요하지만 당시에는 굶주린 '백성'을 배불리 먹이고 외적의 침입으로부터 보호하는 것이 과제였지요. 그러나 방법의 형태는 다르지만 그 저변에 흐르는 정신은 같습니다. 그것은 바로 '사랑'이라는 것이겠지요.

나름 잘 써 보려고 애를 썼지만 독자분들은 읽고서 어떻게 생각하실지, 만족스러워하실지 자못 궁금하고 두렵기마저 합니다. 하지만 역사는 항상 저라는 개구쟁이에게 물놀이를 할 수 있는 넉넉한 장소를 제공해 주는 고마운 강물입니다. 이 글이 이 세상에 나올 수 있도록 도움주신 모든 분에게 감사드립니다.

2017년 5월
부산에서 방대진

1. 사건의 발단

1658년 12월

몹시도 매서운 날씨다. 창밖을 지나가는 동지섣달의 바람이 그대로 실내로 쳐들어올 듯하다.

"참판 영감. 한 잔 더 받으시지요."

김후명(金厚明)은 술병을 들어 앞에 앉은 사람에게 술을 권했다. 사십 대 후반으로 보이는 단아한 인상의 선비가 잔을 들어 내밀었다.

"이거, 오늘 내 주량을 넘기는 것 같소이다. 허허."

그는 다소 민망한 얼굴로 잔을 받았다.

"전하께서 참판 영감께 성심을 서술하신 비망록을 내리시니 이는 진정 홍복이 아닐 수 없습니다."

김후명과 마주 앉아 있는 이조참판 정성식(鄭性植)의 얼굴에 만족스러운 미소가 번졌다. 그러나 잠시 동안 지었던 미소를 거둔 후 그의 표정이 다소 어두워졌다.

"왜 그러십니까? 무슨 근심이라도?"

그의 표정을 읽은 김후명이 묻자 정성식은 잠시 주저하는 듯했다. 김후명이 짐짓 대수롭지 않다는 표정을 하자 비로소 긴장이 풀린 듯 정성식의 입술이 열렸다.

"실은… 우리의 계획이 너무 빠르게 진행되는 것 같기도 해서."

김후명의 표정에 순간 변화가 있었지만 일순간일 뿐 다시 평정을 되찾았다.

"하루 이틀 준비한 것도 아닌데 빠르다니요. 오히려 늦었지요."

김후명이 다시금 아무렇지도 않은 듯 대답하자 정성식이 작심한 듯 굳은 어조로 말했다.

"요 몇 년간 계속 흉년이었지요. 백성들의 삶이 많이 피폐합니다. 그런데 결국 백성들의 힘으로 이루어 낼 대사를 너무 강하고 빠르게 밀어붙이면 그들의 고초가 클 것입니다."

"그래서 어떻다는 거지요?"

평정을 되찾았던 김후명의 표정이 눈에 띄게 굳어졌다.

"내 말은 대사를 그만둔다거나 하는 것이 아니라 그 속도에 조금 완급을 조절하는 것이 어떠하냐는 거지요."

정성식은 작심하고 이 자리에 온 듯했다.

"영감! 주변에 무슨 일이라도 있습니까? 갑자기 그런 말을 하시니 황망합니다."

"갑자기가 아니요! 이 말을 할 기회를 벼르고 있었소! 비록 전하께 직접 상주드리지는 못했지만."

김후명이 정성식을 바라보던 얼굴을 갑자기 홱 돌리더니 방문 쪽을 봤다. 정성식은 그런 김후명의 불손한 태도에도 아랑곳하지 않았다. 잠시 몹시 어색한 침묵이 방 안을 짓눌렀다.

"그러면 영감의 생각은 어떻습니까?"

김후명이 잠시 전과는 달리 다소 누그러진 어조로 물어 왔다. 정성식은 기다렸다는 듯 말했다.

"올해 내년만은 넘기고 진행하자는 거지요. 올해는 풍년까지는 아니지만 다소 회복의 기미도 보이고 하니까. 올해와 내년을 거쳐 백성들의 삶이 조금 안정된 다음에 진행하는 것이 옳다고 봅니다."

정성식의 말을 듣고 잠시 생각에 잠기던 김후명이 고개를 크게 끄덕였다. 그러더니 다시 아까 전과 같은 어조로 말했다.

"영감의 말씀 잘 알겠습니다. 그렇지요. 무엇보다도 백성들이 소중하지요."

정성식은 김후명이 비로소 자신의 뜻에 동조하자 자못 밝은 얼굴이 되었다.

＊

같은 시각, 한양의 어느 사대부 집. 주인이 거처하는 사랑방에 두 사람이 마주 앉아 있다. 방문을 정면으로 마주한 곳의 보료 위에 앉아 있는 사람, 그가 이 집의 주인으로 보인다. 무슨 대화의 끝인 듯 두 사람은 침묵을 지키고 있다. 그러더니 예의 주인인 듯 보이는 사람이 진중한 어조로 말을 꺼냈다.

"결국 전하께서 그리하시고 말았습니다그려."

그의 정면에 앉아 있던 사람이 고개를 살짝 끄덕이며 말을 되받았다.

"여태껏 보여 주셨던 침묵이 무얼 의미하는지 비답을 내리신 게지."

"좌찬성께서도 그리 생각하시지요? 이리되면 조정의 분란을 막을 길이 없어지고 마는데."

주인으로 짐작되는 사람이 한숨을 내쉬었다. 병조참판 이형상(李馨祥). 현 조정을 장악한 산림정권의 실세다. 송시열, 송준길을 영수로 한 산림정권이지만 그가 산림정권 내에서 차지하는 위치는 그 두 사람보다 우월하면 우월했지 못한 것이 없었다. 아니 본질적으로 학자인 그들보다 정치 현실에서는 그의 권세가 더 높다는 소문이 있었다. 방 안을 짓누르던 침묵을 깨고 그가 다시 입을 열었다.

"이조참판이 그들의 우두머리라고 했지요?"

"그리 알고 있네."

좌찬성 김병욱이 대답했다. 그도 산림정권의 일원이며, 벼슬은 이형상보다 위에 있었지만 실질적 권력은 이형상에게 미치지 못했다.

"어찌할 작정인가? 참판."

이형상의 눈에 오랜 세월 묵혀 온 속 깊은 분노가 타오르고 있었다.

"비록 전하의 소중한 인재이긴 하나 그 무모한 짓을 실행에 옮기도록 내버려 둘 수는 없겠지요."

어떤 결심을 굳힌 듯 단호한 어조의 목소리가 울려 나왔다.

"그러면?"

"좌랑을 부르도록 하지요. 이미 조치를 취해 놓았습니다."

김병욱이 눈을 크게 뜨고 이형상을 바라보았다.

"이번 기회에 그들이 다시 일어설 수 없도록 끝을 보아야 할 것 같습니다."

이형상은 마치 '그들'이 눈앞에 있기라도 한 듯 결연한 어조로 말했다. 김병욱도 고개를 크게 끄덕였다.

*

정이로(鄭異路)는 희미하게 실눈을 떴다. 장지문 밖에서는 한겨울의 밤공기를 빗자루로 쓸듯 몰아가는 겨울바람 소리가 휘잉 하고 귓가에 들려왔다. 그러나 코를 베어 갈 것 같은 바깥의 추위와는 달리 이곳

방 안은 훈훈하기 그지없었다. 초저녁부터 아궁이에 불을 있는 대로 지폈다. 방바닥이 발을 델 것처럼 뜨거워지자 그 위에 면으로 된 이불을 서너 층으로 깔았다. 이로는 등짝을 바닥에 다시 비볐다.

'공중으로 뜨고 싶다.'

그렇게 생각하자 몸이 허공중으로 둥실 떠올랐다. 어느새 이로는 천장에 닿을 정도로 높이 올라갔다. 아래를 내려다보았다. 이로 자신의 모습이 보였다.

'과연 강하군. 이 정도라니!'

대륙의 것은 역시 강했다. 조선의 것처럼 미지근한 것이 아니라 마치 이승에서의 족적을 송두리째 지워버릴 것처럼 의식을 뒤흔들었다.

"!?"

공중에 떠올랐던 몸이 아래로 서서히 내려가는 것이 느껴졌다. 떨어지는 속도가 서서히 빨라졌다. 분명히 내가 누워 있던 방의 천장을 향해 떠올랐을 뿐인데 너무 많은 거리를 추락하는 듯했다. 이로는 아래를 보았다. 어느새 방바닥은 사라지고 방바닥이 있던 곳에는 언제 생겼는지 그 깊이를 알 수 없는 검은 아가리가 입을 벌리고 있었다. 이로는 소스라치게 놀랐다. 의식을 수습해야 했다. 허나 떨어지는 속도는 점점 더 빨라져서 바람소리가 쉬잇쉬잇 하며 귓가를 스쳐갔다. 눈을 질끈 감았다.

'제기랄, 이대로 죽는 건가. 좋아. 까짓 거 죽어버리지 뭐.'

"나리! 나리!"

어깨를 강하게 흔드는 우악스러운 손아귀가 느껴지자 이로는 얼른 의식을 수습했다. 천필주(千必株)의 커다란 얼굴이 그를 내려다보고 있었다.

"어, 어디 갔느냐?"

이로는 몸을 일으키자마자 필주에게 물었다.

"뭐 말입니까?"

"방바닥에… 검은 구멍이……."

필주는 잠시 어리둥절해하더니 곧 넓적한 얼굴을 무너뜨리며 웃었다.

"나리! 양이 너무 과하셨나 봐요!"

이로는 필주의 웃는 얼굴을 픽 소리가 나도록 손으로 밀치며 방을 뛰쳐나갔다. 온몸이 땀에 젖어 흥건했다. 신선한 공기가 마시고 싶었다. 이로는 길가에서 조금 떨어진 골목길 안의 방을 뛰쳐나와 길가로 나갔다. 술시(戌時)쯤 된 것 같았다. 지나다니는 사람들이 하나둘 집으로 돌아가고 있었다.

이로가 크게 심호흡을 몇 번 했을 때 길 저쪽에서 누군가 나귀를 탄 채 하인배 서넛을 거느리고 오고 있었다. 나귀에 탄 사람의 얼굴을 본 순간 이로는 소스라치게 놀라 얼른 길옆으로 숨었다. 아버지였다. 아버지가 하인배 서넛을 거느리고 오고 있었다. 하인배들의 등에 짐바리가 있는 걸로 보아 어느 사대부집엔가 들렀다 오시는 길인 듯했다. 다행히 아버지는 이로의 존재를 눈치 채지 못했는지 앞만 보고 가 버렸다. 이로는 아버지 일행의 뒷모습이 완전히 시야에서 사라지자 비로소 안도의 한숨을 내쉬었다.

"참판 영감이시군요."

곁에서 나지막하게 속삭이는 소리. 이영복(李永福)이었다.

"이 시간에 어디를 가시는 것일까요?"

순간 딱 하는 소리가 나며 이영복의 두 눈에 별이 번쩍했다. 동시에 이영복은 뒤통수를 움켜쥐었다.

"이놈아 놀랐잖아! 그리고 네놈이 그런 것은 알아서 뭐 하느냐?"

투덜거리는 이영복에게 이로는 장난스럽게 미소 지었다.

"그만 들어가자. 시간이 너무 지났다."

이로는 이영복을 데리고 골목길 안으로 돌아갔다. 잠시 의아한 생각이 들었다.

'퇴청하시면 바깥나들이를 거의 하시는 분이 아닌데. 지금처럼 저녁 시간에는 더더욱.'

고개를 갸웃거리다가 이로는 곧 평정을 되찾았다. 아버님이야 당상관이시고 워낙 공사다망하시니까. 무엇보다도 아버지의 일은 이로의 두 형과는 달리 자신과는 상관없었다.

*

이로는 발뒤꿈치가 거의 땅에 닿지 않게 밤길을 걸었다. 해시(亥時)가 거의 끝나갈 무렵이다. 한겨울 밤의 한기가 목깃을 파고들었다. 야심한 시각이라 길에는 인적이 거의 없었다. 그럼에도 이로는 이따금 뒤를 돌아보며 자신의 뒤로 누군가 쫓아오지 않는지 확인하곤 했다. 그렇게 이로가 자신의 집에 거의 다 와 갈 무렵이었다. 먼 저쪽 대로에서부터 사위를 온통 환하게 밝히는 불빛이 보였다. 곧이어 말을 탄 관원 차림의 사내들이 이로의 앞쪽을 빠르게 스쳐갔다. 그 뒤를 이어 우르르 몰려가는 나졸들. 어딘가에 큰 사건이 발생한 듯했다. 이곳 한양에서는 이런 일들이 이따금 벌어지곤 했다.

'또 누군가 죄지은 사람을 잡아들이나 보군.'

이로는 잠시 멍하니 그들이 남기고 간 술렁거림의 뒤통수를 쳐다보다가 집으로 발길을 향했다.

"!?"

이로는 자신의 눈을 의심했다. 여기저기 번쩍이는 횃불들. 바삐 오가는 건장한 체구의 나졸들. 아까 바쁘게 달려갔던 관원들이 타고 갔던 말들과 나졸들이 자신의 집 대문 앞에서 웅성거리고 있지 않은가! 직감적으로 뭔가 일이 잘못됐음을 깨달은 이로가 황급히 대문을 열고 집으로 들어섰다.

대문을 열자 한 무리의 사내들이 뒤섞여 집 안에서 걸어 나오고 있었다. 그들 무리의 제일 앞줄에 서서 떠밀리듯이 걸어 나오고 있는 사람. 그는 자신의 아버지인 이조참판 정성식이 아닌가! 이로는 곧바로 아버지 옆에 선 관원을 쳐다보았다. 낯선 얼굴이 아니다. 이로가 그를 향해 소리쳤다.

"이게 무슨 짓이오! 이분이 누구신데 이런 짓을!"

이로의 말이 채 끝나기도 전에 그 관원의 입에서 불호령이 떨어졌다.

"역적의 자식이다. 포박하라!"

말이 끝나기가 무섭게 우악스러운 손들이 이로의 양팔을 잡아 꺾어 올린 뒤 오라를 지웠다. 이로는 뭐라 외마디 비명을 지르고는 곧 입을 다물었다. 소리를 지르고 반항한다고 해결될 문제가 아닌 듯싶었다. 그런 이로의 옆으로 푹 하고 한숨 비슷한 것을 내쉬며 첫째 형 기로(基路)가 들어섰다. 형의 얼굴을 보자 이로는 새삼 자신이 처한 사태가 피부로 느껴졌다. 둘째 형은? 여동생은? 이로의 머릿속이 온통 뒤죽박죽이 되었다.

*

아침이 밝아왔다. 겨울 아침 같지 않은 온화한 기후였다. 국청(鞫廳)이 설치된 인정문 앞. 정면 3칸, 측면 2칸의 팔작지붕 아래 원기둥이 세워져 있었다. 기둥 상부에는 안초공(按草工)이 있었다. 내3출목·외2출목으로 3제공이 중첩된 공포(栱包). 구름 모양으로 깎인 도리받침 부재에는 까치로 보이는 새가 한 마리 앉아 정전 앞을 내려다보고 있었다.

넓은 뜰의 앞쪽에는 포승에 묶인 채 죄인들이 앉혀져 있었다. 당상관 차림의 한 사람이 형틀에 묶여 결박당한 채 줄지어 앉아 있는 이로의 아버지 정성식 이하 여러 사람들을 노려보며 서 있었다. 이로는 그 의 기양양한 모습에 왈칵 역겨움이 솟아올랐다. 오늘은 저 괴물이 또 얼마나 많은 사람을 올가미에 얽어맬 것인가.

"죄인들은 들어라!"

그 호령 소리에 고개를 숙인 채 앉아 있던 정성식이 고개를 들어 그를 똑바로 쏘아봤다.

"제조. 따사로운 아침이오."

정성식이 마치 궐내에서 그를 만났을 때처럼 침착하고 차분한 어조로 그에게 인사를 건넸다. 그러한 그의 태도는 그가 이 음모에 대해 조금치의 관련도 없음을 말이 아닌 행동으로 표현하려는 것처럼 보였다.

형조판서 의금부제조(義禁府提調) 김광일(金光日). 바로 어제까지만 해도 대궐 안에서 정성식과 공손하게 인사를 주고받던 그가 오늘은 정성식 등을 추국하는 신분으로 변신했다. 정성식의 뼈 있는 응답을 듣는 둥 마는 둥 김광일은 잠시 정성식 이하 여러 죄인들을 다시 한 번 휘둘러 보았다. 그가 손짓하자 의금부 관리 한 사람이 그에게 문서를 들어 바쳤다. 김광일은 그것을 들고 힘찬 어조로 읽기 시작했다.

"이조참판 정성식, 개성유수 김용하, 경기도 관찰사 이시하 등은 불측한 음모로써 모의하여 흉계를 도모하였다……."

문서에는 지난날 김자점의 옥사 때 역모의 수괴로 추대된 바 있는 숭선군의 이름도 나왔다. 정성식 이하 여러 사람이 숭선군을 임금으로 옹립하려고 개성부와 경기도 휘하 병영의 군사들을 빼돌려 반란을 도모했다는 것이었다.

"으하하하!"

김광일이 문서를 다 읽기도 전에 죄인들 중 누군가가 큰 소리로 너털웃음을 터뜨렸다. 너털웃음의 장본인은 이로의 아버지 정성식이었다.

"감히 불경하게 종사(宗社)의 일을 비웃는가?"

김광일이 눈을 부릅뜨고 정성식을 꾸짖었다. 정성식은 웃음을 뚝 하고 그치더니 정색을 하고 부르짖었다.

"제조 대감. 우리가 어젯밤 만나 거사 일을 논했다고 분명히 말씀하셨는데, 맞소?"

정성식은 자신의 주위에 앉아 있는 '역모'의 동조자들을 둘러보며 말했다. 김광일은 지체 없이 대답했다.

"그렇다. 의금부에 고변이 들어왔느니라. 그리고 너희 역도들이 어젯밤 만나 밀계를 꾸몄다는 사실을 증거할 증인이 있다."

"그게 누구요?"

정성식의 옆에 말없이 앉아 있던 개성유수가 뛰쳐나오듯이 말했다.

김광일이 한 곳을 바라보았다. 참상관 관복을 입은 사내 하나가 어깨를 웅크린 채 문 안으로 주춤주춤 들어섰다. 그는 호조좌랑 김익선(金翊善)이었다. 그를 보자 정성식의 눈이 한껏 커졌다. 정성식이 뚫어지게 김익선을 노려봤다. 가슴속 깊은 곳으로부터 낮게 울려져 나오는 목소리로 정성식이 중얼거렸다.

"우리가 저들의 올가미에 걸렸구나!"

정성식의 중얼거림이 끝나기가 무섭게 김광일의 호통 소리가 뒤를 이었다.

"모두 입을 다물어라! 역도들이 무슨 말들이 그리 많은가?"

"전하를… 주상 전하를 알현케 해 주시오!"

정성식이 비명을 지르듯 외쳤다.

"시끄럽다! 감히 천인공노할 역모를 꾸민 주제에 성상을 운위하는가? 뭣들 하느냐? 이놈들이 쉽게 자복(自服)할 것 같지 않구나. 놈들이 죄상을 실토할 때까지 엄한 형신(刑訊)을 가하라!"

곧이어 죄인들에게 엄한 고문이 가해졌다. 내지르는 장(杖)살에 피와 살이 튀고 양다리를 꺾어 올리는 주리질에 짐승의 표효 같은 비명이 죄인들의 입에서 흘러내렸다.

'주상은, 주상은 어디에 계신 것일까?'

정성식은 비명을 지르면서도 주상의 옥체가 미령(靡寧)한 것이 걱정이었다. 역적모의라면 응당 주상의 친국이 행해져야 할 터인데 자신이 나서지 않고 의금부제조를 내세웠다는 사실이 정성식에겐 못내 불안하게만 느껴졌다.

"잠깐만! 잠시만 형신을 멈춰 주시오! 할 말이 있소!"

죄인들 중 누군가가 고통 때문에 이를 악문 채 쥐어짜듯 외쳤다. 정성식은 본능적으로 그쪽을 바라보았다. 지금이 중요한 순간이었다. 고문에 못 이겨 없는 죄를 자복이라도 하는 날이면 곧바로 저들이 쳐 놓은 덫에 걸려들게 된다. 고함이 들린 쪽을 바라본 정성식의 두 눈이 커졌다. 고함을 지른 사람이 자신의 아들인 이로였기 때문이다.

"오! 너는 정성식의 아들이로구나! 그래! 무슨 할 말이 있느냐?"

김광일은 반색을 하며 이로의 말에 응답했다.

"네 이놈! 이로야! 도대체 무슨 말을 하겠다는 것이냐?"

정성식은 아들을 향해 소리쳤다. 일찍이 과거에 급제하여 미관(微官)이나마 조정에 출사하던 위의 두 아들과는 달리 도무지 과거 공부나 학문 따위에는 무관심한 막내아들이었다. 게다가 하는 행실도 한심하기 짝이 없어 밤낮으로 주색에 탐닉하고 시정의 왈패들과도 어울린다는 소문을 들었을 때 정성식은 가문에 없는 자식이거니 여겼다. 그렇게 파락호처럼 지내던 아들이었다. 그놈이 이 중요한 순간에 의금부제조에게 할 말이 있다고 하니 그에게서 무슨 말이 흘러나올지 정성식으로서는 도무지 짐작할 수 없었다.

"저자의 입을 막아라!"

김광일이 정성식을 가리키며 형리들에게 명령했다. 곧 정성식의 입에는 재갈이 물려졌다. 정성식은 두 눈만 크게 뜬 채 시근덕거렸다. 이로를 바라보는 김광일의 표정이 몹시 부드러워졌다.

"그래. 무슨 말이냐? 네가 말하기에 따라서는 네 아비와 형제들의 죄상이 더는 커지지 않을 수도 있을 터이니 바른대로만 말하거라."

김광일은 더는 부드러워질 수 없을 정도로 목소리를 부드럽게 해서 이로를 달랬다. 이로는 자신의 옆에 묶여 있는 두 형을 바라봤다. 그들 역시 아버지의 표정과 크게 차이가 없었다.

"제가 어젯밤 아버님께서 저 사람들과 같이 있지 않았다는 사실을 증언할 수 있습니다!"

이로가 개성유수 이하 맨 앞줄에 앉은 죄인들을 턱짓으로 가리키며 말했다. 김광일의 안색에 순간적으로 실망스러운 기색이 스쳐 갔다. 그러나 김광일은 곧 안정을 되찾으며 천천히 말했다.

"그래? 어떻게 증명할 수 있느냐?"

"……"

이로는 순간적으로 침묵을 지켰다.

"어서 빨리 말하지 못할까? 네놈이 만약 허언을 한다면 네놈에게는 국청을 업수이 여긴 죄까지 추가하게 될 것이다!"

김광일이 호통치자 이로는 결심한 듯 입술을 굳게 깨물더니 천천히 입을 뗐다.

"아까 저분께서 말씀하시기를 어젯밤의 모임이 신시에서 술시까지 개성유수 영감의 사저에서 있었다고 하셨습니다만……"

이로는 역모의 고변을 했다는 증인인 김익선을 보며 말했다. 이로의 말을 들은 김광일이 김익선을 바라보았다. 김익선은 무표정한 얼굴로 이로의 입만 바라보고 있었다.

"그렇다. 그렇게 말했었다. 그런데?"

"그 시간에 제가 저잣거리에서 아버님께서 다니시는 것을 보았습니다."

정성식이 의아한 듯 이로를 바라봤다. 자신은 어젯밤에 이로를 본 적이 없었다. 그런데 아들은 자신을 보았다는 말인가?

"어디에서 보았느냐?"

"숭례문 근처입니다."

김광일이 잠시 눈살을 찌푸렸다. 개성유수의 집은 숭례문에서 반 시진은 가야 하는 거리에 있었다.

"그것을 증언해 줄 증인은 있느냐?"

"네. 있습니다!"

이로가 말끝에 힘을 주어 말했다. 여기까지 말한 김광일은 잠시 말을 멈추고 생각에 잠겼다. 그리고 이로를 응시하면서 물었다.

"너는 그때 뭘 하고 있었느냐?"

갑자기 질문이 자신에게로 향하자 이로는 조금 당황스러웠다.

"저, 저는… 그때……."

이로가 선뜻 말을 하지 못하자 김광일은 눈빛을 빛내며 캐물었다.

"어서 이실직고하렸다!"

"……."

갑자기 국청의 모든 주의가 이로에게로 집중되고 곧 이로에게만 형신이 가해졌다.

"어서 말하라! 너는 그때 어디에서 뭘 하고 있었느냐?"

잠시 후 고문에 지친 이로의 입에서 힘없이 말이 흘러나왔다.

"저, 저는 그때 친구들과 같이 있었습니다."

"친구들? 그 친구들이 누구냐?"

"천필주, 이영복, 구개하 등입니다."

"그래? 그놈들은 뭘 하는 놈들이냐?"

"그냥… 장사치들입니다."

김광일이 미간을 좁히며 말했다.

"장사치? 양반 집의 자제가 천한 장사치 놈들과 어울린단 말이냐? 어쨌든 좋다. 여봐라!"

김광일은 즉시 형리들에게 명하여 이로의 친구들이라고 지목된 자들을 잡아들이도록 명했다.

*

천필주는 육의전을 향해 거리를 걸어가고 있었다. 지전(紙廛)에 들러 이로가 말한 종이를 사야 했다. 오늘따라 겨울답지 않게 날씨도 따뜻하고 화창하여 천필주는 기분이 좋았다. 콧노래가 절로 흘러 나왔다.

"!"

콧노래를 부르며 거리를 걷던 천필주는 순간 긴장하여 발걸음을 멈추었다. 앞에서 포도청의 군관이 포도군사 두세 명을 거느리고 걸어오고 있었다. 반갑지 않은 일이었다. 천필주는 짐짓 딴청을 피우며 그 곁을 스쳐 지나갔다. 그들의 곁을 지나친 후 천필주가 속으로 안도의 한숨을 쉬고 있을 때였다.

"게 있거라!"

호령 소리에 놀란 천필주는 걸음을 멈추었다. 뒤돌아보니 군관이 자신을 향해 걸어오고 있었다. 천필주는 엉거주춤 걸음을 멈추고 섰다.

"너! 나를 정확히 주시하라."

군관은 조금의 망설임도 없이 천필주를 닦달했다. 천필주는 허리를 곧추 세우고 군관을 정면으로 응시했다. 잠시 천필주를 살피던 군관이 별안간 옆에 서 있던 군사에게 명했다.

"이놈을 포박하라!"

"나, 나리! 소인을 어찌……."

천필주가 말끝을 흐리자 군관은 벽력처럼 소리를 질렀다.

"네놈이 그걸 몰라서 하는 소리냐? 파리한 안색하며 떨리는 손이며 입술이 허옇게 타들어가는 것이 네놈을 보니 앵속에 아주 찌들어 있구나!"

천필주는 즉각 포청으로 이송되어 하옥되었다. 옥 안으로 던져진 천필주가 망연자실하여 앉아 있는데 누군가 옆구리를 찔렀다. 멍하게 앉아 있던 천필주가 황급히 고개를 돌려 옆구리를 찌른 사람을 봤다.

"여, 영복아. 너도?"

이영복이 어색한 웃음을 지으며 천필주 옆에 앉았다.

"개, 개하는 어찌 되었니?"

구개하의 안부를 묻자 이영복은 몹시 겸연쩍은 표정으로 고개를 숙였다.

"소매 속에 감춘 것을 들켜 버려서… 증좌가 있으니 도배에 대해 토설하라고 겁박을 당했다."

어제 하다 만 앵속을 영복이 놈이 챙겼었다.

"그래서? 개하가 있는 곳을 토설했다는 말이냐?"

"나도… 어쩔 수 없었다. 토설하라고 겁박을 해서… 아니면 형신을 가하겠다고 하니."

그리고 얼마 후 구개하도 그들이 갇힌 옥으로 던져졌다. 묘하게도 같은 옥사에 일시에 세 사람이 갇히게 된 것이다.

*

"네놈들이 천필주, 구개하, 이영복이 맞지?"

오후가 한참 지나서 그들이 갇혀 있는 옥사 앞에 두세 명의 나졸들이 나타났다. 그런데 그들이 입고 있는 복장은 포청 군사들의 복장이 아니었다.

"그, 그런데요?"

그들의 이름을 부른 사람이 즉시 옥문을 열고 들어섰다. 그리고 그들을 불문곡직 일으켜 세워 옥사를 빠져 나갔다.

의금부 옥사 안. 천필주는 어안이 벙벙하여 퍼질러 앉아 있었다.

"영복아, 이게 무슨 일일까?"

옆에 같이 퍼질러 앉은 이영복을 향해 낮은 목소리로 이 사태의 원인을 파악하기 위해 질문을 던져 보았으나 이영복 역시 멍하니 앉아 있기는 매한가지였다. 자신들은 분명히 앵속을 소지하고 있던 혐의로 포청으로 끌려 왔었는데 현재 와 있는 이곳은 포청이 아니다. 천필주가 다시 이영복에게 뭔가 말하려 하자 이영복의 옆에 앉아있던 구개하가 얼른 눈짓을 했다. 곧 저쪽에서 관복을 입은 관리 하나가 옥문 앞으로 저벅저벅 걸어왔다. 그는 옥문을 사이에 두고 그들 세 사람의 앞에 떡 버티고 서서는 벼락처럼 일갈했다.

"너희들이 무슨 죄목으로 여기 의금부로 끌려왔는지 아느냐?"

말이 떨어지기가 무섭게 이영복이 대답했다.

"모, 모릅니다요. 저희 같은 천한 것들이 포청이 아니라 양반님네들이 오시는 이런 곳에 어떻게……."

관원의 어조는 여전히 추상같았다.

"너희들은 역모와 관련된 일로 끌려왔다."

천필주, 이영복, 구개하 세 사람은 거의 동시에 소리쳤다.

"여, 역모요?"

역모. 그것이 어떤 것인가. 제 아무리 난다 긴다 하는 세도가도 그것에 한번 걸리면 자신은 물론 삼족이 멸하고 가산이 적몰되는 엄청난 것이 아닌가. 하물며 오뉴월 논개구리마냥 천한 자신들에게는 그것에 연루되는 것 자체가 곧 죽음과 같은 것이었다. 천필주가 덜덜 떨리는 목소리로 말했다.

"나, 나리. 쇤네들은 도, 도무지 영문을 알 수가 없어서……."

천필주가 말을 끝마치기도 전에 관원은 갈로 자르듯 말했다.

"정이로를 아느냐?"

세 사람은 동시에 서로를 쳐다보았다. 잠시 침묵이 흘렀다. 허나 얼마 가지 않아 관원의 벼락같은 호통이 그 침묵을 깼다.

"이놈들! 바른대로 대지 않으면 물고를 낼 것이다!"

"아, 아닙니다요!"

세 사람은 또 거의 동시에 대답했다.

*

정성식 이하 죄인들에 관한 국문이 다시 시작되었다. 김광일은 국청으로 나오자마자 이로를 향해 일갈했다.

"네가 이야기한 자들을 잡아다 문초해 보았다."

그 대목을 말하고 김광일은 정성식을 향해 엷은 미소를 날렸는데 비웃는 것으로 보였다.

"하나같이 형편없는 자들이더군. 반가의 자식으로서 어찌 그런 자들과 친분을 맺을 수 있는가?"

이로는 김광일이 아버지를 모욕하는 것 같아 더는 참을 수 없었다.

"그자들과 대질시켜 주십시오. 아버님의 어젯밤 행적에 대해 분명히 말할 수 있습니다!"

"대질은 없다! 왜냐고? 그것은 그자들이 하나같이 말을 신빙성 없게 하고 횡설수설하는 데다가 무엇보다도……."

김광일은 여기에서 다시 말을 끊고는 다시 한 번 정성식을 바라보았다.

"그놈들이 지니고 있던 것들이다. 잘 보거라!"

김광일은 손에 들고 있던 무언가를 모두가 볼 수 있게끔 내던졌다.

누르스름한 종이에 싸여 있는 거무죽죽한 것들.

"이것은 앵속(罌粟)이다. 너도 이것을 모른다고는 않겠지?"

청천벽력 같은 일이었다. 누구보다도 정성식이 화들짝 놀라 아들을 뒤돌아봤다. 그 눈에는 분노와 당혹감, 수치심 등이 서려 있었다. 이로는 그러나 침착하게 아버지를 바라보았다. 이런 반응은 충분히 예상했었다. 그러나 어떻게 돼도 좋았다. 아버지만 구할 수 있다면 자신은 아편쟁이가 아니라 그것보다 더한 것도 될 수 있었다.

"그것이, 그것이 어떻단 말입니까? 그자들이 비록 앵속을 하기는 해도 눈이 있고 귀가 있습니다. 그자들도 보았습니다. 제 아버님의 모습을······."

김광일이 이로의 말을 막았다.

"그자들은 정상적인 정신 상태를 가졌다고 볼 수 없다. 그러므로 정상적인 상태가 아닌 자들이 보았다는 것들 또한 믿을 수 없다!"

이로는 눈앞이 캄캄해져 오는 느낌이었다. 그랬다. 그와 천필주, 이영복, 구개하는 어젯밤 함께 아편을 피우며 즐겼었다. 국법을 어겼으니 그것에 대해서 죄를 받는다면 달게 받을 생각이었다. 그러나 비록 아편을 하긴 했으나 분명히 네 사람은 어젯밤 숭례문 어귀에서 아버지와 아버지의 것으로 보이는 짐바리를 짊어진 하인배들을 보았었다. 그런데 그것들이 송두리째 부정되다니.

"대감, 너무하시오! 분명히 눈으로 보고 귀로 들었거늘 그것을 아니라고 하시다니요?"

김광일은 이로가 아닌 정성식을 보며 웃고 있었다. 그리고 냉혹하게 대답했다.

"시끄럽다! 앵속에 취해 제정신이 아닌 상것들의 말을 어찌 지엄한 국법을 행하는 데 쓸 수 있으리오! 그리고 너!"

김광일이 이로를 손가락질하며 악을 썼다.

"역적의 씨도 모자라 국법으로 금하는 앵속 따위 쓰레기 같은 것들에 취해 흐느적거린단 말이냐? 반가의 자식으로서 부끄럽지도 않느냐?"

김광일의 말을 듣던 정성식의 고개가 보기에도 처연하게 아래로 떨어졌다. 그것은 자식을 잘못 키운 부모의 처절한 뒷모습이었다. 이로는 가슴이 미어졌다. 이런 것이 아닌데. 내가 밝히지 못할 것까지 밝혀질 것을 예상하면서도 그렇게 말했던 것은 이런 결과를 바란 것이 아니었는데…….

"네 이놈! 저 말이 사실이더냐?"

낮고 음산한 목소리가 이로의 귓가를 울렸다. 그의 옆에 있던 둘째 형 정로(正路)의 목소리였다. 이로는 아무 말도 하지 못하고 그저 고개만 처박을 뿐이었다.

"네가… 네가 정녕 이렇게까지 될 줄은 몰랐구나! 아아! 나의 잘못이로다! 진작에 너를 더 돌보아야 했거늘."

정로의 옆에서 첫째 형 기로가 낮게 읊조렸다. 몸이 유난히 약한 그다. 한 번의 고문만으로도 그의 육신은 말도 하기 힘들만큼 피폐해져버렸다. 그의 얼굴은 핏자국과 눈물이 뒤섞여 소름끼칠 만큼 처참했다. 엄하기만 했던 아버지와 둘째 형과는 달리 첫째 형은 이로에게 늘 자상했었다. 그런 형의 얼굴을 차마 마주 대하지 못하고 이로는 고개를 쑤셔 박은 채 그저 껑껑 회한의 눈물만 흘렸다. 김광일은 그런 이로의 모습을 냉정하게 바라보고 있다가 다시 입을 열었다.

"그리고 너! 월향(月香)이란 계집이 누구냐?"

그 이름을 들은 이로의 머리가 번개처럼 위로 쳐들려졌다. 그리고 잡아먹을 듯이 김광일을 쏘아봤다. 그런 그의 두 눈에는 살기마저 서려 있었다.

"그… 이름을… 어떻게……."

"네놈의 친구라는 상것들이 다 말했느니라! 말을 들어 보니 반가의 여식은 아닌 것처럼 보이더구나. 혹시 그 계집도 어제 너와 함께 있지는 않았느냐?"

순간 이로의 몸이 포승에 묶여 의자에 앉혀진 상태로 앞으로 솟구쳐 올랐다. 그러나 그를 의자에 결박하고 있는 포승줄에 발이 걸려 앞으로 꼬꾸라지고 말았다. 땅바닥에 얼굴을 박은 채 이로는 분노로 시근덕거렸다. 김광일은 비록 말은 이로를 향해 하고 있었지만 그의 시선은 정성식을 향하고 있었다.

"네 이놈! 일어서지 못할까! 뭘 잘했다고 대드느냐?"

정성식이 고개를 돌려 이로를 향해 대갈일성을 질렀다. 형리들이 달려가 이로를 일으켜 세웠다. 이로의 얼굴은 가뜩이나 고문으로 엉망이 된 데다가 넘어져 다친 상처까지 겹쳐 사람의 몰골이 아니었다. 김광일의 명으로 정성식 이하 죄인들에게 다시 가혹한 형신이 가해졌다. 몇 번이고 혼절하고 다시 깨어나면서도 정성식과 죄인들은 누구도 역모에 대해 자복을 하지 않았다. 오로지 주상 전하를 뵙게 해 달라는 말만 반복할 뿐이었다.

*

이로는 이리 터지고 저리 깨져 걸레같이 된 몸을 아무렇게나 던진 채 옥사의 바닥에 누워 있었다. 그 옆에는 피, 고름 등이 범벅이 된 명석이 어지러이 널려 있었다. 심지어 명석 한 구석에는 인분까지 묻어 있어 글자 그대로 온갖 죄인들이 내갈겨 놓은 분비물들의 냄새가 오장을 뒤집는 듯했다. 그러나 지금 이로에게 그것들은 아무런 영향을 끼치지 못했다. 바로 옆 칸에 두 형이 하옥되었고 아버지는 어디 있는지도 모르고 있었다. 두 형은 낮의 그 일 이후 일절 이로에게 말 한마디 하지 않았다. 물론 가혹한 고문으로 심신이 지친 탓도 있겠지만 더는 어찌해야 할지 모를 정도로 타락한 동생에게 이제는 그들도 정나미가 떨어져 버렸는지도 모른다. 문득 여동생은 어찌 되었는지 궁금해졌다. 그때였다.

"이보시오. 박사 나리!"

옆의 옥사에서 다급한 목소리로 이로의 형 기로를 부르는 목소리가 들려 왔다. 이로는 달빛을 바라보던 눈길을 급히 거두고 옥사의 문 앞으로 기어가 그 목소리에 귀를 기울였다. 목소리의 주인공은 이곳의 옥사장으로 기로와는 평소에 친분이 있었던 듯 이곳에 하옥된 이후 알게 모르게 그들 형제의 편리를 봐 주고 있었다.

"무슨 일인가?"

"저… 참판 영감께서……."

기로의 얼굴을 뚫어지게 바라보며 옥사장은 말끝을 흐렸다. 기로의 옆방에서 옥사장을 쳐다보던 이로는 그의 어투와 표정에서 뭔가 좋지 않은 일이 벌어진 것 같은 직감이 들어서 고함을 질렀다.

"빨리 말하시오! 아버님께 무슨 일이라도 있소?"

옥사장은 흘깃 이로를 쳐다보더니 기로를 보고는 천천히 입술을 떼었다.

"참판 영감께서… 운명하셨다고 합니다. 아까 신시(申時)경에."

순간 옥사 안은 찬물을 끼얹은 듯한 정적이 흘렀다. 잠시 후 이로가 그 정적을 깨며 옥사장에게 물었다.

"이유는? 무, 무엇 때문에 아버님께서."

이로의 말이 떨어지기가 무섭게 둘째 형 정로의 고함소리가 이어졌다.

"네 이놈! 네놈이 그런 걸 물을 자격이나 있느냐? 아아! 원통하다. 아버님, 아버님! 흐흐흐!"

옥사장은 그런 정로의 모습을 한동안 바라보더니 기로에게 말했다.

"아무래도 자진을 하신 듯합니다. 그곳 옥사의 나졸이 말하는 것을 들으니."

이로는 아무 말도 하지 못하고 그저 멀거니 옥사장의 입만 바라볼 뿐이었다. 자진. 아버님이 자살을 하셨단 말인가. 일찍이 문과에 장원급제하여 벼슬길에 올라 승승장구하여 조선의 당상관이 되어 집안의 자랑이셨던 아버님께서 하룻밤 사이에 역모의 수괴로 몰려 자살을? 어안이 벙벙하고 눈앞이 아득해졌다. 이로는 지금 당장 벌어진 이 눈앞의 현실을 도저히 받아들일 수 없었다. 바로 하루 전만 해도 이 하늘 아래에서 자신이 할 일은 그저 아버지와 형들이 만들어 준 부와 권력의 그늘에 숨어 현실을 즐기는 것이었다. 그런데 지난 몇 시진 사이에 그런 것들은 허공으로 날아가고 말았다. 남은 것은 역적의 자식이요 국법을 어긴 아편쟁이인 정이로라는 존재뿐이었다. 앞으로 어찌해야 할까 따위의 생각은 들지도 않았다. 그저 벼락처럼 내려쳐진 현실 앞에서 망연자실할 뿐이었다. 이로는 상처투성이의 주먹으로 흘러내리는 눈물을 훔치며 온몸으로 울었다. 그러나 소리쳐 울 수도 없었다. 아버지의 자살의 원인 중 하나가 자신이었다는 회한이 통곡 소리마저 낼 수 없도록 만들었다. 옆방의 두 형도 아무런 소리도 내지 않은 채 각자가 홀로 어둠 속에서 통곡하고 있었다. 달빛이 그런 이로 형제들의 등 위로 쏟아져 내리고 있었다.

＊

다음 날. 정성식 이하 역모 사건의 전말이 온 조정에 공표되었다. 그리고 뒤이어 관련자들에 대한 조정의 처결이 이루어졌다. 정성식은 이미 지난 밤 자진하였으므로 처분을 불문에 부치고 개성유수와 경기도 관찰사는 사사(賜死)되었다. 역모에 적극 가담한 증좌가 확인된 기로, 정로 형제도 사사(賜死)가 결정되었고, 이로에게는 역모에 대해 전혀 몰랐기는 하나 연좌가 적용되어 천리 밖 유배의 형이 내려졌다.

＊

전의감 의원인 최현신(崔賢信)은 퇴청하여 집으로 향하고 있었다. 서편으로 해가 뉘엿뉘엿 지고 있었다. 석양을 바라보던 그의 머릿속은 생각들이 실타래처럼 얽혀 들고 있었다.

'휴.'

나지막이 한숨 소리를 내뱉으며 현신은 딸인 월향(月香)의 모습을 떠올렸다. 비록 자신의 딸이지만 현신은 월향의 자색과 총명함이 뛰어나다는 사실에 자부심 비슷한 것을 느끼고 있었다. 그래서 한다 하는 세도가 집안에서 슬며시 들어오곤 했던 첩으로 달라는 요구며 비록 신분은 한미하지만 만석꾼 소리를 듣는 역관 집안의 사주단자도 거절했던 현신이었다. 자신이 원한 것은 그런 혼사가 아니었다. 비록 의관으로서 조정의 녹을 받고 남부럽지 않게 부도 쌓았지만 중인이라는 이도 저도 아닌 신분의 벽은 현신에게는 인생의 걸림돌과도 같은 것이었다. 자식이 여럿 있는 것도 아니고 단 하나 있는 고명딸에게 현신은 중인이라는 신분의 사슬을 대물림하기 싫었다. 그렇다고 아무리 양반이라지만 늙어 북망산천이 낼모레인 늙은이에게 남은 인생의 노리개로 딸을 제공한다는 것은 더욱 싫었다. 어엿한 양반의 정실로서 딸을 출가시키고 싶었다. 하다가 안 되면 신분을 사서라도 현신은 딸에게 이 하늘 아래에서 당당하게 살게 하고 싶었다. 참으로 그렇게 하고야 말 작정이었다.

그런데 오늘 현신은 의금부 나장으로부터 청천벽력 같은 소리를 들었다. 월향이 역모로 몰려 멸문지화를 당한 이조참판의 셋째 아들과 밀통(密通)하고 있었다는 것이다. 현신은 처음 그 소리를 들었을 때 조금의 망설임도 없이 고개를 저었다. 설대 그럴 리가 없다고 생각했다. 그만큼 딸에 대한 그의 믿음은 컸다.

그러나 인간의 마음이란 알 수 없는 것. 그것이 비록 부녀지간이라 해도. 시간이 갈수록 딸에 대한 현신의 믿음은 옅어져 가고 있었다. 다른 것도 아니고 역모가 아닌가. 그것에 걸려 천하의 이조참판을 옥중에서 홀로 자진하게 하는 무서운 괴물이 그것이었다.

　그런 생각을 하며 그가 집의 문 앞에 당도했을 때였다. 자그마한 그의 집 대문이 느닷없이 벌컥 열리며 포청의 포졸들이 그를 향해 달려 나왔다. 뭐라 하기도 전에 그의 등 뒤로 오랏줄이 묶여 손목을 끊을 듯이 조여 왔다. 창졸간에 벌어진 일에 현신이 어안이 벙벙한데 그의 앞에 선 금부나장이 그에게 일갈했다.

　"의원 최현신은 역적 정성식의 도배(徒輩)로 밝혀졌다!"

　현신은 얼른 정신을 차리고 도사의 얼굴을 보며 말했다.

　"여보시오! 정성식이라면 이조참판 영감을 말하는 것이오? 내가 그 사람과 도배라니? 무슨 얼토당토않은 말을 하는 것이오?"

　"자세한 것은 국청에서 말하라! 여봐라!"

　나장은 불문곡직 현신을 의금부로 끌고 갔다.

　그날 밤. 최현신의 집.

　그의 집 자그마한 사랑방에 현신과 그의 아내가 마주 앉아 있다. 의금부로 끌려가 호된 추국을 받은 탓인지 현신의 얼굴엔 아직껏 긴장의 흔적이 역력했다. 현신이 혀로 마른 입술을 축이며 입을 뗐다.

　"부인. 월향이 정말 그… 이조참판 영감의 자제와 정분을 맺은 것 같소?"

현신의 부인은 남편과 달리 다소 침착한 모습이었다.

"그럴 리가 있겠습니까? 그 아이가 얼마나 야무지고 올바른 아이인데. 그럴 리가 없습니다. 소첩은 믿을 수 없습니다."

'그렇지. 우리 향이가 그럴 리가 없지.'

현신은 애써 불안한 마음을 추스르며 월향을 불렀다. 본인에게 확인을 해 봐야 했다. 본인의 확인 없이 무조건 금부의 말을 믿을 수는 없었다. 잠시 후 월향이 발소리도 거의 없이 현신의 눈앞에 나타났다. 월향이 방 안에 들어서자 방 안 전체가 마치 커다란 황촉불을 서너 개 더 밝힌듯 환해진 느낌이었다. 그린 듯 고운 아미와 작지만 그린 듯한 눈매. 월향의 미모는 한마디로 전아(典雅)했다. 현신은 딸의 그런 미색을 오늘만큼은 보고 싶지 않았다. 월향이 오늘은 집안의 가장 버거운 존재가 되고 있기 때문이었다. 방으로 들어선 월향은 저간의 사정을 이미 들어서 알고 있는지 부모의 앞에 앉아 있을 뿐 별로 말이 없었다. 마침내 현신이 입을 떼었다.

"향아. 내가 널 이렇게 부른 것은……."

"알고 있습니다. 아버님."

좀처럼 아버지의 말을 중간에서 끊는 법이 없었던 딸인데 오늘은 조금 다른 태도를 보였다.

"그 사실 여부와는 상관없이 아녀자로서 남모르는 사내와 정분이 났다는 소문이, 그것도 역모에 얽힌 집안의 자제와의 정분이라는 소문이 남의 귀에 들어갔다 함은 모두 저의 불찰이라 생각합니다."

차분하게 말하는 딸의 말을 들은 현신의 표정이 일그러졌다. '저는 절대 그런 일이 없었습니다 아버님.' 하고 눈물이라도 떨구며 자신의 결백함을 호소하기를 바랐건만 딸의 태도는 너무도 당당했다. 의금부에서 추국을 받을 때까지만 해도 이렇지는 않았었는데 일단 월향의 얼굴을 보자 마음속 깊은 곳에 숨어 있던 불안감이 모습을 드러냈다. 어떻게 이루어 놓은 직위이며, 어떻게 만들어 놓은 집안인데 이렇게 허무하게 몰락한단 말인가. 그런 생각을 하자 월향의 세침하게 침묵을 지키는 태도가 더욱더 현신을 불안의 끝으로 몰아갔다. 손이 부르르 떨려 왔다. 현신은 자신도 모르게 앞에 있던 탁자를 주먹으로 내리쳤다. 옆에 있던 부인이 깜짝 놀라 제지를 했지만 현신의 입에서는 고성이 터져 나왔다.

"그러면… 그러면 금부의 그 말이 모두 사실이었단 말이냐?"

현신은 말을 그치고 월향을 뚫어지게 바라보며 다그쳤다.

"그, 그 태도는 무엇이냐? 정말로 그런 사실이 있었냐고 묻지 않느냐?"

현신이 언성을 높이자 월향은 눈을 들어 아버지를 바라보았다. 그 눈에 원망과 억울함이 담겨 있었다. 그러나 딸의 그런 눈빛도 지금의 현신에게는 아무런 영향을 줄 수 없었다.

"역모에 관련된 죄인이다! 어찌 그런 자의 자식과 남몰래 정분을 맺을 수 있단 말이냐?"

말을 하면서도 현신은 마음 한구석으로 생각하고 있었다. 이 아이가 혹시 그 사람과 정분을 맺었다 해도 어쩌란 말인가. 이 아이도 그들이 역모에 얽힐 줄 알면서 그리하지는 않았을 것이다. 그러나 마음과는 달리 현신의 말에는 그지없이 칼날이 세워져 있었다.

"역모에 관련된 가문이 어떻게 되는지는 너도 알고 있을 것이다. 그러니……."

현신이 말을 이으려고 하자 월향이 낮지만 단호한 어조로 현신의 말을 막았다.

"어떻게든… 저에 관한 일입니다. 제가 해결할 터이니 부모님께서는 너무 심려치 마십시오."

그 말을 끝으로 월향은 더는 아무 말도 하지 않았다. 방 안에 질식할 것 같은 침묵이 흘렀다. 현신 부부 또한 아무런 말을 할 수 없었다. 현신은 원망과 절망이 뒤섞인 시선으로 딸을 바라보았다. 어디선가 한 마리 새가 어둠을 울고 있었다.

＊

자신의 처소로 돌아온 월향은 물 먹인 솜처럼 된 몸을 방 안에 던졌다.

'도련님은 어찌 되셨을까? 혹시라도……'

힘없이 앉아 방 한쪽 벽을 보고 있자니 며칠 전 만난 이로의 천진난만하게 웃던 얼굴이 떠올랐다. 양반집 자제 같지 않은 소탈함, 그리고 붙임성 있는 태도와 불의를 보면 참지 못하는 성격. 월향은 그 모든 것을 사랑했다. 아니 그 때문이어서가 아니라 이로였기 때문에 그 모든 것을 받아들였다. 월향이 문득 눈빛을 빛내며 자세를 바로했다.

'이대로 자진하여 곤경에 빠진 아버지와 집안을 구해야 할까? 나 하나 없어지면 우리 집안과 관련된 모든 혐의는 풀리는 것이 아닌가?'

한참 동안을 그렇게 앉아 있던 월향이 서서히 몸을 일으켰다. 몸을 돌려 구석에 있는 옷장 문을 열고 뭔가를 꺼냈다. 하얀 무명으로 된 가느다란 끈이었다. 그것을 집어 들고 월향은 문을 나섰다. 그녀의 발걸음은 집 뒤안의 뜰로 향했다. 한쪽에 자그마하게 지어진 정자가 소담스럽게 서 있었다. 아버지가 손님을 맞으실 때 사용하시곤 하던 정자였다. 달이 밝은 밤이면 그곳에 서서 달을 쳐다보며 소원을 빌곤 했었다. 월향이 신을 벗고 정자 위로 올라섰다. 정자의 처마 부근에 가지고 온 무명 끈을 걸었다. 그때부터 손이 하염없이 떨리더니 매듭을 지을 때 그 떨림은 더욱 커져 갔다. 이제 저 매듭진 끈 사이로 목만 걸면 되는 것인가. 월향이 잠시 물러서서 정자의 처마에 걸린 무명 끈을 뚫어지게 봤다.

*

월향은 까치발을 한 채 방문을 소리도 나지 않게 열었다. 그런 월향의 의복이 몰라보게 달라져 있었다. 초립과 상인의 옷차림으로 남자의 복장을 하고 있었다. 그것은 영락없는 막 장삿길을 나선 장사치의 모습과 같았다. 댓돌을 내려서서 막 신을 신으려는데 어둠을 뚫고 목소리가 들렸다.

"떠나려느냐?"

월향은 소스라치게 놀라 어둠 속을 바라보았다. 어둠을 뚫고 우뚝 서 있는 아버지. 마치 마른 땅에서부터 올라오는 듯한 저음의 힘없는 목소리가 월향의 아버지 입에서 흘러나왔다.

"그래… 가거라. 그리고 다시는 이곳으로 돌아오지 말거라. 이제 너는 내 딸이 아니니까."

"아, 아버님!"

월향이 뭐라고 말하려고 하자 최현신은 손을 들어 제지했다.

"됐다. 더 말하지 말거라!"

아버지의 단호한 음성에 월향은 자신이 조그마하게 움츠러드는 것을 느꼈다. 월향은 그렇게 아버지 앞에 서서 떨고 있었다. 그런 월향을 어둠 속에서 바라보는 최현신의 눈에 두 줄기 눈물이 거의 보이지 않게 흘렀다. 영원한 이별을 하는 자들의 눈물, 바로 그런 눈물이었다.

"… 네게 좋은 짝을 지어주고 내 곁에 두어 오래도록 보살피고 싶었다. 허나 인간사라는 것이 무엇 하나 마음대로 되는 것이 있다던가? 그러니 이제 가거라! 아비도 잊고 어미도 잊고 이 집도 잊어라."

말을 마치자 최현신은 여태껏 손에 들고 있던 것을 내밀었다. 월향은 그것을 두 손으로 공손히 받아들었다.

"여비에 보태 쓰거라. 이것이 너와 내가 부녀로서 마지막 나누는 정이니라."

할 말을 다하자 최현신은 찬바람이 일듯 몸을 획 하고 돌려 사랑방을 향해 걸어갔다. 마치 세상을 모두 잃어버린 것 같은 사람의 뒷모습이었다. 소리 없이 끅끅 목으로 울며 월향은 그 모습을 아프게 눈에 새기고 있었다.

2. 구원

실내에 자못 긴장된 공기가 흘렀다. 방 안에 모여 앉아 있는 세 사람의 선비들은 모두 비장한 표정으로 말없이 앉아 있었다. 어느 누구 하나 입을 떼지 않고 마치 금방이라도 목숨을 건 싸움을 벌일 것처럼 서로를 노려보고 있었다. 정성식의 역모 사건의 처결이 발표된 날 저녁. 목멱산 아래 가난한 선비들이 모여 사는 동네에 흔히 보이는 초가 중의 하나. 그들은 그곳의 방 한가운데에 모여 있었다.

"비망록은… 어떻게 되었는가?"

그들 중의 한 사람인 김후명이 마침내 무거운 어조로 입을 떼었다.

"참판 영감의 사저에 있던 것이 김익선에게로 가 있는 것 같습니다."

"그런가? 아! 패착이로다!"

김후명이 장탄식을 터뜨리며 잠시 천정을 바라봤다. 잠시 후 그가 나지막하지만 단호한 목소리로 앞에 앉은 두 사람에게 말했다.

"놈들이 뭔가 일을 꾸미기 전에 반드시 되찾아 와야 하네."

앞에 앉은 두 사람 중 또 한 사람이 말했다. 그들 중 가장 젊어 보였다.

"어떻게 할까요?"

"놈의 집을 뒤지게. 수단과 방법을 가리지 말고 그것을 반드시 확보해야 하네."

"집을요? 그러다가……."

"다른 생각을 할 필요가 없네. 그것을 되찾을 수만 있다면 무슨 짓이든 해야 하네!"

마치 칼로 끊는 듯한 어조다. 그의 말에 앞에 앉은 두 사람은 말없이 고개를 끄덕였다.

✻

정이로는 힘없이 방 한구석에 몸을 던졌다. 함경도는 너무나 먼 길이었다. 한양을 떠나 꼬박 열흘을 걸었음에도 이제 겨우 절반 정도 왔다니 그렇지 않아도 요 며칠 간 겪었던 모진 신고로 몸과 마음이 피폐해진 이로에게는 지옥 같은 행보가 아닐 수 없었다. 게다가 무시로 온몸의 뼈 마디마디가 끊어지는 듯한 고통이 그를 엄습하는 것이어서 더욱 그랬다. 원인은 형신에 의해 몸이 망가진 데 더하여 그 앵속에 의한 것이 아닐까 싶었다. 그 앵속이란 것이 약효가 떨어지게 되면 그런 현상이 일어난다고 들었다.

비록 양반의 신분이라고는 하나 별 다른 벼슬도 없이 오직 집안의 후광 하나로 살아온 그에게 가해지는 호송 관원들의 태도는 오만불손하기 짝이 없었다. 세 끼 끼니는 고사하고 따뜻한 말 한마디 따로 챙겨 주지 않았다. 관원들도 그가 집안의 후광만 믿고 까불대다가 이제는 끈 떨어진 연 신세가 되어 먼 곳으로 내쳐지는 신세라는 사실을 잘 알고 있기 때문이었다. 게다가 그는 국법으로 금하는 앵속을 한 사실이 밝혀지지 않았는가. 상민 같았으면 그 죄목 하나로도 장살(杖殺)을 면치 못할 것이었다.

이로는 이를 갈며 길을 걸었다. 이대로 죽을 수는 없었다. 어떻게든 살아남아서 아버지와 형님들의 억울함을 신원(伸寃)해야만 했다. 그것이 먼저 간 그들에게 할 수 있는 그 나름의 도리라고 생각했다.

"이보시오. 도령."

그가 천근 같은 다리를 방바닥에 힘없이 던진 채 기울어 가는 석양을 보고 있노라니 한 사람이 옆에서 그에게 속삭이듯 말했다.

"왜 그러나?"

옆을 돌아보니 호송 관원 둘 중 그래도 그에게 비교적 살갑게 대해 주는 자였다. 마침 나머지 한 사람은 식사를 하러 나갔는지 보이지 않았다.

"도령과 정분이 났다는 그 낭자 말이오."

이로의 귀가 번쩍 뜨이는 말이었다. 이로는 얼른 상체를 옆으로 돌리며 관원의 눈을 마주 보았다. 지금 이 시점에서 그가 이 세상에 살아서 존재하는 단 하나의 이유가 그녀였다.

"그래! 월향에 대해 어떤 소문이라도 들었는가?"

관원은 잠시 이로의 눈빛을 살폈는데 그 태도에 담긴 어떤 동정심 같은 것을 이로는 놓치지 않았다. 이로의 가슴이 방망이질 쳤다.

"내가 출발하기 전에 들었는데 그 낭자가… 자진했다 하오."

＊

이로는 살며시 눈을 떴다. 옆자리를 몰래 살피니 호송 관원들은 세상모르고 잠에 빠져 있었다. 이로는 발끝을 세워 소리 나지 않게 봉롯방 문을 열고 새벽바람 속으로 나섰다. 북녘의 겨울 새벽바람은 마치 칼날 같았다. 이로는 허연 입김을 내뿜으며 새벽길을 걸었다.

'한 번으로 끝내야만 한다. 구차하게 되풀이하고 싶지 않다.'

이로는 이를 악물고는 자고 있던 관원의 허리춤에서 훔쳐온 소도(小刀)를 움켜쥐었다. 그들의 숙소인 주막집을 벗어나자 사방은 온통 산길이었다. 죄인인 이로의 일행이 변변히 머무를 관아마저 없어 산골의 주막집을 숙소로 정했을 만큼 이곳은 궁벽한 산골이었다. 이로가 어둠을 뚫고 조금 더 길을 가자 마침내 이로가 찾던 곳이 나왔다. 길을 조금 벗어난 곳에 있는 낭떠러지였다.

'시신도 남기지 않으리라. 이 육시할 세상에는.'

낭떠러지의 끝에 서자 본능적인 두려움이 이로를 엄습해 왔다. 검게 아가리를 벌리고 있는 낭떠러지의 아래. 역모로 몰리던 날 저녁에 앵속에 취하여 보았던 환영이 문득 떠올랐다. 그 환영은 저것에 대한 예시였던가. 자신이 곧 떨어질 지옥이 저런 곳이겠지.

'마침 잘 됐군. 죽어서 갈 곳을 살아서 미리 볼 수 있으니까.'

이로는 쓰게 미소 지었다. 그러나 마음과 달리 이로의 다리는 사시나무 떨듯 떨리고 있었다. 이로는 눈을 감고 다시 이를 악물었다. 그냥 가는 것이다. 아무 생각 없이. 이로는 소도의 칼끝을 자신의 목을 향해 겨누었다.

"안 돼요!"

어둠 속을 뚫고 날아오는 한마디 외침에 이로는 깜짝 놀라 시선을 어둠 속으로 돌렸다. 어둠 속에서 우뚝 선 채 자신을 노려보는 상인 차림의 사내 한 명.

"누구시오?"

상인은 마치 두들겨 패기라도 하듯 이로에게로 달려들었다. 눈앞에 바짝 다가선 얼굴을 확인하자 이로의 눈이 한껏 커졌다.

"나, 낭자!"

월향은 대답도 하지 않고 대뜸 이로의 뺨을 후려갈겼다. 느닷없는 따귀 세례에 이로는 정신이 벙벙해졌다.

"어떻게… 어떻게 그리 쉽게! 내 생각은 해 보지도 않았나요?"

추달관 같은 서슬 퍼런 물음에 이로는 비로소 정신이 들었다.

"부, 분명 낭자는 자진했다고 들었는데……!?"

그 말을 들은 월향의 눈에 다시 칼날이 세워졌다.

"내가… 이 월향이 도련님을 두고 그렇게 쉽게 죽을 줄 알았나요?"

여전히 얼얼한 뺨을 만지며 이로는 비로소 고개를 주억거렸다. 그렇다. 월향은 가냘픈 외모와는 달리 그 성정이 강하고 맵기가 예사가 아니었다. 이미 여러 번 겪어온 바였지만 새삼 그런 그녀의 성정을 떠올리며 그런 그녀의 죽음을 섣불리 판단한 자신이 한심했다. 그만큼 이번 사태의 충격이 큰 탓이었으리라.

"미… 미안하오."

월향이 이로를 잡아끌 듯하며 한참을 걸었을 때 이로가 비로소 입을 열었다.

"……."

월향은 그러나 여전히 냉랭하게 앞서 걸어갔다. 이로는 고신으로 엉망이 된 데다 오랜 여행길로 피로에 지친 몸이었다. 얼마 못 가 지친 기색이 역력해졌다. 그럴 때마다 월향은 마치 단련이라도 시키듯 이로를 거의 강제로 걷게 했다.

월향은 비록 아녀자였으나 반가의 자식이 아닌지라 집 안에 앉아 서책이나 읽고 바느질이나 하는 아녀자들과는 조금 달랐다. 어릴 적부터

호신술을 비롯해 각종 무예를 익힌 몸이었다. 그러니 남정네인 이로로서도 가끔 그녀의 강철 같은 체력에 감탄하곤 했다. 부유한 집안의 여유도 그런 그녀의 과거 행위에 한몫했지만 무엇보다도 그녀 자신이 그런 것을 좋아했다.

"여기서 쉬도록 하죠. 이제 그곳에서 조금 떨어진 곳에 당도한 것 같으니까."

이로를 거의 잡아끌 듯이 걷다가 마침내 넘어질 듯 위태롭자 월향이 비로소 입을 열었다. 이로는 바로 자빠져 혼절하고 말았다. 그런 이로를 바라보며 월향은 혀를 찼다. 쓰러진 이로의 어깨를 잡아 올리며 비로소 월향의 눈가에 눈물이 번져 갔다. 아버지와 헤어질 때의 눈물과는 전혀 다른 종류의 눈물이었다. 월향이 이로를 잡아끌어 길가의 커다란 나무 밑에 옮겨 놓고 쉬고 있을 때였다. 앉아 있는 월향을 바라보는 여러 개의 눈초리들이 있었다. 그들은 말없이 월향과 이로를 포위하여 가고 있었다.

*

"으… 으윽!"

정이로는 반사적으로 눈을 떴다. 굵은 나무가 십자형으로 여러 겹교차되어 있고 천정은 진흙이 발라져 있었다.

'이곳이 어디지?'

하지만 그것은 한 번 보였다가는 곧 희미해져 버렸다. 눈을 뜨자마자 이로는 바위처럼 그를 내리누르는 고통의 소용돌이에 빠져야 했다. 온몸의 구석구석이 아프지 않은 곳이 없었다. 이로는 다음 순간 정신을 놓아 버렸다. 얼마 후 다시 눈을 떴지만 눈앞이 몽롱하여 무엇이 무엇인지 구분할 수조차 없었다. 다만 하얀 옷을 입은 물체들이 누워 있는 그의 앞뒤로 오가며 뭔가 하고 있다는 것만을 느낄 뿐이었다.

얼마만큼의 시간이 지났을까. 이로는 그를 내려다보는 어떤 시선을 느끼며 다시 눈을 떴다. 사십 대 초반이나 되었을까. 사대부 차림을 하고 있는 사람이 그를 내려다보고 있었다. 평범해 보이는 외모나 그의 날카로운 눈빛은 그가 예사롭지 않은 예지(叡智)를 지닌 사람이라는 것을 알게 해 줬다. 그는 이로와 눈이 마주치자 마치 대화를 잠시 쉬다가 다시 시작하는 것처럼 말했다.

"이제 의식을 조금 수습했는가?"

이로의 의식이 돌아온 것이 마치 당연한 일이라도 되는 것인 양 그는 아주 사무적이고 억양 없는 어조로 말을 이었다.

"이 사람아, 그 꼴이 뭔가? 아녀자 옆에 널부러져서는 쯧쯧……."

그가 아무런 억양 없이 말했는데도 그의 말은 이로를 몹시 화나게 했다. 그의 억양 없는 말 속에서 참을 수 없는 비아냥거림 같은 것이 느껴졌기 때문이다.

"댁은 누구요? 그리고 다짜고짜 반말은 왜 하는 거요?"

이로가 불현듯 몸을 일으키려고 했다. 그러나 곧 이로는 다시 자리에 눕지 않을 수 없었다. 이제껏 자신을 내리누르던 고통이 다 사라진 것이 아니었다. 그는 손을 들어 이로를 제지하며 말했다.

"아아, 흥분할 것 없어. 아직은 일어나지 못할 것이야. 나는 다만 무엇을 하든 확실하게 하라는 뜻으로 자네에게 충고를 한 것이네."

그때야 이로는 정신이 퍼뜩 드는 것을 느꼈다.

"월향은? 나와 같이 있던 여인은 어찌 된 거요?"

"아! 그 처자. 안심하게 저쪽 방에 안전하게 모셔져 있으니까. 방금 전까지도 자네를 돌보다가 돌아갔는 걸. 예사 정성이 아니더군. 하하하!"

그와의 첫 번째 만남은 이렇게 좋지 않게 시작되었다. 그러나 그것은 뒤이어 벌어지는 것에 비하면 아무것도 아니었다.

*

이로는 다시 혼곤한 잠에 빠졌다가 깨어났다. 이제 조금 원기가 돌아오는 것 같았다.

"자네에게 지금 꼭 있어야만 할 것이 무엇인 줄 알겠는가?"

아까의 그 선비 차림의 사내가 다시 방 안으로 들어와 앉더니 이로가 의식을 차릴 때 보았던 그 표정을 지으며 말했다. 이로는 이제 일어나 앉아 그의 말을 듣고 있었다. 이로가 아무런 말이 없자 그는 이로를 자세히 쳐다보며 말했다.

"자네에게 지금 필요한 것은 힘이야."

"저는……."

이로가 그의 말꼬리를 끊으며 말했다.

"아무것도 필요한 것이 없습니다. 제게 남은 것이 무엇이 있겠습니까?"

이로가 나직하지만 단호하게 말했다. 이로의 말을 들은 그의 눈꼬리가 위로 매섭게 올라갔다.

"그러면 다시 그곳으로 돌아가라! 가서 아버지와 형제의 억울한 죽음 앞에서도 아무것도 하지 못했던 못난 자의 자격으로 죽어라!"

"!?"

순간 이로는 놀라운 듯 눈을 크게 떴다. 이자가 그런 것들을 다 알고 있다니? 이로는 다음 순간 잡아먹을 듯이 그를 노려보고 있었다. 숨 막힐 듯한 정적의 시간이 방 안을 채웠다. 선비가 잠시 후 너털웃음을 터뜨렸다.

"하하하! 그래. 지금 자네에게 필요한 것이 바로 그것이야! 분노, 복수심 등등. 자네 나이 이제 이십 하고도 몇 년이 아닌가? 그런데도 그렇게 패기가 없어서야. 쯧쯧."

선비의 말에 이로는 더욱 분기가 치솟는 것을 느꼈다.

'이자는 무슨 말을 해도 사람을 분노하게 만든다.'

"자네는 내가 일부러 자네를 화나게 만든다고 생각하는가?"

이로가 솟아오르는 분노를 애써 삭이며 씩씩대자 그가 마치 이로의 마음속을 들여다 본 것처럼 말했다.

"그것은 아닐세. 나의 말에 모습을 드러내는 것은 자네 마음속의 분기이지. 내가 한 말 때문은 아니네. 자네는 지금 화를 내면서 자네 마음속의 분노로 대변되는 이 세상에 대한 미련을 드러내고 있네. 자네는 그러고도 이 세상을 버리고 싶은가?"

이로는 잠시 화를 억누르고 그의 말을 새겨 보았다. 듣고 보니 그런 것도 같았다. 이로가 잠자코 있자 선비가 정색을 하고 말을 이었다.

"자네에게 하나 말해 둘 것이 있네. 힘을 가지고 싶은가? 그러면 그 길을 찾게."

잠시 잠자코 있다가 이로가 입을 뗐다.

"어떤 길이… 있습니까?"

그가 고개를 끄덕이더니 무표정한 얼굴로 말했다.

"지금부터 자네는 자네의 모든 것을 버리게. 그리고 내가 이끄는 대로 살게. 그렇게 할 수 있겠나?"

이로가 선비의 얼굴을 자세히 보았다.

"버리라 하심은 무슨 말씀인지……."

"여태껏 가져온 자네의 모든 것을 말하네. 자네의 출신이며 생각, 그리고 이름까지."

이름을? 이로는 그의 얼굴을 다시 한 번 쳐다보았다. 그는 이로와 만난 이후 처음으로 온 얼굴을 무너뜨리며 웃고 있었다. 그리고 확신에 찬 표정으로 이로를 보고 있었다. 이로는 잠시 후 무겁게 입을 뗐다.

"버리겠습니다. 뭐든지."

선비는 이로의 대답을 듣더니 잠시 침묵을 지켰다.

"이따 저녁에 이야기하세. 일단 몸을 추스르게. 자넨 너무 많은 날을 누워서 지냈어."

"도련님!"

선비가 나가자마자 마치 교대하듯 월향이 방으로 들어섰다. 그녀를 보자 비로소 온 얼굴이 환해지며 힘이 솟는 이로였다.

"낭자! 정말 고맙소. 나와 같이 있어 주어서, 살아 주어서!"

이로의 말에 월향이 눈을 예쁘게 흘겼는데 그것은 그녀가 몹시 기분이 좋을 때 하는 행동이었다. 비로소 마주 앉은 두 사람은 그간의 자초지종에 대해 이야기를 나누었다.

"그럼… 아버님께서 이 모든 것을?"

"그래요. 그날 밤 이후 제가 자진했다고 소문을 내셨다고 해요. 장례식까지 치르시고……."

이로는 마음이 몹시 무거웠다. 최현신의 입장에서 이 모든 일이 얼마나 고통스러웠을까? 천금 같은 고명딸에게 좋은 배필을 구해 주는 것은 고사하고 야반도주시킨 후 가짜 장례식까지 치뤄야 했던 부모의 마음이 아프게 전해져 왔다.

"그대에게 정말 할 말이 없구려. 용서하시오 낭자."

이로는 살며시 월향의 오른손을 두 손으로 포개어 잡았다. 그런 이로의 손을 월향이 빼낼 듯하다가 가만히 있었다. 그런 월향에게서 한없는 믿음과 애정을 느끼는 이로였다.

이 사람을 위해 남은 생을 살리라. 이제 누가 있어 서로 위로해 주고 돌보아 주겠는가?

"그건, 그렇고. 저자는 누구요?"

"저도 모르겠어요."

선비에 대한 말이 나오자 월향은 목소리를 낮추어 말했다.

"도련님과 함께 있다가 저 사람이 보낸 사람들의 기습을 받아 저도 혼절한 채 이곳으로 오게 됐거든요."

기습? 혼절? 그럼 납치란 말인가? 이로의 머릿속이 다시금 요동쳤다. 월향이 그런 이로를 보다가 말을 이었다.

"어쨌든 생각은 다음에 하기로 하고 우리 나가요!"

월향이 이로의 곁으로 다가들며 말했다. 이로는 어디를 나가자는 것
이냐는 표정으로 월향을 바라봤다. 그런 이로의 팔을 붙잡고 월향
은 불문곡직 바깥으로 나섰다.

*

집을 나서자 바깥 풍경을 바라보는 이로의 눈이 한껏 커졌다. 사람
들로 가득 찬 거리, 멀리 우뚝 솟은 삼각산, 즐비한 기와집 들. 이곳은
한양, 한양이 아닌가!

"놀라셨죠? 저도 첨엔 깜짝 놀랐어요."

월향이 미소 지으며 말했다.

"본가엔… 괜찮겠소?"

이로의 말에 잠시 낯빛이 흐려질 듯하다가 월향이 짐짓 명랑하게 말
했다.

"네! 여긴 저희 집과는 반대 방향인 걸요."

*

"그래. 몸은 이제 괜찮아진 것 같은가?"

이로가 돌아와 저녁상을 물리고 마주 앉자 선비가 물었다.

"네. 한결 나아진 것 같습니다. 그런데 저는 아직 어르신의 존함도 모
르고 있습니다. 생명의 은인이신데."

선비는 그렇게 말하는 이로를 보더니 탁자에 놓여 있던 대접에 담긴
물을 한 모금 들이켰다. 그리고 이로와 같이 앉은 월향을 한 번 바라보
더니 천천히 입을 떼었다.

"내 이름을?"

그렇게 되묻더니 선비는 이로를 다시 찬찬히 살폈다.

"나는 김씨 성을 가진 야인일세. 이름은 두터울 후(厚), 밝을 명(明) 자를 쓰네."

선비가 자신을 소개했다. 김후명? 아버지의 벼슬살이 탓에 조정의 관원들에 대해서는 조금 아는 이로로서는 처음 듣는 이름이었다. 조정의 관원들을 제외하더라도 이른바 산림(山林)들의 학명(學名)에 대해서도 이조판서인 우암 선생이나 그 밖의 사람들에 대해 들어 본 적은 있지만 김후명이란 이름은 들어 본 적이 없었다. 아니 자신이 관심이 없었던 탓에 들었지만 기억을 못 하는 것인지도 몰랐다.

"왜 처음 듣는 이름인가? 자네가 아는 이름들은 친구들을 뺀다면 아무래도 관원들이 많겠지. 그렇다면 자네가 내 이름을 못 들어 본 것은 당연한 일이네. 나는 종6품 현감 벼슬을 끝으로 조정에 출사를 그만두었으니까. 그건 그렇고… 자네에게는 자네가 할 수 있는 재주가 있는가?"

김후명이 밑도 끝도 없이 물었다.

"재주요?"

이로가 되묻자 김후명은 눈을 크게 뜨며 다시 말했다.

"그렇네."

"소녀가 나설 일인 줄은 잘 모르겠습니다만……."

이로의 옆에 앉은 월향이 말했다.

"그 하문에는 소녀에 대한 것도 포함되는지요?"

김후명은 그런 월향을 지그시 보더니 고개를 끄덕였다. 처음 대하는

젊은 여인에게 대뜸 할 줄 아는 재주를 묻다니… 이곳이 기방도 아닐
진대 이 사람은 도대체 누구일까?

이로는 새삼 자신이 할 수 있는 일을 곰곰이 생각해 보았다.

"글은 겨우 까막눈을 면한 정도이고 무예는 조금 합니다만……."

이로가 말끝을 흐리며 대답했다. 김후명은 그런 이로를 잠시 보더니
하늘을 보며 크게 웃었다.

"하하하! 됐네. 됐어."

"?!"

이로는 느닷없는 김후명의 앙천대소에 적이 당황했다. 반가에 태어
난 사내로서 글을 제대로 모른다는 것은 누가 뭐라 해도 수치이다.
그런데 그런 이로의 말을 들은 김후명은 결코 이로를 무시하거나 하
는 태도가 아니었다. 오히려 그런 이로의 반응이 자못 유쾌하다는
반응이었다. 이로가 얼굴을 붉히며 앉아 있자 김후명이 웃음을 그치
며 말했다.

"자네는 내가 바라던 대답을 해 주었네."

그런 다음 김후명은 월향 쪽을 바라보았다.

"소녀는 본시 의원의 딸이라 어릴 적부터 의술을 조금 익힐 수 있었
습니다."

"그리고 다른 것은?"

김후명이 다소 캐묻는 듯한 어조로 묻자 월향이 고개를 수그렸다.

"하하하! 내 다른 뜻이 있어서 그런 것이 아니니 안심하시오. 내 수
하들 말로는 소저의 무예가 보통이 아니라고 하던데."

"부끄럽습니다. 아녀자로서 조신하지 못함이."

월향이 말하자 김후명은 다시 만족한 표정을 지었다.

"솔직히 말해서 내 심중에 소저에 대한 계산은 들어 있지 않았소. 그래서 수하들이 소저에게 조금 무례했던 것은 이해하기 바라오. 나중에 다 알게 될 것이오. 오늘날 벌어지는 이 일들의 전체적인 윤곽에 대해서 말이오."

그러고 나서 김후명은 다시 정색을 하고 미간을 좁히며 이로를 보고 말했다.

"사실은 말일세. 자네에 대해서 내가 아는 것은 자네가 생각하는 것 이상일 것이야. 해서 자네가 만약 한다 하는 양반 나부랭이들처럼 허세를 부렸다면 나는 자네에게 크게 실망했을 것이야. 그런데 자네는 그렇게 말하지 않았네. 자네의 그 솔직한 점이 무엇보다도 마음에 드네. 하하하!"

사실 과거급제는 물론이요 아버지에게 망나니로 낙인 찍혀 음관(蔭官)으로 조정에 출사하는 것까지도 불가능했던 이로로서는 학문이니 뭐니 하는 것은 항상 관심 밖의 일이었다.

"앞으로 자네는 무엇보다도 자네의 그 솔직한 점을 잘 살려야 할 것이야. 자네가 앞으로 할 일에 가장 중요한 것이 바로 그 솔직함이니까."

"도대체 제가 해야 할 일이란 게 무엇입니까?"

"지금은 자세한 건 알 필요 없네. 자네는 다만 지금부터 내가 시키는 몇 가지 일을 해야만 하네. 그러다 보면 자연히 알게 될 것이야. 자네가 무슨 일을 하고 있는지 그리고 왜 그 일을 해야만 하는지도 말이야."

김후명은 말을 마치고 자리에서 일어나 방을 나갔다.

"우리에 대해 생각보다 훨씬 많은 걸 알고 있다? 저 말이 믿어지오?"

"네. 믿어져요. 그리고… 소녀의 눈에 저분은 절대 악인은 아닌 듯이 보여요."

월향의 말에 이로는 고개를 끄덕였다.

'그런가? 내가 할 일? 그게 무엇일까?'

3. 암투

호조좌랑 김익선은 자신의 집 뜰에 서서 저편에 서 있는 감나무 가지 사이로 막 달려가는 달을 바라보고 있었다.

'다행히 일은 잘 마무리되었다.'

김익선은 흡족한 마음에 미소를 짓고 있었다. 너무도 절묘한 계획이었고 그 실행 또한 전광석화 같은 것이었다.

'무엇보다도 뒤늦게나마 그것을 되찾은 것이 수확이지. 그러면 이제 다음 단계 조치를… 우선 참판께 이 사실을 알리고 그 다음에는……'

김익선은 그렇게 생각을 정리하며 자신의 사랑방으로 다시 들어가려 했다. 그런데 사랑방 저쪽의 담 언저리에서 뭔가 수상한 것이 느껴졌다. 김익선이 얼른 몸을 돌려 십여 보 떨어진 담장 위를 바라봤다. 아까와는 뭔가 다르다 싶었다. 눈을 돌워 보니 누군가 어둠 속에서 담장 위로 상반신만 내민 채 그를 보고 있었다.

'피잇.'

김익선이 막 입을 벌려 누구냐 하고 소리치려고 할 때였다. 바람을 가르는 소리에 이어 퍽 하는 둔탁한 소리가 나면서 그의 목구멍을 어떤 물질이 막아 왔다. 다음 순간 숨을 제대로 쉴 수 없었다. 마치 무언가가 땅 아래에서 그를 잡아당기듯 발이 무거워지며 몸이 앞으로 기울어졌다. 목줄기 근처에서 피가 꾸역꾸역 솟구치며 흘러내렸다.

'안 된다 이놈. 어디를 가느냐!'

김익선은 땅바닥에 엎어져 고개만 든 채로 눈으로만 그렇게 외치고 있었다. 마치 바람을 타고 나는 듯 검은 그림자가 그의 사랑방을 향해 몸을 쏘아 갔다.

*

'일격에 절명했다. 누가 감히 저런 자를 살해한단 말인가.'

우포청 군관 구상관(具像觀)은 망자의 시신을 내려다보며 생각했다. 검관과 나졸들이 시신이 놓인 앞마당에서 검시를 행하고 있었다. 구상관은 사인은 굳이 알아볼 것도 없다는 생각이 들었다. 초검만으로도 충분했다. 시신의 목에 박혀 있던 너무도 확실한 살인 도구가 있기 때문에 사인을 밝히고 상신하는 일은 이제 귀찮은 일일뿐이었다. 허나 살인자를 찾는 것은 쉬운 일이 아닐 듯싶었다. 증좌가 너무 부족했다. 허나 조정 관원이 살해되었으니 상부에서는 사건 해결을 불같이 독촉할 것이다. 구상관은 괜히 짜증이 났다. 그러면서도 구상관은 김익선의 시신에 박혀 있던 화살을 떠올렸다.

'저것은 무과의 시험용으로 쓰는 화살인데……'

*

사흘이 지났다. 구상관은 어제의 사건에 대한 조사 결과를 상신하려고 서류를 검토 중이었다. 충청도 지방에서 올라온 소작농이 마름의 횡포에 대해 한양에 사는 지주에게 읍소하려다가 뒤쫓아온 마름과 주먹다짐을 벌인 일의 전말에 대한 것이었다.

"병조참판 영감께서 찾아 계십니다."

"나를?"

"네."

구상관은 문득 김익선의 살인 사건이 생각났다. 가만 앉아 있으면 알아서 보고가 올라가련만 보고를 기다릴 일이지. 병조참판이 호조좌랑과 안면이 있던가? 당상관이라는 자들의 주위에 무슨 일이 생기면 이런 것이 문제였다. 온갖 구실을 만들어 이것저것 캐묻곤 하였다.

"이것이 좌랑의 목에 박혀 있었단 말인가?"

이형상은 구상관이 가져온 화살촉을 왼손에 들고 바라보며 말했다. 화살촉 끝이 사각형으로 되어 있었다.

"그렇습니다. 좌랑의 목에 박혀 있던 것과 같은 종류의 화살입니다."

이형상은 화살을 이리저리 돌려 가며 자세히 봤다. 유엽전(柳葉箭)이었다. 워낙 흔히 보는 화살이라 그것으로는 살인에 대해 뭐라 말하기가 힘들었다. 구상관이 나름대로 자신이 알아낸 바를 보고했다.

"이리도 촉이 뭉툭한데도 살상이 가능하단 말인가?"

"범행에 소용된 화살은 끝을 갈아 날카롭게 한 것 같습니다. 게다가 범인은 그 정도 날카로운 화살로 굉장히 짧은 거리에서 활을 쏘았습니다. 화살이 경추부를 꿰뚫고 있는 것으로 보아 적어도 10보 이내의 거리에서 쏘았습니다. 그리고 범인은 잘 훈련된 무인으로 보입니다. 전문적으로 훈련된 무인이 아니면 아무리 가까운 거리였어도 야심한 시각에 이런 활을 쏘아 정확히 적중시킬 수는 없을 것입니다."

"그 외에 다른 것은 없는가?"

이형상이 다시 한 번 손에 든 화살을 쳐다보면서 물었다.

"그리고… 비록 범인이 물건들을 제자리에 갖다 놓느라 애썼지만 제가 보기엔 무언가 몹시 찾으려고 노력한 흔적이 보입니다."

이형상이 시선을 돌려 구상관을 바라보았다.

"무엇을… 찾으려고 했다?"

"네. 좌랑을 죽인 것도 그 물건을 찾으려는 목적이 아닌가 사료됩니다만."

이형상은 고개를 끄덕이고는 구상관에게 뭐라고 하려다가 그만두었다.

*

김익선이 살해당하던 날 밤 저녁. 남산골 김후명의 집에 또다시 사람들이 모였다. 이번에는 네 사람이었다. 방의 안쪽으로 김후명이 앉아 있고 그의 앞쪽에 세 사람이 앉아 있었다. 그중 가장 왼쪽에 훈련도감 천총(정3품) 이시백(李施伯)이 앉아 있었다. 그는 양대 호란과 나선정벌 등 각종 실전 경험을 통해 잔뼈가 굵은 전형적인 무인이었다. 그 옆쪽에 김수안(金收按) 병조정랑(정5품), 그리고 가장 오른쪽에 약간 뒤로 빠져 앉아 있는 사람이 조심환(趙沈煥) 훈련도감 기패관(종9품)이었다.

김후명이 조심환에게 물었다.

"김익선의 집에서도 그것을 찾지 못했단 말인가?"

"네. 영감."

"허허! 저런 일이 있나? 그럼 그것이 도대체 어디로 사라졌단 말인가?"

이시백이 몹시 실망한 어조로 말했다.

"아닙니다. 단지 그것을 찾지 못했을 뿐입니다. 놈의 사랑방이 워낙 복잡하게 되어 있는 데다가 한참 서책을 찾고 있는 중에 그 집 하인놈이 쓰러져 있는 김익선을 발견하고 소리를 지르는 바람에 하는 수 없이 빠져나오고 말았습니다."

김후명은 눈살을 찌푸리고 아무 말 없이 앉아 있었다.

"조금 위험하더라도 자네가 다시 한 번 가 보는 것이 어떻겠는가?"

김수안이 조심환에게 말하자 김후명이 손을 저었다.

"아닐세. 저들이 김익선이 죽은 걸 알고도 그것을 놈의 집에 그대로 두어 둘 자들이 아니야. 다시 가 보아야 괜히 흔적만 남기는 꼴이 될 걸세."

"그럼 어찌 해야 한단 말입니까?"

김수안이 탄식했다. 김후명은 안타까운 표정으로 말했다.

"이제 더욱더 깊은 곳으로 숨을 수밖에 없을 것이야. 그것은. 아! 큰일이로다. 승냥이들의 손에 신선한 고깃덩어리를 던져 주고 말았으니."

김후명이 벽을 바라보며 짐짓 장탄식을 했다. 방 안의 공기가 지난 모임 때보다 더욱 무거워졌다.

*

이형상은 퇴청하자마자 구상관을 다시 집으로 불렀다. 구상관은 귀찮다는 태도를 온몸으로 흘리며 이형상의 집에 나타났다. 이형상은 그런 구상관을 보자마자 묵직한 주머니 하나를 내밀었다. 짐짓 거절하는 척하다가 그것을 받아든 구상관이 주머니 안을 살펴보더니 눈이 커지며 태도가 한층 누그러졌다.

"자네는 지금부터 전 이조참판 정성식의 주변에 대해 조사하게."

"네?"

"이조참판 정성식의 역모 사건에 대해선 잘 알고 있겠지?"

"네? 아, 물론이지요."

달포 전에 장안을 떠들썩하게 한 그 사건을 어떻게 모른단 말인가?

"내 생각엔 그 사건에 관련된 어떤 자가 좌랑에게 원한을 품고 이런 짓을 했으리라 짐작하네. 그러니 정성식의 주변 인물을 조사하게. 그리고 그 결과는 내게 직접 보고하게. 알겠나?"

이형상의 말은 정식 보고 계통을 거치지 말고 자신에게 직보하라는 말이었다. 구상관은 의아한 눈으로 이형상을 보긴 했지만 곧 머리를 숙였다.

'높은 분들의 속내야 내 알 바 아니지. 허나 적어도 이것의 값어치는 해 줘야만 하겠지.'

이미 나이 사십 후반에 겨우 군관의 직위이니 벼슬길로서는 더는 승부를 볼 것이 없는 그였다. 벼슬 아니면 재물이 그 다음이다. 이렇게 이따금 주어지는 별도의 수입은 이래서 좋았다. 구상관은 소매 속에 간직하고 있던 이형상이 던져 준 주머니를 다시 한 번 움켜쥐었다.

*

'꽤나 번성했던 집이었는데. 정말 무상한 것이 권력이로군.'

구상관은 폐가가 되다시피 한 정성식의 집을 여기저기 둘러보고 있었다. 역모 사건을 조사한다고 한창일 때는 꽤나 시끌벅적했겠지만 관련자들에 대한 처리가 끝나자 관리들의 발길도 뜸해졌다. 값나가는 물건이 없을까 하고 목숨을 걸고 역신의 집 담을 넘는 자들이 이따금 있을 뿐 이 저택은 거의 방치되다시피 하고 있었다. 정성식의 주변을 조사하라는 참관의 명으로 구상관은 정성식의 주변 인물을 알아보았지만 그의 지인이나 친우들은 역모 사건의 여파로 직접적으로 관계된 자들은 죽거나 유배를 간 상태였고, 간접적으로 관계된 자들조차 모두 한양을 뜨고 난 뒤였다. 그래서 마지막으로 택한 곳이 이곳 정성식의 집이었다. 이곳에서조차 아무것도 발견할 수 없다면 구상관이 이형상에게 보고할 것은 아무것도 없었다. 관의 일이란 보고할 것이 없으면 만들어서라도 해야 하는 것이다. 구상관은 오랜 관직생활로 그런 의식이 몸에 배어 있었다. 우선 이 집 주인인 정성식의 방을 조사해야 했다. 대문을 들어서자 오른편에 팔작지붕으로 된 사랑채의 정중앙에 위치한 방이 보였다. 이 집의 주인이 거처하던 방이었을 것이다. 누마루를 거쳐 방문을 열고 들어선 구상관은 방 안 이곳저곳을 면밀히 살폈다. 달리 눈에 뜨이는 것이 없었다. 역모 사건으로 상당히 어수선했던 듯 방 안에 있던 가재도구 따위는 아무렇게나 팽개쳐져 있고 그중 크고 무게가 나가는 것들은 형리들이 그렇게 한 듯 방의 한쪽 구석에 몰아쳐 쌓여 있었다.

'빨리 일을 마쳐야 한다. 괜히 번을 서는 놈들에게 들키기라도 하면 곤란하지.'

구상관이 그렇게 생각하며 방 안을 훑어보는데 그의 눈에 들어오는 곳이 있었다. 사랑방 미닫이문의 위쪽인데 약간 볼록 나와 도드라져 보였다. 그런 것은 본 적이 없었다. 구상관이 까치발을 하여 거기에 손을 대어 보니 손에 닿는 촉감이 벽의 다른 부분과는 달리 안쪽이 비어 있는 듯했다. 구상관이 손가락으로 두드려 보자 텅 하고 소리가 났다. 나무로 되어 있었고, 역시 그 안은 비어 있는 듯했다. 사랑방 문 위의 벽면에다가 홈을 파서 그 위로 다시 자그마한 문을 달아 놓은, 마치 여닫이문을 단 금고 같은 모양의 것이었다. 그런 것을 방문 위에 만들어 놓았

던 것이다. 워낙 표시가 나지 않아 여간해서는 알아보기 힘들었다. 구상
관은 손을 들어 올려 그것을 열어 젖혔다. 손이 그 안으로 쑥 들어갔다.
서너 치가량의 깊이였다. 안에는 아무것도 없었다. 이 집 주인의 사랑방
방문 바로 위에 이런 장치를 해 놓았다는 것은 뭔가 주인이 몹시 소중
한 것을 그곳에 보관하고 늘 감시하려고 했던 것은 아니었을까?

*

"정성식의 집에 그런 장치가 되어 있고 그곳이 비어 있더라?"

"네. 영감. 무언가 아주 소중한 것을 감추려고 하지 않았나 사료됩
니다."

이형상은 구상관의 보고를 듣고는 고개를 끄덕였다. 구상관은 이형
상의 다음 지시를 기다렸다. 그런데 뜻밖의 말이 나왔다.

"그만 됐네. 수고했네."

구상관은 의아한 마음으로 이형상의 앞을 물러나왔다.

다음 날 구상관은 퇴청하자 집으로 돌아가지 않고 김익선의 집으로
갔다. 병조참판의 관심이 지대한 사건이다. 자신에게 정성식의 주변을
조사하라고 시킨 것도 결국 김익선의 사건이 그 발단이었다. 병조참판
이형상이 누구인가. 산림의 실세로서 이 조정의 권력 실세가 아닌가.

'이 일로 내 지겨운 벼슬길에 활로가 생길지도 모른다.'

그런 생각을 하며 구상관이 김익선의 집을 백 보 정도 앞두고 있을
때였다. 저녁 어스름 아래에서 김익선의 집 담장 위로 뭔가 검은 물체
가 솟아올랐다. 그것을 보자마자 구상관은 몸을 날렸다. 어스름 속에

서 자세히 보니 검은 그것은 사람의 그림자였다. 살인범은 반드시 범죄 현장에 다시 나타난다. 구상관은 회심의 미소를 띠며 재빨리 뒤쫓았다. 바로 십 보 정도 앞서서 놈이 뛰고 있었다. 칠 보, 오 보. 놈의 뒷덜미를 낚아채는 것은 이제 시간 문제였다.

구상관이 놈의 뒷덜미를 잡기 위해 마악 팔을 내뻗은 찰나 번쩍하고 그의 얼굴을 향해 날아오는 것이 있었다. 순간적으로 구상관은 그것을 피해 얼굴을 돌렸다. 허나 늦었다.

치익 하고 귓가를 스치는 소리와 함께 오른쪽 빰이 인두로 지진 듯 뜨거웠다. 구상관은 순간적으로 비틀거릴 수밖에 없었다. 비록 이제는 나이 들었지만 구상관도 한때는 숙달된 무인이었다. 그도 수도를 날려 상대의 어깻죽지를 힘껏 내리쳤다. 픽 하는 소리와 함께 상대가 움찔하는 것 같았다. 그러나 다음 순간 어둠을 뚫고 마혜(짚신)를 신은 발이 그의 얼굴 위로 날아왔다. 발이 그대로 눈에 들어왔다. 보통 때 같았으면 구상관은 그 정도 속력의 공격은 피할 수 있었다. 그러나 지금은 뭔가에 얼굴을 맞고 비틀거리는 순간이었다. 눈에 불길이 번쩍 일며 구상관은 그대로 의식을 놓아 버렸다.

*

"으윽."

구상관이 눈을 떴다. 그의 직속 수하 포교가 그의 얼굴 위에서 걱정스러운 시선으로 그를 바라보고 있었다.

"군관님! 괜찮으십니까?"

구상관은 포교를 보고는 얼른 몸을 일으켰다.

"여기가… 어디냐?"

"네. 군관님. 여긴 호조좌랑 댁 근처 주막입니다요. 번을 서던 나졸들이 길가에 쓰러져 계신 군관님을 발견하고."

구상관이 손을 들어 포교의 말을 제지했다. 오른쪽 뺨이 불에 덴 것처럼 쓰리고 따가웠다. 구상관은 거울을 가져오게 해서 뺨의 상처를 살폈다. 나졸들이 응급처치를 한 듯 무명 끈으로 동여매 놓은 상처에서 아직도 핏물이 배어 나오고 있었다.

'놈! 어떤 놈인지 기어이 잡아낼 터이다. 감히 내게 이런 상처를.'

으드득 하고 이를 한번 간 구상관은 포교의 만류에도 불구하고 몸을 일으켜 김익선의 집으로 다시 갔다. 마치 먹이를 노리는 범처럼 김익선이 살해당한 사랑방 앞의 뜰과 그 주위를 수색했다. 놈은 분명히 이곳에서 무언가를 찾아 빼돌렸다. 그렇지 않다면 내게 무기까지 휘두르며 저항할 이유가 없었다. 뭔가 캥기는 것이 있으니 그리했겠지. 그것이 무얼까? 그러나 아무것도 새로운 것은 없었다. 구상관은 하릴없이 집으로 돌아갈 수밖에 없었다. 늦은 저녁을 먹는 둥 마는 둥 상을 치우고 그는 다시 거울 앞에 앉아 뺨의 상처를 살폈다.

'놈이 사용한 무기가 무엇일까? 얼핏 보았지만 가느다랗게 생긴 것이었는데.'

구상관은 자신의 얼굴을 향해 날아오던 것에 대한 기억을 떠올렸다. 놈의 정체를 알기 위해서는 놈이 사용하는 무기를 알아보면 된다. 오랜 포청 생활에서의 경험은 그렇게 말하고 있었다. 순간 구상관은 속으로 무릎을 쳤다. 얼마 전 장안의 왈패들 간에 대규모로 싸움이 났을 때 그 주모자들을 포청에서 잡아 조사했었다. 그때 놈들이 지니고 있던 칼의 모양이 생각난 것이다. 길쭉하고 가느다란 검신(檢身). 대나무로 만들어진 칼자루 등.

'그래. 그 창포검을 그때 놈들이 가지고 있었었지. 살주계(殺主契)라 했던가? 그놈들이.'

구상관은 다음 날 등청하자마자 그의 수하 포교를 불렀다. 그러고는 그를 앞세우고 곧바로 청파(靑坡) 근처로 갔다. 놈들의 본거지로 지목되는 곳이다. 구상관과 동행한 포교는 이곳이 익숙한지 발걸음이 마치 제집을 드나들듯 했다. 길가에서 조금 떨어진 꽤 넓은 초가 안으로 포교는 불쑥 들어갔다. 초가의 조그마한 마루 위에 앉아 있던 떡 벌어진 어깨를 가진 장정 하나가 포교를 보자 놀라 몸을 일으켰다.

"이분은 포청 군관님이시다. 너희들에게 조사할 것이 있어 오셨다."

구상관은 그 사내를 유심히 살폈다. 어젯밤의 그놈은 아니었다. 놈은 분명히 내 수도에 어깻죽지를 맞았다. 그렇다면 지금쯤 놈은 수도에 맞은 어깨를 사용해서는 아무것도 못 할 것이었다. 그런데 놈은 양손을 사용하여 칼로 무언가를 만들고 있었던 것이다.

그러나 구상관이 누구인가. 이쪽 방면에는 닳고 닳은 그였다. 구상관은 불문곡직 본론으로 직행했다.

"너의 친구 놈들 중에 어젯밤 어딘가 침입한 놈이 있다. 마음만 먹으면 너희끼리 연통이 가능한 것을 안다. 놈은 조정 관원을 살해했을지도 모른다. 자! 즉각 놈을 찾아내라."

놈의 안색이 핼쑥해졌다. 이런 놈들을 닦달하는 것은 간단했다. 늘

범죄와 함께하다시피 하는 자들이었다. 넘겨짚어 이야기만 하면 되었다. 그 다음으로 죄목이야 들추어내면 그만이니까. 놈은 구상관과 포교에게 머리를 숙이고는 집 밖으로 사라졌다. 두 식경쯤 지났을까. 놈이 헐레벌떡 다시 나타났다.

"군관 나리! 찾았습니다. 어젯밤에 나갔던 놈이 있습니다."

그러면 그렇지. 구상관은 득의의 미소를 지으며 포교와 함께 놈을 앞세우고 나섰다. 얼마간 걸어가다가 놈이 어느 초가의 사립문 앞에 섰다. 헛기침을 몇 번 하자 안에서 노파가 한 사람 나왔다. 노파는 이런 일에 익숙한 듯 심드렁하게 말했다.

"포청에서 나오셨다구요?"

자신들을 앞섰던 놈이 뭐라 하려고 하자 구상관이 손을 들어 그를 제지하고는 노파에게 말했다. 놈의 이름이 최희로라고 했었다.

"그렇네. 희로는 어디에 있는가?"

구상관이 집 안 동정을 살피며 물었다.

"네. 의원께 갔어요. 어젯밤에 나갔다 오더니 어깨가 아프다면서."

구상관은 귀가 번쩍 뜨이는 것 같았다.

"그 의원 집이 어딘가?"

구상관은 포교와 함께 득달같이 의원의 집으로 달려갔다. 과연 거기에서 최희로는 어깨에 하나 가득 뜸을 뜨고 있었다. 오른쪽 어깨가 보기에 민망할 정도로 부어 있었고 시퍼렇게 멍들어 있었다. 희로는 구상관과 포교의 모습을 보자 깜짝 놀라 자리에서 일어섰다. 구상관은 최희로를 보고 미소 지었는데, 그 눈빛은 마치 먹잇감을 잡기 직전의

맹수의 눈빛과 같았다.

"내가 누군지 알겠지?"

"누, 누구시온지……."

구상관의 얼굴에서 미소가 사라지며 곧바로 주먹을 움켜쥐어 그것을 최희로의 턱 바로 아래에 갖다 댔다.

"네놈이 어젯밤 칼로 죽이려고 했던 사람을 모른단 말이냐?"

최희로는 단박에 안색이 새파랗게 질렸다. 그 표정에서 만사를 알아차린 구상관은 곧 냉정을 되찾았다.

"지금부터 내가 묻는 말에 하나의 거짓이라도 있어서는 안 된다. 알겠느냐?"

"…네."

최희로는 기어들어 가는 목소리로 대답했다.

"네놈은 어젯밤 무엇 때문에 호조좌랑 댁에 몰래 침입했느냐?"

"그, 그것은……."

최희로는 어쩔 줄 몰라 하며 말을 더듬었다.

"이놈이! 네놈은 지금 조정 관원에게 칼을 휘둘러 상해를 입혔다. 이것 하나만으로도 중죄다. 게다가 조정 관원의 집에 몰래 침입했다. 거기서 뭘 하려고 했느냐? 즉시 포청으로 가서 죄상을 밝혀야겠다. 여봐라!"

구상관이 포교에게 최희로를 추포할 것을 지시했다. 최희로는 체념한 듯 고개를 숙였다. 구상관은 그런 최희로의 태도를 보더니 손을 들어 포교를 제지했다.

"단, 네놈이 순순히 자백을 한다면 형신을 당한다든지 하는 일은 없을 것이다. 어떻게 하겠느냐?”

구상관의 말을 듣자 최희로의 안색이 밝아졌다가 곧 다시 침울해졌다. 구상관이 틈을 주지 않고 몰아붙였다.

“네놈이 호조좌랑을 살해했지? 말해라!”

최희로는 얼굴을 번쩍 들어 구상관을 바라보았다.

“아 , 아닙니다요. 살해라니요? 천부당만부당한 말씀을.”

“그럼 왜 그곳에 몰래 침입했느냐? 혹시 네놈이 남겨놓은 증좌가 마음에 걸려서 그런 것은 아니냐?”

최희로는 뭔가 말하려고 하다가 급히 입을 다물었다.

“왜? 무슨 사정이 있느냐?”

“놈은… 훈국에 입사 중이옵니다만…….”

그때까지 의원의 집 마루에 앉아 구상관과 포교의 하는 양을 지켜보던 덩치 큰 사내가 넌지시 말했다.

구상관은 잠깐 표정을 일그러뜨렸다가 다시 폈다.

“훈국? 네놈은 그럼 조정 관원으로서 그런 짓을 했단 말이냐?”

“……”

최희로는 아무 말이 없었다. 훈련도감 병사 중에는 무예에 출중한 자들이 많았다. 궁중에서 주상 전하를 호위하는 별감의 직책을 맡은 자들처럼 궁에 묶여 있는 자들에게는 그런 일이 거의 없지만 그렇지 못한 자들 중에는 권세 있는 자들의 사병과 같은 역할을 하는 사람도 적지 않았다. 말이 나랏일이지 받는 급료가 턱없이 적어 재주가 있는 자들에게 그런 유혹은 늘 있게 마련이었다. 이자도 낮에는 훈련도감의 일을 하고 밤에는 살주계의 일을 하여 생계를 해결하는 모양이었다.

"직위는 무엇이냐?"

"별무사(別武士)이옵니다."

구상관은 훈련도감의 종사관으로 근무 중인 자신의 친척 되는 사람을 떠올렸다.

"다시 묻겠다. 어젯밤에 호조좌랑의 집에는 무슨 일로 침입했느냐?"

"……"

"말하지 않으면 나도 어쩔 수 없다. 포청에서 본격적인 조사를 하게 되면 너는 훈국의 일도 하지 못하게 된다. 그래도 좋으냐?"

최희로가 잠시 생각하더니 마침내 무겁게 입을 열었다.

"돌아가신 호조좌랑 어른의 집에 자신이 꼭 찾아야 할 것이 있다는 분이 계셔서……"

"네놈은 그곳이 어디인지 아느냐? 살인 사건이 벌어진 곳이다."

포교가 호통 치자 최희로는 고개를 수그렸다. 구상관은 최희로의 말을 듣고 의외라는 생각이 들었다. 김익선의 살해 사건에 최희로가 어떻게든 관계되어 있다고 생각하였는데 그런 것이 아니었다. 구상관이 포교의 말을 막고 희로의 말을 재촉했다.

"그 사람이 누구냐?"

"모릅니다요. 저처럼 천한 것이 그런 것은 알아서 무엇하겠습니까? 그저 저는 그분이 주신 은자 열 냥이 탐이 나서."

"저런 괘씸한 놈을 보았나? 그럼 그 은자 열 냥 때문에 감히 포도청 군관에게 칼을 휘두른단 말이냐?"

포교가 다시 호통 치자 최희로는 다시 자라목이 되었다.

"그, 그것은 마침 담을 넘는 순간에 나리께서 나타나시는 바람에 저도 모르게⋯⋯."

겁에 질려 덜덜 떠는 최희로를 보며 구상관이 말을 이었다.

"그럼. 거기서 가지고 온 것이 무엇이냐?"

"그, 그것은 저도 잘 모르는 것입니다. 보따리에 꽁꽁 싸여 있던 것이라서."

"어떻게 했느냐? 그 물건은."

"오, 오늘 아침에 그분에게 넘겼습지요."

"그분이라니? 그 은자 열 냥을 준 자 말이냐?"

"네. 나리."

구상관은 잠자코 고개를 끄덕이더니 포교에게 저만치 가 있으라고 지시했다. 포교가 의아한 표정으로 멀어지자 구상관은 최희로에게 낮은 목소리로 말했다.

"사실대로 말해라. 사실대로 말하지 않으면 내 너의 뒤를 봐줄 수 없다."

"나, 나리. 무슨 말씀을?"

구상관은 무표정하게 다시 되뇌었다.

"네놈은 지금 거짓을 말하고 있다. 이유는 묻지 마라. 다만 네놈의 하는 태도나 말투를 보아 아는 것이다. 네놈이 훈국의 직위를 잃고 벌을 받을 수 있는데도 굳이 입을 다문다는 것은 그만큼 그 일이 네놈에게 중대하다는 것을 내 알고 있다. 하나 나는 알아야겠다. 포청에 가서 형신을 받고 토설하겠느냐 아니면 그냥 말할 테냐?"

구상관이 짐짓 표정을 험악하게 하며 말하자 희로는 잠시 후 고개를 떨궜다. 역시 짐작이 맞았다. 희로가 떨리는 어조로 말했다.

"은자 열 냥이라는 말은 거짓이옵고 병조참판 영감댁에서 나오신 분이 그 일을 시키셔서……."

"병조참판이라고?"

구상관이 놀라 목소리를 크게 했다. 그에게 정성식의 주변을 조사하라고 시켰던 병조참판이 최희로에게는 김익선의 집을 뒤지게 했다? 이런 자에게 야밤에 몰래 그것도 살인 사건이 일어난 집을 뒤지게 하다니. 병조참판이 뭐가 두려워서 그런 일을 꾸몄을까?

그가 이 조정에서 실세 중의 실세라는 것은 삼척동자도 아는 일인데. 구상관은 최희로의 입장이 이해가 됐다. 자신이라도 병조참판이 시키는 일이라면 물불 가리지 않고 했을 것이다. 하물며 훈국 별무사 따위라면 말할 것도 없다.

'어떻게 해야 할까? 병조참판 댁에서 나온 사람이라면.'

구상관은 향후의 행동에 대해 생각에 생각을 굴리다가 그만두었다.

'이 일은 덮어두는 것이 좋겠군.'

병조참판이 하는 일에 포청 군관 나부랭이가 괜히 나섰다가는 어떻게 경을 칠지 알 수 없는 일이었다.

'그러면 호조좌랑은 누가 죽였단 말인가?'

구상관은 속의 말을 털어놓고는 시원하다는 표정으로 앉아 있는 최희로를 내버려두고 의원 집을 걸어 나왔다.

76

4. 임무

1659년 1월

"임무라고요?"

정이로는 김후명에게 되물었다.

"그렇네."

김후명은 먹잇감을 노리는 수리처럼 이로를 쳐다보며 말했다.

"무슨 일입니까?"

이로는 호기심 반 긴장감 반으로 물었다.

"자네는 지금부터 여인을 하나 후려야만 하네."

"뭐라고요?"

이로는 놀라서 눈을 크게 떴다. 솔직한 점이 마음에 든다고 하더니 이제는 여자를 유혹하라니. 이 인물의 행동은 점점 더 이로를 궁금하게만 한다.

"할 수 있는가?"

김후명은 단도직입적이었다. 이로로서는 지금 선택의 여지가 없다. 월향은 어떻게 해야 하는가? 그러나 이로는 고개를 끄덕이지 않을 수 없었다. 김후명은 만족한 듯 미소를 짓더니 이로에게 속삭였다.

"이제부터 자네는 장사꾼인 정 서방일세. 대국을 오가며 온갖 방물(方物)을 취급하는 장사꾼."

"저더러 장사꾼 행세를 하란 말입니까?"

"못 할 것도 없지 않나?"

이로가 마땅찮은 표정을 하자 김후명은 정색을 하고 다시 말했다.

"다시 말해 두지만 이번 일은 자네가 할 수도 있는 그런 일이 아니네. 반드시 해내야만 하는 일이지."

이로가 작심한 듯 말했다.

"좋습니다. 그래서요?"

"병조참판 이형상을 알지?"

이로는 말없이 고개를 끄덕였다.

"그 사람에게 첩이 한 사람 있네. 지방의 기생 출신이지. 그런데 모두 그녀를 서시라 부르네."

"서시요?"

서시란 중국 전국시대 오나라의 왕 부차의 애첩을 말한다. 그런데 어떤 여자인지는 모르지만 왕의 애첩의 칭호를 가지다니.

"그렇네. 나는 한 번도 보지 못했지만 꽤 아름다운 모양이야. 오죽하면 그런 별명이 붙었겠나?"

김후명은 이로의 안색을 살폈다.

"왜 미인이라 하니까 구미가 당기나? 그러나 잊지 말게. 자네는 결코 그 여자에게 빠지거나 해서는 안 된다는 사실을 말이야. 그 여자에게 빠지거나 해서는 일을 그르치기 십상이니까."

김후명은 파락호였던 이로의 전력을 염려하는 모양이었다. 이로는 잠시 생각하다가 김후명에게 말했다.

"하겠습니다. 기왕에 이렇게 된 몸. 무슨 일인들 마다하겠습니까?"

김후명이 웃으며 고개를 끄덕였다.

"자네는 그 집에 들어가는 물건들을 가지고 들어가 그녀를 만나 얼굴을 익히게. 그 다음에 내가 자네가 할 일을 이야기해 주지."

이로가 다소 곤란하다는 듯한 표정을 지었다.

"그런데……."

"왜 무슨 문제인가?"

"상인으로 그 집에 드나들자면 무슨 끈이 있어야 하지 않습니까?"

"염려 말게. 상단의 행수로서 이미 그 집에 드나든 지가 수년이 되는 사람이 있으니. 자네는 그를 대신하여 왔다고만 하면 그뿐일세."

김후명은 자신 있는 표정으로 미소 지었다.

*

"여자를 만나요?"

월향은 이로의 말에 목소리를 높였다. 좀처럼 자신의 속을 잘 드러내지 않는 월향인데 때가 때이니만치 예민해진 것인가? 이로는 서둘러 다음 말을 이어 가려고 했으나 잠시 생각하던 월향이 먼저 말을 꺼냈다.

"그것이 그 선비님의 명령이었다고요?"

"그렇소. 반드시 해야만 하는 일이라니… 나도 어쩔 수 없이……."

월향은 눈을 내리깔고 한참을 생각에 잠겼다가 말했다.

"좋아요. 하지만… 그 일을 하는 데 조건이 있어요?"

"무슨 조건 말이요?"

*

며칠 후 이로는 김후명의 지시에 따라 병조참판 이형상의 첩이라는 여자의 집으로 들어갔다. 그녀의 집 문 앞에 선 이로의 눈이 휘둥그레졌다. 까마득한 계단 위에 서 있는 대문을 지나 안으로 들어서자 오른쪽으로 팔작지붕이 솟아 있는데 거기가 사랑채인 듯했다. 사랑채를 끼고 오른쪽으로 돌자 안채로 이어지는 작은 문이 나타났다. 그리고 연이어 오가는 하인배들도 보였다. 과연 이곳이 첩실이 사는 작은 집일까? 서울 장안의 어느 대갓집도 그처럼 크고 화려하지는 않을 것이다. 그것은 또한 병조참판 이형상의 권력의 크기이기도 했다. 안채를 들어서서 한참을 걸어가자 후원이 나왔다. 후원 뒤에 정자가 하나 있는데 거기에 여인이 한 명 앉아 있었다.

'저 여자가 서시인가?'

군이 남들이 말하지 않아도 이로는 한눈에 그녀가 문제의 인물임을 알아볼 수 있었다. 그녀는 이로가 여태껏 본 어느 여인에게서도 풍기지 않았던 분위기를 풍기고 있었다. 그녀를 월향과 비교한다면 월향이 갓 핀 난초 같다면 그녀는 한겨울 한껏 흐드러진 동백꽃이었다. 그녀의 겉모습은 언뜻 비수처럼 차가와 보였다. 그러나 이로는 느낄 수 있었다. 그 겉모습은 비수같이 차갑지만 그 속에 또한 불꽃을 간직하고 언젠가 그 불꽃이 타오르기만 기다리는 정열의 화신과 같은 여인. 그녀가 바로 서시였다. 그녀는 이로 일행을 보자 마침 마시고 있던 차를 한 모금 들이키고는 배시시 웃었다. 사람을 빨아들이는 흡인력이 강렬했다. 저 흡인력에 병조참판도 넘어간 것이리라.

"오! 왔는가? 그래. 내가 부탁한 것들은 모두 가지고 왔고?"

그녀는 이로 일행을 기다리고 있었던 듯했다. 문득 그녀가 이로를 보고 잠시 눈살을 찌푸렸다.

"제가 오늘부터 이 댁에 드나들기로 했습니다."

이로가 그녀의 마음을 짐작하고 미리 말했다. 그제야 그녀는 안심한 듯 웃는다.

"그래? 알았네. 자네 상단은 내가 부탁한 것들은 빈틈없이 준비해 주니 나는 늘 고맙게 생각하고 있지."

이로는 서시가 그에 대해 일으킨 조그마한 의심을 지속시키지 못하도록 그녀에게 그녀가 부탁했던 물건들을 방 안에 좌악 펼쳐 모두 보여 주었다. 그녀의 눈이 기쁨으로 빛났다. 그녀는 만족한 듯 고개를 끄덕였다. 서시는 경묘직(經畝織)으로 짜서 여러 가지 색상으로 염색된 섬세하고 치밀한 경사(經絲)의 올마다 굵은 위사(緯絲)의 여러 올을 한꺼번에 교차시킴으로써 천의 표면에 두둑처럼 나타나는 다채로운 무늬 효과를 내는 중원의 경금(經錦), 그것을 손에 쥐고 그 부드러운 감촉을 즐겼다. 지금 조선에서는 이런 고품질의 비단은 구하려고 해도 구할 수가 없었다.

이때 이로가 표시나지 않도록 종이 한 장을 떨어뜨렸다. 비단으로 된 옷감을 손에 쥐고 감촉을 음미하던 서시의 눈길이 자연스럽게 이로가 떨어뜨린 종이로 향해 갔다. 이로는 황급히 종이를 옷깃 속으로 집어넣었다.

"그게 뭔가?"

서시가 이로를 보며 물었다. 이로는 아무렇지도 않은 듯 대답했다.

"그것이라니요?"

"방금 자네가 옷깃에서 떨어뜨렸다가 다시 집어넣은 것을 말하네."

"아, 아무것도 아닙니다."

서시가 부드럽게 미소 지으며 말했다. 조금 전 물건들을 바라보던 때
와는 조금 다른 무게의 미소였다.

"아무것도 아니라니? 자네는 그걸 떨어뜨리고 잠시 당황한 듯이 보이
던데."

이로는 속으로 무릎을 쳤다. 이것이다! 이 여자의 호기심. 역시 짐작
한 대로 호기심이 강했다.

"아, 네! 그것은 이것이옵니다."

이로가 소매 속에서 종이에 쓴 무엇인가를 꺼내 들었다. 서시가 손
짓을 했다. 그녀에게 보여 달라는 의미인 듯했다. 이로가 잠시 망설이
더니 결심한 듯 그것을 서시에게 보여 줬다. 글을 읽는 서시의 표정이
처음에는 대수롭지 않다는 듯하더니 점차 놀랍다는 표정으로 변해
갔다.

"흠. 꽤나 잘 쓴 글인데."

서시는 말은 그렇게 했으나 꽤 충격을 받은 눈치였다. 서시가 이로를
바라보았다.

"이것은… 자네가 쓴 글인가?"

이로는 잠시 망설이더니 고개를 끄덕였다. 서시가 되물었다.

"장사꾼이 이런 글을 지을 수 있다니. 자네의 출신이 궁금하군 그래."

이로가 또 잠시 뜸을 들였다. 그러고는 결심한 듯 서시에게 말했다.

"소인은 본시 천출이 아닙니다. 가세가 워낙 빈한하여 벼슬길의 꿈을
접고 이 길로 나서게 되었지요. 그러나 꿈이라는 것이 접었다고 해서
접히지 않는 것이더군요. 그래서 심심파적으로 이런 글이나 지어 못다

이룬 저의 꿈을 달래 보곤 하는 겁니다."

서시가 고개를 크게 끄덕이며 이로를 쳐다봤다. 그리고 이로가 준 글을 다시 한 번 내려다봤다.

*

"어찌하여 그런 방법을 쓸 수 있었소?"

이로가 신기한 듯 월향을 쳐다보며 물었다. 이로는 서시를 만나 월향이 말한 그대로 따랐다. 결과는 그녀가 예견한 것과 정확히 일치했다. 월향이 웃으며 대답했다.

" 그 여인네의 약점이 무엇일까요? 도련님은 어떻게 생각하시나요?"

이로가 별 다른 대답을 못 하자 월향이 미소 지으며 계속 말했다.

"사람에게는 누구나 자신만의 약점이 있어요. 그것을 잘 활용하면 그와 가까와질 수 있지요. 서시를 생각해 보세요. 그 여자는 기생이라는 천한 신분이지요. 그런데 신분에 맞지 않게 출세를 했지요. 아마도 이 출세는 이형상의 총애가 계속되는 한은 변하지 않을 사실이겠죠. 그 여자는 지금 현재 자신이 갖고 있는 것에 대해서는 아무 미련이 없지요. 사람이란 그런 것이죠. 늘 자신이 갖고 있는 것보다는 가지지 못한 것에 집착하는 존재지요. 그 여자가 갖고 있지 못한 것, 그게 그 여인네의 약점이지요. 부나 안락한 삶은 아닙니다. 그것은 현재 가지고 있으니까요. 그런데 양반들이 하는 것, 예를 들어 학문 같은 것은 그 여자가 가지고 있지 못한 것이지요. 학문은 무엇으로 대표되나요? 글로 대표되지요."

이로는 고개를 크게 끄덕였다.

"도련님은 양반으로 태어났지만 자신처럼 천출이 되었지요. 그 여자와 도련님은 지금 한 지점에 서 있는 거예요. 그래서 자신과 한 지점에 서 있는 사람에게서 사람들이 흔히 느끼는 것, 동병상련을 그 여자는 도련님에게서 느낄 것이예요. 학문과 동병상련, 이 두 가지가 합해져서 도련님에게 더욱 관심을 가지게 되지요."

말을 끝낸 후 월향은 이로에게 한마디 덧붙였다.

"양반님네들은 모르는 우리 의원들의 말에 이런 게 있죠. 의원집 십 년보다 정승집 하루가 더 낫다고요. 하여튼……."

월향이 목소리를 낮추고 말했다.

"우선 그녀와 더욱 가까워지세요. 조금 시일이 지난 후에 도련님이 할 일이 생길 거예요."

이로가 온 얼굴을 무너뜨리며 웃었다.

＊

'……?!'

이로와 월향이 대화하는 방문 밖에서 그들의 대화를 듣던 김후명이 미소를 지었다.

'의외의 소득이군. 글을 지어달라고 해서 무엇에 쓸 것인가 궁금했더니 허허! 정이로의 여인이 정말 보석이 아닌가! 모두 하늘이 내리시는 홍복이지. 이 일은 일단 저 여인의 지략에 한 번 맡겨 보는 것도 괜찮겠군. 아무래도 같은 여인의 일이니… 시간이 조금 없긴 하지만…….'

김후명은 별이 밝아오는 밤하늘을 보았다. 맑기만 한 하늘이었다.

＊

며칠이 지났다. 이로는 서시의 집 문 앞에 서 있었다. 서시의 집 사랑으로 들어서니 서시는 아직 오후인데도 주안상을 받아놓고 홀로 술을 찔끔거리고 있었다. 뺨이 엷은 복숭아 빛으로 물든 것으로 보아 제법 주기가 오른 듯했다.

　"오! 왔는가?"

　서시는 이로를 보자 반색을 했다.

　"이전에 자네의 글을 보고 내 생각을 해 봤지. 참으로 아까운 사람이 장사치로 썩고 있구나 하고 말이야."

　서시는 이로가 자리에 앉자마자 대뜸 본론을 꺼냈다. 이로는 멋쩍게 웃으며 대꾸했다.

　"겨우 그 정도 재주를 가지고 너무 과찬이십니다. 하하하."

　서시는 정색을 하며 이로에게 말했다.

　"아닐세. 내 영감님의 자리가 자리이다 보니 내게 붙어 벼슬자리 하나라도 구걸하려는 양반 나부랭이들이 아주 줄을 서네그려. 그 줄이 육의전 앞에까지 늘어섰지. 돼먹지 않은 글줄이나 몇 줄 읽은 재주로 벼슬 하나라도 얻어 보려는 그 꼬락서니 하고는. 난 그런 무리는 쳐다보지도 않네. 내가 우리 참판 영감께 그런 말은 아예 꺼내지 않는 것도 있지만 그런 무리일수록 염불보다 잿밥에 관심이 더 많은 법이지. 벼슬아치가 되어 봤자 탐관오리밖에 더 되겠나? 그런 자들이. 그런데 자넨 어떤가. 그런 실력을 가지고 있으면서도 욕심이 없지 않은가 말이야."

　그렇게 말하는 서시의 두 눈에는 은은한 노기까지도 어려 있었다.

　"그래서 요즘은 내게 벗이 없네그려. 화류계 시절의 벗이라야 이제

나를 통해 권세가에 줄이나 대보려고 날 보면 벼슬 구걸하는 양반 나부랭이들보다 더 아첨을 하려고 드니 그런 꼴도 보기 싫고."

그렇게 말하며 한숨을 포옥하고 내쉬는 모습이 정말 그런 듯했다. 이로는 말없이 그녀의 잔에 술을 채웠다. 서시가 약간 풀어진 눈을 들어 이로를 보며 말했다.

"해서 말인데… 자네가… 내 벗이 되었으면 하는데. 자네 생각은 어떤가?"

이로가 짐짓 놀란 듯 눈을 들어 서시를 보았다. 서시의 두 눈에 차 있는 공허함 같은 것. 이 여자는 남자가 그리운 것이 아니다. 사람이 그리운 것이다.

"네. 물론입니다. 제가 마님의 벗이 될 수만 있다면 얼마든지 그리합지요."

서시가 느닷없이 표정을 표독스럽게 바꾸더니 말했다.

"내 벗이 된다는 말은… 나를 힘들게 하는 일을 말하지 않는다는 뜻도 되네. 그리할 수 있겠는가?"

서시의 말인즉 그녀에게 벼슬 청탁 같은 것을 하지 않아야 한다는 뜻이었다. 이로는 크게 고개를 끄덕였다.

"물론입니다. 제가 여기서 뭘 더 바라겠습니까?"

이로가 말하자 서시는 웃으며 잔을 권했다.

"늙어가는 이 계집에게 마침 낭군께서 높은 벼슬에 있어 그 덕이라도 좀 보려는 무리만 주위에 널려 있어서 사는 꼴이 말이 아닐세."

그렇게 말하는 서시의 눈에는 어느덧 엷은 눈물마저 어려 있었다. 그녀의 고독은 생각보다 깊은 것 같았다.

*

"잘됐군. 굳이 다른 수를 쓸 필요도 없으니 말이야. 하하하!"

김후명은 이로를 보며 흡족한 듯 크게 웃었다. 이로가 김후명에게 억양 없이 말했다.

"이제 제가 해야 할 일을 말씀해 주십시오."

김후명이 웃음을 멈추고 이로를 지그시 쳐다봤다. 그리고 천천히 입을 열었다.

"자네는 힘을 가져야 한다는 내 말에 동의했었지?"

"네. 그렇습니다."

"그 이유가 무엇일까? 힘을 가져야 하는 이유."

"그야 물론……."

아버지와 형제들의 복수를 위해서라고 말하려다가 이로는 말끝을 흐렸다. 김후명이 짐짓 엄숙한 표정으로 자신을 보고 있었기 때문이다.

"사사로운 복수심 따위는 잊게. 자네는 이제 이 조선에서는 없는 인물이네."

"네?!"

이로가 놀라 되물었다.

"왜 그리 놀라는가? 자네는 역모에 연좌되어 함경도로 유형을 가는 도중에 자진했네. 그렇지 않은가?"

김후명의 말은 맞는 말이었다. 이로는 고개를 끄덕였지만 뭔가 석연치 않았다.

"그러면……."

"그런 사실을 왜 굳이 말하느냐고? 그것은 자네가 이 조선에서 없는 사람이어야 할 필요가 있기 때문이네."

"제가… 없는 사람일 필요가……."

"그렇네. 자넨 이미 함경도의 산골에서 죽어 없어진 사람으로 조정에 상신되었네."

이로는 어안이 벙벙했다. 그러면 자신은 이제 이 조선에서 죽어 없어진 귀신같은 존재란 말인가? 살아 있으되 살아 있지 않은 존재. 이로는 물어볼 것이 많았지만 꾹 참고 김후명의 말을 듣기로 했다. 김후명은 잠시 생각을 정리하는 듯하더니 이로에게 천천히 그러나 힘 있는 어조로 말했다.

"자, 이제 단도직입적으로 말하지. 그대는 주상 전하의 신하가 되고 싶지 않나?"

이로는 김후명을 한 번 보고는 실없이 웃었다. 무슨 이야기를 하는 건가? 그럼 나더러 과거시험을 봐서 급제라도 하라는 이야긴가?

"자네가 무슨 생각을 하는지 알고 있네. 허나 과거나 문음을 통해서 조정의 신료가 되라는 말이 아닐세. 내 말은."

"그러면 어떻게 하라는 말씀입니까?"

김후명은 다시 한 번 말끝에 힘을 주어 말했다.

"내게 말하게. 주상 전하를 위하여 아무도 보지 않는 음지에서 오로지 전하를 위해서만 일할 각오가 되어 있나?"

"무슨 말씀인지."

이로는 점점 더 김후명의 말귀를 알아들을 수 없었다. 김후명은 그런 이로에게 말 한 마디 한 마디에 힘을 주어 다시 말했다.

"내 말은 자네의 가문이나 개인적인 것을 모두 무시하고 오로지 주상 전하와 이 나라를 위하여 목숨을 바칠 각오가 되어 있나 이 말일세."

이로는 무슨 영문인지 몰랐지만 일단 김후명의 말에 따라 맹세를 했다.

"네. 각오가 되어 있습니다."

김후명은 이로의 말에 만족한 미소를 지으며 말했다.

"됐네. 그 한마디로 자네는 주상 전하의 충직한 일꾼이 됐네."

김후명은 단호하고도 명쾌한 어조로 말을 끝냈다.

"?!"

이로가 몹시 의아한 표정을 지었다.

'말 한마디로 주상 전하의 신하가 되다니? 이 사람이 지금 내게 사기를 치는 건가?'

김후명은 이로의 속마음을 아는지 모르는지 말을 이어 갔다.

"지금 시급한 일이 하나 있네. 그것은 문서를 하나 찾는 일이네."

"문서요?"

"그렇네. 아주 중요한 것이지."

김후명의 어조와 표정은 사뭇 진지했다. 그의 눈빛에 찰나간 경계심과 의구심 같은 것이 스쳐 갔다. 그러나 이로는 그것을 눈치 채지 못했다.

"어딘가에 보관되어 있던 그것이 얼마 전 돌연히 사라졌네."

"무슨 내용의 문서입니까?"

이로가 묻자 김후명은 또 잠시 말미를 두고 생각을 정리했다.

"그것은… 금상의 치세 이후 계속되어 온 커다란 일에 관한 것일세. 지금은 그 정도만 알아 두게."

이로는 점점 더 혼란스러워졌다. 느닷없이 주상 전하의 일꾼이라 하더니 이제는 없어진 문서를 찾아야 한다니?

"그 문서에 쓰여 있는 내용은 주상 전하의 내밀한 성심 깊은 곳에 있던 어지를 서술한 것이네. 그러므로 외부의, 특히 주상 전하를 음해하려는 세력의 손에 들어가게 된다면 엄청난 회오리바람이 일어날지 모르는 것이네."

이로는 의아한 생각이 들었다. 김후명이 말하는 외부란 무엇을 말함인가? 이 조선 하늘 아래에서 주상의 통치력이 미치지 못하는 곳이 있기라도 한다는 말인가? 더군다나 주상 전하를 음해하다니? 누가 있어 감히 조선의 지존을 음해한단 말인가? 김후명이 이로의 눈빛을 보고는 쓰게 웃었다.

"자네는 내 말이 좀 이해가 안 되는 것 같군. 하긴 지금 이 조선의 조정을 겉으로만 본다면 주상 전하를 보필하는 데 밤낮을 가리지 않는 충신열사들만 있지. 자네가 아버님의 일에 대해 조금이라도 관심을 가졌더라도 내 말을 이해하는 데 크게 문제가 되지 않았을 텐데."

"아버님이요?"

"그렇네. 자네 아버님! 아니, 이조참편의 일이라고 해야 옳겠지."

김후명은 이로의 반응을 무시하고 말을 이어갔다.

"나는 내가 가진 능력을 총동원하여 그것의 소재를 파악했네. 그래서 마침내 그것이 있는 곳을 알아냈네."

"어디입니까?"

이로는 궁금증을 억누른 채 되물었다.

"바로 자네가 지금 신뢰를 얻어야 할 대상. 그녀의 주인인 이형상이 가지고 있네."

그래서였구나. 그런데 서시가 그 문서를 가지고 있는 것도 아닌데 왜 이형상을 직접 겨냥하지 않는 것일까?

"이형상은 결코 만만한 자가 아닐세. 지금쯤 놈은 그것을 방어하기 위해 온갖 수단을 강구해 놓았을 것이야. 이런 상황에서는 직접적인 공격은 오히려 상대의 경계심만 강화시킬 뿐이지."

김후명이 또 이로의 속마음을 짐작한 것처럼 말했다.

"그렇다면 병조참판께서 주상 전하를 음해하려는 세력이란 말입니까?"

김후명이 답답하다는 듯 한숨을 쉬었다.

"병조참판 개인을 말하는 것이 아닐세. 그들이란."

그들? 그러면 주상 전하를 음해하려는 대역무도한 자들이 여럿이 있다는 말인가? 이로는 김후명의 입에서 연이어 쏟아지는 말에 정신을 차릴 수 없었다.

"자네의 머릿속은 천천히 정리하도록 하고. 아무튼 이런 때는 상대의 약한 곳을 치는 간접적인 공격이 주효하지. 알겠는가? 내가 자네에게 명한 임무는 이런 것일세. 즉 이형상의 약점을 장악하고 있다가 그가 혹시 어떤 실수라도 하는 날에는 그것을 즉시 손에 넣을 수 있도록 하란 말일세."

그 약점이란 게 서시를 말함이었다. 그때였다. 누군가 문 앞에서 인기척을 했다.

"청운(靑雲)! 이 사람 안에 있는가?"

김후명과는 막역한 사이인 듯 김후명의 자를 부른다 싶자 문이 벌컥 열렸다. 웬 노인 한 사람이 김후명과 정이로를 바라보며 서 있었다. 김후명은 웃으며 자리에서 일어났다.

노인은 거리낌 없이 방 안으로 들어섰다. 김후명이 이로를 노인에게 인사시켰다.

"인사드리게. 전 동부승지 윤선도 영감이시네."

윤선도는 마치 물건을 고르는 아낙네와 같은 시선으로 이로를 아래위로 훑었다.

"이 아이가 이조참판의 자제인가?"

"네. 영감."

윤선도는 자리에 털썩 앉자 한 손으로 턱을 괴고 이로를 바라보다가 문득 한마디 했다.

"참판은 호랑이인데 어째 호랑이 새끼 같지가 않구나!"

이로의 얼굴이 조금 붉어졌다. 김후명이 여태까지 이로를 무시하던 태도와는 딴판으로 이로의 역성을 들었다.

"아닙니다. 일을 하나 시켜 보았는데 역시 호랑이 새끼가 맞는 것 같습니다."

"그래? 청운의 눈이라면 믿을 수 있겠지만……."

윤선도는 계속 마땅찮은 눈길로 이로를 바라보았다. 이로에 관한 소문을 그도 들은 모양이다. 이로는 공손하게 말했다.

"저의 과거 행실을 들으셨다면 마땅히 옳게 보셨습니다. 그러나 이제는 달라졌습니다."

윤선도는 그래도 이로를 잠시 더 쳐다보았다. 그러더니 갑자기 너털웃음을 터뜨렸다.

"하하하! 과거 행실? 너 말 한번 잘했다. 그러지 않아도 참판에게서 네 이야기는 여러 번 들었었다. 그래? 이제는 달라졌다고? 그러나 말로는 그걸 증명할 수 없어. 행실로 보여야 할 것이야. 행실로!"

윤선도는 다짐하듯 이로의 오금을 박았다. 이로는 창졸간에 나타난 윤선도의 호된 질책에 어찌할 바를 몰랐다.

"하시는 일은 잘되어 가는가. 청운."

윤선도는 자리에 앉자 진중한 어조로 김후명에게 물었다.

"쉽지가 않군요. 영감. 저들이 지금 발톱을 곤두세우고 있을 시점이라서 더욱 그런 것 같습니다."

김후명이 솔직하게 말했다. 윤선도는 안타까운 표정을 지으며 말을 이었다.

"큰일이군. 전하께서 성려가 깊을 터인데."

그리고 한동안 윤선도와 김후명은 세상 돌아가는 일에 대해 이야기를 나눴다. 이로로서는 못 알아들을 말이 많았다.

"자네, 괜찮겠는가? 저 아이가 사실을 눈치 챈다 해도."

이로가 잠시 자리를 비운 사이 윤선도가 김후명에게 나지막하게 말했다.

"상관없습니다. 설혹 저 아이가 눈치 챘다 해도 저는 아랑곳하지 않을 겁니다."

"그래도 제 아비와 형제들이 그리된 것에……."

윤선도가 말을 계속하려 하자 김후명이 그의 입을 막으려는 듯 단호하게 말했다.

"모두 대사를 위함이었습니다. 큰일에는 작은 희생이 따르기 마련이지요."

윤선도는 더 뭐라고 하려다가 말을 멈추었다. 이로가 돌아오자 김후명이 일이 있는지 이로와 윤선도를 남겨 두고 먼저 자리에서 일어났다.

"자네… 잠시만 이리 오게."

윤선도의 부름에 이로가 가까이 다가가자 윤선도는 나지막하게 뭔가를 이로의 귓가에 대고 속삭였다. 이로는 고개를 갸웃거리면서도 윤선도의 이야기를 경청했다.

*

다음 날 이로는 저잣거리로 나가서 무엇인가를 커다란 자루에 한 자루 가득 사 담았다. 그리고 한양 시내 골목골목을 다니기 시작했다.

"애! 이리 오너라."

이로는 남산골 어귀에서 골목을 뛰어다니며 노는 아이들 중 제일 또록또록해 보이는 놈을 하나 불러 세웠다. 아이가 쭈뼛거리며 다가왔다. 이로는 지고 있던 자루를 내려놓으며 아귀를 열었다. 그리고 두 손을 넣어 어떤 것을 한 움큼 꺼냈다. 이로의 손에 희끄무레한 것이 들려 나오는데, 곶감이었다. 이로는 그것을 서너 개 아이에게 내밀었다. 그러나 아이는 아직도 주춤거리며 서 있었다. 저 맛있는 곶감을 먹고는 싶지만 무슨 영문인지 몰라서 그러는 것 같았다. 이로는 만면에 웃음을 띠고 아이를 불렀다. 아이는 마침내 곶감의 유혹에 빠져서 다가왔다. 그러자 이로는 들고 있던 곶감을 아이에게 건네면서 뭐라고 이야기를 했다. 아이가 돌아갔다. 한 식경가량 지나자 수십 명의 아이들이 골목에서 뛰어나와 이로에게서 곶감을 받아 들었다. 이로는 또 아이들에게 뭐라고 이야기를 했다. 그러기를 여러 차례 반복한 끝에 나흘째 되는 날에 이로는 한양 시내 주요한 곳을 거의 다 다닐 수 있었다.

5. 적정고를 찾다

"그게 무슨 말인가?"

서시는 청지기의 말에 목소리를 높였다. 청지기가 긴장한 목소리로 대답했다.

"실은… 이전에 이조참판 영감의 역모 사건이 있었지 않습니까?"

"그랬지. 그런데 왜?"

"소인과 참판 영감댁 청지기와는 막역한 사이입지요. 그런데 얼마 전에 왔었던 그 상단의 행수라는 자와 참판 영감의 막내 아드님과의 용모가 너무도 흡사하다고 제 벗이 말을 해 주었습니다."

"네 벗은 그를 어찌 보았느냐?"

"제 벗이 그날 마침 제 방에 유숙하고 있었습지요."

서시는 머리에 번쩍하고 지나가는 것이 있었다. 불우한 양반, 예사롭지 않던 말솜씨, 곱상한 용모. 역모 혐의로 죽은 이조참판의 성씨가 정씨라고 했었지. 그러고 보니 정 서방이라 했다. 또한 그 학문의 깊이가 전국을 누비며 장사를 하는 자의 수준치고는 남다른 점이 있다고 서시도 생각했었다. 이조참판의 자제라면 학문도 예사롭지 않을 것이다. 그러면?

"오늘 그가 다시 올 것이다. 너는 아무에게도 이 말을 하지 말고 그에게도 아무런 내색을 하지 말아야 한다. 알겠느냐?"

서시는 청지기에게 다짐을 놓고는 그를 내보냈다. 얼마 있지 않아 이로가 왔다는 전갈이 왔다. 서시는 전과 다름 없이 이로를 대했다.

"그래. 내가 부탁한 물목은 구해 보았는가?"

이로는 환히 웃으며 물목을 꺼내 바치고는 품속에서 다시 종이 한

장을 꺼냈다. 서시는 환히 웃으며 그 종이를 받아 들었다. 그 내용을 읽어 보고 서시가 더욱 감탄한 듯한 표정을 지었다.

"과연! 내가 사람을 잘못 보지 않았군."

"과찬의 말씀입니다. 작은 재주에 불과합니다."

이로도 마주 웃으며 서시에게 답례했다. 서시가 종이를 상 위에 올려놓고는 이로를 지그시 바라봤다. 그 눈길이 예사롭지 않음을 이로는 아직 눈치 채지 못했다. 서시가 이윽고 상 위에 놓인 청주를 한 모금 들이켰다. 이제는 참판 영감이 오지 않는 날이면 거의 매일 마시다시피 하는 술이었다. 입 속에 있던 청주를 꿀꺽하며 목뒤로 넘기고 서시가 말했다.

"그런데 자네는 내게 바라는 것이 정녕 없는가?"

그 눈빛을 보고 이로도 마침내 예사롭지 않은 서시의 기도를 눈치 챘다.

"아니오. 전혀 바라는 것이 없다 함은 거짓이겠지요."

이로의 입에서 바라는 것이 없다는 대답이 나올 줄 짐작하고 있던 서시는 의외의 대답에 눈을 크게 떴다. 서시가 바라는 게 무엇인지 눈으로 묻자 이로가 대답했다.

"다름이 아니라 요즘 한양 장안에 이런 노래가 불리고 있는데 혹시 아시는지요. 저는 아무리 생각해도 무슨 뜻인지 해독이 되지 않습니다."

이로의 입에서 또 의외의 답이 나온 듯 서시는 눈살을 찌푸렸다. 그러나 곧 시치미를 떼고 물었다.

"무엇인가? 들어 보지."

"네. 그것은 이런 것입니다.

개사슴에 불났네. 개사슴에 불났네.

자축거리다 바르게 자축거리다 바르게.

죽은 아비 찾는다 죽은 아비 찾는다."

"?!"

무슨 뜻인지 전혀 알 수 없는 내용이다. 서시가 이로에게 말했다.

"그게 뭔가?"

"장안의 아이들이 골목을 뛰어다니며 이런 노래를 부르고 있다고 합니다."

잠시 생각하던 서시가 입을 열었다.

"나도 무슨 뜻인지 도통 모르겠군."

"저도 모릅니다. 그리고 마님!"

서시를 바라보며 말하는 이로의 눈빛은 어떤 사심도 찾아볼 수 없는 해맑은 눈빛이었다.

"제가 뭔가를 바라는 것이 있냐고 물으셨지요? 있습니다."

이로는 잠시 침묵을 지키다가 천천히 말을 꺼냈다.

"여인은 사랑하는 자를 위해 일생을 바치고 장부는 자신을 알아주는 자를 위해 일생을 바친다고 했습니다. 마님께서는 저를 알아봐 주셨습니다. 그 어느 누구도 저의 재주를 알아봐 준 사람은 없었습니다. 마님께서 저의 문장을 알아보아 주시기 이전에는."

서시가 이로를 그윽하게 쳐다봤다. 이로는 말을 이어 갔다.

"저는 그걸로 족합니다. 무엇을 바라다니오? 제가 그거 이외에 무엇을 마님께 바라겠습니까?"

말을 끝내고 이로는 한동안 간절한 눈빛으로 서시를 응시했다. 잠시 후 마음을 다한 이로의 토로에 흔들렸음인가 서시의 얼굴이 조금 붉어지는 것 같았다.

"알았네. 자네의 마음을 내 잠시 의심했었네. 미안하네."

그렇다. 정 서방의 말이 맞다. 이조참판의 아들이라면 역모에 연루된 자인데 그런 자가 어찌 버젓이 백주대로를 활보하고 다닌단 말인가? 아마도 아비의 역모에 연좌되어 죽거나 유형을 갔을 것이다.

"그리고 그 노래 말인데……."

서시가 다시 밝은 목소리로 말을 잇는다. 이로가 눈빛을 빛내며 서시의 말에 귀 기울인다.

"자네의 재주로도 무슨 뜻인지 전혀 짐작이 가지 않던가?"

"네. 전혀. 저는 노래에는 문외한에 가까운 터라서."

＊

이로가 물러간 후 서시는 청지기를 불렀다.

"너는 오늘 내게 말한 사실을 누구에게도 발설하지 말렸다. 알겠느냐?"

청지기는 고개를 갸웃거렸지만 알겠다고 말했다. 청지기를 내보내고 난 후 서시는 멍하니 장지문을 바라봤다. 청지기의 친구가 정 서방과 그 이조참판의 자식이 닮았다고 했다지만 세상에 닮은 사람은 많다. 그리고 이 조선 팔도에 정씨가 어디 한두 사람인가.

'당분간 그저 관망만 하자. 만에 하나 정 서방이 그런 사람이라 해도 내게 큰 피해는 없지 않은가?'

결국 그녀는 그렇게 결정하고 말았다. 왠지 모르게 이 정 서방에게만은 가혹하게 대할 수가 없었다.

*

오늘은 이형상이 오는 날이다. 서시는 이형상의 퇴궐을 기다렸다. 이윽고 어둑해질 무렵 이형상이 퇴궐을 했다. 저녁상을 물린 후 주안상을 앞두고 이형상과 마주 앉자 먼저 서시가 말을 꺼냈다.

"영감. 혹시……."

서시의 볼은 마르지도 않고 살찌지도 않은 것이 발그레하니 빛깔이 고와서 언제나 보기 좋았다. 이형상은 서시의 고운 볼을 바라보며 서시의 말을 들었다. 서시는 어제 이로에게서 들은 바 장안에서 아이들이 부르고 다닌다는 노래에 관해 이야기했다.

"자네는 그 장사치의 말을 믿는가?"

"아닙니다. 하지만 장안에 그런 노래가 불린다 하니 나랏일 하시는 영감에게 작은 보탬이라도 될까 하여."

이형상이 천천히 고개를 끄덕이더니 말했다.

"알았네. 내 알아는 보겠지만 천한 장사치들의 말이라 신뢰가 가지는 않네그려."

이형상은 짐짓 아무렇지도 않다는 태도로 서시의 말을 들었다. 허나 마음속으로는 흐뭇하기 그지없었다. 누군가가 마음을 바쳐 자신의 하는 일에 조력하려고 노력하는 것은 사람의 마음을 흔드는 법이다.

＊

다음 날 본가로 돌아오자 이형상은 청지기를 불러 명했다.

"이런 노래가 장안에서 불리는지 알아보아라."

아침 무렵에 이형상의 지시를 받아 하인배들을 거느리고 집을 나갔던 청지기가 저녁 무렵에야 돌아와 보고를 했다.

"영감마님. 정말로 아이들이 그런 노래를 부르고 있었습니다요."

"그래? 어디 어디를 갔었느냐?"

"네. 숭례문 주위, 목멱산 자락, 육의전 앞 거리에서도 부르고 다니는 아이놈들이 있었다고 합니다."

"알겠다. 나가 보거라."

이형상은 눈가를 찌푸리며 생각에 잠겼다. 서시가 전해 준 얘기가 생각보다 구체적인 것 같았다. 노래란 새겨들으면 민중의 마음속을 들여다 볼 수 있는 것이다. 이형상은 관원이다. 그러므로 백성의 교화에 늘 신경을 써야 한다. 백성의 교화에 신경을 쓰려면 항상 백성의 속마음을 알고 있어야 한다. 그래야 태평성세를 이룩할 수 있다. 잠시 생각하던 이형상은 김향남(金響男)을 불렀다. 일찍이 식년 문과에 급제하였으나 출사를 그만두고 이형상의 휘하로 들어온 자다. 김향남이 방으로 들어서자 이형상은 노래의 내용을 말하고 그의 의견을 물었다. 김향남은 한참 고민을 하다가 문득 무릎을 치고 말했다.

"영감. 이것은 아무래도 파자(破字)에 의한 언문 노래인 것 같습니다."

"파자?"

"네. 영감 보십시오."

하고는 김향남은 언문을 한자로 풀어쓰기 시작했다.

"'개사슴에 불 났네. 개사슴에 불 났네.'에서 개사슴이란 곧 개사슴록(犭)이고, '불이 났네'란 불 화(火)이니 이 두 개를 붙이면 오랑캐 적(狄)이 됩니다. '자축거리다 바르게 자축거리다 바르게'는 자축거리다 즉 조금 걷다가 제자리에서 자축거리다는 자축거릴 척(彳)이고, 또 '바르게'는 바를 정(正)이니 둘을 합치면 칠 정(征) 자입니다. '죽은 아비 찾는다 죽은 아비 찾는다.'는 죽은 아버지는 선친이라고도 하며 혹은 외자로 고(考)라고도 하지요. '찾는다'는 찾을 심(尋) 혹은 찾을 탐(探) 여러 글자가 있겠는데……."

김향남이 거기까지 이야기했을 때 이형상의 안색이 일순간 눈에 띄도록 하얗게 질렸다. 그러고는 손을 들어 김향남의 말을 제지했다.

"됐네! 이제 그만 가 보게."

이형상은 김향남을 내보내고 깊이 숨을 들이쉬었다. 적정고(狄征考)를 찾는다. 그 노래의 뜻은 그런 것이었다. 그 문서의 이름이 등장했다.

'누구일까? 그것의 존재를 아는 사람은 극히 소수에 지나지 않는데…….'

이형상이 그 재주를 총애하여 자신의 일이라면 어지간한 중대사도 모두 알고 있는 김향남에게조차도 호조좌랑의 집에서 그 문서를 빼올 때 그저 심부름만을 시켰을 정도로 그것에 대해서는 철저히 비밀에 부쳐져 있었다. 자신의 중요한 수하에게까지 비밀로 할 정도로 이형상은 그 문서에 대한 보안에 신경을 썼다. 그래서 일부러 자신의 식솔이 아닌 제3자에게 그것을 빼오도록 했었는데 놈이 그만 서투르게 행적을 들키고 말았다. 그러나 문제는 없었다. 그것은 이미 자신의 수중에 있으니까. 어느 놈이 감히 자신의 수중에 있는 것을 건드리겠는가?

그러나 왠지 찜찜했다.

'어떤 놈들이 이렇게 드러내놓고 그 책을 찾는다고 말할까? 주상일까? 아니다. 주상은 저렇게 대놓고 책에 대해 말할 만한 입장이 못 된다. 그러면 누구일까? 역시 저들일 것이다. 이조참판 역모 사건 때 뿌리를 뽑았어야 했는데.'

*

시간은 술시를 지나 해시를 향해 가고 있었다. 황촉불이 대낮처럼 방 안을 밝히고 있었다.

이형상은 지금 사랑방에 손님과 더불어 앉아 있었다. 이형상이 다소 진중한 어조로 말을 꺼냈다.

"그러면 대감께서도 그 노래에 대해 알고 계신다는 말입니까?"

오늘의 손님인 좌찬성 김병욱이 말이 시작되기를 기다렸다는 듯 말을 이었다.

"오늘 퇴청하는 길에 우연히 길에서 들었네. 아이놈들이 뛰어놀며 부르는 노래라 처음엔 과히 크게 신경 쓰지 않았는데 자꾸 들리니까 신경 쓰지 않을 수 없었네."

"저도 그리 생각했습니다. 그래서 내 집의 사람에게 그 뜻을 알아보라 하였더니 이렇게 말하더군요."

이형상이 김병욱에게 김향남의 해석을 말해 주었다. 김병욱이 잠시 침묵을 지켰다.

"그러면 결국 그 노래는 그 비망록의 행방에 대해 묻고 있는 것이로군."

느릿하면서도 침중한 음성으로 김병욱이 말문을 열었다.

"노래에 대해 아주 해박한 자가 지은 것이라는군요."

"지은 것이라? 참판도 이 노래를 누군가가 의도적으로 유포한 것이라고 생각하는군."

이형상이 크게 고개를 끄덕였다.

"한자를 파자하여 배열하는 것과 그 문서의 제목까지 거명하는 것은 명백히 그런 것이지 않나 싶습니다."

"그러면 누구일까? 그 노래를 지은 자가?"

이형상이 표정을 굳게 하며 말했다.

"이것은 명백한 도발입니다. 그 문서를 언급한다 함은 이미 우리를 표적으로 하고 있음을 표방하고 있는 거라고 생각합니다만."

김병욱이 단호한 어조로 이형상의 말을 받았다.

"당연한 말이지. 참판의 말을 듣고 보니 참으로 무도한 놈일세그려. 지금 그 노래를 만들어 유포한 자를 응징하지 않는다면 사태가 걷잡을 수 없이 커질 수가 있네. 혹 전하께서는 이 사실을 아시는지 모르겠구먼."

"아직은 아시지 못할 것입니다. 특별히 이 일을 상주한 사람도 없고 하니."

김병욱이 목소리를 낮추어 말했다.

"그 문서는 어찌 되었는가? 은밀한 곳에 잘 보관해 두었겠지?"

이형상이 깊게 고개를 끄덕였다.

"네. 하지만 언제까지나 우리가 그것을 맡아 두고만 있을 수는 없습니다. 안타깝습니다. 신하된 자로서 전하의 성지를 이루어 드리지 못하고 있으니까. 하루 빨리 전하의 그 헛된 욕망이 잠잠해져야만 할 터인데."

이형상이 말끝을 흐리자 김병욱은 혀를 찼다.

"아마 어려울 것이야. 워낙 집착이 심하신 양반인지라. 여하튼 그 문서에 대해 언급하는 그 노래를 지은 놈의 일부터 해결하도록 하지."

"시골에 있는 선비 나부랭이일까요?"

"아닐세. 그것에 관한 소문이 벌써 그렇게 빨리 유포되었을 리는 없네. 분명히 한양의 관내 아니 조정 내의 소문에 대해 밝은 자일 가능성이 많네."

"그러면 혹시?"

이형상이 뭔가 떠오른 듯 눈빛을 빛내며 말했다.

"윤선도, 그 노인네가 아닐까요?"

김병욱이 그런가 하며 이형상을 바라보자 이형상의 말이 빨라졌다.

"그 사람의 글 솜씨는 정평이 나 있지 않습니까? 게다가 노래의 형태로 보아 언문풍월입니다. 한다 하는 문장가들도 한문으로 된 글은 잘들 하지만 언문까지 통달해 있지는 못합니다. 언문(한글)에 관한한 윤선도를 따를 자는 없다고 하지 않습니까?"

김병욱이 고개를 끄덕였다. 과연 그러했다. 그 노래는 한문을 파자하여 언문 노래로 옮긴 것이니까. 자자는 한문에도 언문에도 모두 밝은 자여야 할 것이다. 김병욱이 아는 한 한문과 언문 모두에 통달한 자는 윤선도밖에 없었다.

"그자가 아직 한양에 머물고 있단 말인가?"

김병욱이 낮게 뇌까렸다. 이형상은 곤혹스러운 모습으로 고개를 가로저었다. 각 군영은 물론이요 전국에서 상신되는 장계들을 늘 대하고 있으며 사적으로도 밀정들을 다수 보유하고 있는 이형상이다. 하여 한양 내외는 물론 전국을 손바닥 들여다보듯 하는 그의 정보력이지만 윤선도에 관한 한은 아는 것이 거의 없었다. 동부승지를 사직하고 난 후 윤선도는 종적을 감추어 버렸다. 동부승지로 재직 시 윤선도는 어린 시절 사부였던 금상과의 관계나 직언을 잘하는 그의 꼬장꼬장한 성격으로 말미암아 관료들에게 아주 껄끄러운 존재였었다. 그러나 벼슬을 그만두고 난 후의 윤선도는 그저 좀 시끄러울 뿐 그다지 문제되는 존재가 아니었기에 그에 대해서는 모두가 마음을 놓고 있었던 상황이다. 그런데 그 윤선도가 적정고의 문제와 관련하여 풍파의 진원지에 놓여 있는 것이다.

"즉시 그자의 행방을 수소문하겠습니다."

이형상이 무거운 어조로 말하자 김병욱이 내뱉었다.

"이번 기회에 아주 그 늙은이를 사사(賜死)해 버리세. 너무 말도 많고 탈도 많아 아주 넌더리가 나네."

김병욱은 윤선도가 수년 전 예조참의 재직 시 금상에게 올린 상소문의 내용을 아직도 기억하고 있었다. 무려 8조목에 달하는 금상에 대한 훈계를 떠벌린 후 마지막으로 윤선도가 쓴 문장 속에 숨겨져 있던 시퍼런 비수를 생각하면 김병욱은 아직도 모골이 송연했다. 인재를 가려서 써라. 붕당을 깨라. 겉보기에는 지극히 상식적인 내용이었지만 당시의 정치적 상황상 그것은 명백히 그들을 겨냥한 것이었다. 당시 김병욱도 관직 생활에 위기를 느낄 만큼 그 상소문이 주는 중압감은 컸다. 조정 관원 중 자신들의 계파 인물을 총동원하다시피 하여 윤선도를 탄핵하는 등 그야말로 얻는 것 없는 투쟁을 벌이고서야 화살이 그들에게로 날아오는 것을 피할 수 있었다. 하지만 그때 이후 윤선도는 그들에게 눈엣가시가 되었다. 그 이후 끊임없이 계속되는 조정 관원들의 견제와 공격으로 마침내 사직하고 낙향했다는 말을 듣고는 이제 그 골칫거리는 해결되었다고 생각하고 있었는데 놈이 암암리에 이런 짓을 꾸미고 있었을 줄 누가 알았겠는가.

"금상의 사부였던 자입니다. 지나친 조치는 주상의 진노를 사서 도리어 우리가 화를 입을 수도 있습니다."

이형상이 진중한 어조로 김병욱의 말을 제지했다.

"우선은 그자의 행방을 알아보겠습니다. 만약 그가 아직 한양에 있다면 요사한 노래의 유포 여부를 알 수 있는 증좌가 되겠지요."

집으로 돌아오자 이형상은 즉시 김향남을 불렀다.

"지금부터 윤선도라는 자의 행방을 추적하게. 그리고 혹시 아직 한양 내에 있다면."

이형상이 그 부분에서 말을 잠시 쉬었다. 김향남이 이형상의 눈치를 살폈다.

"그를… 제거할까요?"

이형상은 눈을 감고 잠시 생각을 정리했다.

"아직은 아닐세. 하지만 여차하면 그를 제거해야만 할 것이야."

김향남은 고개를 숙인 후 방을 나갔다. 이형상은 방을 나가는 김향남의 뒷모습을 바라보며 초조하게 눈살을 찌푸렸다.

'문서를 어떻게 해야 할까? 주상이 분명히 그 행방을 수소문하고 있을 터인데.'

그 요사한 노래가 만약 윤선도의 책동이 분명하다면 이는 결코 좌시할 수 없는 문제였다. 만에 하나 주상의 성지가 윤선도의 뒤에 도사리고 있기라도 한다면?

＊

며칠이 지났다. 이형상은 김향남을 불렀다.

"그래. 윤선도, 그 늙은이의 행방은 알아보았는가?"

김향남은 다소 굳은 얼굴로 대답했다.

"네. 아직 확실한 것은 모르지만 한양 내에 있음은 확실하다고 사료됩니다."

"한양 내에 있다?"

"네. 며칠 전 그를 보았다는 목격자가 있었습니다. 육의전 네거리를 빠르게 걸어 어디론가 갔다고 합니다."

"왜 더 쫓아보지 않고서?"

"목멱산 근처에서 놓쳤다고 합니다. 쫓는 놈이 좀 방심을 했던가 봅니다."

이형상은 고개를 끄덕이며 생각에 잠겼다.

'윤선도 그자가 한양에 있다면 노래의 저작, 유포자는 분명 그자일

것이다. 그러면 적정고를 노린다?'

이형상은 자리에서 일어나며 김향남에게 지시했다.

"그자의 거처를 분명히 확보해 두게. 시기가 되면 즉각 잡아들일 수 있도록, 알겠나?"

"넷. 영감!"

이형상은 서시의 집으로 향했다. 자신의 집에 그 비망록을 둔다는 것이 아무래도 불안했다. 자신의 집은 하루에도 수십, 수백 명의 내객이 왕래하는 곳이다. 그런 번잡한 곳에 그것을 둔다는 것은 아무래도 안심이 되지 않았다.

"영감, 기별도 없이 어쩐 일입니까?"

서시는 느닷없는 이형상의 방문에 적이 놀라는 기색이었다.

"자네가 이것을 좀 맡아 두게."

이형상은 자리에 앉자마자 서시에게 비단 보자기로 싼 물건을 하나 내밀었다. 무엇인지 아주 소중히 몇 겹으로 싸여 있었다.

"이것이 무엇입니까?"

이형상이 서시를 보고 다짐하듯 말했다.

"아주 중요한 것이니 결코 소홀히 해서는 안 될 것이야. 마치 나를 대하듯 자네가 밤낮으로 지니고 있어야 할 것이네."

서시는 의아한 낯색이 되었다. 이형상이 자신과 만난 이래 한 번도 보이지 않았던 태도를 보였기 때문이다. 어떤 일에도 그냥 한바탕 너털 웃음 한 번으로 넘겨 버리는 것이 그였던 것이다.

"이것이 무엇이기에 영감께서 그토록이나."

"자세한 것은 알려고 하지 말게. 그러나 이것만은 알아 두게. 이것이 어쩌면 나를 죽일 수도 있고 살릴 수도 있는 것이라는 것을 말일세."

이형상이 그렇게까지 말하자 서시의 안색이 비로소 달라졌다.

✳

이로는 서시의 집 대문을 들어서자 이전과는 다른, 마치 사방으로 에워싼 공기가 자신을 압박해 오는 것 같은 긴장된 분위기를 느꼈다. 서시도 애써 태연한 척했지만 눈에 띄게 말과 행동을 조심하고 있었다. 여전히 이로의 재담에 웃으며 반응하고 있지만 서시의 반응 속에서 마음 한 구석에 안개가 끼어 있음을 이로는 느낄 수 있었다.

"저… 마님."

이로는 한바탕 재담으로 서시를 웃기고 난 후 잠시 뜸을 두고 말을 이었다.

"왜 그러는가?"

아직 웃는 얼굴을 거두지 않은 채 서시가 물었다.

"한잔 하시지요?"

이로가 시험 삼아 서시에게 권해 보았으나 서시는 마시지 않겠다고 했다.

"술을 끊었네. 당분간은 마시지 말라는 의원의 말도 있고 해서."

서시가 그렇게 말했으나 이로는 그 말을 믿지 않았다. 술을 마시지 않는다는 말은 한순간도 취한 상황이 될 수 없는 무언가가 있다는 말이다.

"제가 다시 청국으로 가게 되었습니다. 당분간 뵙지 못할 것 같아 인사차 오늘 뵌 것입니다."

이로가 서시에게 인사를 건네자 서시는 몹시 아쉬운 표정을 지었다.

"그런가? 자네도 떠나네그려."

서시의 말끝에 아쉬움이 묻어났다. 이로는 그런 서시의 어조와 표정을 놓치지 않았다. 이전에 그가 작별을 고했을 때는 그렇지 않았었다. 예전에 비해 그녀가 표시하는 아쉬움의 무게가 오늘 한층 더했다. 사람이란 힘든 상황일 때 친구가 옆에 있어 주기를 원하는 법이다.

"마님의 기색을 살피건대 요즘 어떤 힘든 일에 봉착하시지 않았나 사료됩니다만……."

이로가 묻자 서시는 이로를 지그시 보더니 한숨을 푸욱 쉬었다.

"힘든 일은 무슨… 잘 다녀오시게."

이로는 다시 한 번 더 물어보았다.

"감히 여쭤 봅니다만 영감께 어떤 일이 생긴 것은 아니신지. 혹 다른 여인에게라도?"

"걱정해 주니 고맙네만 우리 영감이 그리 호색하는 분은 아니시네."

서시가 웃으며 이로를 가볍게 책망했다. 이로는 그 이상 묻지 않기로 했다. 하지만 서시의 마음속 짐은 분명히 이형상의 변심으로 인한 것은 아니라는 걸 알 수 있었다.

＊

인기척이 나더니 누군가 방문을 열고 들어섰다. 윤선도였다.

"청운. 이제 그만 나는 한양을 떠나야 할까 보네."

이로와 함께 앉아 있던 김후명이 미간을 찌푸렸다.

"영감, 그러면?"

"그렇네. 놈들이 나와 이로의 계략을 눈치 챈 것 같네. 어제부터 왠지 수상쩍은 놈들이 내 뒤를 밟는 것을 느꼈네. 이형상, 그놈의 수하들이겠지."

김후명이 이로와 윤선도를 번갈아 보더니 갑자기 안색이 밝아졌다. 윤선도가 그런 김후명을 보고 불만인 듯 내뱉었다.

"자네의 수색 작업에 성과가 있는 것만 좋고 나는 어찌 되던 상관없다는 이야기지, 자네는."

"아, 아닙니다. 그럴리가요. 약이 영감!"

김후명은 서둘러 변명했지만 그의 얼굴에 떠오른 만족한 빛을 감출 수는 없었다. 이로도 자못 가슴이 두근거렸다.

"자네. 요즘 일이 잘 풀리고 있지?"

입을 다물고 생각에 잠겨 있는 이로에게 윤선도가 문득 말했다.

"네. 그럭저럭 잘 되어 가고 있는 것 같습니다."

윤선도가 그런 이로의 얼굴을 유심히 살폈다.

"조심하게. 자네 운세에 좋지 않은 그림자가 보이니까."

"그림자요? 그게 어떤 겁니까?"

이로가 느닷없는 윤선도의 말에 놀라 물었다.

"자세한 것은 알 수 없네. 하지만 천기와 지세를 보면 인간의 대강의 운세는 짐작할 수 있지. 하여튼 조심하도록 하게."

윤선도는 그렇게 말하고는 김후명을 보았다. 김후명은 조금 마땅찮은 얼굴로 윤선도를 봤다. 윤선도는 그런 김후명에게 내뱉듯 말했다.

"나는 이 길로 고향으로 내려갈 참이네. 한양에서 더 머물다간 또 저 놈들의 밥이 될지도 모르는 일이니."

윤선도가 앞서 한 말이 그저 하는 말인 줄 알았던 김후명이 정색을 하며 말했다.

"이런 중차대한 때에. 영감! 조금만 더 한양에 머무르심이."

김후명이 윤선도를 만류했으나 윤선도의 결심은 확고한 것 같았다. 어느새 그는 몸을 일으키려 하고 있었다. 김후명과 이로는 집 앞에서 그를 전송했다. 막 길을 나서려던 윤선도가 이로를 한쪽 구석으로 불렀다. 그리고 귀엣말로 속삭였다.

"지금부터 자네는 몇 번의 중대한 고비를 당할지도 모르네."

그렇게 말하고 윤선도는 품속에서 비단 주머니를 꺼내 이로에게 건 넸다. 제법 큰 주머니였다. 겉에는 아무런 장식도 없고 색깔은 하얀 것 이었다. 그런데 그 크기가 각자 달랐다. 큰 것, 중간 것, 작은 것. 세 가지 종류의 비단주머니였다.

"자네가 인생의 중대한 고비에 부닥쳤다고 생각되면 이것을 풀어 보게. 허나 반드시 자네의 목숨이 위험할 만큼 중대한 고비가 닥쳤다고 판단될 때에만 이것을 풀어야 하네. 그렇지 않으면 이것은 별 의미가 없네. 요행히 자네가 죽을 고비까지 가지 않으면 제일 좋은 것이지만. 그리고 자네가 이 고비만 넘긴다면 자네의 앞날은 밝네. 편안히 무병 장수하게 될 것일세."

이로는 뭐라고 대답하려 했지만 그만두기로 했다. 윤선도와 이번에 함께 겪은 일을 통하여 그의 지혜에 대해 새삼 새롭게 평가하고 있는 이로였다. 이 사람의 말을 들어서 해로울 것은 없다고 판단했다. 주머니를 품속에 단단히 간직했다. 윤선도가 가고 나자 김후명이 이로에게 다가왔다.

"너무 기분 나쁘게 생각하지는 말게. 약이 영감은 자네가 걱정되어 하시는 말이니까."

김후명은 이로가 윤선도의 말을 믿지 못한다고 생각하는 모양이었다. 어쩌면 그 자신이 그래서 이로도 그렇다고 생각하는지도 몰랐다. 윤선도와 김후명은 같은 목적을 가지고 서로 협력하고는 있지만 세상에 대한 시선이나 일에 대한 처리 방법은 너무도 달랐다.

김후명이 철저히 이성적인 판단에 입각하여 논리적인 것을 선호하는 데 비해 윤선도는 직관적이고 감성적이어서 일 자체에 대해 머리로 보다는 가슴으로 부딪쳐 나가는 형이었다. 윤선도는 예언이나 점복에 관한 것도 깊이 신뢰하고 있는 것 같았다. 그러나 김후명은 그런 것들은 철저히 배제했다. 오로지 눈앞에 벌어진 현실의 일만을 판단의 기준으로 삼았다.

"너무 괘념치 말게. 일이 잘 풀려 가고 있지 않은가?"

김후명이 이로의 어깨를 두드리며 격려를 해 주었다. 허나 이로는 윤선도의 말을 가슴속으로 되새기고 있었다.

'중대한 고비. 중대한 고비.'

*

"서시의 집 안 공기가 이전과는 달랐다고 했지?"

윤선도를 보내고 다시 마주 앉자 김후명이 이로에게 물었다.

"네. 뭔가 팽팽하고 긴장된 분위기가 가득했습니다. 서시의 하는 행동이나 말투도 사뭇 조심스럽고."

김후명이 눈길을 좁히며 생각에 잠겼다가 말했다.

"적정고가 그녀의 손에 맡겨졌군."

"적정고요?"

"나와 자네가 찾는 문서의 이름일세. 약이 영감의 언문 노래가 무엇을 뜻하는지 자네는 알 수 있었나?"

이로는 고개를 가로 저었다. 김후명이 이로에게 그 뜻을 설명해 주었다.

"그러면?"

"그렇네. 약이 영감의 언문 노래의 뜻을 놈들이 어떤 방법으로든지 알게 된 것 같네. 약이 영감에게 미행이 따라 붙었다는 것은 놈들이 약이 영감이 그 노래를 지어 유포했다고 의심하기 때문이야. 게다가 서시의 집 안 분위기가 예전 같지 않고 몹시 긴장되어 있다면 결론은 나오는 거지. 결과적으로 조금 위험하긴 했지만 약이 영감의 시도는 성공한 것 같네. 그러하니 오늘 즉시 서시의 집에 사람을 몰래 잠입시킬 것이야."

"예?!"

"뭘 놀라나? 적정고가 그곳에 있다는 실낱같은 증거라도 생겼다면 즉시 거두어 와야지!"

이로는 김후명의 너무도 빠른 행보에 흠칫 물러서는 자신을 채찍질했다.

"제가 가겠습니다!"

"뭐라고?"

김후명이 눈을 크게 뜨고 이로를 보았다.

"안 되네!"

김후명이 이로의 소망을 일언지하에 물리쳤다.

"왜 안 됩니까?"

"자네는 이미 그 여자에게 어떤 감정을 품고 있네. 연모는 아닌 것 같네. 굳이 말한다면… 동정 같은 것이라고나 할까. 어쩌면 연모보다도 더 위험한 것이 동정이 될 수도 있음이야. 내 이런 사단이 생길까 두려워 자네를 그 여자 가까이 두지 않으려 했는데. 안 되겠어. 이제 자네는 이 일에서 빠지게."

이로는 김후명의 지적에 정신이 화들짝 드는 느낌이었다.

'내가 서시에게 어떤 감정을? 아니다. 나는 다만 그녀와의 의리가 상하는 것이 걱정일 뿐이다.'

"자네의 눈은 이미 그 여자를 동정한다고 내게 말하고 있어. 이런 일엔 감정은 별로 쓸모가 없지."

김후명이 확인이라도 하려는 듯 다시 오금을 박았다.

"제가 시작한 일입니다. 제가 끝을 맺겠습니다!"

이로도 이번에는 통고하듯 단호하게 말했다. 김후명이 몹시 미심쩍은 눈길로 이로를 보았다.

"끝까지 고집을 부릴 텐가? 이 일은 자네 한 사람만의 일이 아닐세!"

이로는 아무 말 없이 그저 이글이글 타는 눈으로 김후명을 지그시 바라볼 뿐이었다. 김후명은 그런 이로를 잠시 쳐다보다가 외면하며 말했다.

"좋아! 그러나 분명히 명심해 두게. 만일 서시의 집에서 그것을 빼내다가 들키거나 하더라도 자넨 결코 나와 내 주변의 사람들에 대해 토설하거나 하지는 말아야 할 것이야. 혹시 죽게 되더라도 말이야. 이 순간 이후로 나와 자네는 만난 적이 없는 사람이네. 알겠는가?"

이로는 낮지만 또박또박한 어조로 말했다.

"결코 그런 일은 없을 것이지만 분명히 약속하지요. 그녀의 집에서 문서를 빼내다가 잘못되면 저 한 사람 자진하는 걸로 일을 끝맺겠습니다. 맹세합니다!"

*

"……."

월향은 한참 동안을 아무 말없이 그저 이로 앞에 앉아 있었다. 이로는 이 분위기가 몹시 거북했다. 이로도 알고 있었다. 자신의 정인이 왜 그런 결정을 했을까에 대해 의아해하는 월향의 마음을.

"솔직히 도련님께서 직접 그 여인의 침소에 잠입한다는 말을 듣고 놀랐습니다."

월향이 잔잔하게 입을 열었다. 이로가 무어라고 말하려고 하자 월향은 손을 들어 제지했다.

"저도 여인입니다. 왜 투기심이 발동하지 않겠습니까? 허나 또한 알고 있습니다. 도련님의 사람됨을 말입니다."

이로는 그 말을 듣고 만면에 웃음을 띠었다.

"고맙소. 낭자!"

이로가 월향의 두 손을 잡으려고 하자 월향은 두 손을 빼어 뒤로 돌렸다.

"하지만… 거기까지입니다. 더는 안 됩니다. 아셨죠?"

"그러다 뿐이겠소. 내 마음을 알아주니 고맙기 이를 데 없구려. 고맙소 낭자! 고맙소!"

월향은 짐짓 외면을 했다. 그러는 월향이 이로는 너무도 사랑스러웠다. 월향이 소매 속을 더듬더니 뭔가를 꺼내 이로 앞에 내밀었다.

"이걸 가져 가세요."

월향이 종이에 싼 것을 이로 앞에 내밀었다.

"무엇이오?"

"마취산의 일종입니다. 이것을 헝겊에 물을 적셔 코로 마시게 하면 한두 시진은 죽은 듯 잠들 겁니다."

종이 위에는 미황색을 띤 여인네들의 분가루 같은 것이 흩어져 있었다. 이로는 고개를 크게 끄덕이고 그것을 받아 들었다.

*

자시다. 이로는 서시의 집 담장을 몰래 뛰어넘어 서시의 방 쪽으로 가고 있었다. 예전에 밤늦도록 놀고 다니다가 집의 담장을 여러 번 넘은 적이 있었기 때문에 이로에게 이런 일쯤은 문제도 아니었다. 그런데 이리도 가슴이 뛰는 것은 무슨 까닭일까? 서시의 방 쪽으로 가까이 갈수록 더욱더 방망이질 치는 가슴을 이로는 소리 죽여 심호흡을 여러 번 하고서야 진정시킬 수 있었다. 이윽고 보기에도 익숙한 서시의 방문이 나타났다. 방문의 바로 앞에서 이로는 몇 번이고 심호흡을 다시 해야 했다. 이윽고 이로는 품속에서 뭔가를 꺼냈다. 소리 없이 장지문을 열었다. 아랫목에 펼쳐진 금침 아래에서 여인의 가늘고 규칙적인 숨소리가 들려왔다. 이로는 숨을 죽이고 다가가 서시의 상태를 살폈다. 서시는 너무도 평화롭게 잠들어 있었다. 이로는 무릎걸음으로 기어가 서시의 코 아래쪽에다 예의 그 분을 바른 헝겊을 갖다 댔다. 잠시 후 서시의 상태를 확인하니 처음과 별로 다르지 않게 잠들어 있었다. 혹시 월향이 준 것이 독약 같은 것은 아닐까 걱정하던 이로였다. 아무렇지도 않게 잠든 서시를 확인하고 비로소 이로는 얼른 벽장을 향해 다가갔다. 장지문을 통해 달빛이 방 안으로 흘러들고 있었지만 그 정도 밝기로는 너무 어두워 사물을 구분하기가 곤란했다. 벽장 속을 손으로 뒤져 그 안에 든 것이 무엇인지 확인했다. 길이가 한 자가량 되는 상자 같은 것이 잡혔다. 표면이 울퉁불퉁한 것이 무언가 장식을 한 듯했다. 그런데 크기가 너무 작았다. 그 정도 크기로는 문서 따위를 안에 넣기가 힘들었다. 이로는 낙담하여 다시 그것을 제자리에 놓아두고 방 안을 유심히 살폈다. 서시는 여전히 세상모르고 잠들어 있었다. 그때였다. 방 안을 유심히 살피던 이로의 눈에 서시가 덮고 있는 금침이 눈에 들어왔다. 그것의 한 모서리가 유난히 튀어나와 있었다. 이로는 침을 꿀꺽 삼키고는 그것을 손으로 살며시 쓰다듬어 보았다. 부드러운 이불 사이에 유난히 딱딱한 것이 느껴졌다. 서시가 자신이 덮고 자는 이불 안에다 그것을 집어넣고 꿰매 버린 모양이었다. 이로가 소리 없이 품에서 비수를 꺼냈다. 어둠 속에서도 정확히 그 크기에 맞게 이불의

홑청을 갈랐다. 이로는 잘려진 이불 홑청 틈새로 그것을 꺼냈다. 서찰처럼 생긴 비망록이 비단에 소중하게 싸여 있었다.

*

"뭐라고? 그것을 어찌했다고?"

이형상이 눈을 크게 뜨며 목소리를 높였다. 서시는 새파랗게 질린 채 이형상의 앞에 앉아 있었다. 이형상은 떨리는 손으로 앞의 탁자를 짚었다.

"이 사람! 그게 어떤 물건이라고."

이형상이 자리를 박차고 일어났다. 서시는 눈을 둥그렇게 뜨고 그런 이형상을 바라봤다. 자신과 만난 이래 이형상이 이렇게 당혹하고 분노하는 모습을 보인 건 처음이었다. 이형상은 빠른 걸음으로 방 안을 서성거렸다. 손을 떠는가 하면 흥분하여 가느다랗게 입술을 씰룩거렸다. 그러고는 앉아 있는 서시를 향해 고함을 쳤다.

"꼴도 보기 싫다. 눈앞에서 사라져라!"

이형상의 잡아먹을 듯한 태도에 서시는 혼절할 듯 주저앉고 말았다.

"이 서방! 이 서방은 어디 있느냐?"

이형상이 청지기를 불렀다. 그것을 맡긴 것은 서시 이외에는 아무도 모른다. 청지기는 영문을 모른 채 분노한 이형상 앞에 부복했다.

"어젯밤에 도둑이 들었다고?"

"네. 그러하옵니다."

청지기는 여전히 영문을 몰랐다. 도둑이 들긴 했지만 잃어버린 것은 거의 없다고 들었다. 이전에도 좀도둑이 들어 물건을 훔쳐 간 적이 있었는데 그때는 꽤 많은 물목을 도둑맞았었다.

"그래? 허허, 그놈. 이 이형상의 집에서 겨우 그 정도 밖에 훔쳐갈 수 없었단 말이냐?"

그렇게 말하면서 이형상은 호탕하게 웃어 넘겼었다. 그런데 이번에는 태도가 사뭇 달랐다.

"혹시… 의심 가는 놈은 없느냐? 요즘 이 집에 드나드는 놈 중에서 말이다."

청지기는 정이로에 대해 이야기하려다가 하지 않았다. 서시가 함구하라던 명이 떠올랐기 때문이었다.

"그것이… 워낙 많은 사람들이 드나드는 곳이 이 집이라서 말입지요."

이형상은 이 집에 있는 모든 자를 샅샅이 수색하라고 말하려다가 문득 멈추었다.

'아니다. 이 집에 있는 자들이라야 무지랭이 하인들이나 계집종들밖에는 없는데 괜히 소란을 떨어 보아야 이로울 것이 없다.'

*

이형상은 본가에 오자마자 김향남을 불렀다. 잠시 생각에 잠겼던 이형상은 김향남을 보며 물었다.

"작은 마님이 나와 연을 맺은 지가 얼마나 되었던가?"

김향남이 이형상을 잠시 의아하게 바라보다가 말을 했다.

"제가 댁으로 들어온 이후이니까… 오 년가량 되었을 것입니다."

"오 년… 오 년이리……"

이형상은 혼잣말로 중얼거리더니 김향남을 보고는 눈을 빛내며 말했다.

"날랜 아이들로 몇 명을 준비해 두게."

"어찌……."

무사들을 준비하라는 뜻이었다. 까닭을 물으려 했지만 이형상은 김향남을 외면한 채로 말을 이었다.

"그 사람이 불공드리러 자주 가는 암자가 있다지?"

김향남은 불현듯 고개를 들어 이형상을 똑바로 보려고 했다. 그러나 이형상은 시선을 돌리지 않았다.

"빠른 시일 내로 해결하도록 해야겠지. 귀신도 이 일을 알아선 안 되네! 알겠는가?"

김향남은 무언가 되물으려다가 잠자코 고개를 숙였다.

*

서시는 신을 신으려고 댓돌을 딛다가 문득 생각했다.

'그 눈빛, 어조… 정말로 무서웠어! 손에 칼이라도 있었다면 그 자리에서 날 내려칠 기세였어.'

그날 이후로 며칠이 지났지만 이형상에게선 연통이 없었다. 답답함을 견디지 못한 서시는 마침내 부처님께 치성이라도 드려볼 요량으로 약선암(藥仙庵)에 가기로 했다. 그녀가 잘 해결되지 않는 문제가 있거나 소원을 빌 때 그곳에서 기도하여 여러 번 효험을 본 곳이다.

'별일 아닐 것이다. 영감의 나에 대한 정이 예전만 못한 것은 사실이지만…….'

그런 생각을 하면서도 그날 이형상이 보인 불같은 분노를 생각하면 오금이 저려오는 서시였다.

'다른 방법이 없다. 부처님의 도움만이 살 길이다.'

몸종을 앞세우고 가마꾼들을 독려하여 암자로 가면서도 내내 서시의 머릿속에는 그 생각뿐이었다.

서시 일행이 암자로 가는 산길로 접어들어 반 시진 정도를 더 들어갔을 때였다. 웬 장사치 차림의 사내 하나가 길 한가운데 앉아 있었다. 서시의 몸종이 그에게 다가가 길 좀 비켜 달라고 말하려던 차였다. 갑자기 그가 일어서더니 바닥에 두었던 자신의 등짐 속에서 뭔가를 꺼냈다. 몸종이 그것을 보고 놀라 비명을 질렀다. 비명을 들은 서시가 가마의 창문을 조금 열고 바깥을 내다 보았다. 순간 서시의 두 눈이 경악으로 커졌다. 서시의 몸종이 어떤 사내가 휘두른 칼에 맞고 피를 뿌리며 땅으로 쓰러지고 있었다.

가마꾼들이 깜짝 놀라 서시가 탄 가마를 내동댕이치고 사방으로 달아났다. 허나 소용없는 일이었다. 이미 사방에서 검은 옷과 두건으로 온몸을 감싼 자들이 손에 칼, 철퇴 등의 병장기를 들고 나타나 한순간에 그들 모두를 저세상으로 보내 버렸다.

'!?'

서시는 내동댕이쳐진 가마 안에서 떨고 있었다. 이윽고 가마의 앞문이 올라갔다. 감정이라고는 한마디도 섞여 있지 않은 무심한 남정네의 목소리가 서시의 고막을 울렸다.

"내리시오."

서시는 마침내 체념한 듯 가마 문을 올리며 나왔다.

"너희들은 누구냐?"

예닐곱 명의 사내들이 서시를 포위한 채로 서 있었다. 서시의 물음에도 그들은 한마디 대답도 없었다. 맨 앞에 선 자가 애써 태연한 척서 있는 서시를 향해 한마디 던졌다.

"마님께 다른 감정은 없소. 우린 그저 시키는 대로만 할 뿐이니……."

그 말이 끝나기가 무섭게 그의 오른쪽 옆에 서 있던 자가 칼을 휘둘렀다. 칼은 정확히 서시의 가녀리고 하얀 목줄기를 그었다. 땅바닥에 엎어진 그녀의 목에서는 선혈이 계속 솟구쳐 나왔다. 호흡이 가쁘다가 정신이 혼미해지기 시작했다. 흐려져 가는 서시의 두 눈으로 다가오는 사내의 짚신이 보였다.

'안 돼! 이대로 죽을 순 없어.'

의식은 그러하나 자꾸만 눈이 감겨 왔다. 그 와중에서도 서시의 뇌리를 떠나지 않는 얼굴이 하나 있었다. 바로 자신의 남동생이었다. 비록 첩이라 하나 조선의 당상을 자형으로 둔 자로서 그의 처신은 참으로 조용했다. 그 흔한 향리 자리 하나조차도 원하지 않은 채 그늘에 숨어 상민으로 살면서 조용히 누이의 행복만을 빌던 착하기만 한 동생이었다.

'내가 죽으면… 그 애는 하늘 아래 의지할 곳 없는 천애의 고아가 되고 마는데…….'

*

이형상의 사랑으로 김향남이 들어섰다. 이형상은 그가 들어서는데도 그저 서책만 보고 있을 뿐이었다.

"모든 처리가 끝났습니다. 시신은 모두 비처(秘處)에 안장했습니다."

이형상은 고개를 끄덕거린 뒤 손을 들어 김향남을 나가게 했다. 잠시 후 조용히 일어선 이형상은 사랑방의 문을 열고 마당에 서 있는 나무를 물끄러미 바라봤다.

'미안하이. 자네는 너무 큰 것을 알아 버렸네.'

이형상의 눈가에 물기 비슷한 것이 비쳤다. 까마귀가 전에 없이 요란하게 울었다.

며칠 후 서시의 장례가 치러졌다. 이형상의 첩실의 장례이었지만 아주 간소한 예식이었다. 서시의 사인은 자살로 발표되었다.

*

서시의 장례가 있던 날 이형상은 김향남과 사랑방에 앉아 있었다. 이형상은 이제 더는 적정고의 존재를 김향남에게 숨기지 않기로 했다. 이형상에게서 저간의 사정을 들은 김향남이 입을 열었다.

"그러면… 놈들이 적정고를 이미 손에 넣었군요."

"아마도 그럴 테지."

이형상이 신음하듯 뇌까렸다. 김향남이 무거운 어조로 말했다.

"영감! 이제 그냥 드러내 놓으십시오. 그리고 그놈들과 정면으로 승부하십시오. 누가 뭐래도 지금의 조정은 영감의 손에 있지 않습니까?"

이형상이 김향남을 쳐다보며 고개를 끄덕였다.

'그렇지. 이제 그 문서가 놈들의 손에 넘어갔다면 더는 쉬쉬 하며 그 문서를 확보하기 위해 애쓸 것이 아니다. 내게 있다면 주상의 뒷덜미를 잡는 것과 진배없지만 적들의 손에 있다면 주상의 권위를 빙자하여 놈들의 힘만 늘게 할 뿐이다. 차라리 공개적으로 그 문서를 거론하여 색출해 내자. 주상은 결코 이 문제에 간여할 수 없다. 청국의 눈이 있기 때문이다.'

＊

정이로가 김후명의 집에 초췌한 모습으로 나타났다. 김후명도 이미 서시의 자살 소식을 들은 터였다. 서시의 자살은 적정고로 인한 것이 분명했다. 정이로는 서시의 자살에 양심의 가책을 느끼고는 저렇게 초췌한 몰골이 된 것이었다.

'이놈의 이런 순수한 점이 장점이기도 하고 단점이기도 하지.'

그는 이로를 아무 말 없이 달래 주었다. 김후명이 차를 건네자 이로는 아무 말 없이 벌컥벌컥 들이켜기만 했다. 몇 번을 더 그렇게 마시고 난 후 이로가 문득 입을 열었다.

"적정고가 그리도 중요한 것입니까?"

이로의 물음에 김후명은 외면한 채 잠자코 있었다. 잠시 후 김후명이 단호한 어조로 말했다.

"지금 자네에게는 제대로 들리지도 않겠지만 어쨌든 설명을 하겠네. 어차피 자네가 알아두어야 할 것들이니까. 자네는 첫 임무를 훌륭히 수행했네. 그러나 이제 자네의 일은 시작에 불과하네. 이제부터 각오를 새로이 하고 내가 하는 말을 잘 듣게."

김후명은 헛기침을 몇 번 한 후 천천히 입을 열었다.

"지금의 주상 전하께오서 대행대왕의 차자의 신분으로 보위를 이으신 것은 자네도 잘 아는 일이지?"

"네. 그렇습니다. 금상의 형님이신 소현세자께오서 급서하시는 바람에 그리되었지요."

"그렇네. 그런데 주상 전하의 보위를 결정하신 것이 대행대왕이 아니라면 자네는 어떻겠는가?"

"네?!"

이로는 놀라서 되물었다. 금상의 즉위를 결정한 것이 대행대왕이 아니라면 이 나라의 주인이 임금이 아니라 따로 있다는 말인가?

"결론적으로 말한다면 금상의 즉위를 결정한 것은 대행대왕이 아닐세."

"그러면 누구란 말입니까? 누가 보위를 좌지우지할 정도의?"

"그것은 저 신료들이라네. 조정에서 매일 관복을 입고 드나들며 주상의 명을 수행하는 신료들 말이야."

김후명은 지금 역적이나 할 법한 이야기를 하고 있었다. 사직의 주인을 결정함에 있어 신하들이 그것을 좌우한다니 말이다.

"아니 그러면?"

이로가 되물으려 하자 김후명은 또박또박한 어투로 이야기를 이어 갔다.

"알다시피 대행대왕은 혼군(昏君-광해군)의 치세하에서 일개 종친의 한 사람에 불과했네. 그분을 보위에 올린 사람들이 누구인가? 이귀, 김자점 등 신료들이었네. 신하들에 의해 보위에 오른 분, 그분이 대행대왕이지. 덕분에 대행대왕은 치세 중에 늘 그들의 눈치를 살펴야 했지. 저 정묘년과 병자년의 전란에서도 오랑캐와 전쟁을 주장한 것도 그들이었네. 결과는 참담한 패배였지. 대행대왕에게도 잘못은 있었네. 적의 능력과 우리의 능력을 비교해 보아서 도저히 싸움이 되지 않을 것 같으면 어떻게든 신료들을 구슬려서 전쟁을 벌이지 말았어야 했는데 그렇게 하지 못했지. 그건 그렇고. 문제는 진작 그때부터였네. 병자년의 전란으로 저 삼전도의 치욕을 당하게 만든 장본인들은 그 후 어떻게 되었나? 보기에 따라서는 그들의 죄는 역적의 죄로 다스려야 할 만큼 큰 것이네. 자신들의 잘못된 판단으로 임금과 백성에게 씻을 수 없는 치욕과 고통을 안겨 준 자들이니 말일세. 그런데 그들 중 어느 누구라도 거열이나 패가망신을 당한 자들이 있었나? 아무도 없었네. 그저 형식적인 파직이나 하는 정도였지. 과연 그들이 그 정도 죄밖에 짓지 않은 것인가? 그들 스스로도 아마 그리는 생각지 않았을 것이야. 전란 이후 그럭저럭 세월을 보내면서도 그들은 불안했지. 자신들 스스로가 자신들이 범한 죄의 정도를 잘 알고 있기에. 그래서 그들은 자신들이 살아남기 위한 계책을 짜냈지. 그것이 무언가. 그것은 자신들의 죄를 물을 존재를 자신들의 손바닥 안에 가두는 것이었지. 자신들의 죄를 물을 존재가 누구인가? 그것은 임금이네. 그 임금을 자신들의 손아귀 안에 둔다면 어느 누가 자신들의 죄를 물을 것인가? 대행대왕에게는 그것이 가능했네. 왜냐하면 그분 스스로가 신하들에게 짐을 지고 있었으니까. 그러나 그분의 후사에게는 그것이 통하지 않네. 왜냐고? 그분은 태어나면서부터 왕이었으니까. 신하들이 왕으로 만든 것이 아니니까."

"그러면 금상께서 그런 분이란 말입니까?"

김후명의 말을 듣던 이로도 어느덧 김후명의 기세에 공명하면서 물었다.

"아니네. 대행대왕의 장자는 금상이 아니니까. 금상께서 보위에 오르던 때를 기억하는가? 이전의 세자께오서 급서하셨을 때 당연히 세자 저하의 아드님인 원자께서 보위에 오르셔야 했네. 그런데 그렇게 되지 않았지. 그 동생인 금상께서 보위에 오르셨네. 왜 그렇게 됐을까? 혹자는 대행대왕께서 세자를 미워하시어 그리됐다고도 하네. 그것은 일부 사실인 측면도 있지. 하나 더 근본적인 것은 저들의 계책이었지. 법도에 없는 승통을 함으로써 또 다른 대행대왕을 만들겠다는 것. 그것이 저들의 계책이었고 거기에 세자를 싫어한 대행대왕의 뜻까지 합쳐져서 이루어진 것이 금상의 즉위라는 조치였지."

들고 있던 이로가 다시 물었다.

"그러면 주상 전하의 즉위도 마치 계해년의 대행대왕의 그것과 다름없다는 말씀인가요?"

김후명은 이로를 쳐다보며 씨익 웃었는데 아주 사악한 자의 그것처럼 보였다.

"그렇네. 그러나 함부로 남들에게 그렇게 말하지 말게. 임금을 능멸하였다 하여 거열을 당하고 말 것이니까. 허나 솔직히 말하면 금상의 즉위는 계해년의 그것보다도 더했으면 더했지 덜할 것이 없네. 왜냐하면 계해년의 역천은 혼주를 제거하고 새 세상을 연다는 명분이라도 있었지만 금상의 즉위는 그것조차 없는 것이었으니까."

여기까지 이야기하고 김후명은 잠시 허공을 응시했다. 그 눈에 잠시 서리는 물기를 이로는 놓치지 않고 보았다.

"금상께서는 부왕과 신하들이 저지르는 그 모든 것들을 주시하며 그저 은인자중하셨네. 형님의 일은 금상에게 큰 교훈이 되었지. 학문을 사랑하고 온화하고 타협적인 형님의 그 성품과 기질이 이 난세에 어떤 결과를 가져오는지 똑똑히 깨닫게 되셨지. 결국 금상에게 보위가 돌아왔지. 물론 형님과 그 가족의 희생이라는 바탕 위에서 말이야. 그런 빚을 지고 보위에 오르면 어떻게 되겠나? 금상을 보위에 올린 신하들에 대해 금상이 일언반구라도 대항할 수 있겠나? 그것이 저들의 계책이었지. 어쩌면 대행대왕보다 더 커다란 짐을 금상에게 지운 것이지. 이것이 오랑캐의 침략으로부터 나라를 호위하지 못한 장본인들이 장악하고 있는 이 조정의 현실이라네."

"그러면 금상께서는 이러한 사실들을 모두 깨닫고 계시다는 말입니까?"

이로가 묻자 김후명은 타는 듯한 눈길로 이로를 쏘아보았다. 자신도 모르게 이로는 뒤로 조금 물러났다. 그만큼 김후명의 쏘아보는 눈빛은 강렬한 것이었다.

"물론! 깨닫고말고. 아니, 깨닫는 정도가 아니지. 속으로 피눈물을 흘리면서도 겉으로는 그들과 아주 원만하게 지내신다네. 그 고통을 자네는 짐작할 수 있는가?"

나지막하게 읊조리고 김후명은 어느덧 흘러내리는 눈물을 손바닥으로 훔쳤다. 주상의 고통을 그는 마치 자신의 일인 양 느끼는 듯했다.

"조선은 금상께서 주인인 나라일세. 금상께서는 어느 누구보다도 그것을 잘 알고 계시네. 그런데 신하라는 자들이 보위에 대해 행하는 오만불손함과 임금에 대한 능멸을 부왕 때부터 지켜보아 오면서 금상께서 겪으신 울분과 고통이 얼마나 컸겠는지 짐작할 수 있지 않나?"

그때 이로는 여태껏 궁금해하던 것을 물어볼 때라고 느꼈다.

"그런데 선비께서 말씀하시는 것들이 지금 저와 무슨 상관이 있는지 잘 모르겠군요."

김후명이 이로를 보고는 잠시 심호흡을 했다. 그러고는 멋쩍게 웃고는 말했다.

"내가 잠시 내 감상에 너무 빠졌었군. 자네의 일에 대해서 이제 이야기 하지. 자네는 이제 전 이조참판의 아들인 정이로가 아닌 주상 전하의 충복인 시림(市林)의 한 사람일세."

"시림이요?"

"그렇네. 이 조직은 이 조선의 그 누구도 알지 못하는 조직이네. 주상 전하만이 전체를 다 알고 계시지. 나는 시림의 승지(承旨)를 맡고 있는 사람일세. 주상 전하의 명을 받아 해당하는 인물에게 성지(聖旨)를 전달하지."

이로는 잠시 생각해 보았다. 승지라는 직책은 임금의 곁에서 왕명을 출납하는 사무를 주로 맡아보는 벼슬인데 이 사람이 승지라 함은 그 조직이 조정의 한 부분인 것인가?

"의문이 들지? 시림의 정체에 대해."

김후명이 이로의 마음을 읽기라도 한 듯 말했다.

"시림은 내가 붙인 이름일세. 주상 전하께서 하사하신 명칭은 없네.

다만 저 조정을 장악한 송시열, 송준길을 위시한 자들이 산림(山林)이라 불리는 데 비유하여 붙인 것이지."

그 명칭에서부터 시림은 노골적으로 산림의 모든 것에 대항할 것을 노정하고 있었다.

"시림은 전하께서 만드신 것입니까?"

"그렇네. 전하께서는 즉위 후 과거야 어떻든 저들 신료들에게 의지하여 정사를 펴시려고 농업을 장려하고 많은 동전을 유통시켜 백성의 살림을 편하게 하시려고 했네. 저들이 요구하는 이른바 산림들의 조정에 대한 출사에도 아낌없이 노력을 하셨지. 그러나 저들이 어떤 자들인가? 나라의 이익보다 저들 당파의 이익을 더 우선시하는 자들이 아닌가? 특히 주상 전하께오서 즉위 후 일관되게 이끌어 오시는, 저 오랑캐들을 정벌하는 일에 대해서는 협력은 고사하고 노골적인 방해를 일삼는 자들이 저들이네."

"왜 그럴까요? 저들은 이 조선의 백성이 아니란 말입니까?"

"그래서 내가 자네에게 이전에 맹세하라 하지 않았나? 자네 가문이나 개인의 이익보다 주상 전하와 나라를 위해 목숨을 바칠 것을 말이야. 그것은 이른바 주상의 신하라는 저들이 그렇지 못했고 또 지금도 그렇지 못하기 때문에 하는 말이야. 한마디로 말하면 저들이 두려워하는 것은 또 다른 전란일세. 저들이 말하는 바에 의하면 애꿎은 백성들이 죄없이 희생당하기 때문이라 하지만 삼척동자도 알고 있네. 그것은 저들의 변명에 불과하다는 것을 말이야. 저들이 두려워하는 것은 백성들이 아니라 자신들이 현재 누리는 모든 것을 쓸어가 버릴 또 다른 전란이지. 그런데 주상께서 또 전란을 일으켜서 잘 사는 자신들을 방해하려 하니 어찌 그것에 협력할 수 있겠나?"

시림(市林), 금상의 또 다른 시위 세력. 주상이 오랑캐 정벌을 하기 위해 애쓴다는 것에 대해서는 이로도 시정에서 소식을 통해 들어서 알고 있었다. 그것을 들었을 때 이로는 꿈같은 일이라고 웃어넘겼다. 이제는 만리장성을 넘어 중원을 거의 다 차지했다는 오랑캐가 아닌가. 이제는 저들이 오랑캐가 아니라 우리가 오랑캐가 되어 버렸지 않은가 말이다. 이같이 작은 나라 조선이 무슨 힘으로 저 거대한 중원을 차지한 오랑캐를 정벌하겠는가 말이다. 그런데 주상이 실제로 그 일을 추진하고 있다는 사실을 오늘 확인했다. 이로는 김후명을 바라보았다. 저이는 과연 허황된 군주의 꿈을 부추기는 몽상가인가 아니면 실로 하늘만큼 꿈이 큰 웅대한 지략가인가. 허나 이로는 그런 커다란 것에는 관심두지 않기로 했다. 조정이니 정벌이니 하는 큰 것은 지금의 자신에게는 별 의미가 없는 것들이었다. 그때였다. 김후명이 이전보다 한결 더 딱딱해진 어조로 한마디 덧붙였다.

"이것은 자네 아버님과도 관련이 있는 일이네."

이로가 고개를 번쩍 들고 김후명을 보았다. 여기에서 난데없이 돌아가신 아버님의 이름이 나오다니.

"이제야 알겠는가? 자네 아버님도 시림의 일원이었어."

이로는 멍하니 김후명을 바라보았다. 김후명은 그런 이로의 반응은 본체만체하며 말을 이었다.

"역적모의라는 큰일에 이조참판이라는 당상관이 개입된 일이네. 그런데 그 정도 큰일에 친국 한 번 없었네. 모든 일은 판의금부사인 김광일이 일사천리로 처리했네. 허나 그자도 그저 내려진 명을 따랐을 뿐일 것이야."

"그러면 그 역모가 모두 조작된 것이라는 것입니까?"

"저들이 우리에게 전면전을 건 셈이지. 그리고 우리들은 꼼짝없이 당하고 말았네. 어떤 경로를 통해서인지 모르겠지만 놈들이 적정고가 자네 아버님의 수중에 있다는 첩보를 입수했네. 그리고 역모 사건을 진행하면서 적정고를 자신들의 손에 넣었네."

애초에 자신의 말을 듣고 정이로가 보이는 반응을 무시하는 듯했던 김후명도 이제는 정이로의 표정을 주의 깊게 살피고 있었다.

"그 후 놈들은 적정고를 일부러 김익선의 집에 보관하도록 했지. 호조좌랑 따위가 그런 중요한 서책을 가지고 있을 리가 없을 거라고 우리가 생각하도록 하려고 했겠지만 그건 놈들의 실수였지."

호조좌랑? 그놈은 아버지의 역모를 고변했다는 그놈이 아닌가? 이로는 국문장에서 본 놈의 능글맞은 얼굴을 떠올렸다. 머릿속이 혼란스러워졌다. 이로는 자신이 여태껏 들은 사실들을 꿰어 맞추기 위해 안간힘을 썼다. 대행대왕, 오랑캐와의 전란, 소현세자, 주상, 산림, 적정고, 시림, 호조좌랑, 그리고 아버지.

"그러면 호조좌랑이 가지고 있던 그것은 어디로 갔습니까?"

"나와 시림은 총력을 다하여 그것을 확보하려고 했네. 수단 방법을 가리지 않았지. 김익선. 여의치 않다면 놈을 죽여 없애서라도 말이야."

"그러면?"

"김익선, 그놈을 죽여 없앴지만 정작 중요한 것을 손에 넣는 데는 실패했지⋯⋯."

김후명이 잠시 말을 멈추었다. 이로가 해야 할 일을 자신이 해 버린 것에 대해 이로의 반응을 살피는 것처럼 보였다.

"우리가 놈의 집을 샅샅이 뒤졌어도 그것은 보이지 않았지. 짐작컨대 김익선은 그런 일이 있을 줄 예상하고 적정고를 어딘가에 깊숙이 비장해 두었던 것 같네. 결과적으로 그가 죽음으로 그 책을 지킨 셈이 되고 말았지. 그 후로 이형상이 그것을 확보했고 그 이후는 자네가 아는 대로일세."

이로는 김후명의 놀라운 술회를 들으면서 멍했던 머릿속이 깨끗이 정리되는 것 같았다. 그런데 웬일일까? 말할 수 없이 뜨거운 어떤 것이 가슴속 밑바닥으로부터 치밀어 올랐다.

"자네에겐 이 일을 조금 더 있다가 말해 줄 참이었네. 이미 지나가 버린 일들을 되새겨 봤자 이득 될 것도 없고 해서."

김후명이 다소 낮은 어조로 말을 끝내기가 무섭게 정이로가 번개처럼 자리에서 일어났다. 그리고 김후명을 손가락질하며 고함쳤다.

"그러면, 그러면 당신은 나와 내 집안을 이렇게 만든 자들에 대해 나를 만날 때부터 다 알고 있었다는 말이오?"

김후명은 무겁게 고개를 끄덕였다.

"당신은⋯ 나를 인간으로 취급하지 않았군!"

이로가 눈에서 살기를 뿜어내며 말했다. 본능적으로 손이 허리춤을 더듬었다. 환도라도 차고 있었다면 당장 그것을 빼어 내려칠 기세였다.

"진정하게."

"진정? 당신이 무슨 자격으로 내게 그런 말을 하지? 내, 내 눈앞에서 아버님이 형님들이 형신을 받고 죽어 갔어. 그런데 그들을 그렇게 만든 놈들이 누군지 알고 있었으면서 내게 말하지 않았다고?"

김후명을 잡아먹을 듯이 노려보던 이로가 문을 박차고 뛰쳐나갔다. 김후명은 그 모습을 잠자코 지켜보았다. 잠시 후 김후명이 허공을 한번 보더니 후욱 하고 한숨을 내뱉었다.

'저 아이와의 일은 더 시급한 과업을 끝마친 후에 생각해 보자.'

김후명은 정이로의 일을 잠시 잊기로 했다. 이윽고 김후명이 뭔가 사무치게 떠오르는 듯 이를 악물고 천장을 올려다봤다.

'마침내 적정고, 주상 전하의 성심이 담긴 문서가 되돌아왔다. 아버님, 어머님! 이제야말로 놈들에게 묵은 한을 풀 때가 된 듯하오이다. 공사에 밀려 제 개인의 원한 같은 것쯤이야 잊어버려야 했었지만 소자가 어찌 그날의 참담함을 잊을 수 있사오리까?'

청에 대한 남한산성의 항전이 허무하게 무너지고 난 후 김후명의 선친인 김근후(金根厚)는 주화파의 좌장이었던 최명길을 도왔다는 이유로 주화파로 몰렸다. 대행대왕의 신임이 남달랐던 최명길에 대해서는 어찌 해 볼 수 없었던 김류, 김자점 등의 무리는 그에게로 칼날을 돌렸다. 비록 청과는 강화를 했다지만 조정의 대세는 척화론이었다. 임금이 청의 황제 앞에 꿇어 앉아 삼고구배(三叩九拜)의 치욕적인 의례를 행해야 했던 저 삼전도의 굴욕에 대해 신하들 중 누군가는 책임을 져야 했다. 책임은 결국 강화론을 주장했던 사람들에게로 돌아왔다. 겉으로는 척화를 외치면서도 속으로는 적에게 항복했던 자들에 의해 겉으로는 화의를 표명했지만 속으로는 어떻게든 적과 싸워 보려던 사람들이 역적으로 몰렸다. 그 한가운데에 김후명의 집안이 있었다. 결과는 참담했다. 아버지는 사사 당하고 어머니는 관비가 되어 변방을 떠돌다가 죽었다. 형제들도 위로 형 하나와 누이 하나, 그리고 아래로 동생 하나가 모두 혹독한 세상 풍파에 병을 얻어 일찍 죽고 김후명만 남았다. 그는 죽지 않았다. 아니 결코 죽을 수 없었다. 관노가 되어 변방을 떠돌면서도 피를 토하고 죽어 가던 아버지의 모습을 그는 단 한시도 잊어본 적이 없었다. 병조참판 이형상의 아버지인 이겸호. 그가 김근후의 옥사를 이끈 주도 세력이었다. 이형상과의 악연은 그때부터가 시작이었다.

어느 날 세자가 그를 불렀다. 세월이 흘러 김근후가 신원(伸寃)되고 김후명이 문과에 급제하였을 때의 일이었다. 그리고 오늘에 이르렀다. 그동안 주상의 어명을 수행해야 한다는 공적 입장에 있던 그로서는 사사로운 원한을 잊어야 했다. 그러나 오늘 그 원한을 풀 수 있는 기회가 온 것이다. 물론 오늘날 조선의 당상에 있는 자들이 김후명의 가족을 파멸의 구렁텅이로 몰아넣은 그자들은 아니었다. 그러나 다만 면면이 바뀌었을 뿐 그자들과 오늘날 조선의 당상들과는 본질적으로 다를 것이 없었다. 그런 자들이 제 자신과 가문과 파당의 안위를 위해서는 임금도 백성도 모두 팔아넘겨 제 잇속을 차리는 점은 그때나 지금이나 다를 바가 없기 때문이었다.

'비록 지금은 다망하여 내 개인적 은원을 해결하는 일은 미루어 두고 있으나 두고 보아라. 대업을 이루는 날 네놈들을 모두 쓸어 줄 것이

니. 기다려라.'

김후명은 정이로가 서시의 집에서 빼내온 적정고를 가져와 탁자 위에 얹었다.

'적정고(狄征考).'

문서의 맨 앞장 맨 윗줄에 그렇게 쓰여 있었다. 한 장을 넘기자 맨 왼쪽에 '일(一) 북정(北征)'이라고 쓰여 있었다. 김후명은 꼼꼼하게 내용들을 살펴 나갔다. 다음 장에는 '이(二) 여지(輿地)'라고 쓰여 있었다. 몇 장을 넘겼다. 그러자 '삼(三) 예(禮)'라고 쓰여 있었다. 그런 식으로 몇 장을 넘길 때마다 '사(四) 악(樂), 오(五) 병(兵), 육(六) 형(刑), 칠(七) 전부(田賦), 팔(八) 재용(財用), 구(九) 학교(學校)' 등의 내용으로 문서는 계속되었다. '학교'의 장을 넘기자 문서의 마지막인 듯 '총(叢)'이라고 쓰여 있었다. 몇 장을 더 넘기자 문서의 내용은 끝이 났다.

'다행히 훼손되거나 한 것은 없군.'

김후명은 문서를 꼼꼼히 살핀 뒤에 다시 접어 소중히 보관했다.

*

한 시진가량 지났을까. 이로가 힘없이 문을 열고 들어섰다. 김후명은 벽을 바라본 채 차를 마시고 있었다. 이로가 침울한 어조로 물었다.

"왜 제게 진작 말하지 않았습니까?"

김후명은 벽을 향한 채 앉아서 대답했다.

"자네에게 말을 한다고 달라질 것이 있나?"

"말해 봤자 소용없다는 겁니까?"

"솔직히 그렇네. 복수를 한답시고 그들에게 달려가 괜히 소란만 떨뿐이지. 안 그런가?"

김후명이 눈에 칼날을 세우며 이로를 보았다. 이로도 지지 않고 그를 마주 쏘아보았다.

잠시 후 이로는 고개를 떨구었다. 현재 자신의 능력으로는 그들의 엄청난 힘을 도저히 당해낼 수 없었다. 김후명의 말은 모두 사실인 것이다. 김후명이 눈빛을 조금 부드럽게 했다.

"오늘의 그 분노를 가슴속 깊이 간직하게. 그리고 자네를 단련하는 풀무질의 바람으로 쓰게. 지금은 그것만이 자네에게 허용된 것이네. 복수 따위는 꿈도 꾸지 말게."

이로는 김후명을 쳐다보다가 깊이 고개를 떨구었다. 한참의 시간이 흘렀다. 이로가 숙였던 고개를 천천히 들어 올렸다. 다시 한 번 망치질을 당한 영혼. 정이로의 영혼은 그렇게 단련되어 갔다. 김후명이 무표정하게 그런 이로를 보며 말했다.

"이제 놈들은 적정고의 소재를 찾기 위해 혈안이 될 걸세."

"그럴까요?"

"당연하지. 적정고가 무엇인가. 주상 전하의 성지가 그대로 담겨 있는 친필 서한이 아닌가. 그것을 확보하는 자가 곧 주상 전하의 성지를 받드는 자일세. 그런데 그것이 놈들의 손에 있을 때는 문제가 없지만 그것이 다른 당파, 즉 예를 들면 우리 시림에게 들어왔다면 문제는 달라지네. 주상 전하의 성지를 받드는 측이 우리가 되니까 말이야. 이것은 이 조선 조정의 주도권을 앞에 둔 한판 혈전이 될 걸세. 그 혈전에서 우리는 이미 주도권을 장악했네. 바로 이것으로서 말이야."

김후명이 탁자에 놓여 있는 문서를 내려다보더니 이로를 향해 자못 엄숙하게 말했다.

"자! 옷을 갈아입게. 나와 함께 갈 곳이 있네."

김후명이 이로에게 명령했다. 김후명의 그 말에는 거부할 수 없는 어떤 힘이 깃들어 있었다.

6. 강계부로 향하다

1659년 2월

　김후명은 집을 나와 춥고 어두운 밤길을 한참 동안 걸어갔다. 밤바람이 옷깃을 파고들고 귓가를 베어 냈다. 김후명은 여러 번 이 길을 가본 듯 아무런 말도 없이 그저 앞만 보고 걸음을 내딛었다. 이로는 감히 뭐라 물어볼 엄두를 내지 못하고 그의 뒤를 쫓아갔다. 김후명이 어디선가 한 지점에서 딱 하고 걸음을 멈추었다. 그러자 이로도 비로소 걸음을 멈추고 좌우를 둘러보았다. 이로의 눈이 크게 떠졌다.

　그랬다. 이 길은 창덕궁으로 들어가는 길이었다. 김후명이 이로를 돌아보고 말했다.

　"어서 따르시게. 걸음을 재촉해야 할 것이야."

　다시 한참을 걸어가니 돌로 만들어진 사각형의 문이 보였다. 김후명은 그 문으로 마치 제집 들어가듯 쓱 하고 들어갔다. 김후명은 문을 지나 한참을 걸어가서 오른쪽으로 방향을 틀었다. 커다란 전각이 하나 보였다. 이로가 뒤처지자 김후명은 전각 앞에서 이로를 기다리고 있었다. 전각에는 사람이 들어 있는 듯 불빛이 환했다. 이로가 김후명의 옆에 서자 김후명은 전각 안에서 들을 수 있도록 헛기침을 크게 했다. 곧 전각문이 열리며 갓과 도포 차림의 한 사람이 그들 앞에 섰다. 김후명은 그 사람과도 안면이 있는 듯했다.

　"계십니까?"

　"네. 술시에 이곳으로 납시었습니다."

　"이런 망극한 일이 있나? 어서 기별을."

김후명은 이로를 향해 눈짓을 했다. 이로는 김후명과 선비 차림의 사람을 따라 전각 안으로 들어갔다. 전각 안으로 들어서자 정면에 커다란 방이 보였다. 방문이 소리도 없이 열리며 입구를 향해 정면으로 가부좌를 튼 채 서책을 읽고 있는 사람이 하나 눈에 띄었다. 황촉불이 대낮처럼 밝은 방 안에서 홀로 책을 읽고 있는 사람. 그가 눈을 들어 방의 입구를 쳐다봤다. 김후명은 그에게 엎드려 절하며 아직 멍하게 서 있는 이로의 옆구리를 찔렀다.

　"뭣 하는가? 배례를 드리게. 주상 전하이시네."

　드넓은 이마 아래로 우뚝 솟은 콧날과 날카로운 눈매, 굳게 다문 입술은 그의 강한 의지력을 말해 주는 듯했다. 떡 벌어진 어깨와 위엄 있게 조금 나온 배는 날카로워 보이는 인상과는 달리 후덕한 느낌이었다. 그가 김후명 일행을 향해 부드럽게 미소 짓고 있었다. 이로는 서둘러 절했다. 주상이 읽고 있던 책을 천천히 덮으며 입을 뗐다.

　"청운인가? 고생 많았네."

　주상에게 치하를 받자 김후명은 몸 둘 바를 몰라 했다.

　"망극하신 하교입니다. 소신은 한 일이 없습니다. 그저 아랫사람들에게 말로만 시켰을 뿐입니다."

　"아니다. 청운의 노고가 컸다. 내 들어서 알고 있다."

　김후명은 무릎걸음으로 주상에게 다가가 적정고를 바쳤다. 주상이 어수를 들어 두루마리처럼 된 그것을 받고는 펼쳐들고 이리저리 살폈다.

　"허허! 참판에게 건네질 때와 조금도 다름이 없군."

　주상은 문서를 이리저리 넘기며 보다가 문득 정이로를 쳐다보고는 하문했다.

"이 젊은이는 누군가?"

"소신이 말씀드린 그 이조참판의 자식이옵니다."

주상이 이로를 보고 눈을 빛내며 말했다.

"오! 그런가? 그대가 참판의 자제라고?"

"정이로라 하옵니다."

주상이 이로를 가여운 듯 유심히 보다가 자신의 앞에 놓인 책상에 켜진 황촉불을 지그시 보았다.

"안타까운 일이로다. 그런 인재가 그리 가다니."

주상이 잠시 탄식하더니 이로를 지그시 쳐다보고 말했다.

"너는 나를 많이 원망했겠구나."

주상이 그렇게 말하자 비로소 이로의 뇌리에 고문을 받고 죽어가던 아버지와 형들의 모습이 아프게 지나갔다. 여동생은 변방의 관노로 부처되었다고 그저 소문으로만 들었을 뿐이다. 아버지가 국문장에서 각혈하듯 외치며 주상 전하를 뵙게 해 달라던 말이 떠올랐다. 그때 이로는 충신의 간절한 부름에도 얼굴조차 비추지 않던 임금을 얼마나 원망했던가. 이로가 무언으로 주상에 대한 원망을 표현하고 있는 줄 알아챘는지 김후명이 이로의 옆구리를 찔렀다. 이로는 낮은 목소리로 말했다.

"아니옵니다. 어찌 전하를 원망하겠사옵니까?"

"아니다. 내가 너의 입장이 되었더라도 원망하는 마음이 있었을 것이다."

잠시 이로를 쳐다보던 주상이 김후명에게 말했다.

"청운. 그 일은 어찌 되어 가는가?"

"네. 장차 강계부로 향할 준비가 되었사옵니다."

"그러한가? 사람은 모두 가려 뽑았는가?"

"아직… 인선 중이옵니다."

"인선 중이라… 빨리 선발을 끝마치도록 하라. 그리고……."

주상이 잠시 뜸을 들이며 고개를 숙이고 있는 이로를 쳐다봤다.

"참판의 자제를 동행하도록 하라."

주상의 하교에 김후명은 곧 머리를 숙이고 하교를 받들었다. 이로는 깜짝 놀라 주상의 용안을 올려다보았다. 주상은 여전히 부드러운 눈길로 이로를 바라보고 있었다.

✻

"강계부로 간다니 그게 무슨 말입니까?"

김후명과 함께 창덕궁을 나서며 이로가 김후명에게 물었다.

"설명하자면 말이 길어지니 우선 집에 가서 이야기하세."

김후명이 총총걸음으로 앞서 걸었다. 올 때와는 달리 김후명의 어깨가 후줄근한 것이 마치 커다란 짐을 벗어놓은 듯했다. 김후명의 집에 도착하니 외짝 장짓문으로 불빛이 어른거렸다.

"내 내자가 와 있는 게로군."

"내자요?"

이로는 반문했다. 김후명의 집에서는 그는 늘 혼자 기거했었다. 그래서 이로는 그에게는 가족이 없거나 혹은 멀리 떨어져 사는 것이려니

했다. 그런데 그의 아내가 이 한양 내에서 살고 있었다는 말인가? 이로와 함께 대문을 열고 들어서면서 김후명이 헛기침을 했다. 장짓문의 불빛이 일렁이더니 방에서 웬 여인네가 재빨리 나왔다. 그녀는 이로를 보더니 얼른 목례를 하고는 옆방으로 들어가 버렸다. 방으로 들어가니 나물 등속으로 차린 소박한 주안상이 하나 놓여 있었다. 방바닥에 털썩 앉으며 김후명이 상 위에 놓여 있던 술병을 들더니 이로에게 앞에 앉으라고 했다. 이로의 잔에 하얀 탁주를 넘실거리듯 따르며 김후명이 중얼거렸다.

"한잔 하게. 전하의 명을 수행하기 전에는 우리는 이런 술밖에는 마실 자격이 없네."

이로는 잠자코 김후명이 따르는 잔을 받아 마셨다. 바깥의 차가운 날씨 때문에 얼어 있던 속에 술이 몇 잔 들어가자 비로소 온몸이 풀리는 느낌이었다. 이로의 얼굴이 붉어지는 것이 김후명의 눈길을 끌었음인지 그는 이로에게 주안상에 차려져 있던 것 중 하나를 젓가락으로 가리켰다. 고기 같은 것을 꼬치에 꿰어서 구운 것이었는데 콩나물, 숙주나물 등 채소 일색인 안주 중 유일하게 고기로 만든 것이었다. 김후명이 조금 불콰해진 얼굴로 이로에게 말했다.

"들게. 설야멱(雪夜覓)일세. 소고기 구이의 일종인데 궁중에서는 그렇게들 부르지."

그것은 겉 색깔이 노리끼리하고 기름기가 감도는 것이 몹시 맛있게 보여서 이로의 구미를 자극했다. 그것을 젓가락으로 막 집어 들려고 하다가 이로는 픽 하고 웃음을 터뜨렸다. 왠지 궁벽한 이 초가와는 어울리지 않는 음식이었다. 김후명은 이로가 웃든 말든 먼저 설야멱을 젓가락으로 한 개 집어 게걸스럽게 먹었다. 그것은 여태껏 그가 보여 왔던 청아하고 고고한 선비의 자세와는 사뭇 다른 것이었다.

"저 선비 어른. 아까 주상 전하께서 하교하신 것에 대해서……."

김후명은 다시 술잔을 들고 지그시 쳐다보고 있었다.

"이제부터 자네는 나를 승지라고 부르게."

그렇게 말하고 나서 김후명은 비로소 이로를 쳐다보고 말했다.

"자네도 이제 이 일에 연관되었으니 아니 이제 자네가 이 일의 많은 것을 해야 할 것 같으니까 내 말해야겠지."

말을 끝내고 김후명이 이로의 낯빛을 살폈다.

"주의를 집중해서 내 말을 잘 듣게."

이로는 얼른 자세를 바로해서 경청할 준비를 했다.

"이야기는 지금으로부터 십여 년 전으로 거슬러 올라가네. 임경업 장군은 자네도 알지?"

이로는 고개를 끄덕였다. 임경업. 명에 대한 의리로 끝까지 청에 항전할 것을 주장하다가 결국 형장의 이슬로 사라진 인물. 그의 죽음에 대해서는 항간에서도 말이 많았다.

그의 사인은 불분명했다. 병자호란 이래로 줄기차게 청에 대해 적대적 행동으로 일관했고 의도한 여러 가지 일이 실패로 돌아가자 중원에서 복명운동 단체와 연결하여 복명운동을 지휘하던 중 청에 의해 사로잡혀 국내로 송환되었다. 그러고는 뚜렷한 원인도 없이 어느 날 죽어버렸다. 할 일을 못 하고 죽은 영웅은 늘 사람들의 입에 오르내리는 법이다. 그가 그랬다.

"이 일은 주상 전하께오서 아직 세자이셨을 적의 일이네. 그때 중원에서 반청 복명(復明) 단체들과 연계하여 복명운동을 벌이다가 청의 관청에 사로잡혀 있던 임경업 장군이 조선으로 압송당해 왔었지. 그리고 형신을 받다가 역적 김자점의 음모로 장살을 당하고 말았네."

"장살이오?"

이로가 목소리를 높였다. 그러면 임경업이 살해되었다는 항간의 풍문은 모두 사실이란 말인가?

"그렇네. 역적 김자점이 청의 황족들과 자신이 비밀리에 내통하는 등 이적 행위를 한 것이 임 장군에 의해 폭로될 것이 두려워 장군을 국문을 빙자하여 장살했네. 그러나 임 장군은 자신이 그리될 것을 알았던지 장살되기 전 날 세자저하를 찾았네. 세자저하와 임 장군은 포로로가 계시던 심양에서도 몇 번 만난 적이 있었기 때문에 구면이었지. 그때 세자저하를 대신하여 옥으로 가서 임 장군을 만난 사람이 나였지."

"선비님이오?"

김후명은 탁주를 잔에 따라 한 사발 들이켜고는 말을 이었다.

"문과에 갓 급제하여 천지사방도 모르고 날뛰는 나를 세자께서는 눈여겨보시고 부르셨지. 그것이 주상 전하와 나의 첫 인연이었네. 임경업 장군은 내게 서찰 한 통을 주며 세자저하께 전해 줄 것을 당부했었지. 그 서찰에는……."

김후명은 그 대목에서 말투를 더욱 또박또박하게 하여 말했다.

"임 장군이 의주부윤 시절 겪었던 이야기가 쓰여 있었네."

"어떤 이야기입니까?"

이로도 이제 김후명의 이야기에 휘말려 들고 있었다.

"임 장군이 의주부윤을 하던 시절에 군무의 일로 강계부에 들렀던 일이 있었다네. 그때 압록강 인근에 흘러 다니는 민담을 듣고 그것을 적어 놓았네."

"민담이요? 그건 백성들의 입에서 입으로 떠도는 허깨비 같은 것 아닙니까?"

이로가 다소 실망한 듯 말하자 김후명이 인상을 찌푸리며 대답했다.

"자네는 백성들의 입이란 것이 얼마나 무서운지 자네 자신이 그것을 확인하고도 깨닫지 못하는가? 앞서 자네는 약이 영감의 기지로 이형상이 가지고 있던 적정고를 세상에 드러나게 했네. 그것이 과연 자네의 능력으로 된 일인가? 아닐세. 자네는 백성들의 입을 통해 노래를 유포했고 그것이 이형상을 움직였네. 즉 그것은 백성들의 입이 그 능력을 발휘한 것이란 말일세."

따끔하게 말하는 김후명의 이야기에 이로는 머쓱해졌다. 사실이다. 이형상은 분명히 항간에 떠도는 노래를 듣고 빈틈을 보였었다.

"백성들의 입이란 그만큼 무서운 거야. 물론 그들이 다소 무지하고 못나서 무엇이든 떠들고 다니기는 하지. 그러나 그 이야기들을 잘 듣고 사실은 사실대로 헛소문은 헛소문대로 가려내는 것이 지혜로운 자의 능력이네. 종사의 일을 하는 우리 관원들은 말할 것도 없네. 당연히 그런 능력을 가져야 하네. 임 장군은 그런 능력을 가지고 있었네. 그래서 압록강 인근에 떠도는 이야기들 중 종사에 도움이 될 만한 것을 가려서 적어 놓았지.”

“그것이 무엇입니까?”

이로가 호기심 어린 목소리로 묻자 김후명은 비로소 만족한 낯빛이
되어 말했다.

“그것은… 천 년도 더 이전에 있었던 일에 대한 것이었지.”

“천 년이요?”

“그래. 천 년이지. 정확히 말해서 천삼백여 년 전이군. 그때 이 땅에
있었던 강대한 한 나라에 관한 것이었네.”

이로는 다시 백성들의 이야기라는 것에 관해 의구심이 들기 시작했
다. 천삼백년 전의 일에 대한 이야기가 뭐 어떻다는 건가? 김후명이
이로의 마음을 짐작한 듯 이로를 똑바로 보며 고개를 천천히 가로저
었다.

“자네가 의심을 가지는 것은 이해하네. 나도 처음엔 말도 안 된다고
무시했으니까. 여하튼 이야기를 마저 듣게. 지금의 함경도와 평안도,
그리고 지금은 청의 강역인 송화강과 그 주변의 수천 리 들판과 심지
어 지금 대국의 도읍인 연경 주위까지 지배한 나라가 있었다네. 자네
는 혹시 그것에 관해 들어본 적이 있나?”

김후명이 이로에게 묻자 이로는 옛날 서당에서 공부할 적에 훈장께
서 말씀해 주시던 옛날이야기가 문득 떠올랐다.

“들어 본 적은 있습니다. 그 옛날 이 땅에 고구려, 백제, 신라라고 불
리는 세 개의 나라가 병립해 있었고 그 신라가 두 국가를 멸하고 삼국
을 통일했다는 이야기.”

김후명은 만면에 웃음을 지으며 이로의 어깨를 두드렸다.

"그래! 바로 그걸세. 이제 내 이야기가 훨씬 잘 풀리겠군. 임경업 장군의 서신은 그 고구려에 관한 이야기였네."

"그런데 무엇입니까? 그 고구려에 관한 이야기라는 것은?"

"그 고구려에 지금으로부터 천삼백여 년 전에 위대한 왕이 한 분 계셨네. 그는 구름을 타고 천병을 거느리고 중원과 백제, 신라와 심지어 왜인들의 땅까지 가서 그들을 정벌했다고 하네. 물론 백성들의 입에서 입으로 전해지는 이야기라서 그 부분은 믿기가 조금 힘들지. 그러나 백성들의 이야기가 근거가 없다고 해서 무조건 무시해서도 안 되네. 백성들로 하여금 그런 이야기를 하게끔 하는 어떤 역사적 사실이 분명히 존재하기 때문에 그런 이야기가 나오는 법이지. 나도 경사에 해박하다고 자신하고 있었는데 정작 우리 역사에 대해서는 아는 게 별로 없어서 부끄러운 생각이 들더군. 그래서 장서고를 뒤졌지."

김후명은 그렇게 말한 뒤 자리에서 일어나 방 한쪽 구석에 서 있는 농을 열더니 서책 한 권을 꺼내 이로에게 내밀었다. 기름을 먹인 종이로 표지가 싸여 있는 책의 맨 앞장에 '삼국사기(三國史記)'라고 쓰여 있었다.

"이것이 그 책의 전부는 아니야. 내가 필요한 부분만 필사하여 옮긴 것일세……."

삼국사기. 이로로서는 몇 번 들어본 적은 있을 뿐 오늘 그 실물을 처음 봤다.

"삼국이라 함은 앞서 말한 고구려, 백제, 신라를 말함이고. 대국의 사기(史記)라는 책에 대해서는 자네도 알고 있겠지?"

"네. 들어 보았습니다."

"이 책의 원본은 그 삼국의 역사를 사기의 형식을 빌려서 쓴 것이라고 생각하면 되네. 그리고 내가 필사한 이 부분이 바로 임경업 장군이 채록한 그 이야기에 등장하는 왕에 대한 것일세."

김후명이 이로에게 책을 내밀었다. 이로는 잠자코 책을 받았다.

"자세한 이야기는 자네가 그 책을 읽어 본 후에 하겠네. 우선 그 책을 읽어 보게. 그것은 고려왕조 때 쓰인 정사(正史)라고 모두가 인정하는 책이니 우선 그것에서부터 출발해야 할 것이야."

*

이로는 김후명이 방을 나간 후 자리를 펴고 누웠다. 꽤나 술을 마셨는데도 취기는 거의 없고 의식이 말똥말똥하였다. 오늘 이로는 너무도 많은 일을 겪었다. 주상을 알현한 일이나 임경업 장군의 이야기, 그리고 그 삼국사기에 관한 것을 듣기까지. 그 일들이 한꺼번에 이로의 뇌리에서 일어나 이로를 잠 못 들게 하고 있었다. 한참 동안 생각을 정리한 끝에 이로가 얻은 결론은 어쨌든 이곳을 당분간 떠나야 한다는 것이었다.

김후명의 말로는 이로가 가야 할 곳이 중원과 연관되어 있는 것 같았다. 그리고 그 준비를 위해 이로에게 주어진 것이 바로 '삼국사기' 그 책이었다. 이제 더는 지난 몇 달간의 삶처럼 자신의 인생이 상황에 끌려가도록 놔둘 수는 없었다. 준비를 해야만 했다. 그 준비의 시작은 바로 지금 눈앞에 있는 일부터 시작하는 것이었다. 이로는 베개 위에 김후명이 준 책을 얹었다. 이 밤을 다 새는 한이 있더라도 그 책을 한 번 읽어볼 참이었다. 서책을 펴니 김후명의 낯익은 필치가 눈에 들어왔다.

광개토왕(廣開土王)

諱 談德 故國壤王之子 生而雄偉 有倜儻之志 故國壤王三年立爲太子 九年王薨 太子卽位

(휘는 담덕이며 고국양왕의 아들이다. 나면서부터 웅위하고 남에게 구속되지 않는 뜻이 있었다. 고국양왕 삼 년에 태자로 책봉되었다가 구 년에 왕이 돌아가자 즉위하였다.)

秋七月 南伐百濟拔十城 九月北伐契丹 虜男女五百口 又招諭本國陷沒民口一萬而歸

(가을 칠월에 남으로 백제를 쳐 열 개 성을 빼앗았다. 구월에 북으로 거란을 쳐 남녀 오백 명을 사로잡고 또 본국의 함몰된 인구 일만 명을 불러서 권유하여 데리고 돌아왔다.)

冬十月 攻陷百濟關彌城 其城四面峭絶 海水環繞 王分軍七道攻擊 二十日乃拔

(겨울 시월에 백제의 관미성을 쳐서 함락시켰다. 그 성의 사면이 심히 험악하고 바다에 둘러싸여 있으므로 왕은 군사를 일곱 길로 나누어 공격하여 이십 일 만에 빼앗았다.)

二年秋八月 百濟侵南邊 命將拒之 創九寺於平壤

(이 년 가을 팔월에 백제가 남쪽 변읍을 침범하므로 장수에게 명하여 막게 하였다. 평양에 아홉 개의 절을 창건하였다.)

三年秋七月 百濟來侵 王率精騎五千逆擊敗之 餘寇夜走

(삼 년 가을 칠월에 백제가 침범해 와 왕은 정기병 오천을 거느리고 맞아 싸워 무너뜨렸다. 남은 적군은 밤에 달아났다.)

八月 築國南七城 以備百濟之寇

(팔월에 나라 남쪽에 일곱 성을 쌓아 백제의 침구에 방비하였다.)

四年秋八月 王與百濟戰於浿水之上 大敗之 虜獲八千餘級

(사 년 가을 팔월에 왕은 백제와 더불어 패수 위에서 싸워 대패시키고 팔천여 명을 사로잡았다.)

九年春正月 王遣使入燕朝貢 二月 燕王盛以我王禮慢 自將兵三萬襲之 以驃騎大將軍慕容熙爲前鋒 拔新城南蘇二城 拓地七百餘里 徒五千餘戶而還

(구 년 봄 정월에 왕은 사신을 연에 보내어 조공하였다. 이월에 연의 왕 성이 우리 왕의 예가 거만하다 하여 군사 삼만 명을 거느리고 습격하였다. 표기대장군 모용희를 선봉으로 삼아 신성, 남소 두 성을 빼앗고 칠백여 리의 땅을 개척하여 민가 오천여 호를 옮겨놓고 돌아갔다.)

十一年 王遣兵攻宿軍 燕平州刺史慕容歸棄城走

(십일 년 왕이 군사를 보내 숙군을 치니 연의 평주자사 모용귀가 성을 버리고 달아났다.)

十三年冬十一月 出師侵燕

(십삼 년 겨울 십일월에 군사를 내어 연을 침범하였다.)

十四年春正月 燕王熙來攻遼東城且陷 熙命將士毋得先登 俟剗平其城 朕與皇后乘轝而入 由是城中 得嚴備 卒不克而還

156

(십사 년 봄 정월에 연의 왕 희가 와서 요동성을 쳤는데 함락되려 하자, 희가 장병에게 명하기를 "먼저 위에 오르지 마라. 그 성을 완전히 무너뜨린 후에 짐과 황후가 수레를 타고 들어가겠다." 하였다. 이로 인하여 성 중에서 삼엄한 수비를 하였으므로 마침내 이기지 못하고 돌아갔다.)

十五年秋七月 蝗旱 冬十二月 燕王熙襲契丹至陘北 畏契丹之衆欲還 遂棄輜重 輕兵襲我 燕軍行三 千餘里 士馬疲凍死者屬路 攻我木底城 不克而還

(십오 년 가을에 황충과 가뭄이 있었다. 겨울 십이월에 연 왕 희가 거란을 습격하여 형북에 이르렀는데 거란의 무리가 두려워하여 돌아가려 하였다. 드디어 치중(나그네 짐)을 버리고 가볍게 차린 군사로서 우리를 습격하였다. 연의 군대는 삼천 여 리의 행군으로 병사와 말이 피로하고 얼어 죽은 자가 많으니, 우리 목저성을 공격하였으나 이기지 못하고 돌아갔다.)

十六年春二月 增修宮闕

(십육 년 봄 이월에 궁궐을 증수하였다.)

十七年春三月 遣使北燕且叙宗族 北燕王雲遣侍御史李拔報之 雲祖父高和句麗之支 自云高陽氏之苗 裔 故以高爲氏 焉慕容寶之爲太子 雲以武藝侍東宮 寶子之賜姓慕容氏

(십칠 년 봄 삼월에 사신을 북연에 보내 종족의 예를 나누니 북연 왕 운이 시어사 이발을 보내어 답례하였다. 운의 조부 고화는 고구려의 지류로 자칭 고양씨의 후손이라 하였기 때문에 고를 성씨로 한 것이다. 모용보가 태자로 있을 때 운이 무예로써 동궁을 모셨으니 보가 아들로 삼아 모용씨의 성을 주었다.)

十八年夏四月 立王子巨連爲太子 秋七月 築國東禿山等六城 移平壤

民戶 八月 王南巡

(십팔 년 여름 사월에 왕자 거련을 태자로 세웠다. 가을 칠월에 나라 동쪽의 독

산 등 여섯 성을 쌓고 평양의 민호를 옮겼다. 팔월에 왕이 남쪽으로 순행하였다.)

二十二年冬十月 王薨 號爲廣開土王

(이십이 년 겨울 시월에 왕이 돌아가니 호를 광개토왕이라 하였다.)

책을 손에서 놓은 지 꽤 되는 이로였다. 그러기에 중간중간 어려움
이 있는 부분들은 앞뒤 문맥을 참조하여 해석해 나갔다.

'그러면 이 광개토왕이라는 왕의 일생을 대충 정리하면 탄생 → 13
세에 태자로 봉해짐 → 18세의 나이로 즉위 → 백제의 북변을 쳐서 석
현 등 10성을 획득 → 북으로 거란을 정벌 → 백제와 교전하여 관미성
뺏음 → 평양에 9개의 사찰을 창건 → 백제를 다시 물리치고 남쪽에
일곱 성을 쌓음 → 백제와 패수 위에서 싸워 대패시킴 → 중국의 연에
조공하였으나 싸움 → 연의 숙군을 쳐서 자사를 달아나게 함 → 연을
침범함 → 연의 반격을 받았으나 막아냄 → 연이 다시 침입해 왔으나
고구려를 이기지 못하고 돌아감 → 북연의 왕과 종족의 예를 교환 →
나라의 동쪽에 여섯 성을 쌓음 → 죽음. 이렇게 된다.'

*

"하하하! 열심히 읽었군."

김후명은 다음 날 아침 이로를 찾아 와 이로의 말을 듣고는 기뻐하
며 그렇게 말했다.

"그러면… 이 광개토왕이라는 사람이 그 임경업 장군님이 전해 들었

158

다는 이야기의 주인공이란 말입니까?"

"그렇네. 나도 임 장군의 이야기가 정말인지 확인하기 위해 그곳에 갔었네."

"그곳이요?"

김후명이 말을 그치고 이로를 바라봤다. 뭔가 해야 할 말이 있는 듯 했다. 이로가 김후명의 다음 말을 재촉했다.

"말씀하십시오. 선비님 아니 승지 어른."

이로가 그를 승지라고 부르자 김후명은 흡족한 듯 미소 지었다.

"중요한 것 하나를 아직 말하지 않았네. 자네가 가야 할 곳 중에 지금은 오랑캐들에 의해 봉금지지(封禁之地)로 규정되어 함부로 드나들 수 없는 지역이 있다는 사실이야. 그곳이 저들의 태조인 누르하치의 조상들이 발원한 곳이라는 이유에서지."

이로가 김후명의 말에 눈을 크게 떴으나 곧 안정을 되찾았다. 오랑캐들이 지정한 봉금지지라면 그곳에 갈 때 상당한 위험이 따른다는 사실을 김후명은 말하려고 했던 것 같다. 이로의 태도를 확인하고는 김후명은 다시 먼 곳을 보는 눈이 되어 대답했다.

"우리와 청의 국경 지대를 지나 조금 더 북쪽으로 가면 그곳이 나오지."

"그곳이 어딥니까?"

"그곳은 고구려의 옛 도읍이 있던 곳일세."

"그러면 임 장군이 들으셨던 이야기란 게 어떤 것입니까?"

자신의 우려가 씻어진 것이 기쁜 탓인지 김후명이 미소 지으며 대답했다.

"자네, 밤을 꼬박 새운 게로군. 맞나?"

이로는 멋적게 웃으며 대답했다.

"네. 과문하여 글을 읽는데 시간이 꽤 걸리더군요."

"자네가 과문인 탓도 있지만 처음 읽는 내용이란 것이 시간이 좀 걸리지. 아무튼 임 장군이 들었던 그 이야기란 대략 이러하네. 천삼백 년전 광개토왕이 중원의 연나라를 정벌하였다고 하네. 그 내용은 그 책에도 언급되어 있지. 자세하지는 않지만. 하여튼 광개토왕은 연의 도읍에까지 육박해 갔지. 그런데 결정적인 장애물이 하나 있었다고 하네. 연의 도읍을 지키던 수호신인 황룡의 방해였지. 황룡이 왕의 군사를 가로막고 도읍에 진입하는 것을 막았다고 하네. 그러나 왕은 이에 굴하지 않고 자신의 무기인 큰 활을 꺼내 황룡을 쏘아 죽이고 황룡의 심장을 꺼내 군사들에게 보이고는 군사들을 독려하여 곧 도읍을 함락시켰다고 하네."

긴장한 채 김후명의 이야기를 듣던 이로는 용에 관한 이야기가 나오자 맥이 탁 풀리는 느낌이었다.

"용에 관한 이야기가 나오니까 실망했나?"

"네. 솔직히… 그렇군요."

이로가 피식 웃으며 대답했다. 김후명의 표정이 갑자기 엄숙해지며 말했다.

"그러면 자네는 주상 전하께서도 그런 이야기를 곧이곧대로 믿을 만큼 어리석다고 생각하나?"

이로가 표정을 긴장시켰다.

"그런 건 아닙니다만……."

"아까도 이야기하지 않았나? 백성들의 말이란 가려서 들어야 하는 것이라고 말이야. 그것이 지혜 있는 관원의 길이라고 말일세."

"그러면 그 이야기가 사실이란 말입니까?"

이로가 되묻자 김후명이 씩 웃으며 말했다.

"나는 그 이야기가 전부 사실이라고 말하진 않았네. 다만 백성들이 하는 이야기의 틈새에서 사실의 조각들을 찾아내어 이어 붙여야 한다는 것이야."

이로는 갑자기 골치가 아파졌다.

"내가 처음 그곳에 간 이유가 바로 그 이야기의 사실 여부를 확인하기 위해서였지. 주상께서도 처음 그 이야기를 읽고는 반신반의하셨었다네. 그러나 임경업 장군이 어떤 분인가? 그런 분이 항간에 떠도는 이야기를 다른 사람도 아니고 이 나라의 지존께 함부로 전할 리는 없는 것이고."

"그래서요? 정말 그런 이야기가 백성들 사이에 있었습니까?"

이로가 무언가 석연찮은 듯 김후명에게 물었다.

"분명히 있었네. 나는 일부러 농사꾼으로 가장해서 그곳 백성들에게 접근하여 확인했지."

"그러면 그 광개토왕이 황룡을 활로 쏘아 잡았다는 것은 무슨 이야기입니까?"

김후명이 그 대목에서 어투에 힘을 주어 말했다.

"그것보다도 주상 전하께서 이 왕의 일에 관심을 기울이는 이유가 자네는 궁금하지 않은가?"

이로는 김후명의 말을 듣고 화뜩 정신이 들었다. 그렇다. 왜 주상 전하께서는 천 년도 더 지난 왕의 이야기에 관심을 갖는 것일까? 이로가 잠자코 있자 김후명은 잠시 생각하더니 말했다.

"주상 전하께옵서 성려를 쏟아 광개토왕의 일에 매진하는 것은 다른 이유가 아닐세. 임경업 장군의 서신을 통해 그 왕이 남긴 어떤 것에 대한 전설을 전해 들으셨기 때문이지."

"어떤 것이요? 그게 뭡니까?"

"자세한 것은 나도 아직 알아내지 못했네. 알아보려고 했지만 급히 돌아와야만 했네. 다만 그 왕의 전설이 다만 전설로만 끝나는 것이 아니라는 것을 자네가 이해해야만 하네. 왜냐하면 그것을 알아내는 것이 이번 원행의 임무이기 때문일세."

이로는 정말 막막한 느낌이었다. 전설로 전해지는 왕이 남긴 것에 대해 알아내라니.

"나와 자네는 곧 강계부로 가게 될 것이야. 임경업 장군이 가셨던 길을 되짚어서 면밀히 조사해 보려고 하네. 너무 긴장하진 말게. 자네가 해결 못할 정도의 어려운 일은 없을 것이고 나를 믿으면 되는 것이니까."

그때 이로가 그에게 중원의 임무가 주어졌을 때부터 계속 생각해 오던 것을 말했다.

"저… 동행이 좀 있어도 되겠습니까?"

"동행?"

"네. 아무래도 이번 일은 쉽지 않을 것이라는 예감이 듭니다. 그래서 제 부하들을 데리고 갈까 합니다만."

김후명이 잠시 생각하더니 말했다.

"데리고 가게. 단, 임무수행에 장애가 안 된다는 전제조건이 붙는 거지만 말이야."

김후명은 적이 불안한 표정이었다.

"걱정 마십시오. 결코 방해가 될 만한 놈들은 아닙니다."

이로는 김후명을 진정시키기 위해 일부러 밝게 웃으며 말했다. 그러면서 이로는 윤선도가 한양을 떠나면서 한 말이 머릿속을 맴도는 것을 느꼈다. 윤선도는 이로가 만주로 가게 되리라는 것을 알고 있었을까? 좋지 않은 그림자니 죽을 고비니 하는 말들이 귓가에 울렸다. 이로는 품에 손을 넣어 윤선도가 준 주머니를 다시 한 번 만져 보았다.

'죽을 고비가 닥치면 풀어 보라고? 음. 죽을 고비라.'

*

"영감. 그자를 데려 왔습니다."

김향남의 말에 이형상은 서책을 넘기던 손을 멈추었다. 사랑의 문을 여니 댓돌 아래에 웬 사내 하나가 부복해 있고 김향남이 그 옆에 서 있었다. 이형상은 마루에 선 채 잠시 그를 내려다보았다.

"도대체 어디 있다가 이제 나타난 것이냐?"

"……."

사내는 아무 말 없이 고개만 수그리고 있었다.

"자네의 누이가 그리된 것에 대해서는 심히 애석하게 생각하고 있네."

"정말로 그런 것입니까, 영감."

이형상의 말이 끝나기가 무섭게 사내의 입에서는 거친 말투의 대답이 튀어 나왔다. 그의 태도가 어찌나 위협적이었던지 김향남이 자신도 모르게 몸을 긴장시킬 정도였다.

그만큼 그 마음속의 동요가 강한 것일까. 이형상이 다시 그를 지그시 보더니 말했다.

"나를 믿게. 어찌 내가 그대의 누이가 죽은 것을 두고 말장난을 하겠는가?"

사내는 잠시 침묵을 지키더니 흐흐흑 하고 가슴속으로부터 뿜어져 나오는 울음을 터뜨렸다. 그의 오열은 한동안 계속되었다. 이형상은 그것을 말리지도 않고 지그시 지켜보고 있었다. 그의 울음이 진정되는 기미가 보이자 이형상이 천천히 입을 열었다.

"자네의 누이를 그리 만든 자들을 내가 알고 있네."

이형상의 말이 떨어지기가 무섭게 사내는 얼굴을 번쩍 들어 올렸다. 눈빛이 형형하고 살기가 뿜어 나왔다.

"해서. 내가 자네에게 맡길 일이 있는데 할 수 있겠는가?"

"누님의 원수를 갚는 일입니까?"

"그렇네."

"하지요! 당연히 해야 하고말고요!"

사내가 강한 어조로 다짐했다. 이형상은 고개를 끄덕이더니 김향남에게 눈짓하여 그를 데리고 함께 사랑방으로 들게 했다.

"안 됩니다!"

이로는 손을 흔들며 강하게 거부했다.

"왜 안 돼죠? 도련님이 가시는 곳이면 월향은 반드시 갑니다. 이건 제가 집을 떠난 이후 절대 변하지 않는 제 신조입니다."

월향은 작지만 확고하게 말했다. 이로는 곤란한 듯 눈썹을 찌푸렸다. 월향이 강계부로 따라 가겠다고 한다. 이런 사태를 짐작하지 않은 것은 아니었다. 그러나 너무 위험했다. 그런 곳에 월향을, 이제는 세상에서 가장 소중한 사람인 그녀를 데리고 가고 싶진 않았다. 그러나 그녀는 계속 고집을 부렸다. 잠시 생각한 끝에 이로가 다짐하듯 끊어서 말했다.

"그럼… 한 가지 약조를 하세요. 그러지 않으면 세상없어도 전 낭자를 데리고 가지 못합니다."

"무엇입니까?"

"내가 하는 말은 반드시 따를 것! 그것입니다. 그것이 어떤 일이라 해도 말입니다."

월향은 순간 눈을 똑바로 뜬 채 이로를 노려보았다. 이로는 그 눈길을 보고 절망했다. 이 여자는 무슨 수를 쓰던 따라오고야 말겠구나. 죽을 위험, 위험한 고비. 온갖 불안한 말들이 이로의 뇌리를 오갔다.

"네! 그리할게요!"

월향의 단호한 대답이었다.

*

그로부터 이틀 후 묘시경에 정이로, 월향, 천필주, 이영복, 구개하 등은 김후명이 명한 지점에 모였다. 김후명은 삼십 대 중반쯤으로 보이는 사내 하나를 대동하고 있었다.

"서로 수인사 나누시게. 이 사람은 주상 전하를 호위하는 무예별감의 대령무감이네."

그의 매서운 눈빛을 보며 이로는 언젠가 장안의 왈패들과 패싸움을 벌일 때 마주친 적이 있던 살주계(殺主契)의 계주라는 자의 눈빛을 떠올렸다. 계주의 눈빛이 타오르는 불길 같았다면 그의 눈빛은 차가운 얼음처럼 냉정함 속에 잠겨 있었다. 그가 이로를 보며 나지막하게 말했다.

"김시연이라 하오."

감정의 흔들림이 전혀 없는 목소리였다. 이런 유형의 무인은 조심해야 한다. 필시 엄청난 무공을 속에 숨겨두고 있기 마련이다.

"무감은 주상 전하께 총애받는 궁내 최고의 무관일세."

김후명이 두루마리처럼 된 것을 꺼내 펼쳐 들었다. 비단으로 된 두루마리를 펴자 '교지(敎旨)'라고 커다랗게 쓴 글씨가 눈에 띄었다.

"주상 전하의 교지일세."

김후명이 짤막하게 말했다. 정이로 이하 모든 사람이 무릎을 꿇고 김후명이 낭독하는 교지를 들었다. 이로는 주상에 관한 이야기를 하지 않은 것이 염려되어 천필주 이하 세 사람을 주의 깊게 살폈으나 세 사람은 조금 놀라워할 뿐 별다른 동요는 보이지 않았다. 아니 오히려 뭔가 고무된 듯한 표정들이었다.

"말을 한 필씩 구하세. 머나 먼 길이 될 터이니."

천필주 등 세 사람은 서로를 쳐다보았다. 자신들 같은 천한 것들에게 말을 탈 것을 권하다니. 이로도 잠시 머뭇거리자 김후명은 천필주 등 세 사람을 한 번 보고는 이로에게 말했다.

"이제부터 우리는 주상 전하의 성지를 거행하는 공동체다. 여기에 반상의 구별은 없다. 다만 주상 전하의 충성스러운 신하들만이 있을 뿐이니."

이로는 잠자코 무겁게 고개를 끄덕였다. 그렇구나. 김후명의 말을 통해 이로는 이 일에 대한 주상의 관심이 자신이 생각했던 것보다 훨씬 큰 것임을 직감했다. 천필주 등 네 사람에게 말을 사서 타게 하고 월향까지도 갓과 도포를 입혔다. 그리고 그들에게 말했다.

"너희는 이제 천한 상것이 아니라 양반인 천생, 구생, 이생이다 알았느냐?"

네 사람은 잠자코 고개를 끄덕였다. 여섯 사람은 말머리를 나란히 하고 머나 먼 함경도를 향해 떠났다.

7. 중원으로부터의 바람

"주상 전하께 북벌의 불가함을 고해 달라?"

송시열이 마시던 찻잔을 상 위에 올려놓으며 말했다.

"그렇습니다. 판서 대감께서는 저 병자년의 참상과 같은 참화가 이 땅에 다시 재현되는 것이 좋습니까?"

이형상이 마치 타는 듯한 시선으로 송시열을 보며 대답했다. 송시열은 그런 이형상의 시선을 잠시 마주보다가 언뜻 시선을 피했다.

"으음. 물론 그래서야 안 되지. 그러나 저 오랑캐들에게 종묘사직과 백성이 당한 고통을 만분지일이라도 갚아야 하지 않겠는가?"

송시열이 이를 악물며 말했다. 그 말을 듣자마자 이형상의 입에서 번개 같은 대답이 튀어나왔다.

"그래서요? 대감께서는 우리가 과연 저들을 대적하여 이길 수 있으리라고 생각하십니까?"

"……"

송시열이 아무 말이 없자 이형상이 더욱 목소리를 높여 말했다.

"대감. 저인들 종묘사직을 옹위하고 싶지 않겠으며 백성들이 당한 것들에 대해 아무런 생각이 없겠습니까? 저도 그날의 일을 생각만 하면 분합니다. 그러나 현실을 직시해야지요. 지금 저들은 이미 대명의 수도까지 점령하여 중원 제패를 눈앞에 두고 있습니다. 그런데 우리는 어떻지요? 금상의 치세 이래로 군비를 강화하고 훈련에 박차를 가해 왔다고는 하지만 그것은 저들 전력의 삼분의 일에도 미치지 못하는 것입니다. 그것도 우리들은 대부분 전투 경험이라고는 없는 농사꾼 출신들이 대부분이지만 저들에게는 충분한 전투 경험이 있는 십만 대군이 있습니다. 그들의 기병을 보셨지요? 가히 천하를 휩쓸고도 남음이 있을 기세였습니다. 그런데 그런 자들과 또다시 전쟁을 하겠다니요? 그게 가능하리라고 보십니까?"

"적정고라는 문서를 참판이 갖고 있다고 들었는데… 맞는가?"

송시열이 이형상의 말허리를 자르며 물었다. 이형상은 잠시 숨을 가다듬었다. 이자가 왜 이제 와서 그것을 운위하는 것인가? 주상의 망상에 대한 증좌를 가지고 있는가를 확인하는 것인가?

"갖고 있었습니다만… 유실하고 말았습니다."

송시열이 잠시 눈을 크게 뜨더니 천천히 입을 뗐다.

"그러면 나를 찾아온 이유가 무엇인가?"

"대감께서 전하께 상주하여 주십시오. 적정고의 내용이 문제가 아닙니다. 문제는 전하의 성지가 아직도 오랑캐의 정벌에 머물러 계시다는 것입니다. 그 문제에 관해서는 대감도 아시다시피 전하께서는 누구의 말도 듣지 않으십니다. 다만 대감의 진언만은 어느 정도 들으시는 전하이십니다. 그러니."

"나더러 북방 정벌의 불가함을 상주하라?"

송시열이 대답하자 이형상은 온 얼굴을 펴며 웃었다.

"대감께서 그리만 해 주신다면 그리고 전하께서 대감의 진언을 가납하시어 이런 헛된 일을 중단만 해 주신다면 우리로서는 더 바랄 것이 없겠습니다."

이형상이 말을 끝내자 송시열은 잠시 침묵을 지키며 생각에 잠겼다. 그러고는 결심한 듯 이형상에게 말했다.

"그리는 할 수 없네."

이형상이 기가 막히다는 표정으로 송시열을 보자 송시열이 말을 이었다.

"우리의 종묘사직을 지켜 주었네. 대명은 말일세. 그런데 그 대명을 멸망시킨 자들과 한 하늘을 이고 살자고? 그런 데다가 금상께서 저들에게 당한 수모의 세월을 잊자는 건가? 참판은 신하로서 어찌 그런 말을 입에 담을 수 있는가?"

이형상이 잠시 멍하게 있자 송시열은 다시 말을 이어갔다.

"근년에 들어서는 전하께서도 군사의 훈련이나 무기의 보강에 그리 열의를 보이지 않고 계시네. 그런데 근본도 모르는 그 적정고라는 문서가 나타났네. 항간에 떠도는 것처럼 나는 전하께서 그런 문서를 친히 집필하셨다는 낭설은 믿을 수 없네. 그런데 아무런 증좌도 없는 그런 문서의 내용을 믿고 그것이 불가하다고 전하께 상주하라는 말인가?"

이형상은 기가 찼다. 앞에서는 오랑캐를 당연히 정벌해야 한다고 말하고서 뒤에서는 그 정벌 계획을 구체적으로 실행하지 않는 것을 다행한 일이라는 듯 이야기하고 정벌 계획을 담은 문서가 공상에 불과한 것이라니. 이 이율배반을 어찌한단 말인가? 도대체 이 사람의 현실 인식은 어떤 것이 정확한 것이란 말인가? 자신이 속한 당파가 지금 어떤 이념으로 어떤 행동을 하여야 하는지 도무지 갈피를 잡지 못하고 있다. 한 나라의 이조판서라는 사람의 현실 인식이 이리도 안이하단 말인가? 아니면 이 사람은 책 속에나 있는 도리로만 정치를 하려는 사람인가? 이형상은 아무런 말도 하지 않고 송시열의 앞을 물러 나왔다.

이제 무엇을 해야 할 것인가. 한 치 앞도 보이지 않는 안개가 앞을 가로막고 있는 느낌이었다.

*

"그 이야기라면 요즘 내 심경을 건드리는 것이 한두 가지가 아니오."

강계부사 강천현(姜泉賢)은 도성에서 온 손님을 맞아 조촐한 주안상을 대접하고 있었다. 그들이 마침 광개토왕의 전설을 이야기했다. 김후명은 몸을 조금 앞으로 내밀며 긴장했다.

"그럼 부사 어른께서도 그 전설에 대해 아신단 말입니까?"

"나는 전설 같은 것은 모르오. 다만, 그 광개토왕이라는 왕의 후계자니 어쩌니 하는 무리가 근년에 나타나 지금 아랫사람들로 하여금 내사하게 하고 있소."

김후명과 정이로가 거의 동시에 물었다.

"후계자요?"

"그렇소. 지금 전란이 끝난 지 얼마 되지 않아 민심이 아직 안정되어 있지 않소. 이곳은 예로부터 야인들과 왕래가 잦은 곳이오. 야인들이 어떤 족속들이오? 비록 일부가 농사를 짓는다고 하지만 본래 그들의 주업이 사냥이지 않소? 그래서 그런 자들과 상대하다 보니 이곳 사람들도 호무(好武)의 기질이 강하오. 그런데 그런 사람들에게 저 청과의 치욕스러운 패배에 관한 소식이 날아들었소. 우리가 패배했다는 거지요. 이렇게 호무의 기질이 강한 자들에게 패배라는 것은 일생일대의 치욕이요. 그래서 심지어 망극하게도 왕조가 바뀔 것이라는 낭설이 나도는 등 한마디로 아주 민심이 흉흉해졌소. 그러나 어찌어찌 세월이 흘러 그러한 민심도 조금 수그러드는 판에 이런 무리들이 나타나니 어찌 한심스러운 일이 아니겠소?"

강천현이 그런 말을 하는 속셈을 김후명으로서도 알 수 있을 것 같았다. 주상 전하의 밀지를 가지고 온 자들이라면 전하의 총신이 틀림없으리라. 그런 자들에게 자신의 충성심을 과장되게 이야기하려는 의도인 것 같았다. 김후명은 갑자기 몹시 구미가 당겼다. 이것은 분명히 뭔가 실마리를 자신에게 주는 건수다. 그의 감각은 그렇게 말하고 있었다. 임경업 장군의 뒤를 따라야 한다지만 임경업 장군이 그 일을 시행한 지 십 년도 더 지난 이 시점에서 그와 똑같은 길을 따라간다는 것은 난감한 일이었다. 아무래도 자신만의 방법을 써서 이 임무를 수행해야 하지 않을까 생각하고 있었다. 그런 생각을 하던 차에 강천현의 말을 들은 것이다.

"그러면 그들은 지금 어느 정도의 세력입니까?"

강천현이 김후명을 조금 못마땅한 시선으로 쏘아보며 말했다.

"아직은 이렇다 할 만큼 성장하지는 않았소. 그런데 놈들의 우두머리인 이모응(李慕應)이란 놈은 예사 놈이 아니오. 가만히 두면 필시 반역의 무리로 성장할 것이니 조만간 토벌하여 그 뿌리를 뽑을 생각이오."

김후명이 상체를 조금 구부리며 강천현에게 말했다.

"부사 어른, 제가 그들에게 접근하면 안 되겠습니까?"

강천현이 인상을 찡그렸다. 자신의 하는 일에 김후명이 끼어드는 것을 싫어하는 것 같았다.

"선비께서? 아서시오. 지금 내 수하 하나가 놈들에게 접근하여 이모응이란 놈의 심복으로 있으니 곧 자세한 소식이 올 게요. 그때 놈들을 일망타진할 생각이오."

김후명이 눈짓으로 정이로를 재촉했다.

"주상 전하의 어지를 잊으셨습니까? 부사 어른."

정이로가 자못 엄숙한 어조로 다그치자 강천현이 이로를 보고 불쾌한 표정을 지었다. 그러고는 시선을 외면하고 방바닥을 잠시 내려다보더니 나지막이 말했다.

"좋소. 전하께서 밀지를 내리신 것이니 그대들에게 협조를 아끼지 않겠소. 그러나 분명히 말하건데 내 수하의 정체를 탄로 나게 한다거나 하여 일을 그르치는 일이 있어서는 안 될 것이오."

강천현은 힘주어 그 대목을 강조했다. 김후명과 정이로는 서로 마주 보며 웃었다.

*

강계부 관아의 객사에 여장을 푼 김후명 일행은 곧 강계부의 저잣거리로 나갔다. 김후명의 명으로 월향은 강계부에 남기로 했다. 이로는 비로소 좀 안심이 되는 것 같았다. 여섯 사람은 돈푼깨나 있는 장사꾼으로 가장하고 제법 번듯한 주막집에 들었다.

'이곳에서 돈 소리를 내면 분명히 놈들이 돈 냄새를 맡고 몰려들 것이다.'

김후명은 정이로와 수하들에게 엽전을 전대에 담아 일부러 무거운 척 비명을 울리게 했다.

"어이 무거워. 이봐! 천가야 좀 도와줘."

"그놈 참. 아! 이까짓 것이 뭐가 무거워서."

천필주가 과장된 몸짓으로 구개하가 건넨 전대를 받으려다가 땅바닥에 떨어뜨렸다. 전대 안에서 엽전이 금속성을 내며 와르르 쏟아졌다. 엄청난 양이었다. 그것을 바라보던 주막 안의 사람들이 모두 눈이 휘둥그레졌다.

"에이 그놈 참! 아! 조심하라 하지 않았느냐?"

구개하는 짐짓 큰 소리로 천필주를 나무라며 엽전을 쓸어 담았다. 정이로가 옆으로 다가와 귓속말을 건넸다.

"승지 어른! 아까 저쪽 평상에 앉아 있던 놈들이 어느새 보이지 않습니다."

김후명은 속으로 회심의 미소를 지었다. 뭔가 일을 꾸미고 있다면 놈들이 지금쯤 군자금의 부족으로 애를 태울 것이라는 그의 짐작이 맞아 떨어진 것이다.

"지금부터가 조심해야 할 때다. 놈들은 강탈을 하건 협조를 부탁하건 우리가 가진 재물을 탐낼 것이다. 우리는 우리가 가진 것들을 못 이기는 척 내주면서 놈들로부터 최대한의 것을 뽑아내야 한다. 알겠느냐?"

정이로, 천필주, 구개하, 이영복, 네 사람은 모두 김후명을 바라보며 고개를 끄덕였다.

이영복이 몹시 아깝다는 듯 볼멘소리를 냈다.

"그럼. 저 많은 재물을 그런 놈들에게 주는 겁니까요. 아이고! 아까워라."

김후명은 아무 말도 하지 않았다. 말은 하지 않았지만 나머지 세 사람도 모두 그렇게 생각하는 것 같았다.

'난들 재물이 아깝지 않겠느냐? 그러나 더 큰 목적을 위해서는 재물쯤이야 얼마든지 써도 아깝지 않으리.'

김후명이 그렇게 생각하고 있을 때 문밖에서 그림자가 어른거렸다. 벌써 소식이 왔는가 하며 문을 여니 문밖에 이 주막의 주모가 배시시 웃는 얼굴로 서 있었다.

"어! 주모. 웬일이오?"

김후명이 짐짓 거드름을 피우며 말하자 주모는 얼음이라도 녹일 것 같은 미소를 지으며 말했다.

"아이. 나리도 참! 혹시나 불편하신 데는 없나 해서. 봐 허니 먼 길 오신 분들 같은데."

그러면서도 주모의 시선은 아까 이로가 엽전을 담아두던 방 한구석의 전대 쪽으로 향해 있었다. 김후명이 피식 웃으며 주모에게 말했다.

"주모. 내 물어볼 것이 하나 있는데."

주모는 얼른 시선을 거두며 반색을 하고 말했다.

"무슨 말씀이신지? 물어만 보세요."

주모는 예쁘장한 눈가에 웃음을 매달고 말했다.

"혹시 이모웅이라는 사람을 아는가?"

이모웅이라는 이름을 듣는 순간 주모의 안색이 돌변했다. 얼음처럼 냉랭한 표정으로 돌변한 주모가 차갑게 한마디 내뱉었다.

"쉰네는 금시초문이오. 뭐 하는 사람이랍디까? 그 사람은?"

김후명은 그러나 순간적으로 주모의 눈빛에서 일렁이는 변화를 보았다. 저것은 진실을 은폐하고자 하는 사람들에게 나타나곤 하는 변화였다. 그는 그녀를 더 다그치려다가 그만두었다. 아직 그렇게까지는 하지 않아도 되는 단계였다.

'의외로 시간이 조금 걸릴지도 모르겠군. 이모응에 대해서 알게 되려면.'

지금은 자시도 넘어 밤이 남은 반쪽을 부지런히 달리고 있는 때다. 이모응의 집단이 어떨지는 아직 짐작할 수 없다. 다만 기다려 볼 뿐이다. 김후명은 정이로 등 다섯 사람과 함께 자리에 누웠지만 잠이 오질 않았다.

'얼마나 기다려야 할까? 그리고 그 광개토왕의 후계자를 자처한다는 놈에게서 무엇을 얼마나 알아낼 수 있을까?'

그런 생각으로 김후명이 밤을 새다시피 하고 있을 때였다. 문 쪽에서 들리는 작은 소리에 김후명이 그 쪽으로 주의를 집중했다. 그들이 자고 있는 방의 문이 소리도 없이 아주 조금씩 열리고 있었다. 곧 밤의 싸한 기운이 방 안으로 스며들었다.

'옳다. 드디어 왔는가? 빨리도 왔군.'

소리도 없이 발끝으로 걷는 걸음걸이가 김후명을 향해 다가왔다. 실눈을 뜨고 그쪽을 보았다. 순간 누워 있는 김후명의 목젖 부위에 비수의 차가운 감촉이 느껴졌다. 그리고 귓속말이 들려왔다.

"깨어 있는 줄 알고 있다. 일어나거라."

김후명은 잠자코 눈을 떴다. 별로 놀라는 기색도 없이 자리에서 살며시 몸을 일으켰다. 어느새 그의 옆에서 자던 다섯 사람도 어둠 속에서 몸을 일으키고 있었다. 김후명 일행은 강제로 주막집에서 끌려나와 길을 걸었다. 그들의 방에 침입한 괴한들은 주막집을 나서자마자 그들의 눈을 천으로 가렸다. 차가운 북녘의 밤바람을 뚫고 그들은 구르다시피 길을 걸었다. 한참을 넘어지고 비틀거리며 길을 가니 문득 어느 지점에선가 괴한들의 명령이 들렸다.

"멈춰라!"

김후명 일행들의 눈에 씌워졌던 가리개가 풀렸다. 눈앞의 풍경이 몹시 낯설었다. 그들 앞에는 지금 거대한 천막 같은 것이 세워져 있었다. 수풀이 있고 바위가 저쪽으로 보이는 것 등 주위의 형세로 보아 강계부 성내는 아닌 것 같았다. 김후명이 고개를 돌려 사방을 보려 하자 누군가가 그의 등을 딱딱한 것으로 찔렀다.

"들어가라. 어서!"

괴한 중의 하나가 김후명의 등에 비수의 손잡이를 대고 찌르며 말했다. 잠자코 앞으로 갔다. 천막 안으로 들어가라는 말인 듯했다. 김후명이 천막 안으로 들어서자 입구에는 마치 명(明)의 문사(文士) 같은 옷을 입은 사람이 서 있었다. 바깥에서 보는 것보다 천막 안은 훨씬 더 넓었다. 천막 안으로 들어서자 코를 찌르는 향내가 진동했다. 그들의 정면에 허리를 꼿꼿이 편 채로 남자 하나가 앉아 있었다. 오륙십 세 정도의 나이로 보였다. 그는 눈을 감고 있었는데 무언가 기도를 하는 듯 몹시 심각한 표정이었다. 김후명 일행이 실내에 들어서도 그는 미동도 않은 채 그저 앉아 있었다. 잠시 질식할 것 같은 시간이 흘렀다. 정이로가 답답함을 견디지 못하여 뭔가 말을 하려는 찰나 그가 뭐라고 중얼거렸다. 구개하가 옆에서 정이로에게 말했다.

"한양에서 왔냐고 묻는군요."

김후명은 잠시 어리둥절하여 정이로를 봤다.

"저 아이가 한어(漢語)를 좀 합니다."

정이로가 낮은 목소리로 말했다. 그러면 저자는 조선 사람이 아니란 말인가?

"한양에서 온 것이 틀림없습니다."

구개하가 그에게 한어로 대답하자 그는 손을 내밀어 그들에게 앉으라고 권했다.

"무슨 일로 왔는가?"

"그저 장사거리나 좀 찾아볼까 해서……."

그 말이 끝나자마자 그가 갑자기 두 손을 내밀어 맞부딪쳐 소리를 냈다. 그러자 방 안으로 무사 차림의 사내들이 서너 명 우르르 들어섰다.

"이자들을 구금하라!"

미처 김후명 일행이 뭐라고 할 틈도 없이 그들은 김후명 일행을 포박하여 끌고 갔다.

잠시 후 김후명 일행은 커다란 나무 아래에 둥글게 원을 그리고 묶였다.

"나리! 어떻게 할까요?"

무감 김시연이 낮지만 또박또박한 어투로 김후명에게 물었다. 그의 능력이면 이 정도 장애쯤은 쉽게 뚫을 수 있었다.

"가만히 있게! 아직은 행동할 때가 아닌 것 같으니."

김후명은 짐짓 단호하게 김시연을 제지했다.

'아까 그자가 그러면 이모웅이란 말인가?'

김후명은 생각지 않았던 사실에 조금 놀랐다. 그러면 광개토왕의 후계자를 자처하는 자가 중원인이란 말인가? 잠시 후 김후명 일행의 곁으로 그들을 이곳으로 데려왔던 자들 중 하나가 다가왔다.

"너희들이 가지고 온 재물은 무엇을 해서 번 것이냐? 솔직히 말해라!"

"장사치에게 무엇을 해서 돈을 번 것이냐고 물으면 어떡하오?"

구개하가 소리치자 그는 불문곡직 구개하를 향해 주먹을 날렸다. 퍽 하는 소리와 함께 개하의 머리가 아래로 수그러졌다. 고개를 든 개하의 코에서 피가 줄줄 흘렀다. 개하는 이를 악물며 코에서 흘러내리는 피를 닦았다.

"네놈들이 어디서 무슨 짓을 하여 돈을 벌었는지는 모르지만 혹 좀도둑이거나 화적패거나 하면 바로 죽일 것이다. 허나 장사치라면 살려둘 것이다. 왜냐하면 우리에게는 지금 돈을 벌어다 줄 놈들이 필요하기 때문이다. 너!"

놈이 김후명을 향해 소리쳤다.

"네놈이 보아하니 우두머리인 것 같은데. 무엇을 해서 돈을 벌었느냐? 이실직고하라!"

김후명이 비굴한 표정을 지으며 죽는 소리를 했다.

"우리는 그저 면(棉)을 사고파는 장사치요. 이곳이 추운 지방이라서 혹 이문을 낼 길이 없나 하다가 여기까지 온 거요. 믿어 주시오."

김후명이 그렇게 하자 정이로와 천필주, 이영복도 우는 소리를 했다.

구개하에게 주먹질을 했던 놈은 잠시 그들의 하소연을 들었다. 그러더니 곧 몸을 돌려 아까 김후명 일행이 쫓겨났던 천막 안으로 사라졌다. 잠시 후 놈이 다시 모습을 나타냈다. 그리고 김후명 일행을 지키고 있던 서너 명의 장정들에게 명령했다.

"놈들의 포박을 풀어주어라."

김후명 일행은 다시 아까의 그 천막 안으로 들어갔다. 예의 그 늙은이가 홀로 앉아 향을 피우고 있었다. 늙은이가 눈을 감은 채 뭐라 말했다.

"자기들을 위해 장사를 할 수 있겠느냐고 묻는군요."

구개하가 맞아서 터진 입술 주위를 문지르며 통역했다.

"네. 할 수 있습니다."

"이문은 전체 이익의 이 할이다. 그래도 할 수 있겠느냐?"

김후명은 일부러 조금 머뭇거렸다. 장사치가 이 할의 이익을 내고 한다면 망할 것은 불을 보듯 뻔한 일이다. 그런 제의를 서둘러 수락했다가는 그들 일행의 정체가 탄로 날지도 모르는 일이었다. 그때 늙은이가 감았던 눈을 번쩍하고 떴다. 그 눈빛이 아주 날카로웠다.

"사 할의 이익을 보장하겠다. 그 이상은 안 된다. 그러려면 너희들의 목을 내놓아야 할 것이다."

김후명이 그제야 수락을 했다. 늙은이가 얼굴에 미소를 머금더니 손바닥을 마주치자 이번에는 조촐한 주안상이 들어왔다. 김후명 일행을 달래기로 한 모양이다. 늙은이는 맨 먼저 김후명에게 술을 한잔 따라주며 말했다. 개하의 통역이 한계를 드러냈다. 그러자 이모옹의 옆에 시립해 있던 문사복을 입은 자가 김후명과 이모웅의 대담을 통역했다.

"자네가 이들의 우두머리인가 보군. 우리에게 돈을 벌어 주시게. 섭섭지 않게 보답할 터이니."

김후명은 고개를 숙이고 잔을 받았다. 그리고 늙은이에게 물었다.

"노인장의 정체가 이모웅입니까?"

너무도 직선적인 물음에 늙은이는 처음에 조금 당황한 듯 보였으나 곧 침착해지며 말했다.

"그렇네. 내가 이모웅일세. 자넨 어디서 나에 관해 들었나?"

"이곳 강계부에선 이모웅에 대해서 소문이 파다합니다."

이모웅도 김후명의 말이 싫지는 않은지 흡족해했다.

"그러면 자네는 내가 왜 돈이 필요한지도 알겠군."

"네. 잘 알고 있습니다."

이모웅이 오늘의 만남에 흡족했는지 밝게 웃었다.

＊

얼마 후 이모웅의 장막이 있는 곳에서 조금 떨어진 곳에 있는 또 다른 장막 안. 김향남은 이모웅의 옆에 있던 자, 문사복과 함께 앉아 있었다.

"놈들이 끈을 제대로 물 것인지 모르겠군."

김향남이 중얼거리자 문사복이 대답했다.

"분명하오. 우리 나리에 관한 소문은 이제 강계부 안에 파다하게 나 있으니 말이오."

"그러면 그대 형제들을 믿어도 되겠소?"

문사복이 미소 지었는데 반은 믿으라는 듯 반은 비웃는 것처럼 보였다.

"믿으십시오. 그보다도 병조참판 나리께서 약속하신 것들은 언제쯤 시행되겠습니까?"

김향남은 앞에 놓인 찻잔을 들어 단숨에 마셨다.

"그대들이 일을 성공시켰다고 판단되었을 때는 언제든 시행하실 거요."

"저들의 판단을 흐리게 하고 혹시 모를 조선 임금의 경거망동에 대비하는 것. 그걸 말하는 것이오?"

김향남은 두말할 필요도 없다는 듯 고개를 끄덕였다. 문사복이 표정을 굳히며 말했다.

"우리는 우리의 일을 할 것이오. 다만 약속이 지켜지지 않았을 경우에는 우리도 우리 나름대로 행동할 것이오. 알고 계시지요?"

김향남이 문사복의 다소 표독스러운 표정을 보고 웃었다.

"믿지 못하시오? 우리 영감을."

"그런 것은 아니지만 만일의 경우란 것이 있는 법이지요. 사람의 일이란 것이."

김향남이 하인을 시켜 가지고 온 짐보따리를 풀게 했다. 마치 허드레 물건처럼 무명천으로 싼 보따리를 풀자 그 안에서 꽤 많은 양의 은자가 쏟아졌다.

"우선 이것으로 부족한 것들을 해결하시오."

은자를 보자 문사복의 표정이 눈에 띄게 환해졌다. 김향남은 쓰게 웃었다.

김후명은 정이로와 부하들을 장사를 가장시켜 강계부 바깥으로 내보내고 예의 그 주막으로 갔다. 이곳이 아무래도 이모웅과 연락이 가능한 곳인 것 같았다. 아니 어쩌면 강계부의 모든 주막에 이미 이모웅의 손길이 뻗어 있는지도 몰랐다. 주막으로 들어서며 주모에게 미소를 짓자 주모는 얼굴을 붉히더니 주안상을 차려 내왔다.

"자네 덕분에 죽을 고비를 넘겼네그려."

"쇤네야 잘못이 없지요. 이모웅 어른을 감히 언급한 당신네들의 잘못이 더 크지요."

이모웅 어른이라고? 강계부의 백성들 사이에 자리하고 있는 이모웅의 크기를 짐작할 수 있는 말이었다.

"이곳에서 기다리면 그 어른이 계신 곳으로 갈 수 있는가?"

"말씀만 하시오. 당장 보내드릴 것이니."

김후명은 쓰게 웃었다. 밤이 되자 전의 그 무사들이 나타났고 김후명은 다시 눈이 가리워진 채 길을 떠났다. 그런데 이번에는 전과 달리 한참을 가도 눈의 가리개가 풀리지 않았다. 마침내 그들이 눈의 가리개를 풀자 사방이 탁 트인 들판이 나왔다. 강계부를 지나 한참을 더 나왔음을 짐작할 수 있었다. 이미 사방에는 건물 등 인위적인 것은 거의 보이지 않고 온통 산과 수풀뿐이었다. 무사들이 김후명에게 말에 타라고 했다. 말을 타고 한참을 산으로 계곡으로 달렸다. 김후명을 동행한 무사들은 몇 시진을 더 말을 달린 끝에 마침내 어느 산골짜기 안의 분지에 도착했다. 도착하자 무사 하나가 품에서 거울을 꺼내 높이 들어 올렸다. 몇 번 거울 빛을 저쪽 골짜기로 보내자 그에 대한 답인 듯 저쪽 골짜기에서도 빛이 보내져 왔다. 그리고 곧 풀숲을 뚫고 수십 기의 기병이 나타났다.

'이제 이모웅의 본거지에 다 왔구나.'

김후명은 나타난 무사들과 함께 골짜기를 가면서도 계속 광개토왕의 전설을 생각했다.

'이자에게서 그 전설의 실마리를 풀어야만 한다. 자칭 후계자라고 했으니 무언가 다른 것이 하나는 있을 것이다.'

골짜기는 입구가 몹시 좁은 데 비해 안으로 들어서면 아주 광활한 공터가 나타나는 구조였다. 공터가 눈에 띄자 김후명의 눈이 커졌다. 우선 놀라운 것은 공터의 크기였다. 족히 수천 평은 됨 직했다. 그곳에서 수백 명은 될 듯한 장정들이 저마다 손에 병장기를 들고 무예를 연마하고 있었다. 그렇게 많은 수의 사람들이 한 곳에 모여 무예를 연마하는데도 소리가 거의 들리지 않았다.

'저들 모두가 무예에 대해서는 조금씩 일가견이 있는 사람들이다.'

김후명은 속으로 그렇게 생각했다. 그들의 집중력은 대단했다. 김후명이 옆을 스쳐 가는데도 눈길 한번 주지 않았다. 김후명이 이방인임이 분명한데도 흔한 호기심조차 보이지 않았다. 김후명을 이끌던 무사가 공터가 끝나는 지점에 있는 조그마한 동굴 속으로 들어갔다.

"어서 오게."

이모웅이 전과는 달리 환하게 웃으며 김후명을 맞이했다. 이모웅의 옆에 있던 예의 그 문사복 차림의 사내가 이모웅의 말을 통역했다.

"그래. 나를 찾았다고? 무슨 일인가?"

"저희가 한양에서 가져온 자금을 모두 써 버려서 대인께서 자금을 조금 융통해 주셨으면 합니다."

김후명은 조심스럽게 말을 꺼냈다.

"그게 무슨 말인가? 그대들의 그 많은 재물을 벌써 다 썼단 말인가?"

이모웅 곁에 서 있던 문사복의 사내가 갑자기 소리쳤다. 이번에는 이모웅의 말을 통역한 것이 아니었다. 김후명이 문사복의 사내를 똑바로 보며 말했다.

"이곳의 면 값이 예상외로 비싼지라 어느덧 그렇게 되었습니다그려."

이모웅이 문사복의 사내에게 한어로 뭐라고 묻자 사내 또한 한어로 빠르게 대답했다. 대답을 들은 이모웅이 다시 말했다.

"알았다. 어느 정도나 필요한가?"

"지금으로선 대략 이백 냥 정도만 더 있으면 되겠습니다만."

이모웅이 고개를 끄덕이더니 사내를 보고 눈짓을 했다. 사내가 동굴 밖으로 잠시 나갔다 오더니 묵직한 전대를 들고 와서 김후명에게 던졌다.

"이백 냥이다. 그리고 분명히 말하는데 우리를 속일 생각은 마라. 너희들은 항상 우리의 감시 안에 있다."

문사복의 사내가 김후명을 쏘아보며 말했다.

'이모웅을 잡으려면 저놈부터 해치워야겠군.'

놈이 아무래도 이모웅의 책사임이 분명했다. 김후명은 전대를 받으며 속으로 생각했다.

"오늘 저녁에 우리 형제들의 모임이 있는데, 보고 가려나?"

김후명이 전대를 받고는 돌아서 동굴 밖으로 나가려고 하는데 이모웅이 느닷없이 말했다. 문사복 차림의 사내가 고개를 가로저으며 이모웅에게 말했다.

"아직 저들을 믿을 수 없습니다. 어찌 비밀스러운 모임에 참여시키려고 하십니까?"

"아니다. 저들도 이제 우리와 한 형제다. 그러니 모임에서 배제할 이유가 없다. 만일 배신한다면 그때 가서 응당한 대가를 받게 될 것이다."

이모웅이 고개를 끄덕이며 사내에게 통역할 것을 명했다.

"소인들을 믿어 주시니 감사합니다."

김후명이 사내의 통역을 듣고 말하자 이모웅이 만면에 웃음을 띠었다.

'예상치 못한 수확이군. 오늘 저녁에 놈들의 정체를 알 수 있을지도 모른다.'

김후명이 입술을 깨물었다. 이왕 이렇게 된 것 갈 데까지 가보는 것이다. 김후명은 아까 낮에 그가 지나왔던 공터에 서 있었다. 해가 서산에 뉘엿뉘엿 기울고 있었다. 김후명은 주위를 둘러보았다. 이미 공터에는 수백 명의 젊고 건장한 사내들로 가득 차 있었다. 그들은 모두 마치 전쟁터에 나가는 것처럼 갑주와 투구를 갖춰 입고 있었다. 저 많은 인원에게 저 정도의 무장을 시킬 수 있다니. 강계부에서는 이모웅의 세력을 너무 과소평가하고 있음이 틀림없었다. 놀라운 것은 그들의 무장수준도 수준이지만 그들의 기세였다. 한 사람 한 사람이 모두 하늘을 꿰뚫을 듯 기세가 당당했다. 김후명이 그렇게 생각하는 순간에 공터의 한쪽 구석에서 번쩍거리는 어떤 물체가 나타났다. 순간 공터에 모인 모든 사람이 일시에 와 하고 소리를 질렀다. 김후명도 고개를 돌려 그쪽을 보았다.

우선 황금색 갑주로 머리와 몸통을 온통 두른 말의 모습이 보였다. 그 위에 금빛과 적색이 섞인 갑옷을 입은 사람이 타고 있었다. 머리에는 투구를 쓰는 대신 다른 것을 쓰고 있었는데 온통 황금색으로 빛나고 있었다. 김후명은 그의 머리에 있는 것을 유심히 보았다. 그것은 분명 왕관이었다. 왕관 아래에 드러난 얼굴에는 화장까지 진하게 하고 있었다. 갑자기 외모가 변했지만 김후명은 분명히 알아볼 수 있었다. 그는 이모웅이었다. 이모웅이 노을 녘의 공터 한쪽에서 온통 황금색으로 치장한 말 위에 앉아 황금색과 적색이 섞인 갑주를 입고 머리에는 왕관을 쓰고 나타난 것이다. 그를 태운 말이 한 걸음씩 서서히 공터 중앙으로 걸어 나왔다. 공터는 온통 갑옷을 입은 병사들이 외치는 함성으로 가득했다. 이모웅이 공터의 정중앙에 있는, 조금 위로 솟아 있는 둔덕 같은 곳으로 나오기까지 함성은 계속되었다. 이모웅은 둔덕에 도달하자 말에서 내리더니 손을 들어 병사들을 향해 마치 국왕이 친위대를 사열하는 것 같은 자세를 취했다.

더욱더 열광하던 병사들은 잠시 후 이모웅이 다시 한 번 손을 들자 잠잠해졌다. 둔덕 위에 선 이모웅이 천천히 병사들을 둘러보았다. 의식적으로 그렇게 하는 듯 그는 아주 느린 속도로 병사들 하나하나를 새겨 봤다. 그 동작을 마치자 그가 하늘을 우러렀다.

마치 감사 기도를 드리는 듯한 동작을 잠시 취하고는 그가 병사들을 바라보며 입을 뗐다. 문사복을 입은 자가 이모옹의 옆에서 그의 한어를 조선말로 통역해서 외쳤다.

"나는 보았노라! 너희들의 용맹한 모습을 그리고 그 용맹한 기개를!"

김후명은 그 광경이 몹시도 생경했다. 마치 어릴 적에 육의전 거리의 한 모퉁이에서 구경한 적이 있는 꼭두각시놀음을 다시 보는 것 같은 느낌이었다. 그러나 김후명과는 달리 그의 주위에 선 무장한 자들은 그렇지 않은 것 같았다. 어떤 자들은 눈물까지 흘리면서 이모옹을 향해 열광했다.

"이제 나, 당씨(唐氏)의 후손이 세상을 구할 날도 얼마 남지 않았다. 조금만 더 참고 훈련에 매진하거라. 나의 병사들아! 너희에게 개국공신의 작위가 내려지고 부귀영화가 자손만대에까지 이어질 것이니!"

이모옹이 우렁찬 포효와 함께 말을 끝맺었다. 공터는 천지가 떠나갈 듯한 함성으로 가득찼다. 김후명은 귀를 막고 싶은 심정이었다. 김후명은 자리를 떠나려고 했다. 그때 그의 앞을 막아서는 사람이 있었다. 문사복 차림의 사내였다. 이모옹과 함께 있던 그가 언제 김후명의 앞에 나타났는지 미소를 띤 얼굴로 앞에 서 있었다. 그는 말없이 김후명을 공터의 한쪽 구석으로 이끌고 갔다. 병사들의 함성이나 소란스러운 바깥 분위기가 거의 차단될 수 있는 공간이었다.

"놀랍지요? 저들의 행동과 태도가요."

문사복 차림의 사내가 담담한 어조로 말했다. 김후명은 그의 눈치를 살폈다. 그에게 김후명을 떠보려는 속셈은 없는 것 같았다.

"잘 적응이 되지를 않소."

김후명의 대답에 사내가 밝게 웃었는데 자신이 원하던 대답을 들었다는 뜻인 것 같았다.

"물론 우리도 꼭 저렇게 하고 싶진 않습니다. 그러나 저것은 무엇보다도 병사들이 원하는 것이기 때문에 우리가 저런 행동을 하는 것입니다."

"병사들이 원해요?"

"그렇습니다. 저들은 거의 모두가 조선의 백성입니다. 나와 같은 중원 출신들도 더러 섞여 있지만 우리가 이곳에 와서 모집한 사람들이 대부분입니다."

김후명은 다시 한 번 흥분한 듯 소리를 지르는 사람들 쪽을 돌아보았다.

"왜 저렇게 저들을 흥분시키지요?"

"저들에겐 무언가 가슴속의 것들을 토해 낼 수 있는 자리가 필요합니다. 그것이 원한이든 야망이든 상관없습니다. 우리가 저들에게 제공하는 것은 다만 그것을 밖으로 토해 낼 구실을 제공하는 거지요."

김후명이 입술을 비틀어 올리며 웃었다.

"제공해서 무엇을 어떻게 하겠다는 거지요?"

문사복 차림의 사내가 김후명을 날카로운 시선으로 쳐다보다가 다시 웃는 얼굴이 되었다.

"결국엔 그들에게 조선이 주지 못한 것을 주어야겠지요. 그들은 모두 조선에서 소외받고 천대받는 사람들이니까."

사내가 의미심장한 어조로 말했다. 그러면 조선에 대해 반란이라도 일으키겠다는 것인가 하고 김후명은 물어보려다가 참았다.

"저는 이용응(李龍應)이라고 합니다. 대장군님의 이복동생이지요."

김후명이 묻지도 않았는데 사내가 자신의 이름을 말하며 예를 취했다.

＊

"뭐라고요? 그 정도 규모의 군사를 양성하고 있더라고요?"

강계부사는 김후명의 말에 깜짝 놀라는 눈치였다. 강계부사 강천현은 이마를 찌푸리고 생각에 잠겼다. 그러더니 문갑에서 서찰로 보이는 종이뭉치를 꺼냈다.

"이것은 내가 이모응에게 심어 놓은 세작이 보내온 것입니다. 이것을 보면 이모응은 자신이 당(唐)제국의 황제인 현종의 자손이라고 주장한다 하오. 그리고 당의 멸망 이후 당의 혈손은 중화(中華)의 후계자로서 송(宋)과 명(明)을 거쳐 계속 이어져 왔고 자신은 그 당의 후손이니 중화의 후계자라는 것이오. 즉 황손(皇孫)이라는 이야기지. 거기에다 놈은 이곳 사람들에게는 전설로 떠도는 그 호태왕의 후계자를 자처하고 있으니 민심이 쏠렸지. 그 호태왕이 남긴 유물을 갖고 있다나 뭐라고 하면서."

김후명은 속으로 무릎을 쳤다. 강천현이 비로소 숨겨 놓은 것을 꺼내 놓은 것이다. 그러나 강천현은 호태왕의 전설은 그저 민간에 전승되는 믿기 어려운 이야기 정도로 치부하는 것 같았다.

강천현이 말을 이었다.

"그런데 놈이 주장하는 것이 그저 자신의 환상으로만 끝나면 그만인데 놈이 마침내 마각을 드러냈소. 놈은 철령위(鐵嶺衛)를 거론한다 하오."

"철령위요?"

김후명이 목소리를 높였다.

"그렇소. 이 서찰을 끝으로 내 수하에게서는 연락이 끊겼소. 아마 놈들에게 정체가 드러나 죽거나 한 것 같소."

"그러면 놈은 철령위를 어떻게 하겠다는 것이오?"

김후명이 말을 빨리하며 물었다.

"철령위는 명의 태조가 우리에게 주장하며 요구를 해 왔던 것이오. 그 뒤 여러 가지로 흐지부지되긴 했지만 이모응은 명 태조의 요구에 대해 명은 당의 후손이니 당의 후손인 자신이 그것을 물려받아야 한다고 주장한다 하오. 지금 중원을 차지한 청은 오랑캐이니 당연히 그럴 권리가 없다고 하면서 말이오."

"그러면 이모응이란 놈은 우리의 함경도와 평안도를 내어달라 그런 주장을 하는 것입니까?"

"당장 놈들에 대한 토벌을 해야 할 것 같소."

강천현이 말꼬리를 끊으며 이를 악물었다. 김후명도 고개를 끄덕였다.

＊

"제가 할 일은 없습니까? 승지 어른."

월향이 답답하다는 듯 김후명에게 말했다. 마침 정이로는 볼일을 보러 나가고 없었다. 이 틈을 타서 월향은 자신의 답답함을 토로하고 있었다. 강계부 부중에 홀로 있는다는 것은 참으로 고역이었다.

"자네가 할 일은 정 선비가 말해 줄 터인데……."

김후명이 짐짓 모른 척하며 말했다.

"그분은 저를 보호하려고만 하세요! 전 그분을 위해 일을 하러 왔지 짐이 되려고 온 것은 아닙니다!"

월향의 짜증 섞인 대답이었다. 김후명은 잠시 생각하더니 말했다.

"실은 자네가 강계부 부중에 있으면서 해 줄 일이 있긴 하네만……."

"그게 무엇입니까?"

월향이 반색을 하며 달려든다.

"이곳에 남아서… 한양에서 이곳까지 우리가 달고 온 꼬리를 자르는 일을 도와주게."

역시 명석한 월향이었다. 김후명의 복심을 단번에 알아챘다.

"꼬리라 하심은… 세작이나 그런 걸 말씀하시는지요?"

"맞네. 한양의 그놈들이 결코 우리를 그냥 보내진 않았을 터… 분명 이곳에 놈들과 연통하는 자가 있을 것일세. 그놈들을 찾아내어 내게 연락하게. 할 수 있겠나?"

월향은 입술을 깨물며 고개를 끄덕였다.

8. 태왕신교

이모웅에 대한 토벌군은 신속하게 조직되었다. 강계부와 의주부의 정병을 뽑으니 오백가량 되는 군사가 모아졌다. 김후명 일행과의 논의가 있은 지 이레 만에 의주에서 도착한 병마가 미처 휴식을 취하기도 전에 강천현은 출병을 강행했다. 김후명은 강천현이 너무 서두르는 품이 아무래도 미심쩍었으나 일단은 상황에 적응하기로 했다.

"전하께 비밀히 첩지를 올림이 옳지 않겠습니까?"

정이로의 말에 김후명은 잠시 생각하더니 고개를 가로저었다.

"이 정도의 일로 섣불리 장계를 썼다가는 차후 정말 중요한 장계를 상신할 때 그 무게가 줄어드네. 두고 보세. 불리하면 강계부사가 조정에 토벌군을 상신하겠지. 그것보다도 이번 토벌에서 이모웅이 가지고 있다는 그 호태왕의 유물을 어떻게든 확보를 해야 할 것인데."

*

"다시 말하지만 염려 마시오. 난 반드시 무사히 돌아올 것이고 낭자와 함께 한양으로 돌아갈 것이오."

월향은 이로의 확신에 찬 말을 듣는 둥 마는 둥 고개를 숙이고 앉아 있었다. 잠시 어색한 침묵이 둘 사이를 갈랐다. 이로는 월향이 이번 원정에 동행하는 것을 강력하게 거부했다. 월향은 의관까지 차려입고 같이 갈 것을 거의 협박하다시피 했으나 이로는 끄덕도 하지 않았다. 이윽고 이로가 뭔가 결심한 듯 품속을 뒤져 월향의 앞에 뭔가를 꺼내 놓았다. 그것은 윤선도가 한양에서 이로에게 준 비단으로 된 주머니 세 개 중의 하나였다.

"이게… 무엇인가요?"

"내가… 반드시 살아 돌아오리라는 약조의 표시요. 약이 영감께서 내게 준 것인데 향후 몹시 위중한 상황이 되면 열어 보라고 명하신 것이오. 그대에게 이것을 맡기겠소."

윤선도가 준 주머니를 자신에게 준다? 월향은 알고 있었다. 정이로의 윤선도에 대한 믿음의 크기를. 하지만 불안했다. 왠지 모르게 월향은 이번 원정에 대한 느낌이 좋지 않았다. 그러나 이로의 마음이 워낙 확고한 것을 어쩌랴. 이 모든 것이 모두 자신을 보호하려는 이로의 애정임을 알기에 월향은 눈물이 막 차오르려는 눈을 애써 숨기며 말했다.

"압니다. 도련님의 마음을. 허나… 전 아닙니다! 부디 무사히 돌아오세요."

그런 월향의 눈을 향해 이로의 넓적한 앞가슴이 다가왔다.

"나는……."

이로가 뭔가 말하려고 하자 월향이 조용히 손을 들어 이로의 입을 막았다.

"아무 말씀 하지 마세요. 그저 이대로 조금만 있어요."

이로도 이렇게 이 여인을 두고 가는 것이 싫었다. 하지만 어쩔 수 없었다. 이로는 품 안에 있는 월향의 가녀린 몸을 더욱 힘있게 끌어안았다. 둘의 포옹은 그렇게 한동안 계속되었다.

*

토벌군이 강계부를 출발한 것은 이틀 후의 일이었다. 강천현이 빨리 준비를 마칠 것을 독려했으나 오랜 평시 생활에 굳어 있던 병사들의 움직임은 그리 빠르지 못했다. 그나마 마병과 조총 등 필요한 무기들만 어느 정도 채비를 갖췄을 뿐 군량과 탄약 등 여분의 보급품은 미처 준비가 다 끝나지 못한 상태였다. 그러나 강천현은 출발할 것을 명령했다. 나머지 보급품은 자신이 챙겨 뒤따라가겠다는 것이었다.

정이로는 마병들과 함께 천필주와 구개하를 데리고 참전했다. 이영복은 전쟁 체질이 되지 못했다. 놈은 머리는 빨리 돌아가지만 몸은 느리기 한량없었다. 놈을 전장에 세웠다가는 놈을 구원하기 위해 전투에 몰입할 수 없을지도 몰랐다.

이모웅의 본거지에 대한 안내는 김후명이 했다. 비록 눈가리개로 가리워진 상태였으나 김후명의 감각은 남달랐다. 그의 재주가 유감없이 발휘되어 토벌군은 강계부를 출발한 지 이틀이 채 못 되어 이모웅의 본거지인 그 골짜기 근처에 도달할 수 있었다. 그러나 일단 목적지에 도착하자 김후명은 걱정이 되었다. 불과 이백이 조금 넘는 마병과 조총수들을 데리고 과연 이모웅의 정예병과 맞붙어 승산이 있을까. 김후명은 구개하를 강계부로 보내 강천현의 준비가 어느 정도까지 되었는지 알아보았다.

"아직 준비를 다 끝내지 못했습니다. 여기저기 부지런히 긁어모으고는 있는 것 같은데도 말입니다."

강계부에 다녀온 구개하의 보고였다. 김후명은 한숨을 깊게 내쉬었다. 강천현을 대신하여 군사의 지휘권을 맡은 강계부 판관이 김후명에게 물었다.

"어찌 되었소? 부사 어른의 준비 상황을 알아보셨소?"

그도 이 출전이 그리 탐탁하지는 않은 듯 정식 보고 계통으로는 강계부사의 준비 상황을 알아보지 않은 듯했다. 김후명의 말을 들은 판관은 잠시 생각하더니 무거운 어조로 말했다.

"큰일이오. 마병들은 지쳐 있고 조총수들의 탄약은 한 번의 전투를 넘기지 못할 것이오. 놈들이 그리 호락호락하지는 않다고 들었는데……."

판관은 그 자리에서 병사들을 머물게 했다. 그러나 이백 명이 넘는 병사가 한낮의 뙤약볕 아래에서 한자리에 머물러 있다는 것은 그리 쉬운 일이 아니었다. 곧 이곳저곳에서 술렁이는 소리와 말의 울음소리가 뒤섞이어 들려왔다. 그 소리는 고요한 숲속의 정적을 깨고 사방으로 흩어졌다. 뭔가 이상한 느낌이 들어 이로가 전방을 주시했다. 순간적으로 전방의 나뭇가지가 크게 흔들리는 것이 보였다. 그와 동시에 서너 명의 말을 탄 자들이 후다닥 건너편 숲속으로 사라졌다.

'아뿔싸! 들키고 말았구나.'

김후명은 순간적으로 판관을 쳐다보았다. 그도 눈치를 챘는지 이를 악물며 김후명을 바라보았다. 판관이 서둘러 병사들을 전투대형으로 벌리도록 했다. 미처 전투대형으로의 전개가 끝나기도 전에 아까 말을 탄 자들이 사라졌던 곳으로부터 수십 명의 말을 탄 괴한들이 쏟아져 나왔다. 정이로는 양손에 든 마상편곤(馬上鞭棍)에 힘을 주었다. 구개하는 어느새 말에서 내려서서 이로의 앞을 가로막고 장창을 들고 고함을 질렀다. 바라보니 아까 말 탄 자들이 쏟아져 나온 길목에서 끊임없이 병장기를 손에 든 자들이 뛰어나오고 있었다. 정이로는 우선 맨 선두에 선 말 탄 놈의 정수리를 향해 힘껏 마상편곤을 휘둘렀다.

"끙, 앗!"

하는 소리와 함께 놈의 머리통이 깨지면서 그대로 말에서 고꾸라졌다. 한 사발은 됨직한 피가 허공으로 흩뿌려졌다. 마상편곤에 마치 물에 젖은 빨랫감을 두드리는 것 같은 둔탁한 느낌이 새겨졌다. 그러나 미처 그 느낌을 느낄 사이도 없이 악귀 같은 표정을 한 또 다른 놈이 달려들었다. 구개하가 놈이 탄 말의 무릎을 장창을 휘둘러 힘껏 내려쳤다.

마치 대나무가 부러지는 것 같은 소리를 내면서 말의 정강이가 부러지고 말이 땅바닥에 엎어지자 놈은 그대로 땅바닥으로 내동댕이쳐졌다. 구개하는 쓰러진 놈의 뒷통수를 장창으로 힘껏 찍어 눌렀다. 정이로의 등 뒤에서 빠박 하고 마치 박이 깨지는 것 같은 소리가 들렸다. 돌아보니 천필주가 철퇴를 휘둘러 이로의 등 뒤를 향해 달려들던 놈의 머리통을 깨부수는 참이었다.

저쪽에서는 판관이 협도(挾刀)를 들고 싸우고 있었다. 길이가 십 척(약 210센티미터)이며 무게만 40근(약 25킬로그램)이 나가는 그 무기를 판관은 자유자재로 휘둘렀다. 일시에 두세 명의 손발이 잘리며 한 놈은 피를 뿜고 쓰러졌다. 변방에서 판관으로 있기엔 무공이 아까운 자였다. 김후명은 어느 정도 물러선 자리에서 판관의 싸우는 모습을 보며 그렇게 생각했다. 정이로와 부하들을 바라보았다. 그들은 지금 막 백병전의 소용돌이에 휩쓸려 들어가는 중이었다. 이로와 개하, 필주 세 사람은 한 덩어리가 되어 달려드는 적들과 치고 박았다. 어느새 판관도 군사들도 어디에 있는지조차 분간이 되질 않았다. 그들이 타고 있던 말들도 혼전 중에 이미 달아나 버렸다.

그저 눈앞에 달려드는 놈이 조선 군사의 복장만 아니면 편곤으로 철퇴로 치고 환도로 베었다. 그러기를 한 시진가량을 계속했다. 이미 정이로 일행의 몸은 지칠대로 지치고 숨은 턱에 차올랐다. 놈들은 끝도 없이 계속 땅바닥에서 솟아나오는 것처럼 이로 일행을 막아섰다. 정이로는 절망하여 손에 든 병장기고 뭐고 다 내팽개치고 싶었다. 이로의 손에 든 병장기는 그저 들려 있을 뿐 더는 들어 올려지지 못했다. 그러나 놈들은 계속 악귀 같은 표정을 하고 앞을 막아섰다. 이로가 앞을 막아선 자와 병장기를 서로 겨누었다. 이로는 한숨을 한번 푹 내쉬고는 놈을 향해 편곤을 휘둘렀다. 놈이 득의의 미소를 짓더니 이로의 편곤을 힘껏 쳐서 저편으로 날려 버렸다. 이로가 왼손에 들었던 환도를 들어 올리려고 했으나 이미 힘이 없어진 왼손에서 환도가 저절로 미끄러져 땅바닥으로 떨어지고 말았다. 앞에 있던 놈이 손에 든 검을 서서히 치켜들었다. 끝이로구나. 이로는 두 눈을 꼭 감았다. 강계부에 두고 온 월향과 아버지와 형들과 여동생의 모습까지가 순간적으로 이로의 눈앞에서 스쳐갔다.

그때였다. 쿵 하는 소리가 들렸다. 이로는 감았던 눈을 떴다. 이로의 앞에서 환도를 치켜들었던 놈이 어느새 땅바닥에 고꾸라져 있었다. 놈의 등 뒤에 화살 하나가 박혀 부르르 떨고 있었다. 강천현이 벌써 지원군을 데리고 온 것인가? 이로가 비로소 주위를 둘러보았다. 그러나 이미 그의 주위에는 조선 군사의 군복을 입은 자는 거의 보이지 않았다.

'이게 어찌 된 일인가. 그럼 저 화살은 누가 쏜 것이란 말인가?'

이로는 땅바닥에 털썩 주저앉았다. 더는 서 있을 힘조차 없었다. 눈앞이 하얘지는 것을 느끼며 이로는 마치 짚더미처럼 앞으로 고꾸라져 버렸다.

＊

'아무래도 이상하다. 이건 마치 이모응의 부하들이 우리가 이곳에 도착하기를 기다리고 있었던 것 같다.'

정이로와 부하들이 분전하는 모습을 지켜보며 김후명의 머릿속은 요동질쳤다. 아무리 토벌군이 소란을 조금 떨었다고는 하나 이곳과 이모응의 본거지와는 꽤 떨어진 거리에 있었다. 그런데 이모응의 부하들은 마치 바로 곁에 있었던 것처럼 습격해 왔다. 그건 그렇고 상황이 너무 불리했다. 생각보다 이모응의 부하들의 군세가 강력했다. 이미 토벌군 중 성한 사람은 거의 없을 정도로 피해가 막심했다. 그러나 이모응의 부하들은 여전히 전투 현장으로 쏟아져 들어오고 있었다. 이럴 줄 알았다면 김후명 일행을 뒤쫓는 자들의 정체를 알아내는 임무를 맡은 월향을 보호하기 위해 강계부에 남겨두고 온 김시연을 데려왔어야 했다. 그가 있었다면 이럴 때 큰 도움이 되었을 것이다. 그때였다. 토벌군의 세력이 절망적인 상황에 달했다고 김후명이 생각했을 때 토벌군의 뒤쪽으로부터 일단의 병력이 밀어닥쳤다.

'!?'

김후명은 우선 그들의 너무나 조용하고 질서정연한 모습에 경악했다. 모두 마치 농사꾼처럼 평범한 복장과 인상을 지녔으나 그들이 펼치는 전술의 수준은 마치 훈련도감의 정규군처럼 주도면밀했다. 밀물이 밀려들어오듯 전투 현장에 들어선 그들은 또 밀물처럼 이모응의 부하들을 공격하기 시작했다. 토벌군과 전투를 마악 끝내 가던 그들은 의외의 복병에 놀라는 듯했다. 일시에 전세는 역전되었다. 이제는 이모응의 부하들이 수세에 몰리는가 싶더니 어떤 자들은 이미 꽁무니를 빼고 달아나고 있었다.

김후명은 때를 놓치지 않고 아직 전투 중인 정이로와 부하들을 찾았다. 그들은 이미 너무나 지쳐 서 있기조차 힘들어 보였다. 다시 아까의 그 강계부 판관에게 신호를 하려고 했다. 그러나 이미 판관은 그의 시야에서 보이지 않았다. 중과부적으로 싸우다가 이미 전사한 듯했다.

김후명이 그렇게 노력하는 사이에도 정체불명의 병사들은 이모응의 부하들을 자로 잰 듯한 공격으로 밀어붙이고 있었다. 잠시 후 이모응의 부하들은 모두 죽거나 도망을 가 버렸다. 전투가 끝난 것이다.

＊

얼마의 시간이 흘렀을까? 이로는 두런거리는 소리에 의식을 차렸다. 아직 상황 파악이 잘 되지 않았다. 분명히 자신의 주위에 조선 군사는 얼마 남지 않았었는데 누가 자신을 구해 주었는가? 이로는 몸을 일으키기 전에 분위기 파악을 하기 위해 실눈을 뜨고 앞을 보았다. 김후명이 그를 내려다 보고 있었다.

"일어나게."

김후명이 이로를 향해 낮은 소리로 말했다. 이로는 자신도 모르게 눈을 크게 뜨고 몸을 일으켰다. 김후명이 사십 대 후반가량의 농사꾼 차림을 한 사내를 바라보며 서 있었다. 사내의 분위기는 몹시 평범했는데, 그의 오른손에 피 묻은 환도가 들려 있지 않다면 그는 영락없는 농사꾼이었다.

"당신들은 이모웅 일파와 적대하고 있는가?"

김후명이 상황 파악을 하려는 듯 신중한 어투로 대답했다.

"그렇소."

"무슨 까닭이오? 그대들은 한양에서 온 장사치로 알고 있거늘."

농사꾼이 어느덧 따지는 듯한 어조로 다그쳤다.

"그대들은 누구요?"

김후명도 느닷없이 나타난 이자들의 정체가 궁금했다. 농사꾼차림의 사내가 입술을 비틀듯 웃었다.

"그대들은 지금 우리에게 잡혀 있는 것이다. 상황 파악이 아직 안 되는가?"

김후명이 정중하게 머리를 숙여 감사를 표시했다.

"구명에 감사하오. 나는 김후명이라고 하오. 실은 우리는 장사치가 아니오. 다만 이모웅 일파에 잠입하여 알아낼 것이 있어서 잠시 장사치를 가장한 것뿐이오."

농사꾼 차림의 사내는 그런 김후명과 정이로를 아무런 대꾸 없이 바라만 봤다. 그의 주위로 어느새 장정들이 모여들고 있었다. 김후명은 그 숫자에 놀랐다. 어림잡아도 수백 명은 될 듯이 보였다. 하나같이 젊고 체격이 건장했다. 김후명이 언뜻 보기에도 그들의 걸음걸이는 그들이 예사롭지 않은 무공을 지닌 자들이라는 것을 알려 주었다. 농사꾼 차림의 사내는 젊은이들이 다 모이기를 기다리고 있었던 듯했다. 어수선한 상황이 어느 정도 정리되자 그가 젊은이들에게 들으라는 듯 큰

소리로 말했다.

"그대들이 어떤 의도로 이모웅 일파를 속였는지는 모르겠지만 그런 것은 별로 궁금하지 않다. 그러나."

그의 표정이 그 말을 마치더니 갑자기 엄숙하게 바뀌었다.

"태왕신(太王神)께 불경한 짓을 할 속셈으로 그리하였다면 마땅히 태왕신교(太王神敎)의 규율에 의해 처단될 것이다!"

그의 어투는 추상같았다. 창졸간의 사태에 김후명은 어안이 벙벙하여 그의 얼굴을 올려다보았다. 그가 눈짓을 하자 김후명의 옆에 서 있던 사내들이 정이로와 구개하를 끌고 갔다. 구개하가 뭐라고 소리를 지르려고 하자 김후명은 얼른 눈짓을 하여 입을 막았다. 지금 소란을 떨어봤자 하등 이로울 것이 없었다.

*

강계부사 강천현은 한양에서 온 손님을 맞아 주안상을 내고 있었다. 강천현과 마주 앉아 있는 선비 차림의 사내는 이형상의 수하인 김향남이었다.

"알겠소. 그리 조치하리다."

마치 상관을 대하는 듯한 고분고분한 어투다. 김향남이 미소 지으며 말했다.

"조정에서 부사 어른의 행동을 눈여겨보고 계십니다. 이제 승차를 하셔야지요."

김향남의 말을 들은 강천현의 얼굴에 만족한 미소가 번졌다.

"그런데 저자들의 정체가 무엇이오? 주상 전하의 밀지를 받았다 하고 교지를 지니고 있으니 내 그리 믿긴 하였소만……."

김향남은 얼굴을 일그러뜨리며 웃었다.

"별것 아닙니다. 그저 현실을 모르고 이상만 쫓는 자들이 세상에는 의외로 많은 법입니다. 그리만 아시면 됩니다."

강천현은 잠자코 고개를 끄덕였다. 김후명 일행이 이곳으로 오고 이모웅의 일이 터졌을 때 강천현은 처음에는 강계부와 의주부까지 연결하여 총력 대응을 하려고 했었다. 그런데 이형상의 사람이 그에게로 왔다. 김향남이 말하는 이형상의 뜻은 김후명 일파가 무슨 부탁을 하더라도 협조하는 척만 할 뿐 더 깊이 간여하지 말라는 것이었다. 병조참판이 누구인가. 현 조정의 막후 실세이며 이조와 병조판서조차도(송시열과 송준길) 그를 함부로 할 수 없다는 실력자가 아닌가. 강천현은 깊이 고민하지 않았다. 이형상의 뜻을 따르기로 했던 것이다. 김후명 일행에게 내준 병력도 강계부 전체 병력의 1/5도 안 되는 미미한 것이었다. 총포나 화약도 오래 묵혀 두어 실전에서 사용하기 힘든 것들이었다.

"그런데 보고를 들으니 이모웅의 무리들이 큰 재앙을 입은 것 같소."

김향남은 강천현의 말에 눈을 크게 떴다.

"무슨 말씀이신지? 지금 강계부의 관군 이외에 이곳에서 이모웅에게 대항할 수 있는 세력이 또 있다는 것입니까?"

"그것은 나도 모르는 일이오. 그자들이 도대체 어디에서 왔는지 지금 알아보고는 있지만 말이오."

김향남이 눈을 찌푸렸다. 벌써 버리기에는 그동안 이모웅과 그 수하들에게 들인 공이 아깝다. 김향남은 얼른 강계부를 떠났다. 어디서 나타났는지 모르는 변수가 출현한 것이다. 그리고 이모웅 일당에게 김후명과 일행들에 관한 정보를 흘려 그들을 제거하려던 계획도 성공하지 못했다. 빨리 가서 참판 영감께 이 일을 여쭈어야 했다.

＊

'그럼 저 사람이 승지 어른이 말하는 그 세작인가? 역시 틀림없구나!'

월향은 강계부사와 김향남의 대화를 듣고 상황을 파악하려고 애썼다. 이로 일행이 토벌하러 간 그 이모웅이라는 사람의 무리는 이미 토벌이 되었는데 관군이 아닌 다른 세력에 의한 것인 것 같았다. 월향이 보기에도 그랬다. 현재 강계부 안에는 각지에서 온 군사들로 넘쳤다. 오늘 강천현과 김향남이 하는 말을 듣지 않았다면 월향도 아직 이모웅에 대한 토벌이 시작되지도 않은 줄 알았을 것이다. 그리고 병조참판은 이곳 강계부를 기점으로 뭔가를 꾸미는데 주상 전하나 김후명이 하는 일과는 반대되는 어떤 일인 것 같았다.

＊

몹시도 캄캄한 어둠 속이었다. 눈을 감아도 어둠이고 눈을 떠도 어둠이었다. 김후명은 눈을 뜨고 있는지 감고 있는지조차도 알 수 없었다. 그 농사꾼 차림의 사내의 지시에 의해 이곳으로 던져진 지 적어도 사흘은 흘렀을 것이다. 김후명과 정이로, 구개하, 천필주 등에게 네 번의 식사가 주어졌다. 그것으로 대강 이삼 일 정도가 흘러갔을 것이라고 짐작할 수 있을 뿐이었다.

"자는가?"

김후명이 어둠 속에서 정이로를 불렀다.

"아니요, 승지 어른."

이곳은 사람의 흔적도 없었다. 그저 식사를 가져다주는 사람 하나가 와서 아무 말 없이 먹을 것이 든 사발을 던져 주고 갈 뿐이었다. 이곳은 천연의 토굴의 안쪽 막다른 곳을 막아 감옥처럼 만든 곳인 듯했다. 토굴 안쪽의 축축한 습기를 머금은 한기가 뼛속을 파고들었다. 김후명도 김후명이지만 비록 큰 상처는 입지 않았으나 전투에서 경미한 상처들을 무수히 입은 정이로와 구개하, 천필주 등에게 그 한기는 마치 개미처럼 온몸을 스멀거리고 기어다니며 원기를 앗아가고 있었다. 이대로 가다가는 살아남기 힘들었다. 늦기 전에 조치를 취해야만 했다. 그러나 온통 어둠만이 내려깔린 이곳에서는 아무런 방법이 보이지를 않았다.

"놈들이 밥을 가져다줄 때가 되었지?"

"네. 아마도 일각 이내에 그놈이 올 겁니다."

김후명은 고개를 끄덕였다. 지난번 식사를 받은 이후 줄곧 마음속으로 숫자를 세고 있었다. 일백을 세기를 칠백 번 이상을 했다. 그러니 곧 밥을 가져다주는 놈이 올 때가 된 것이다. 아니나 다를까. 곧 토굴 저편에서 빠르게 걸어오는 발소리가 들렸다.

"저놈을 제거하세."

어둠 속에서 김후명이 정이로에게 속삭였다. 정이로는 고개를 끄덕이고 품속에 있는 비수의 손잡이를 움켜쥐었다. 놈의 발걸음이 김후명 일행이 있는 곳 바로 앞에서 멈추었다. 그때 정이로가 구개하의 옆구리를 찔렀다.

"아이고 배야! 아이고 사람 죽네."

구개하는 어둠 속에서 목청을 한껏 높여 비명을 질러댔다.

"무슨 일인가?"

밥을 가져다주는 놈이 어둠 속에서 한마디 툭 던졌다. 그 목소리에는 아무런 감정의 동요가 느껴지지 않았다.

'놈들은 고도로 훈련받은 놈들이다. 이런 급작스러운 상황에도 조금도 흔들림이 없다. 이거 생각보다 쉽지 않겠는 걸.'

김후명이 마음속으로 생각하며 건너편을 향해 말했다.

"이놈이 아무래도 탈이 난 것 같소. 어서 의원을 불러주든지 해야 할 것 같은데."

김후명이 온몸을 던진 채 땅바닥을 뒹굴고 있는 구개하의 옆에서 당황한 목소리로 말했다. 놈이 어둠 속에서 잠시 망설이는 기색을 보였다.

"뭘 하고 있소? 사람이 죽어 가는데!"

김후명이 다시 한마디 덧붙이자 놈은 그제야 생각을 정리한 듯 말했다.

"잠시 기다려라. 사람을 불러올 것이니."

정이로가 때를 놓치지 않고 말했다.

"지금 그렇게 한가한 상황이 아니오. 이놈이 숨쉬는 게 아무래도 범상한 상태가 아닌 것 같소. 내가 이놈을 업을 터이니 일단 밖으로 나갑시다."

놈이 정이로의 말에 다시 잠시 생각하는 듯 뜸을 두었다. 그러더니 잠시 후 놈이 철컹 하고 옥의 문을 열었다. 정이로는 삐걱 하고 문이 열리는 소리가 나자마자 문을 향해 달려가서 옥문을 걷어찼다. 우흑 하는 소리와 함께 놈이 힘껏 열리는 옥문에 맞아서 튕겨져 나갔다. 정이로는 틈을 주지 않고 놈에게 달려들어 목에 비수를 겨누었다.

"너를 해칠 생각은 없다. 다만 우리를 바깥으로 안내해라. 그러지 않으면 죽이겠다."

놈의 팔을 비틀어 잡게 한 뒤 김후명은 나머지를 데리고 동굴의 입구를 향해 걸어 나왔다. 동굴은 꽤나 깊은 듯 한참을 걸어도 바깥의 신선한 공기가 느껴지지 않았다. 마침내 동굴의 입구로 나오니 아직도 바깥은 낮이었다. 해가 어스름 때에 가까워진 듯 진한 햇살이 사위를 칠하고 있었다.

'엄청나게 깊은 동굴이었군. 바깥의 상황을 전혀 알 수 없을 정도로.'

김후명이 포로로 잡았던 놈의 비틀었던 팔을 풀어 주게 하였다. 놈도 이제는 저항할 생각을 접은 듯 천천히 앞으로 몇 걸음 걸어가더니 김후명 일행을 돌아보았다.

"너희들은 누구냐? 이모옹 일당을 공격한 것으로 보아 그놈들과 가까운 관계는 아닌 듯한데."

놈은 무표정하게 김후명 일행을 보더니 몸을 돌려 빠른 걸음으로 동굴 입구를 벗어났다.

김후명은 한순간 어떻게 할까 망설였다. 허나 곧 결심을 했다. 이렇게 된 이상 저놈들의 정체를 알아봐야겠다는 생각이 들었다. 즉각 놈의 뒤를 밟기 시작했다. 동굴을 빠져나와 알 수 없는 숲길을 따라 한참을 달렸다. 놈의 발걸음은 너무도 빨라 달음박질에는 일가견이 있는 정이로나 구개하조차도 따라잡기가 힘에 부칠 정도였다.

어느덧 김후명은 천필주와 함께 멀찍이 떨어져 버렸다. 험한 숲길을 마치 평지를 달리듯 수월하게 빠져 달아났다. 정이로는 이를 악물고 악착같이 놈을 따라 붙었다. 어느새 뒤를 따르던 구개하의 모습조차도 보이지 않았다. 정이로가 문득 그렇게 느꼈다 싶자 갑자기 그의 앞길이 버석 하고 소리를 내며 꺼졌다. 이로는 정신을 놓지 않으려고 무진 애를 썼다.

적어도 서너 길은 땅 밑으로 떨어져 들어갔다. 이로의 어깨와 머리 위로 흙과 마른 풀 더미가 쏟아져 내렸다. 하늘을 가리는 자욱한 흙먼지를 뚫고 이로가 위를 올려다보았다. 함정에 빠진 것이다. 흙먼지 사이로 이로를 내려다보는 여러 개의 얼굴들. 그에는 예의 이로와 개하를 잡아 가두었던 농사꾼 차림의 사내도 있었다. 곧 이로는 함정에서 끌어올려져 다시 포박되었다. 저쪽 구석에서 자신의 앞에 선 자들에게 뭐라고 욕을 퍼붓고 있는 구개하의 모습이 보였다. 그도 이미 결박당해 있었다.

"도망을 치려고 해? 볼수록 수상한 놈들이군. 그리고 함께 있던 놈들은 어디로 갔지?"

농사꾼 차림의 사내가 천천히 입을 열었다.

"이것 보시오. 우리를 왜 핍박하는 것이오?"

"핍박? 내가 너희들을 핍박한다고? 허락도 없이 남의 땅에 들어온 놈들이 누군데 그런 말을 하느냐?"

"허락이오? 여기가 어딘데 당신들의 허락을 받아야 들어올 수 있단 말이오? 조선 천지 삼천리가 모두 주상 전하의 땅이거늘."

농사꾼 차림의 사내가 입술을 비틀며 웃었다. 그러고는 옆에 시립해 있던 부하에게 눈짓을 했다.

"이자들을 제(祭) 터로 끌고 가라!"

부하들은 이로와 개하를 끌고 익숙한 발걸음으로 숲을 뚫고 어딘가로 향해 갔다.

*

'이모응은 어찌 되었을까?'

김후명은 천필주와 함께 멀리서 정이로와 구개하가 잡혀가는 모습을 보며 생각에 잠겼다.

'관군이 전멸하였으니 강계부에 있는 김시연과 이영복에게 우리들의 생존 사실을 알리고 구명 방법을 강구해야 할 터인데.'

그러나 지금은 이들에게 붙잡혀 꼼짝도 할 수 없는 처지였다. 김후명은 답답함을 억누르며 잡혀가는 이로와 개하의 뒤를 쫓았다. 숲길을 한참 지나자 탁 트인 벌판이 나타났다. 전에 보았던 이모응의 본거지와 비슷한 모양의 커다란 공터였다. 그러나 이곳은 그 규모가 이모응의 그것보다 훨씬 컸다. 공터의 주위에는 깎아지른 듯한 벼랑이 마치 공터를 호위하듯 공터의 삼면을 에워싸고 있었다. 그리고 공터의 정면으로 서 있는 벼랑의 밑에는 마치 탁자 같은 넓적한 바위가 놓여 있었다. 바위 주위에는 울긋불긋한 천들이 둘러 쳐져 있고 그 옆에는 검은 옷을 입은 무사들이 호위를 서고 있었다. 그 무사들의 하는 양을 보니 이들은 그 바위를 굉장히 신성시하는 것 같았다. 이로와 개하는 그 바위에서 서너 장 앞에까지 끌려가서 꿇어 앉혀졌다. 이제 해도 뉘엿뉘엿 지고 있었다. 이로의 주위를 지키던 무사들이 잠시 술렁이는 것 같더니 곧 마치 열병식을 하듯 일렬로 늘어섰다. 이로와 개하는 무사들의 제일 앞 열에 있었다. 일렬로 늘어섰던 무사들이 좌우로 갈라졌다. 그 안으로 하얀 물체 하나가 들어섰다. 자세히 보니 흰 머리카락, 흰 수염, 흰 도포를 입은 노인이었다. 머리끝부터 발끝까지가 온통 하얬다. 그런 그의 오른손에는 또한 먹장처럼 검은 지팡이가 들려져 있었다. 그는 천천히 한 걸음씩을 떼며 걷고 있었는데 그가 지나갈 때면 무사들은 모두 오체투지를 하여 그에게 예를 표하고 있었다.

그는 무사들은 쳐다보지도 않은 채 앞만 보며 걸었다. 그의 온몸에서 뿜어져 나오는 기도로 보아 그가 이곳의 우두머리인 듯했다. 노인은 이윽고 공터 정면의 벼랑 밑에 놓여 있는 탁자 같은 바위 뒤로 갔다. 그러고는 몸을 돌려 정면을 응시했다. 그러자 그의 옆에 서 있던 무사 하나가 바위 위에 나무로 된 상자 하나를 올려놓았다. 노인이 무사를 쳐다보자 그는 고개를 깊이 숙인 후 나무로 된 상자에서 무언가를 꺼냈다. 김후명은 멀리 떨어진 풀숲 속에서 그것을 안력을 돋우어 보고 있었다. 나무 상자 안에서 나온 것을 본 김후명의 두 눈이 한껏 커졌다. 그것은 사람의 목이었다. 잘려진 지 얼마 되지 않은 듯 조금 너덜거리는 목 아래 살갗에서 아직도 핏물이 배어나오고 있었다. 그 얼굴을 유심히 보니 낯이 익었다. 조금 더 자세히 보니 그것은 바로 이모응이었다! 노인은 이모응의 목을 제단 한가운데에 올려 놓은 후 하늘을 우러러 기도하는 자세를 취했다. 그러자 공터에 있던 모든 무사들이 바위를 향해 엎드려 절했다. 무슨 의식인 듯했다.

"태왕신이시여! 태왕신이시여! 오늘 당신의 명성을 더럽히며 간악한 짓을 일삼던 흉적을 또 하나 제거하였나이다. 저희를 굽어 살피소서!"

노인은 쩌렁쩌렁한 목소리로 하늘을 향해 외쳤다. 공터의 무사 전원이 일어나 다시 절을 올렸다.

이제 막 지는 해가 서산에 걸려 있었다. 지는 해가 정면으로 바위를 비추었다.

'저 제단은 동편으로 위치해 있는 것이구나.'

김후명이 그렇게 생각하는 찰나 하늘을 우러러보고 있던 노인이 번쩍하고 포박되어 꿇어 앉은 이로 일행을 노려보았다. 그의 시선은 마침 이로의 등 뒤로 그 모습을 보던 김후명을 향해졌다. 김후명의 간담이 서늘해졌다. 그러나 노인은 별다른 동작 없이 다시 하늘을 우러러 기도를 올렸다. 그렇게 의식은 한 시진가량 계속되었다.

*

"너는 어디서 왔느냐?"

의식이 끝나고 제단에서 조금 떨어진 곳에 위치한 초가로 끌려온 정이로에게 노인이 물었다.

"한양에서 왔소."

"우리 손에 잡혀 죽은 그자와는 어떤 관계냐?"

이모옹과의 관계에 대해 노인이 넘겨짚어 물어본 것 같았다.

"우리는 주상 전하의 하명으로 그 중원인의 정체를 알아보려고 왔소."

이로는 말을 지어내기 시작했다. 주상이라는 말에 노인의 눈이 커졌다.

"조금이라도 거짓을 말한다면 너는 살아남을 수 없다. 이 하늘 아래 어디를 간다 해도."

노인이 소름끼치는 눈빛을 하고 말했다.

"조선의 주상 전하께서 태왕의 전설에 관심이 많으시오. 노인장이 그것에 대해 우리에게 말씀해 주실 것이 있소?"

기왕에 이렇게 된 것 갈 데까지 가 봐야겠다고 판단했는지 이로의 말은 거침이 없었다.

흰 옷을 입고 있어 다소 푸르딩딩해 보이는 노인의 안색이 백지장처럼 하얗게 되었다.

노인이 잠시 흥분을 억누르고는 다시 말했다.

"조선의 임금께서 왜 태왕의 전설을 알아보려고 하느냐?"

"그것은… 저 북방의 오랑캐를 정벌하시려는 전하의 어지 때문이오. 지금 조정 내에는 전하의 그런 어지를 꺾으려는 세력들이 있소. 전하께서는 태왕의 전설을 통해 그들의 뜻을 제압하고자 하시는 것이오."

정이로는 평소 김후명이 자신에게 말하던 바를 회상하여 말했다.

"북방… 정벌이라고?"

노인이 목소리를 낮추며 읊조렸다. 이로는 말에 더욱 힘을 주었다.

"그렇소. 태왕은 북방의 패자였소. 그런 분의 뜻을 이어 북방정벌을 한다면 분명한 명분이 서게 되오. 전하께서는 그것이 필요하시오."

노인은 잠시 허공을 바라보며 생각을 정리하는 듯했다. 그러고는 이로를 다시 노려보며 말했다.

"너의 그 말을 어찌 믿을 수 있느냐? 조선 주상의 어지를 알 수 있는 증거라도 있느냐?"

노인의 마음이 조금 움직이는 듯했다. 이로는 얼른 그 말을 받아 대답했다.

"있소. 나와 함께 이곳으로 온 승지 어른이 계시오. 그분에게 확인해 본다면 될 것이오."

이로가 무슨 뚜렷한 계획이 있어서 그렇게 말한 것은 아니었다. 다만 지금 절박한 상황에서는 무슨 말이든 해야 했다. 방금 전 이모웅의 수급을 보지 않았던가? 이자들은 수틀린다면 언제든 자신의 목도 칠 것이라는 불안감이 들었다.

"알겠다. 그러면 그자를 내게 데려오라."

노인은 그 말을 끝으로 초가를 나갔다. 그리고 뒤이어 예의 농사꾼 같은 그자가 들어왔다.

"재주가 좋은 자이군. 교주와의 대면에서 살아남다니."

그는 이로와 개하를 번갈아보며 비웃듯이 말했다.

＊

"자넨 어찌 그리 경솔한가? 놈들의 정체도 모르면서 내가 이곳에 온 것을 토설하다니."

김후명은 짜증스러운 표정으로 정이로를 흘겨보며 말했다.

"그럼 어떡합니까? 그대로 있다가는 목이 달아날 판인데요."

김후명도 이모웅의 잘려진 목을 본 터라 그런 이로의 항변에 대해 별 할 말이 없었다.

"승지 어른. 어떻게든 태왕의 전설에 대한 실마리를 잡아야 하는데 어쩌면 그 노인이 단서를 가지고 있을 수도 있지 않겠습니까?"

이로와 함께 온 무사들이 이미 김후명과 천필주의 주위를 에워싸고 있어서 달아나려야 달아날 수도 없는 형편이었다. 김후명은 무겁게 고개를 끄덕이고 자리에서 일어났다.

*

노인은 이로가 데리고 온 김후명을 정면으로 주시하며 말했다.

"그대가 조선 주상의 승지라는 자인가?"

"그렇습니다."

김후명이 내뱉듯 말하자 노인은 고개를 갸웃했다.

"승지라면 보통 구중궁궐에서 관복을 입고 임금의 시중을 드는 것인데. 그대는 그렇게 보이지 않는다."

노인은 이리저리 쫓기고 부딪치느라고 다소 초췌해진 김후명의 의관을 유심히 쳐다보며 말했다. 김후명이 노인을 똑바로 쳐다보았다.

"못 믿겠으면 죽이시오. 내 전하의 성지를 못 이루고 죽는 것은 억울하지만 내 명운이 여기까지라면 할 수 없겠지."

불타는 듯한 눈빛으로 그렇게 말하고는 김후명은 눈을 감았다. 노인은 그런 김후명의 하는 양을 뚫어지게 바라보았다.

"좋아. 조선 임금의 승지라는 그대의 말을 내 믿기로 하지. 그러나 저 자가 내게 한 말에 대해서는 다시 확인을 해야겠네."

노인은 이로를 턱짓으로 가리키며 말했다.

"북방을 정벌하신다는 어지를 말씀하십니까?"

노인이 고개를 크게 끄덕였다. 김후명은 아무 말 없이 자신의 도포 소맷자락을 들추더니 서신처럼 접힌 문서 한 장을 꺼냈다. 그리고 그것을 노인에게 공손하게 내밀었다.

이로는 본능적으로 그 문서가 적정고임을 알 수 있었다.

"적정고를 어떻게 가지고 오시었습니까? 저것은 주상 전하께서 가지고 계신 문서가 아닙니까?"

이로가 김후명에게 귀엣말로 물었다.

"저것은 필사본이네. 앞일을 알 수 없어 한 부 적어 두었지."

노인은 김후명이 건네준 종이를 보더니 그것을 펼쳐 들고 읽기 시작했다. 반 시진가량의 시간이 흘렀다. 노인이 대충대충 훑어보던 서책을 덮었다.

"이것이 어떻다는 건가?"

"우리 주상 전하께서 친히 저술하신 것이오. 그것은."

노인의 눈이 비로소 조금 커졌다. 김후명이 나직하게 말을 이었다.

"태왕의 전설이라는 것에 대해 전하께서 관심을 가지신 것도 북방의 저 오랑캐를 정벌하시려는 뜻이 있었기 때문이오. 이 동국의 역사에서 태왕만큼 북방을 호령하신 분은 계시지 않았기 때문이오. 그분의 뜻을 이어 북방 오랑캐를 정벌하시고 싶으신 것이오. 전하께서는."

김후명이 말을 마치고 눈을 감았다. 새삼 주상의 용안이 떠올랐다. 뜻을 같이하는 자 아무도 없는 고립무원의 궁에서 고군분투하시는 외로운 인군의 모습이. 어느덧 김후명의 뺨을 타고 두 줄기 눈물이 흐르고 있었다. 이로도 어느새 눈가에 이슬이 맺히는 것을 느꼈다. 노인은 그런 두 사람의 모습을 한참 동안 눈도 깜빡이지 않고 쳐다보았다.

"좋아. 내 그대들의 말을 한번 믿어 보기로 하지."

한참 동안의 침묵이 흐른 후 노인이 천천히 입술을 뗐다. 그리고 노인이 손뼉을 한번 치자 방문이 열렸다. 양손에 찻상을 든 여인네 두 사람이 방 안으로 들어섰다. 김후명은 이곳에서 여인들을 처음 보았다.

"이곳에 여인들도 있습니까?"

"이 사람. 우리가 무슨 도적 집단이라도 되는 줄 아는가? 이곳은 그저 평범한 사람들이 사는 마을일뿐일세."

노인이 김후명을 만난 이후 처음으로 온화한 미소를 지으며 반은 농담조로 이야기했다. 김후명 일행에 대한 경계심을 어느 정도 해소한 듯했다. 김후명은 노인이 직접 만들어 주는 차를 마시며 여태껏 궁금해하던 것을 물어보았다.

"태왕신교란 무엇입니까?"

노인이 들어 올렸던 찻잔을 상 위에 조용히 내려놓으며 대답했다.

"태왕의 위대한 업적을 이어가기 위해 태왕 생전에 손수 만들어 놓으신 결사(結社)일세. 태왕께서는 붕어하신 후에 당신이 이루어놓으신 것들이 후대에 제대로 이어지지 않을지도 모른다고 생각하셨고… 그리하여 태왕신교가 만들어진 것일세."

"그러면 그 무사들이 모두?"

김후명이 여태껏 보아왔던 무사들을 떠올리며 묻자 노인이 고개를 끄덕였다.

"그들은 모두 태왕신교를 수호하는 전사들일세. 고구려의 후예들을 중심으로 조직된 단체이지."

김후명은 그 전체 세력에 대해 물어보려다가 입을 다물었다. 그런 정도까지 물어본다는 것은 아직 시기상조인 듯싶었다. 노인이 김후명과 정이로를 번갈아 보며 말했다.

"모두 일기당천의 용사들이지. 우리 태왕신교의 힘은 그들에게서 나오네. 태왕께서 남기신 것을 수호하기 위해선 힘이 필요하니까."

김후명과 정이로 그리고 구개하와 천필주 네 사람은 노인과의 대담이 끝난 뒤 대담을 행한 작은 가옥의 저쪽 편 숲속에 위치한 또 다른 가옥으로 안내되었다. 이곳은 모든 건물이 철저히 위장되어 있었다. 이 가옥만 해도 얼핏 보아서는 그저 숲속의 커다란 나무 정도로만 보였는데 커다란 나무를 끼고 이 가옥이 지어져 있었다.

"아까 그 노인, 태왕신교의 교주가 말한 것 말입니다."

자리에 앉자마자 정이로가 말을 꺼냈다. 김후명이 대답했다.

"아무래도 이 사람들이 그 태왕의 유물에 대해 잘 알고 있을 것 같다는 짐작은 드네만 자세한 것은 좀 더 알아봐야 하겠지."

"이모응이 제거된 것도 이 사람들이 그들의 것을 지키기 위해 그리한 것 같은데… 어떻게 생각하십니까?"

"내 생각도 그렇지만 조금만 더 기다렸다가 이들의 비밀에 대해 알아보도록 하세. 아직은 이들이 우리를 완전히 신뢰하고 있는 것 같지는 않으니까."

김후명의 말에 정이로가 고개를 끄덕였다.

이미 날이 저물었다. 밤하늘엔 별들이 쏟아지고 있었다.

9. 태왕의 비밀에 다가서다

1659년 3월

"조선의 국왕께오서는 황제 폐하의 물음에 답하셔야 할 것입니다!"

청(淸)의 사신 범경(范炅)이 주상의 용안을 힐난하듯 바라보며 말했다.

"황제께오서 어떤 것이 궁금하다 하시오?"

주상은 와락 불쾌함이 치밀었으나 감정을 삭이며 물었다.

"금번에 폐하께오서 조선에서의 불경한 일들에 대해 소식을 들으셨습니다. 그것에 대해 묻는 것이오."

"불경한 일? 그게 무엇이오?"

"근자에 조선의 백성들이 떼를 지어 우리 선황께오서 몸소 정하신 봉금지(封禁地)를 넘나들고 있다 하니 이에 대해서 황상께오서는 그 진상을 낱낱이 파악하여 상주하라는 황명을 내리셨소."

"……!?"

주상이 사신을 바라보며 잠시 생각에 잠겼다. 신료들 사이에도 조용한 가운데 파문이 일었다.

"알겠소. 내 황상의 명을 가슴 깊이 새기리다."

범경은 곧이어서 무슨 말인가 하려고 했으나 입을 다물었다.

*

조정 중신들이 모여 향후의 대책을 숙의하고 있었다. 송시열이 이형상에게 물었다.

"참판은 어떻게 생각하는가?"

"황제의 진노가 크다고 사료됩니다만."

송시열이 고개를 끄덕이며 좌중을 둘러봤다. 송준길이 말했다.

"저들이 정한 봉금지에 우리 백성들이 약초를 캐거나 하는 것들을 위해 몰래 출입하기도 함은 저들도 익히 알고 있는 사실인데 왜 그것을 굳이 사신까지 보내와서 따진다는 것일까요?"

좌중이 모두 말이 없었다.

"아무래도 저들이 알고자 하는 것이 전하와 연관되어 있는 것이 아닐까요?"

이형상이 목소리를 낮추어 조심스레 말했다. 좌중의 사람들이 웅성거렸다.

"혹시 그러하더라도 우리들은 전하께 닥치는 일에 대해 대비하고 있으면 그뿐입니다."

이형상이 단호하게 말했다. 마치 그 말에 응답하듯 좌찬성 김병욱이 말했다.

"다시 이 땅에 병자년의 전란과 같은 참화가 있어서는 안 됩니다. 우리는 그 일에 최선을 다해야 할 것입니다."

모인 사람들 모두가 고개를 크게 끄덕였다.

"그러면 백성들이 봉금지로 가기 위해 국경을 넘는 것에 대한 감독을 더욱 철저히 해야 하겠습니다."

"물론이오. 의주부윤은 물론 강계부사 등에게도 더욱 그 감독을 엄히 하라고 훈령을 내려야 할 것이오."

그때 우의정 원두표가 말했다.

"그러면 사신이 어떤 요구를 해 와도 순순히 따라야 하겠습니다그려."

순간 좌중이 찬물을 끼얹은 듯 조용해졌다. 이형상이 그 조용함을 깨뜨리며 말했다.

"물론입니다. 이 땅에 다시 전란의 씨앗을 만들면 안 됩니다. 저 가여운 백성들에게 다시 그런 참화를 겪게 해서는 안 되겠지요."

*

"누구라고?"

"조선의 당상관이라고 합니다만."

범경은 영빈관으로 자신을 찾아온 방문객이 있다는 보고를 들었다. 그를 접견할 것을 수락하자 조선의 선비 차림을 한 남자가 방으로 들어섰다. 그 얼굴을 보니 아까 환영연에서 일면식이 있었다.

"어서 오시오. 나를 찾아왔다고요?"

그는 자리에 앉자 잠시 생각을 하는 것이 무슨 말부터 해야 할지 두서를 정하는 것 같았다.

"나는 조선의 병조참판 이형상이라고 하오."

범경이 눈길을 좁혔다. 병조참판이라면 중원에서의 벼슬로 치면 병부시랑의 바로 아래에 해당되는 고관이 아닌가? 그런 사람이 야밤에 그것도 단신으로 자신의 숙소로 찾아오다니. 이형상이 낮으나 힘있는 목소리로 입을 열었다.

"내가 이렇게 대인을 찾은 것은 다름이 아니라 그… 적정고에 관한 것을 말씀드리려고 하오."

범경의 눈이 커졌다.

"그러면… 우리 친왕에게 비밀리에 연통을 한 사람이 그대요?"

황상의 명은 지금 청 조정의 실세들인 친왕(親王) 중 한 사람의 비밀스러운 상주에 따른 것이었다. 그의 말에 의하면 조선의 주상이 남몰래 군사를 양성하여 지난 병자년의 일에 대해 복수를 하려고 꾀한다는 것이었다. 그리되어서는 안 되었다. 지금 대륙의 판도는 한 치 앞을 내다볼 수 없었다. 청의 입장에서는 아직 강남의 영명왕이 항복하지 않았고 남월의 세력도 만만치 않았다. 이런 판국에 조선까지 등을 돌린다면 자칫 사면에 적을 두는 꼴이 되었다. 그리하여 위급함을 느낀 청의 황실에서는 부랴부랴 범경을 사신으로 파견하여 진상을 알아보고자 한 것이었다.

"……"

이형상은 잠시 망설이다가 무겁게 고개를 끄덕였다. 범경은 다시 한 번 놀랐다. 그것은 보기에 따라서는 역적죄에 해당하는 죄가 될 수 있었다. 자신이 모시는 왕의 잘못을 남의 나라에 비밀리에 알린다 함은 충분히 그리되고도 남음이 있었다. 범경이 마음속의 동요를 덮으려는 듯 짐짓 차분하게 말했다.

"내게 무슨 할 말이 있소?"

"달리 무슨 말이 있어서라기보다 이번 임무에 대해 우리 조정의 모든 신료들의 뜻을 전달하려고 왔습니다."

범경이 이형상의 발언의 진의를 알려는 듯 이형상을 정면으로 주시하였다. 이형상도 또한 그런 범경의 눈을 마주보았다. 잠시 후 범경이 고개를 끄덕였다.

"그러면 조선의 조정에서는 적정고를 찾는 일에 모든 협조를 하시겠다?"

범경이 묻자 이형상이 즉시 말했다.

"물론이오. 다시 이 땅에 전란의 회오리를 일으킬 수는 없소."

범경이 목에 힘을 주며 말했다.

"다시 그런 일은 없을 것이오. 그러나 그것은 조선의 마음이 항상 다름이 없을 경우에만 해당되는 말이오."

"우리 조신들은 그때와 다름이 없소. 맹세하오."

"그러면 그 적정고는 무엇이오?"

범경이 이형상의 말을 끊듯이 말했다. 범경의 말을 받아 이형상이 외치듯 말했다.

"그것은 우리 주상 전하의 상상에 지나지 않는 것이오. 주상께서 그리하시려고 해도 우리 신료들이 그리하시도록 내버려두지는 않을 것이오!"

범경이 지그시 이형상을 쳐다보다가 시선을 거두어들이며 말했다.

"그러면 그 비망록은 분명히 존재하는 것이군. 이리된 이상 나도 사신으로서 할 일을 해야겠소."

순간 이형상의 낯빛이 파리해졌다. 놈의 유도심문에 넘어간 것이다. 실상 범경은 이곳에 도착하기 전까지만 해도 그 적정고라는 것에 대해 그 존재 여부를 확신하지 못했었다. 황상과 황족들은 티끌만한 의심이라도 생기면 그것에 대해 거의 신경질적인 반응을 보인다. 지금 대륙의 판도는 그 정도로 민감했다. 그러나 범경의 입장에서는 그렇지 않았다. 지금 청의 조정에 있는 고관들 중에서 저들 야인들이 쳐들어오기 전까지는 명의 벼슬을 했던 자가 대부분이었다. 최상층이 누가 되던 어차피 그들에게는 아무런 상관이 없는 일이었다. 그러나 금번 조선의 일은 그런 것 같지 않았다. 누군가가 청의 천하를 위협하려고 하고 그 명확한 증좌까지 있다면 그것은 전혀 다른 성질의 것이었다. 지금 조선의 고관이라는 자가 그 증좌에 대해 실토했다. 그렇게 되면 자신들의 자리를 보전하기 위해서라도 최선을 다해 임무에 임해야만 했다. 범경은 이제까지와는 달리 죄를 추달하는 추달관과 같은 자세가 되었다.

"그러면 그 비망록이 지금 어디에 있는지 그대는 알고 있소?"

"……."

이형상은 입을 다물었다. 그러나 범경의 단호한 목소리가 이형상의 침묵을 깨뜨렸다.

"어허! 지금 그대 국왕의 잘못에 대해 묻고 있는 것이오. 이 자리에서 그대가 침묵한다면 내일 그대의 국왕에게 직접 물을 수밖에 없소."

이형상은 오만상을 찌푸리며 범경을 노려보았다. 범경은 짐짓 그런 이형상의 시선을 무시했다. 잠시 후 이형상이 힘들게 말문을 열었다.

"그것은 나도 모르오. 내가 그것을 입수했었는데… 그만 잃어버리고 말았소."

범경이 희미한 미소를 띠며 이형상에게 다시 물었다.

"그러면 그대는 그것을 읽어보기는 했소?"

이형상이 잠자코 고개를 끄덕였다. 범경의 눈빛이 빛났다. 범경이 목소리를 부드럽게 하며 말했다.

"좋소. 비망록을 잃어 버렸다는 그대의 말을 믿기로 하지. 허나 그대가 우리 친왕에게 연통을 했으니 그대의 말에 대해서는 그대가 책임을 져야 할 것이오. 그러니 그대는 이제부터 나와 같이 그것을 찾아야 할 것이오."

마침내 범경의 입에서 그 말이 나오고 말았다. 이형상은 이런 일만은 피하고 싶었다.

허나 이미 엎질러진 물이었다.

"우선 그것이 있을 만한 곳을 모두 수소문하시오. 조선의 일에 대해서는 나보다 그대가 잘 알고 있을 터이니."

이제 범경은 이형상을 마치 자신의 수하를 부리 듯했다. 결국 네가 그 문서를 찾아내라. 나는 기다리고 있다가 그것이 발견되면 가지고 가겠다. 이런 뜻이 아닌가? 이형상은 범경의 속셈을 알자 당장 자리를 뛰쳐나오고 싶었으나 그리할 수는 없었다.

'업보로다! 그러나 어차피 한 번은 지나가야 할 고비다.'

이형상은 그리 생각했다. 적정고에 대해 알게 된 때부터 지금까지 자신은 그것과의 정면 승부를 회피해 왔다. 어떻든 그것은 주상과 관계 있는 일이었고 신하로서 임금의 일에 대해 왈가왈부한다는 것은 대역죄에 해당하는 일이었다. 그러나 이제 그 일은 대국의 관리 아래로 넘어갔다. 대국에 대해서는 주상도 자신과 같은 신하의 입장이었다. 물론 그리되도록 만든 것은 자신이지만 이제 와서 생각해 보니 이렇게 되지 않고서는 해결되지 않을 일이었다. 잘못은 주상에게 있었다. 왜 그런 무모한 일을 꾸며서 일을 이 지경으로 만들었는가? 둘째아들로서 보위를 이었으면 그것에 만족할 일이지 왜 되지 않을 일을 꿈꾸는가? 이 땅에 다시 전란의 회오리는 있을 수 없었다. 그것은 자신과 자신의 당파는 물론 모든 백성들이 원하지 않는 일이었다. 이형상의 생각이 여기에 미치자 그의 태도는 놀랍도록 달라졌다. 목소리부터가 활기차고 힘이 있어졌다.

"그 비망록의 행방에 관해서 제가 알아본 바에 의하면……."

이형상이 말문을 열었다. 범경은 군이 이형상에게 물어보지 않아도 그의 생각의 흐름을 알 수 있을 것 같았다. 바로 얼마 전 명조가 무너지고 이자성의 농민군이 황도를 점령했을 때부터 자신을 비롯한 명의 구신들이 했던 생각의 방향과 이형상의 생각은 비슷한 방향일 것이다. 왕조는 유한하지만 신하는 결코 죽지 않는다. 그런 생각으로 이형상을 보는 범경의 시선에 날카로움이 번뜩였다. 이런 자들은 자기 자신 이외에는 아무도 생각하지 않는다. 그렇기 때문에 믿을 수가 없었다. 믿을 수 없기 때문에 일거수일투족을 감시해야만 했다.

"아마도 주상께오서 손수 간직하고 계시거나 아니면."

"아니면 무엇이오?"

"아마도 다른 사람이 전혀 예상하지 못하는 곳에 두었을 가능성이 큽니다."

"그곳이란 예를 들면 어디일 것 같소?"

"아직은 알 수 없지요. 힘써 알아보겠습니다."

범경은 고개를 끄덕이며 이형상을 노려보았다.

*

"어서들 오게. 차들 드시게."

김후명과 정이로는 태왕신교 교주의 호출을 받았다. 북녘의 겨울도 오늘은 조금 그 기세를 누그러뜨린 듯 따사로운 날씨였다. 이로가 교주의 앞에 앉아 차 한 모금을 마시려 하자 교주는 김후명과 정이로를 번갈아 보며 말했다.

"오늘 그대들이 가야 할 곳이 있네."

김후명과 정이로는 서로를 마주보았다.

"조금 먼 곳이니 단단히 채비하도록 하게."

교주와 만남이 있은 후 오후가 되자 기별이 왔다. 바깥으로 나선 김후명의 눈이 크게 떠졌다. 이전에 이모응의 일당과 싸울 적에 김후명 일행을 구해준 적이 있던 자가 서 있었기 때문이다.

"여어! 또 만나는군. 참, 우린 아직 통성명도 하지 않았군. 나는 김계안이라고 하오."

"김후명이라 하오."

김후명이 다소 무뚝뚝하게 내뱉었다. 김계안은 밝게 웃으며 말했다.

"이해하시오. 그땐 임무에 충실하느라고 그대들에게 좀 거칠게 대했을 뿐이니까."

"우린 어디로 가는 것이오?"

"우선 따라오시오. 자세한 것은 내 가면서 말하도록 하지요."

김계안은 십여 명의 무사와 함께 말에 올라 있었는데 그들은 이전에도 그의 곁에 있었던 것으로 보아 심복 부하들인 것으로 보였다. 김후명은 정이로 이하 그들 일행을 모두 데리고 나섰다. 강계부에 있던 김시연과 이영복도 이미 합류를 한 상태였다. 합하니 도합 삼십 명 가까이 되는 무리가 되었다.

"허허! 마치 청 황제의 목이라도 따러 가는 무리들처럼 보이는군."

김계안이 유쾌하게 말하며 앞서 말을 달렸다. 여태껏 봐오던 것과는 달리 그는 쾌활한 성격을 가진 것처럼 보였다. 김계안과 김후명의 무리는 태왕신교의 지역을 벗어나 하루 종일 말을 달렸다. 참으로 가도 가도 끝이 없는 벌판이었다. 석양 무렵이 되자 이로를 비롯한 김후명 등 조선에서 온 사람들은 하루 종일 말을 달린 탓에 피곤함이 턱밑에까지 차올랐다. 그러나 김계안 등의 무리는 아침에 출발할 때와 별반 달라진 것이 없는 모습이었다. 마침내 김후명이 쉬어 갈 것을 이야기하자 김계안은 고개를 끄덕이고는 수하를 시켜 근처의 객잔을 찾아보게 했다. 한 시진을 더 달리고서야 벌판 한가운데 우두커니 서 있는 객잔을 찾을 수 있었다. 근처 백 리 이내에는 객잔이 없다고 했다.

"이런 곳에서는 가진 물건을 조심해야 하오. 근처에 사람이라곤 살지 않으니 도적질을 당해도 아무에게도 하소연할 곳이 없으니 말이오."

김계안이 객잔으로 들어서며 넌지시 김후명에게 말했다.

"그대들이 지금 어디로 가는지 궁금하오?"

저녁 식사를 마치자 온종일 말을 달린 데서 오는 피곤함이 밀려왔다. 그러던 차에 김계안의 말을 듣자 피곤함이 날아가는 김후명이었다. 김후명 일행 모두가 눈빛을 빛내며 김계안의 다음 말을 기다렸다.

"우리는 지금 봉금지의 안으로 들어가오. 알고 있지요? 청의 오랑캐 놈들이 제 조상들의 출신지라고 아무도 들어가지 못하게 하는 곳 말이오."

"그곳에 어찌하여 가는 것이지요?"

김후명의 옆에서 말을 듣고 있던 정이로가 물었다.

"우리 태왕신교의 건설자이신 분을 뵈러 가는 거지."

"건설자요?"

"그렇소. 실로 위대하신 분이지. 그분이 계셨기에 우리 태왕신교도 천 년이 훨씬 넘게 명맥을 이어오고 있소."

정이로가 김계안의 말을 받아 물었다.

"그러면 그 태왕이란 분은 실제로 존재하셨던 분이 맞습니까?"

김후명이 정이로를 보며 못마땅한 듯 눈짓을 했다. 김계안이 정이로를 바라보며 어처구니없다는 듯 웃었다.

"이 사람이, 농담하는가? 그분이 존재하지 않았다면 우리가 어찌 만들어졌을 거라고 생각하는가?"

비록 다소 실없이 보이는 정이로를 책망하기는 했으나 김후명도 속으로는 실로 반가운 마음이었다. 이제껏 말만 태왕신교였지 이들의 행동이나 말에서 어떤 단서를 찾기가 실로 어려웠다. 그런데 이들이 자진하여 김후명 일행을 그들의 시조에게 데려가겠다니 반가운 일이 아닐수 없었다.

"그곳은 어디에 있습니까?"

"봉금지의 거의 가운데 부분에 있소. 우리는 오랑캐 놈들의 금령 따위에 좌우되는 사람들이 아니오. 다만 쓸데없는 소란을 피하기 위해 굳이 가지 않는 것뿐이지. 이렇게 필요할 때면 언제든 그곳에 가서 태왕을 뵙지요."

김후명은 크게 고개를 끄덕였다. 그렇다. 청의 봉금지에 들어선다는 것은 목숨을 건 일일 수밖에 없다. 그러나 이들이 신성시하는 곳이 그곳에 있다면 못 간다는 것은 있을 수 없는 일이다.

*

  다음 날 객잔을 나서서 다시 이틀을 더 말을 달렸다. 끝없이 펼쳐진 초원을 계속해서 달려오느라고 김후명의 눈은 어느새 먼 저쪽만을 바라보는 습관이 붙었다. 마침 해는 넘어가고 어스름이 짙어지고 있었다. 김계안이 손을 들어 무리를 세웠다. 김후명이 문득 전방을 바라보았다. 드넓은 벌판에 바람이 휘몰아쳐 가고 있었다. 그 바람은 방향으로 보아 중원에서 불어오고 있었다. 여기가 어디인가? 김후명은 다시 저쪽 먼 곳을 쳐다보았다. 들판 한가운데 우뚝 서 있는 거대한 돌덩이 하나가 눈에 들어왔다. 자세히 보니 그것은 전체가 하나로 된 바위였다. 거무스름한 그것은 한눈에 보기에도 장엄해 보였다. 멀리서 보면 마치 거인이 두 팔을 움츠린 채 하늘을 바라보고 있는 것처럼 보였다. 하늘을 향해 무언가를 갈구하는 듯한 모습으로. 모습은 장엄했으나 어딘지 모르게 외로워 보였다. 바위에 가까이 다가가자 그 표면을 덮고 있는 시퍼런 이끼 떼와 깨지고 금간 표면이 눈에 도드라지게 보였다. 세월의 풍상에 갈고 닦여진 이 땅의 모습이 저러할까? 시퍼렇게 표면을 덮은 이끼는 그대로 이 땅 백성들의 고난을 소리쳐 외치는 것 같았다.

  '저것은 무엇이란 말인가?'

  김후명이 바위에 대해 궁금해하고 있을 때 정이로가 옆에서 말했다.

  "숭례문 정도의 높이는 족히 되겠습니다."

김후명은 고개를 크게 끄덕였다.

"태왕께서 남기신 표식이오."

김계안이 나지막하게 말했다. 저것이 그 태왕이란 사람이 남긴 것이란 말인가? 저 정도의 돌덩이에 표식을 새길 수 있는 왕이라면 살아 있을 때 그 위세가 가히 짐작하고도 남음이 있었다. 김계안은 그 돌덩이 앞으로 가자 말에서 내려 공손히 예를 취했다.

"이곳을 지키는 오랑캐 놈들의 눈에 띄지 않도록 조심해야 할 것이야. 괜히 쓸데없는 소란을 일으킬 필요는 없다."

김계안이 모두에게 들으라는 듯 말했다. 그러고는 김계안은 그 돌덩이 앞에 우두커니 서 있었다. 김후명이 물었다.

"태왕을 뵙는다는 것이 이것을 말하는 것입니까?"

김계안이 김후명을 보고는 피식 웃으며 말했다.

"뭐라고요? 아니오. 나는 다만 지금 해가 저쪽에 다다를 때까지 기다리고 있을 뿐이오."

김계안은 그러면서 손가락으로 지평선 저쪽을 가리켰다. 표식에서 남서쪽으로 약 500보 정도 떨어진 곳에 거대한 돌무더기가 있었다. 얼핏 보면 돌무더기로 보이지만 자세히 보니 무너져 내린 위쪽 부분과 규칙적으로 배열된 형태를 보아 어떤 구조물임을 알 수 있었다. 김계안은 그 돌무더기의 꼭대기를 가리켰다. 그러고 보니 김후명 일행이 서 있는 곳을 중심으로 여러 군데에 돌로 된 구조물들이 있었다.

"그렇게 되면 어찌 합니까?"

김후명이 묻자 김계안은 품속에서 거무틱틱한 어떤 것을 꺼냈다. 손바닥만 한 그것을 김계안은 마치 보물 다루듯 소중하게 다루었는데 자세히 보니 그것은 한쪽 면이 빛나는 거울 같은 것이었다. 그것을 두 손으로 소중히 안아 들고는 김계안은 마냥 태양만 바라보고 있었다. 마침내 태양이 돌무더기 꼭대기에 다다르자 김계안은 즉시 두 손을 포개 거울을 안아 들고는 태양빛에 반사시켰다. 거울에 반사된 태양빛이 표식의 표면에 비춰졌다. 김계안은 애써 바위의 어딘가에 거울에 반사된 태양빛을 비추었다. 일다경 정도의 시간이 흘렀을 때였다. 순간 김후명은 두 눈이 크게 떠졌다. 여태껏 거무죽죽한 이끼 때에 깊이 파묻혀 있다시피 하던 바위 표면의 어떤 부분이 갑자기 밝게 빛나기 시작하는 것이었다. 자세히 보니 바위의 한쪽 면에 새겨진 글자들이 빛나고 있었다. 그것은 시간이 흐르자 서서히 빛이 밝아져 마침내 제대로 바라보지도 못할 정도로 찬란한 빛을 뿜기 시작했다. 김후명은 눈을 휘둥그렇게 떴다. 저 바위가 무슨 발광체도 아닐진대 어찌 스스로 빛을 내는가. 그것도 전체가 아닌 일부분에서만. 빛이 나오는 그 글자를 자세히 보기 위해 김후명이 바위에 더 가까이 다가서려 했다. 그때 김계안이 소리쳤다.

"어서 말에 올라라! 빨리."

김후명도 퍼뜩 정신을 차리고 말에 올라탔다.

"저 빛을 따라가야 한다. 서둘러라!"

김계안은 표식의 어떤 부분에서 비추어지는 빛을 손가락으로 가리키며 힘껏 말을 달렸다. 바위의 글자에서 나온 빛은 이제 마치 빛나는 막대 같은 모양으로 일직선으로 뻗어 있었다. 그것은 일직선으로 뻗어 벌판 저쪽의 어느 한 부분을 가리키고 있었다. 모두가 정신없이 말을 달렸다. 구름처럼 먼지가 일어났다. 약 삼십 명 가까이 되는 사람이 일제히 한 줄기 빛을 따라 달리는 모습은 참으로 장관이었다. 잠시 후 어느덧 표식에서 나오던 빛은 사라졌다. 그러나 김계안은 그 빛이 비추던 곳을 정확히 인지한 듯 오로지 앞만 보고 말을 달렸다. 그렇게 달리기를 거의 반 시진에 이르자 사람도 말도 모두 숨이 턱에 닿았다.

"멈추어라! 그만 멈춰."

김계안이 소리쳤다. 김후명은 땀에 젖은 온몸을 힘없이 말안장에 늘어뜨렸다. 이곳까지 어떻게 달려왔는지 의식이 몽롱했다. 비로소 김계안이 김후명과 정이로 등을 돌아보았다. 김계안의 이마에도 땀이 송글송글 맺혀 있었다.

"이곳이오. 오늘 계시를 받은 곳이 말이오."

김계안의 말에 김후명은 비로소 주위를 돌아보았다. 순간 김후명은 눈을 크게 떴다. 아까까지 자신의 주위에 펼쳐져 있던 끝이 없는 풀밭은 어느덧 사라지고 수풀이 무성한 곳에 그들이 서 있었다.

"그곳에서 멀리 보이던 산속으로 들어온 듯 싶군. 그 빛줄기가 가리키는 곳이 이곳이었으니."

김후명이 정이로에게 속삭였다. 정이로가 어떻게 그 와중에 그것을 알아차렸는가 하는 표정으로 김후명을 봤다.

"모두들 말에서 내려라! 이제부터는 걸어야 한다."

김계안이 단호하게 명령했다. 이곳에 도착하고 나서부터 그의 태도는 이전까지의 부드럽던 태도와 달리 아주 단호한 그것으로 변해 있었다.

김후명 일행도 말에서 내려 김계안과 무사들을 따라나섰다. 김계안은 앞을 보고 걷고 있었다. 김후명이 그의 옆으로 다가서려고 하다가 김계안의 표정을 보고 놀랐다. 마치 무언가에 홀린 듯한 표정이었다. 그의 걸음걸이도 무언가 보이지 않는 것에 사로잡혀 걸어가고 있는 것처럼 발끝이 땅바닥에 끌리고 있었다. 그의 나는 듯 경쾌하던 걸음걸이를 바로 직전까지 봐온 김후명으로서는 섬뜩한 느낌이 들었다.

김계안이 문득 걸음을 멈추었다. 그를 따라가던 김후명도 걸음을 멈출 수밖에 없었다. 그들의 눈앞으로 천인단애가 펼쳐져 있었기 때문이다. 쏴아 하고 들리는 물소리. 김후명이 한 걸음 나아가 벼랑의 끝에 섰다. 발끝 아래로 얼핏 보아도 수백 길은 됨직한 낭떠러지가 펼쳐져 있었다. 김후명 일행이 서 있는 건너편에는 보기에도 시원한 물줄기가 폭포를 이루어 떨어지고 있었다. 물줄기는 아래로 떨어져 하얀 포말을 일으키며 부서졌다. 일곱 색깔 무지개가 양쪽 계곡을 사이에 두고 만들어지고 있었다. 물소리가 굉음을 울리며 계곡을 때렸다. 김후명 일행이 미처 그 소리를 듣지 못한 것은 이 폭포가 땅 아래로 꺼지듯이 위치해 있었기 때문인 것 같았다.

"저곳이다! 저리로 가야 한다."

김계안이 물줄기가 떨어지는 곳을 가리켰다. 그곳에는 떨어지는 거대한 물줄기만큼 깊어 보이는 연못이 보였다. 물은 수정처럼 맑았다. 그런데도 폭포가 떨어지는 곳의 물색깔은 암청색을 띠고 있었다. 그것은 그곳의 깊이가 그만큼 깊다는 뜻이었다. 김계안은 지금 그곳을 가리키고 있었다. 벼랑을 내려와 다시 풀숲을 헤치며 찾은 끝에 김후명과 김계안 일행은 마침내 건너편의 물가에 다다를 수 있었다. 일단 그곳에 다다르니 정상적인 대화가 불가능할 정도로 물소리가 크게 울려 퍼졌다.

"그럼 그 바위에서 가리킨 곳이 여기란 말입니까?"

김후명이 묻자 김계안은 무겁게 고개를 끄덕였다. 이곳에 와서야 그의 홀린 듯한 표정이 사라졌다.

"이제 태왕께서 하사하시는 것을 찾아야 하오."

그는 담담한 어조로 말하고 다시 품속에서 아까의 그 거울을 꺼내 들었다. 그러고는 거울을 폭포수가 떨어져 내리는 곳 중심부를 향해 던졌다. 김계안이 폭포를 향해 절을 올렸다. 나머지 사람들도 모두 김계안을 따라했다. 잠시 후 김후명은 우르르 하는 소리를 들었다. 그러자 땅이 흔들리기 시작했다. 김후명은 소스라치게 놀라 정이로와 김시연을 바라보았다. 두 사람도 모두 낯빛이 흙빛으로 변해 있었다. 모두가 허둥거리는데 김계안만은 아주 평화로운 안색이었다.

"허둥대지 마라. 태왕께서 하사품을 주시려는 것이다."

김계안의 낭랑한 목소리를 끝으로 땅이 흔들리는 것이 마치 거짓말처럼 딱하고 멈추었다. 잠시 질식할 듯한 침묵이 사람들 사이를 지나갔다.

김후명이 김계안을 바라보니 다소 당황한 듯한 안색이었다. 김후명이 얼른 다가가 물었다.

"무슨 일입니까?"

"아니. 이럴 리가 없는데. 교주께서 말씀하신 바로는 이렇게 하면 태왕께서 하사하시는 것이 그 모습을 드러낸다고 하셨소."

　김계안은 고개를 갸웃거리며 서 있었다. 김후명이 곰곰이 생각하더니 천천히 입을 뗐다.

"무언가가 빠진 것이지요."

　김계안이 김후명을 돌아다보았다. 김후명이 미소 띤 표정으로 말했다.

"이것은 태왕께서 마련해 놓으신 안배인 것 같습니다. 땅이 흔들린다는 것은 무언가 기이한 현상이 일어나리라는 예고였지요. 그런데 아무런 일도 일어나지 않는다는 것은 태왕께서 만들어 두신 열쇠가 없다는 뜻이지요. 태왕과 같은 분들이 만들어 놓으신 것에는 항상 그것을 탐하는 무리가 있게 마련이지요. 금은보화나 어떤 신기한 물건 같은 것이 있을까 해서. 그래서 그것을 여는 열쇠를 한 개만 만들어 두신 것은 아닌 것으로 사료됩니다. 그렇지 않습니까?"

　김계안이 김후명을 뚫어지게 바라보더니 뭔가 생각을 가다듬었다.

"그렇군요. 그런 의미일 수도 있겠군요. 그대는 이런 일에 대해 조금 아오?"

　김후명이 여전히 미소 띤 얼굴로 대답했다.

"주상 전하를 모시는 관원으로서 전하의 하문에 언제든 대답해야 할 위치에 있기에 이런 신이한 현상에 대한 것도 나름대로 공부해 두었지요."

"그럼, 그대가 보기엔 태왕께서 하사하시는 것을 받을 열쇠 중 어느 것이 빠졌다고 생각하오?"

"그건 알 수 없지요. 태왕을 모시는 태왕신교의 교주께서도 잘 모르시는 것을 내가 어떻게 금방 알 수 있겠소? 이제부터 알아보아야 하지 않겠습니까?"

김계안이 말을 멈추고 다시 아까 거울을 던진 물속으로 시선을 던졌다. 그러고는 김후명에게로 다가왔다. 김계안이 낮은 목소리로 빠르게 말했다.

"이제부터 내가 하는 말을 잘 들으시오. 솔직히 말해서 나도 지금까지 태왕신교에서 교주를 모셨지만 이런 임무는 처음이오."

"그럼 아까 땅이 흔들릴 때 놀라지 않으신 것도?"

"나도 속으로는 엄청나게 당황했지. 그러나 그대들 앞에서 내가 흔들려서는 안 될 것이 아니오?"

"그럼 이곳의 일에 대해 생전 처음이라는 겁니까?"

"그렇소. 교주는 알고 있는 것 같았소. 그러나 그도 완전히 다 아는 것 같지는 않소. 선대 교주로부터 들은 바는 있었겠지만… 이곳으로 올 때 내게 당부했었소. 어떤 일이 있어도 놀라거나 당황하지 말고 그저 내가 말하는 대로만 하라고."

"그런데 아무 일도 없지 않습니까? 땅이 조금 흔들린 것만 빼고는."

어느새 옆으로 다가온 정이로가 퉁명스럽게 말하자 김후명이 정색을 하고 말했다.

"무슨 말인가? 땅이 흔들린 일이 아무런 일도 아니라니? 이것은 생각보다 훨씬 더 거대한 어떤 것인가가 숨어 있는 일이네. 내 장담하지."

김후명은 눈길을 좁히며 생각에 잠겼다. 뭔가 거대한 것이 있기는 한 것 같은데 어떻게 해야 할지 갈피를 잡을 수 없었다.

"승지 어른. 방도를 생각해 보시지요. 지금으로서는 승지 어른이 유일한 해결책인 것 같습니다."

정이로가 옆에서 김후명을 채근했다. 김후명은 떨어지는 폭포수를 바라보며 골똘히 생각에 생각을 거듭했다. 한 시진이 경과했다. 이제 김후명 일행은 물론 김계안을 수행해 온 무사들도 지쳐가는 것 같았다. 정이로와 부하들은 긴장이 풀렸는지 어느새 각자가 자리를 잡고 골아 떨어져 있었다. 김계안을 따라온 무사들도 차마 그리하지는 못하였지만 피로한 기색이 역력했다.

"여보게! 일어나게."

자신의 어깨를 세차게 흔드는 손길에 정이로는 실눈을 떴다. 다시 몽롱해지는 정신을 겨우 수습하고 있으려니 김후명이 손가락으로 폭포수가 떨어지고 있는 곳, 아까 김계안이 예의 그 거울을 던진 곳을 가리키며 말했다.

"저 곳을, 저 안을 뒤져 보지. 혹시 어떤 실마리가 나올지 모르니까."

정이로가 정신이 퍼뜩 들어서 폭포수를 바라보았다. 김후명이 정이로를 지그시 보고 있었다. 이로더러 저 물속으로 들어가라는 의미로 보였다.

"저곳을요? 상당히 물이 깊어 보이는데."

정이로가 망설이자 김후명이 단호하게 말했다.

"시간이 없네. 주상 전하의 어지를 잊었는가? 지금 그 결과가 눈앞에 있단 말이네!"

정이로는 저쪽 구석에서 자고 있다가 막 일어난 구개하를 쳐다보았다.

구개하는 이로의 시선을 받고 도리질을 쳤다.

"저기를 들어가라고요? 나리! 딱 보시면 알 수 있지 않습니까? 너무 깊어요. 제가 숨이 좀 길다 해도 저 정도 깊이에 들어가면 빠져 죽고 맙니다. 게다가 저런 물은 물속에서 소용돌이가 심합니다. 일단 들어 가면 못 나올 가능성이 훨씬 크다고요!"

정이로는 눈을 부릅뜨고 개하를 협박했다.

"네놈이 정녕 내 명을 거역하고 싶다는 말이냐? 그럼 좋아. 네놈이 이전에 했던 일에 대해 모두 포청에 발고할 터이다!"

정이로의 입에서 포청이라는 말이 나오자 개하의 안색이 썩은 무처 럼 변했다. 그러고는 그는 투덜거리며 그러마고 했다. 개하는 이로를 아래위로 훑어보며 물속으로 들어갔다.

물은 손만 대도 오금이 저릴 만큼 찼다. 김후명이 막 물에 들어가려 는 개하를 쳐다보며 미소 지었다. 그런 김후명을 보는 둥 마는 둥 하며 개하는 첨벙하며 물로 뛰어들었다.

물이 어찌나 맑은지 개하가 물속으로 들어가는 것이 바깥에서 전부 다 관찰이 가능할 정도였다. 개하는 물속에서 그를 보고 있는 바깥 사 람들을 한 번 노려보고는 물속으로 더 깊이 들어갔다. 그러기를 잠시. 더 깊이 자맥질하는 개하를 쳐다보다가 김후명은 문득 개하가 물속에 서 움찔하는 것을 발견했다. 그가 황급히 물 밖으로 헤엄쳐 나왔다.

"물밑에 동굴이 있습니다요. 그 끝이 보이지 않을 정도로 깊어 보였 습니다."

구개하가 뭔가에 크게 놀란 듯 목소리를 떨며 말했다. 정이로가 얼른 구개하의 말을 받았다.

"왜 갑자기 움찔한 것이냐? 뭐 이상한 거라도 있더냐?"

개하는 잠시 호흡을 가다듬으며 정신을 추스렸다.

"그것이 저… 뭐라 말하기가."

"답답하구나! 무엇인데?"

개하가 어린애가 울음을 터뜨리듯 말했다.

"귀, 귀신이 제 양물을 움켜잡고 자꾸만 아래로 끌어당기려고 했단 말입니다!"

그 말을 듣던 천필주가 갑자기 히히히 하고 웃음을 터뜨렸다. 그 바람에 그 자리의 모든 사람들이 한바탕 웃음을 터뜨렸다. 정이로도 따라 웃으며 말했다.

"예끼 이놈! 네 양물이 아무리 근사하기로 귀신이 그것을 탐냈단 말이냐?"

"아, 아니요. 정말이어요! 그것이."

김후명이 개하에게로 바짝 다가들며 물었다.

"정말인가? 귀신이 너의 아래를 잡아당겼다고?"

그가 워낙 진중하게 묻는 탓에 정이로도 웃음을 그치고 다시 개하를 바라보았다. 떨리는 입술, 붉게 충혈된 눈, 하염없이 떨리는 어깨. 그것은 단지 물이 차가워서 그런 것만은 아닌 것 같았다. 그러고 보니 모두가 웃고 있을 때에도 김후명만은 웃지 않고 개하를 면밀히 살피고 있었다.

"잘 알다시피 물속은 아무리 그 겉이 차갑다고 해도 일단 그 안에 들어가면 그리 차갑게 느껴지지 않소. 그런데 이 사람은 그 물속에서 물보다도 더 차가운 어떤 것을 느꼈소. 귀신이란 음기(陰氣)의 집합체. 그러니 차가울 수밖에. 차가운 물속에서 그것을 느꼈다면 훨씬 더 차갑게 느껴졌을 것이야."

김후명이 모두에게 설명하자 제 부하의 일인지라 정이로가 김후명의 말에 응답했다.

"그러면 승지 어른은 이놈이 정말 물속에서 귀신을 만났다고 생각하는 겁니까?"

"그렇지 않다는 증거도 없지 않나?"

김후명이 아주 진지하게 말했다. 정이로가 여전히 공포에 떨고 있는 개하를 지그시 바라보다가 입술을 힘껏 깨물더니 말했다.

"좋습니다! 이리된 이상 내가 직접 들어가 보지요. 그 귀신인가 뭔가를 내 직접 확인해 보겠단 말입니다."

지금까지의 비현실적인 여러 가지 일들에 대해 정이로는 뭔가 확인을 하고 싶었는지도 몰랐다. 김후명은 그런 정이로에게 고개를 끄덕여 주었다. 뭔가 손에 잡히는 것이 필요한 시점이었다. 그래야 이곳까지 그를 따라 온 일행들에게 임무에 대한 각오를 다지게 할 수 있었다. 정이로는 천천히 옷을 벗어 옆에 서 있는 천필주에게 넘겨줬다. 필주는 몹시 걱정이 되는 눈치였다. 정이로는 일부러 여유 있는 척 웃으며 물속에 발을 담갔다. 이미 해도 뉘엿뉘엿 서산으로 넘어가고 있었다. 빨리 물속을 살펴야 할 것이었다.

10. 위기일발

김향남은 이형상의 집 대문 앞에 서서 그가 돌아오기를 기다리고 있었다. 이형상은 김향남을 위시한 그의 수하들에게 적정고의 행방을 어떻게 해서든 찾아내라고 엄명을 내려놓은 터였다. 김향남은 손마디를 딱딱 소리가 나게 꺾으며 사랑의 저편 작은 문 쪽을 쳐다봤다. 이형상의 모습이 나타나자 김향남이 머리를 조아렸다. 이형상은 멀리서 그를 한번 보고는 외면해 버렸다.

　"나리. 퇴청하십니까?"

　김향남이 짐짓 커다란 소리로 인사를 건네자 이형상이 그제야 김향남을 쳐다봤다.

　"자네가 내 앞에 나타났다 함은 적정고의 행방에 대해 어떤 단서를 잡았다 함이라 생각되네만."

　이형상이 정색을 하고 김향남에게 말했다. 김향남이 잠시 주저하자 이형상은 대문 안으로 획하고 들어가 버렸다. 김향남은 황망히 뒤를 따랐다. 국경 너머 그 먼 곳까지 다녀왔음에도 이형상은 잘 다녀왔느냐는 말 한마디 없었다.

　"단서를 잡지도 못했으면서 왜 나타난 거지? 내가 분명히 말했을 텐데? 그것에 대해 알아내기 전에는 내 집에 나타날 생각도 하지 말라고 말이야!"

　김향남이 아무런 대답도 못 하자 이형상은 몹시 못마땅한 듯 그를 노려보았다. 이형상이 김향남을 외면한 채 사랑방의 댓돌 위로 올라섰다.

　"그래, 전혀 행방을 알 수 없는가?"

　이형상이 댓돌 위에서 놋갓신을 벗으려고 하다가 김향남에게 다시 물었다.

"……."

김향남을 한번 쳐다보았던 이형상이 못마땅한 표정으로 다시 그를 외면했다. 잠시 후 김향남이 머뭇거리며 말을 꺼냈다.

"이모웅과 부하들이 모두 제거되었습니다."

이형상은 번쩍하고 김향남을 노려봤다.

"되는 일이 없군. 강계부사가 그리하였는가?"

"아닙니다. 강계부사도 그 이유를 알지 못하고 있습니다."

이형상의 표정이 굳어졌다.

"그러면 이모웅을 제거할 만한 자들이 강계부 주변에 어디 있단 말인가?"

"그것을 알 수가 없습니다. 그동안 그놈들에게 들인 공이 적지 않은데."

이형상은 다시 인상을 찌푸리며 침묵했다. 잠시 후 이형상이 무겁게 입을 열었다.

"이제… 그 적정고에 대한 수색은 그만두어라."

김향남이 놀라 눈을 크게 떴다.

"이유는 알려고 하지 마라. 그리고 수하들에게 내 다음 명을 기다리라고 일러라. 알겠느냐?"

김향남이 고개를 수그리고는 물러갔다. 이형상이 마루 위에 선 채 생각에 잠겼다.

'정황으로 보아 그것은 이미 주상에게로 돌아갔다. 주상이 어디에 적정고를 보관하고 있을까? 그리고 이모웅? 놈이야 어차피 한 번 소용으로 끝날 소모품이었으니 아쉽지는 않은데. 어떤 놈들일까? 이모웅을 제거할 정도로 강력한 놈들이란.'

사신이 온 이상 그 증좌를 찾아내야만 대국의 힐문을 피할 수 있었다. 증좌를 찾지 못하면 증좌도 없이 대국을 우롱했다 하여 죄를 받을 수도 있었다. 서둘러야 했다. 사신은 결코 오래 조선에 머무를 수 없었다. 봉금지를 출입한 백성들 몇몇을 추포하는 데는 결코 오랜 시간이 걸리지 않을 것이다.

*

"아직 그들에게서 아무런 소식도 없는가?"

주상이 찻잔을 들어 한 모금 마시고는 이시백에게 물었다. 훈련도감 천총 이시백. 그가 김후명이 없는 지금 시림의 일을 대신하고 있었다. 이시백은 머리를 조아렸다.

"네, 전하. 아직 뚜렷한 진척이 없다고 합니다."

주상은 눈길을 좁혔다. 그럴 것이다. 천년도 더 넘은 일에 관한 것이 아닌가.

"청운에게 서두르지 말라고 전하라. 괜히 재촉해 보았자 그의 짐만 될 것이니."

이시백이 다시 머리를 조아렸다.

"그건 그렇고. 이번 청의 사신이 무슨 일로 왔다고 생각하는가?"

이시백은 잠시 생각한 후에 입을 열었다.

"봉금지를 출입한 백성들을 죄로 다스리라는 것은 굳이 사신이 올

정도의 큰일은 아니리라 생각되옵니다."

주상이 고개를 끄덕이며 이시백을 바라보았다. 주상의 생각도 이시백과 다르지 않은 것 같았다.

"적정고에 관한 일은 아닐까?"

주상이 이시백에게 물었다. 이시백은 잠자코 머리를 조아렸다.

"그렇군. 그대의 생각도 그렇지? 그렇다면 그들이 어떻게 그것에 대해 알게 되었을까?"

"아마도 이 조선 내에 청의 간세가 있는 것으로 사료되옵니다만."

이시백이 말하자 주상이 한숨을 깊이 내리 쉬었다.

"과인도 그리 생각한다. 아! 한심하도다. 저들에게 국권을 능멸당한 지 얼마나 지났다고 이제는 저들에게 빌붙어 자신의 잇속을 채우는 소인배들까지 날뛴단 말인가?"

"전하. 소신이 그 간세 놈들을 잡아내리까?"

"아니다. 내버려 두어라. 모두 과인이 부덕한 탓이니 누구를 원망하겠느냐?"

일렁이는 촛불 너머로 주상의 용안에 수심이 깃든 것이 보였다. 이시백은 차마 그것을 똑바로 바라볼 수 없었다. 자신의 신하가 자신의 약점을 적에게 노출하고 있었다. 그런 신하를 바라보는 군주의 마음이 어떠하겠는가?

"그건 그렇고. 중원에서는 어찌 하고 있다 하던가?"

"네. 전하. 고려방의 용사들은 이미 오래전부터 준비를 마치고 전하의 하명만 기다리고 있다 하옵니다."

"그래? 기특한 일이로다. 그들을 오래 기다리게 해서는 안 되는데. 그리고 명의 구신들에 대한 연통은 어찌 되었는가?"

"그것이… 그들끼리 의견이 맞지 않아 조율을 하는 데 시간이 걸리는 것 같사옵니다만."

"무슨 의견이 맞지 않는단 말인가?"

"중원인들 사이에 명의 정통성을 잇는 집단이 어떤 쪽인가 하는 문제로 서로 주역을 다투고 있다 하옵니다."

주상이 머리를 좌우로 흔들었다.

"참으로 한심한 자들이로다. 지금 그런 것이 무슨 대수란 말인가? 그렇게 하다가 결국 오랑캐들에게 중원을 내주고도 아직 정신을 차리지 못했단 말인가?"

주상이 혀를 끌끌 차며 탄식을 터뜨렸다.

"영명왕은 어찌 되었는가? 어느 정도나 더 오래 버틸 수 있을 것 같은가?"

"그것이… 병력이든 자금이든 오래 버티기는 힘들 것으로 판단됩니다. 운남 부근에서 겨우 은둔하고 있다고 합니다. 어서 빨리 중원 내에서 그들이 기댈 세력이 나타나야만 하는데."

주상이 한숨을 길게 내리쉬었다.

'나라 안이든 밖이든 어느 곳 하나도 내게 희망을 주는 곳이 없구나.'

답답한 가슴으로 치자면 당장 북방으로 달려가 오랑캐놈들과 사생결단을 내고 그곳에서 전사라도 하고 싶은 마음이었다. 그러나 그리된다면 지금 청의 사신을 불러들인 저 간세 놈들과 같은 자들에게 이 조

250

선의 천하를 맡겨야 했다. 그리할 수는 없었다. 누구일까? 짐작이 가지 않는 것은 아니지만 굳이 알고 싶지도 않았다. 그런 자들이란 시세가 기울어지면 자연스럽게 사라질 존재들이었다. 그들은 상황이 어떻게 변하든 강자의 편에 빌붙어 자신들의 안위를 구할 터였다. 그들을 없애려면 방법은 하나였다. 청이 아닌 조선이 강자가 되면 되는 것이었다. 그러나 그 과정은 결코 쉽지 않을 것이다.

이시백은 주상의 마음속을 짐작하고 있었다. 그러기에 주상의 안타까움이 더욱 절실하게 그에게도 공명되었다. 그러나 지금은 무엇보다도 저 청의 사신이 어떻게 행동할지 주시해야만 했다. 청에서 적정고를 빌미로 주상에게 어떤 핍박을 가할지 모르기 때문에 어떻게 해서든 적정고의 비밀은 지켜내야만 했다.

*

정이로는 물속으로 한 자씩 한 자씩 아래로 내려갔다. 그러면서 개하가 이야기한 그 귀신이란 것을 찾기 위해 이로는 눈을 크게 뜨고 주위를 면밀히 살폈다. 하지만 특별히 눈에 띌 만한 것은 없었다. 그러면 그렇지 제깐놈이. 이로가 그렇게 생각하고 다시 물 아래로 더 내려가려는 순간 찰나적으로 스윽 하고 이로의 곁을 스치는 것이 있었다. 이로는 소스라치게 놀라 주위를 두리번거렸다. 저쪽에 마치 물이 성기게 엉긴 것 같은 덩어리가 지나가는 것 같았다. 그것은 이로가 그렇다고 느낀 것일 뿐이었다. 그러나 너무나 빨라서 이로의 감각기관의 속도로는 도저히 따라잡을 수 없을 정도였다. 이로는 다시 한 번 시력을 돋워 그와 서너 장 떨어진 지점에서 흐늘거리는 그것을 바라보았다.

'아뿔싸! 저것인가?'

공포에 질려 외치던 개하의 음성이 다시금 떠올랐다. 그러나 이로는 생각을 계속할 수 없었다. 그 흐늘거리는 것이 전광석화처럼 이로의 눈 앞으로 닥쳐들었기 때문이다. 이로는 물속에서 서둘러 뒤로 몸을 뺐다. 그렇게 하니 몸이 물 아래로 더 내려갔다. 그러는 바람에 물을 서너 모금 마시고 말았다. 귀로도 코로도 물이 들어왔다. 이대로 당할 수는 없었다. 이로는 이를 악물고 눈앞에 닥쳐든 것을 주먹으로 갈겼다. 이로의 주먹질에 맞은 그것은 물속에서 사방으로 흩어졌다. 잠시 흩어졌던 그것은 그러나 곧바로 다시 이전의 형태로 돌아갔다. 다음 순간 이로는 눈을 의심치 않을 수 없었다. 이전의 엉긴 형태로 돌아간 그것이 서서히 어떤 형태를 갖추어가는 것이 아닌가! 그 변화의 과정이 너무도 빨라서 이로가 그 과정을 채 다 알아채기도 전에 그것은 어떤 모양을 짓더니 변화가 딱 하고 멈추었다. 이로는 눈을 크게 뜬 채 그 엉긴 것의 변화물을 바라보았다.

사람이었다. 그것도 머리끝에서 발끝까지 갑옷을 입고 옆구리에 칼을 차고 손에는 커다란 장창까지 들고 있었다. 그것은 마치 싸움에 막 나서려는 장수처럼 보였다. 투구 사이로 빛나는 고리눈이 이로를 노려보고 있었다. 그 눈을 보고 이로는 오금이 저려옴을 느꼈다. 언젠가 한양 내 왈짜패들과의 싸움에서 느꼈던 적이 있는, 죽을지도 모른다는 그 두려움보다 족히 열 배는 강한 것이었다. 인간의 살기보다 훨씬 더 강한 마기(魔氣) 같은 것이 이로의 뇌리를 파고들었다. 이윽고 그 장수 차림의 존재가 손에 들고 있던 장창을 들어올려 이로의 목을 겨냥

했다. 장창이 이로의 목을 향해 짓쳐 들어왔다. 이로는 황급히 목을 두 손으로 감싸 쥐었다. 그리고 두 눈을 감고 말았다.

*

물 밖에서 이로를 기다리던 일행들이 정신을 잃은 채 물 위로 떠오른 이로를 들어올려 밤을 새기 위해 피워 놓은 화톳불 가로 데리고 갔다. 잠시 후에 의식을 회복하고서도 이로는 한동안 어떤 환영에 시달리는 것 같았다. 김후명이 얼른 이로의 옆으로 갔다.

"여보게. 여보게!"

거칠게 어깨를 흔드는 손길에 이로는 문득 정신을 차렸다. 실눈을 뜬 채 이로가 김후명을 바라봤다.

"정말 구개하의 말처럼 귀신이라도 본 것인가?"

김후명의 물음에 이로는 잠자코 힘없이 고개를 좌우로 흔들었다.

"귀, 귀신보다도 더 무서운 것입니다. 그것은."

김후명이 난감하여 혀를 찼다. 이로는 자리에서 벌떡 일어났다. 그러고는 성큼성큼 걸어가서 의관을 갖추어 입었다.

"그게 무엇이든 그것을 해치우지 않고서는 결코 우리의 임무를 달성할 수 없네."

김후명이 이로의 옆으로 와서 마치 자신에게 말하는 것처럼 낮은 목소리로 말했다. 그로부터 김후명은 긴 생각에 잠겼다. 사람도 아닌 귀신인지도 모르는 저것을 무슨 방법으로 상대한단 말인가? 김후명은 뒷짐을 지고 왔다갔다 하며 해결책을 찾는 데 몰두하고 있었다. 그때 정이로가 화톳불에 몸을 말리고 있다가 김후명의 곁으로 다가왔다. 그는 손에 주머니를 하나 들고 있었다.

"이것은 한양을 떠날 때 약이 영감께서 주신 것입니다만."

"약이 영감께서? 이것이 뭔가?"

"저도 모르겠습니다. 다만 목숨이 위태로울 정도로 위기에 몰렸을 때 열어 보라고 하셨습니다."

김후명은 잠시 생각했다. 윤선도가 정이로에게 이것을 준 모양이다. 윤선도는 귀신이나 점복에도 일가견이 있는 사람이다. 저 아래에 있는 존재는 아무튼 사람은 아닌 것으로 판단되니까 어쩌면 그가 준 이것이 이 상황을 타개할 해결책이 될지도 모른다. 그렇게 생각한 김후명은 이로가 가지고 있던 두 개의 주머니 중에 가장 큰 것의 아귀를 열었다. 지금이 가장 중차대했다. 이 원정의 가장 큰 목표인 태왕의 유산보다 더 큰 일이 어디 있단 말인가. 주머니 속에서는 단단히 접힌 기름종이가 나왔다. 기름종이를 펴자 네모난 종이가 펼쳐졌다. 종이의 한가운데에 커다랗게 '금(琴)'이라고만 쓰여 있을 뿐 그 밖에는 다른 아무것도 없었다.

'이것은 거문고 금 자가 아닌가?'

"그것은 거문고 금 자가 아닙니까?"

옆에서 김후명의 하는 양을 지켜보던 정이로가 말했다. 김후명은 고개를 끄덕였다.

'느닷없이 거문고 금 자라니? 이것과 지금의 상황과 대체 무슨 관계란 말인가?'

*

"정말 그것이 그곳에 있을 거란 말인가?"

이형상은 김향남의 말을 들으며 그럴까 그럴까 하고 생각하고 있었다. 김향남이 오늘 저녁에 느닷없이 사랑방으로 들어와서는 적정고의 행방에 대해 말문을 연 것이다.

"틀림없습니다. 이 조선 내에서 어느 누구도 함부로 발을 들이지 못할 곳. 주상 전하만이 들어갈 수 있는 곳이 어디이겠습니까? 그곳은 종묘, 그것도 정전(正殿)밖에는 없습니다. 제례 때 이외에는 신료들은 물론 전하까지도 발길을 향하지 않는 곳입니다. 그곳은."

이형상이 눈길을 좁히며 고개를 끄덕였다. 딴은 그렇다. 산 사람의 발길이 미치지 않는 곳. 돌아가신 대행대왕들의 신주가 모셔져 있는 곳. 그곳에 적정고를 숨긴다면 어느 누가 함부로 뒤질 수 있을 것인가? 그렇게 한다면 왕가의 지엄함을 능멸한 죄로 필시 거열을 당하고 말 것이다. 생각이 거기까지 미치자 이형상이 말했다.

"알았다. 너의 건의를 내 받아들이도록 하지."

이형상은 김향남이 돌아가고 난 후 서찰을 한 통 썼다. 그리고 청지기에게 일러 청의 사신이 머무는 영빈관으로 보냈다.

✻

"무어라고요? 종묘를 수색해야 하겠다고요?"

주상은 아연실색하여 대답했다. 아침부터 득달같이 찾아온 청의 사신 범경의 요구였다.

"그렇사옵니다. 본관이 나름대로 알아본 바 그곳에 요즘 황도에서 회자된다는 불측한 어떤 것이 있다는 증좌를 잡았사옵니다."

"불측한 어떤 것? 그것이 무엇이오?"

주상이 묻자 범경은 무표정하게 대답했다.

"그것은… 지금 대국과 조선과의 반석처럼 단단한 충절지의를 파괴하려는 것에 관한 것입니다."

범경이 말하자 주상이 옥음을 높여 말했다.

"답답하구료! 대체 그것이 어떤 것이란 말이오?"

범경이 결심한 듯 입술을 한 번 굳게 다물더니 말했다.

"아뢰옵기 황공하오나 전하께옵서 대국과의 충절지의를 저버리시고 대국과 전쟁을 벌이려고 한다는 것입니다."

마침내 범경의 입에서 이번 사신행의 참 목적이 실토되었다. 주상이 범경을 바라봤다.

그런 주상의 눈에 노여움의 빛이 역력했다.

"정녕 그곳을 수색해야 하겠소?"

"전하! 가납하시기 어려운 줄 아오나 통촉하소서! 이 기회에 황제 폐하의 의심을 해소하신다고 생각하신다면 못 할 것도 없을 것이옵니다."

그 말은 듣기에 따라서는 종묘의 수색에 대한 요구를 받아들여라. 그렇지 않으면 다시 이 땅에 전란의 참화가 일어날 수도 있다는 말이었다. 주상은 고개를 떨구었다. 그리고 잠시 후 천천히 다시 머리를 들고는 말했다.

"알겠소. 내 그리하도록 조처하리다."

주상이 종묘 수색을 윤허했다. 그러나 범경은 다시 요구했다.

"그곳을 지금 있는 그대로 보존하여 본관이 수색할 수 있도록 해 주십시오."

주상이 다시 눈을 크게 떴다. 너희들이 미리 조치를 한다면 그곳에 있는 적정고를 어딘가로 빼돌릴 수도 있으니까 너희들을 믿지 못하겠다. 그러니 너희들은 그곳에서 손을 떼라. 범경의 말은 그런 뜻이었다. 자기 조상의 사당을 남이 와서 뒤진다는데 그 사당의 대표자더러 손을 놓고 처분대로 맡기라는 것이었다. 정전에 도열해서 주상과 범경의 일문일답을 듣던 신료들 사이에서 분노의 기류가 용솟음치고 있었다. 주상이 손을 들어 신료들을 제지했다.

"알겠소. 그대의 뜻대로 하시오. 황상의 의심을 사서는 안 되겠지."

주상이 힘없는 목소리로 다시 윤허했다. 범경이 마침내 득의의 미소를 지었다. 이번 사신행에서 뜻밖의 대어를 낚았다. 만일 첩보대로 그곳에서 어떤 것을 찾을 수만 있다면 그 공로로 그는 더욱 승승장구할 수 있을 것이었다.

*

밤이 이슥한 시간. 주상은 편전에 앉아 보료 옆의 황촉불을 바라보고 있었다.

이시백이 그의 앞에 앉아 있었다. 이런 상태로 반 시진을 보냈다. 아까부터 뭔가 말하려는 듯 머뭇거리던 이시백이 마침내 입을 열었다.

"전하, 적정고의 일에 관하여……."

"그대에게 해결책이 있는가?"

주상이 거두절미하고 물었다.

"다름이 아니오라… 승지께서 원행을 가면서 남긴 것이 생각이 납니다."

"청운이? 무엇인가?"

"혹시 위급한 일이 닥치면 시행하라고 한 비책이 있습니다."

"비책?"

"네. 전하."

이시백은 품에서 겉면을 단단히 밀봉한 봉투 하나를 끄집어내더니 그것을 주상에게 두 손으로 공손히 바쳤다.

봉투를 열자 서찰처럼 생긴 것이 곱게 접혀 있었다. 그것을 펼쳐 내용을 읽어 가던 주상이 어느 대목에서 눈을 크게 떴다. 그러나 곧 안정을 되찾고 꼼꼼하게 서찰을 다시 읽어 나갔다. 서찰을 다 읽고 난 뒤 주상은 이를 악물고 허공을 바라봤다. 잠시 후 주상은 대기하고 있던 이시백을 불렀다.

*

송시열은 지금 몹시 당혹스러웠다. 한밤중에 느닷없이 훈련도감 천총이 그를 찾아온 것이다. 이시백에 대해서는 그도 잘 알고 있었다. 사랑방에 앉은 이시백이 천천히 얼굴을 들어 송시열을 똑바로 바라봤다. 도전적인 자세였다. 송시열은 그에게 뭐라고 하려다가 그만두었다. 그와는 당을 달리하는 탓에 존장에 대한 예의니 뭐니 하는 한가한 소리를 할 입장이 아니었다.

"대감, 단도직입적으로 말씀드리겠습니다."

"천총이 내게 단도직입적으로 무슨 말을 하겠다는 것인가?"

송시열이 뭐라 더 말하기 전에 이시백은 품속에서 옥함을 하나 꺼냈다. 보기에도 아주 고급스러워 보이는 그것을 열더니 뭔가를 꺼냈다. 이시백이 탁자 위에 올려놓은 것을 자세히 바라보던 송시열의 눈이 크게 떠졌다.

"이게 무언지는 아시지요? 영패(令牌)입니다."

"이, 이것은 주상 전하께서 가지고 계신 것이 아닌가?"

"그렇습니다. 다른 말씀 드리지 않겠습니다. 사신을 물러가게 하시지요."

"무슨 말인가? 내가 무슨 수로 사신을 물러가게 한단 말인가? 대국의 사신을 내가 오라 가라 할 수 있겠는가?"

이시백은 반은 비웃는 듯 반은 노려보는 듯한 시선으로 송시열을 쏘아보았다.

"적정고의 문제는 이것으로 해결합시다. 전하의 성지입니다."

송시열이 다시 한 번 뭐라고 하려다가 불타는 듯한 이시백의 시선을 마주하고는 입을 다물었다. 이시백이 이어 말했다.

"이것으로 훈련도감과 금군의 군령권은 이판 대감께 맡겨졌습니다. 더 뭘 바라시는 겁니까?"

송시열은 이시백의 말을 잠자코 듣더니 탁자 위의 것을 다시 바라보았다. 잠시 후 마치 사람이 변한 것처럼 방금 전의 당혹스러워하던 태도와는 전혀 다른 자세를 보이며 송시열이 나직이 읊조렸다.

"이는 더 큰 화를 사전에 방지하는 조치이니 내 비록 하늘을 이고 살지 못할 불충을 저지른다고 해도 감수할 것이다."

송시열은 탁자 위의 물건, 영패를 소중히 두 손으로 들어 올렸다. 송시열은 이시백은 바라보지도 않고 영패에 시선을 둔 채로 한마디 덧붙였다.

"천총, 그대도 전하를 충동질한 무리들 중의 하나인 걸로 내 알고 있네."

그 말을 들은 이시백의 눈에 순간 확 하고 불길이 일었다. 급하게 입을 열려는 그를 손으로 제지하고는 송시열이 다시 말했다.

"사람의 의지란 말일세, 그것이 자신은 스스로 아무리 옳다고 생각해도 단지 자신의 처지밖에는 생각할 수 없는 것이네. 알겠는가? 그리고 이것은 이제 전하께서 나와 내 당료들의 편에 섰다는 징표로 받아들이겠네."

송시열이 일어서더니 장롱에서 이시백의 옥함보다 더 고급스러워 보이는 옥함을 꺼내어 영패를 안에 넣었다. 그러더니 그것을 소중히 들어 자신의 장롱 깊숙이 간직했다.

이시백은 그저 시근덕거릴 뿐 더 말을 잇지 못했다.

*

범경은 오늘에야말로 결판을 낼 심산이었다. 아침 일찍 일어나 의관을 정제하고 종묘로 향할 준비를 했다.

"대감, 손님이 찾아오셨습니다."

범경이 일어나 바깥으로 나가자 이형상이 응접실에 앉아 있었다.

"어쩐 일이오?"

이형상은 다소 겸연쩍어하는 태도였다.

"실은… 그 문서에 관한 것 말입니다. 그것은 주상 전하의 대전내관이 전하께 총애를 받으려는 목적으로 허위로 작성한 것이라는 첩보가 입수되어 조사해 본 결과 사실로 밝혀졌습니다."

범경의 표정이 한순간 몹시 분노한 것이었다가 다시 의심스러운 것으로 변하더니 결국에는 다시 다소 초조한 것으로 변해 갔다.

"그러면 그대는 증좌도 없는 사실을 우리 친왕께 고변했단 말인가?"

범경이 목소리를 높였다. 이형상이 다소 곤란한 듯한 표정을 지으며 말했다.

"구중궁궐의 워낙 은밀한 곳에서 내시들이 행하는 일들이라 미처 저희들이 확인을 제대로 못 했습니다."

이형상은 그렇게 말하고는 바깥을 향하여 누군가를 불렀다. 김향남이 뛰어와 이형상의 앞에 섰다.

"그것을 가져 오너라."

김향남은 응접실 밖으로 사라지더니 곧 하인에게 큰 궤짝 하나를 들려 왔다. 이형상은 그것을 범경의 앞에 내려놓게 하더니 열게 했다. 범경의 눈이 커졌다. 안에는 황금과 은괴, 그리고 각종 보석들이 즐비했다.

"먼 길 오시느라 노고가 크신 대인을 위해 마련했습니다. 그리고 저것은 친왕께 바치는 저희의 성의입니다."

이형상은 하인이 지고 온 또 다른 궤짝을 가리켰다. 범경의 앞에 놓인 것보다 조금 더 커 보였다. 범경은 짐짓 언짢은 표정을 풀지 않고 있었다. 그러나 분명히 그의 태도나 분위기는 방금 전과는 사뭇 다른 것으로 변해 있었다.

'역시 대국 놈들에겐 뇌물이 최고지. 허나 어젯밤 이판에게 보여 준 전하의 성지가 과연 이전의 모든 것을 포기하신다는 의미일까? 그것을 믿을 수 있을까?'

이형상은 영빈관을 나서며 골똘히 생각에 잠겨 있었다.

11. 절정을 향해 치닫다

김후명은 아직도 윤선도의 주머니에서 나온 종이쪽지에 쓰인 글자에서 눈을 떼지 못하고 있었다. 저쪽에서 계속 김후명을 주시하고 있던 정이로가 어느새 옆으로 다가와 물었다.

"승지 어른. 아직 묘수를 찾지 못하신 겁니까?"

이로의 물음에도 김후명은 대답도 않고 계속 종이쪽지만 보고 있다가 문득 대답했다.

"이 글자와 지금 이 상황이 무슨 관계가 있을까? 자네는 어떻게 생각하나?"

정이로는 김후명이 들고 있는 기름종이의 글자를 유심히 보더니 잠시 침묵을 지켰다. 그러더니 신중하게 입을 열었다.

"아까 개하가 보았다는 것이나 제가 본 것이 같은 것이지 않나 하는 생각입니다."

김후명은 여전히 종이만 내려다보고 있었다.

"그것들은 아니 그것은 이곳을 지키는 신령이거나 그런 것이 아닐까요?"

"신령?"

신령. 여느 때의 김후명 같았으면 그 말을 듣고 당장 정이로에게 그런 시덥잖은 소리는 하지 말라고 호통을 쳤을 것이나 지금은 상황이 달랐다. 김후명은 자신이 읽었던 서책 중 인간이 아닌 어떤 초현실적 존재에 대한 것들을 기억하려고 애썼다. 잠시 기억을 더듬으니 떠오르는 단어가 있었다. 김후명은 희미하게 미소 지었다.

"수호신이라고 하지. 그런 것은."

"수호신이요?"

"그렇네. 예로부터 신령한 장소에는 그것을 지키는 수호신이 있게 마련이라고 들었네. 여기가 어디인가? 고구려의 태왕이셨던 분이 손수 건설하신 곳이 아닌가? 그런 장소에 수호신이 있다는 것은 당연한 이야기이지."

"그 수호신이 어떻다는 거지요?"

정이로가 답답하다는 듯 말했다.

"이 글자. 아무래도 저 수호신과 관계있는 것으로 보이네."

김후명이 기름종이에 쓰인 글자를 가리키며 말했다.

"그러면 저 귀신 아니 수호신을 물리칠 방도가 이 거문고 금 자라는 말입니까?"

이로가 묻자 김후명이 고개를 끄덕였다. 그때 조금 멀찍이서 상황을 지켜보던 김계안이 끼어들었다.

"교주님이 말씀하신 바로는 이곳이 태왕의 하사품이 있는 곳이 분명하다 하오. 그리고 그대의 말을 듣고 보니 이런 신령한 곳에 수호신이 있다는 것은 당연한 것인 것 같소. 그 수호신에게 아마도 태왕께서 친히 이곳을 지키라고 명하신 것일 게야. 우리가 진정 태왕의 하사품을 받을 자격이 있는 사람이라면 그 글자가 그 수호신을 물러가게 할 실마리가 될 수도 있소. 허나 만약 아니라면 우리는 결코 그 수호신을 물리칠 수 없을 것이오."

"……"

김후명은 아무 대답도 하지 않았다. 이 글자가 설령 그 수호신을 물리칠 수 있는 실마리가 될 수 있는지는 몰라도 현재로서는 뭘 어떻게 해야 하는지 전혀 감을 잡을 수가 없었다. 정이로가 김후명을 지그시 바라봤다. 뭔가 지시를 기다리는 듯했다. 이런 상황이 있을 때마다 상황 판단을 하고 해야 할 일을 지시하던 사람이 늘 그였기 때문이다. 어느덧 밤이 이슥해져 가고 있었다.

*

"이보게! 정 선비!"

누군가 살며시 등을 떠미는 바람에 정이로는 비몽사몽 간을 헤매던 의식을 얼른 챙겼다. 돌아보니 김후명이 바로 옆에 와서 누워 있었다. 폭포 아래의 연못에서 조금 떨어진 곳에 모두가 잠자리를 깔고 누워 있었다. 사위에는 폭포 소리 이외에는 아무런 소리도 들리지 않았다. 이로를 쳐다보는 김후명의 눈빛이 예사롭지 않았다. 그것은 고심 끝에 무언가를 발견한 자의 눈빛이었다. 김후명이 목소리를 최대한 낮추어 속삭였다.

"아까 이야기한 그 수호신 말이네."

이로는 표시가 나지 않게 돌아누워 김후명을 바라보았다.

"그 수호신이 어떻단 말입니까?"

"이전에 내가 자네에게 읽으라고 주었던 그 사서가 기억나는가?"

"그 삼국사기 말입니까."

김후명이 어둠 속에서 고개를 끄덕였다.

"그 광개토왕 본기를 다 기억할 수 있는가?"

이로는 조금 겸연쩍어하며 말했다.

"솔직히 다 기억나지는 않습니다. 처음 읽은 것이라서……."

김후명은 이로의 대답 여부와 상관없이 말을 계속했다.

"그 광개토왕 본기에 나와 있는 연(燕)의 왕 말이네."

연의 왕? 이로는 일전에 밤을 새워 읽었던 삼국사기의 구절을 다시금 떠올리려고 애썼다. 그제야 조금 기억이 나는 것 같았다.

"연 왕 누구를 말하는 것입니까?"

"거기에 기록하기를 '십삼 년에 군사를 내어 연을 침범하였다.'(十三年冬十一月 出師侵燕) 하였고 그 다음에 기록하기를 '십사 년 봄 정월에 연의 왕 희가 와서 요동성을 쳤는데 함락되려 하자 희가 장병에게 명하기를, '먼저 위에 오르지 마라. 그 성을 완전히 무너뜨린 후에 짐과 황후가 수레를 타고 들어가겠다.' 하였다. 이로 인하여 성 중에서 삼엄한 수비를 하였으므로 마침내 이기지 못하고 돌아갔다.'(十四年春正月 燕王熙來攻遼東城且陷 熙命將士毋得先登 俟釗平其城 朕與皇后乘轝而入 由是城中得嚴備 卒不克而還) 하였네."

이로는 고개를 끄덕였다. 그런 구절을 읽었던 것도 같았다.

"그렇게 기록되어 있었던 것 같습니다."

"그런데 그 연의 왕이라는 사람의 행동 말이네. 아무래도 이상하지 않은가?"

이로는 삼국사기를 읽었고 기억만 하고 있을 뿐 그것을 현실에 대비하여 검토하는 것까지는 미처 생각지 못했었다.

"무엇이 이상하다는 것입니까?"

"요동성을 쳐서 함락되려고 하는 것을 왜 굳이 부하들을 제지하여 먼저 성에 들어가지 말라고 하고 자신과 황후가 수레를 타고 먼저 들어가려고 했겠느냐는 말일세. 그냥 기다렸다가 요동성이 함락되고 나서 들어가면 될 것을 말이지."

말을 듣고 보니 그 연의 왕의 행동이 조금 이상하게 느껴졌다.

"왜 그랬을까요?"

김후명이 더욱 목소리를 낮추어 속삭였다.

"그 해답은 십삼 년 조의 기록에 있네. 군사를 내어 연을 침범하였다는 기록 말이네. 그때 연 왕은 뭔가 귀중한 것을 광개토왕에게 빼앗겼어. 내가 추리한 바로는 그렇네."

이로는 머릿속이 다시 복잡해지는 느낌이었다. 수호신의 이야기에서 갑자기 삼국사기가 등장하고 연 왕이 등장하니 무엇이 무엇인지 혼란스러워졌다.

"좀 혼란스럽기는 할 것이네. 그러나 내 말을 자세히 들어보면 충분히 이해할 수 있을 것이야."

이로는 잠자코 김후명의 말을 경청했다.

"자, 보게. 광개토왕이 먼저 연을 침범하여 연 왕이 소중히 여기는 어떤 것을 약탈했네. 연이어 연 왕이 고구려를 침범했네. 그리고 거의 다 함락된 성을 굳이 부하들에게 먼저 들어가지 말 것을 명령했어. 표면적으로는 짐과 황후가 수레를 타고 들어가겠다고 했지만 속뜻은 먼저 성내에 들어간 병사나 장수들이 자신이 귀중히 여기는 것, 즉 광개토왕에게 약탈당한 그것을 도둑질하지나 않을까 하는 조바심에서 그리한 것일지도 몰라."

"그러면 광개토왕이 그 연 왕의 소중한 것을 요동성에 두었다는 말씀입니까?"

이로가 묻자 김후명은 약간 고개를 갸웃거렸다.

"그것이 의문점이네. 연 왕이 소중히 여기는 것을 빼앗았다면 왜 그것을 도성인 국내성에 두지 않고 굳이 요동성에 두었느냐는 말이야. 연 왕에게 소중한 것이면 광개토왕에게도 소중한 것일 가능성이 큰 데 말일세."

"그것은 어쩌면……."

정이로가 눈길을 좁히며 생각을 정리했다.

"도성에 그런 것을 놓아두면 혼란이 생길 것이라 염려했기 때문이 아니겠습니까? 아니면……."

"아니면?"

"미처 그것을 옮길 사이도 없이 연 왕이 재침했을 수도 있지요. 1년도 안 되는 기간이니."

이로가 자신의 생각을 말하자 김후명이 동의하듯 고개를 크게 끄덕이며 속삭였다.

"둘 다가 아닐까?"

"네?"

"연 왕의 그 소중한 것은 혼란을 생기게 하는 것이기 때문에 도성으로의 이송을 잠시 미룬 사이에 연 왕이 재침했을지도 모르겠지… 여하튼 그게 무얼까?"

이로가 잠시 생각하더니 말했다.

"아무래도 재물 같은 것이 아닐까요? 예로부터 재물은 만화(萬禍)의 근원이라 하지 않았습니까?"

김후명이 다시 고개를 끄덕였다. 그렇게 생각하니 저 아래에 있는 것은 생각보다 현실적인 것일 수도 있으리라는 생각도 들었다. 김후명은 정이로에게서 시선을 떼고 별이 쏟아지는 하늘로 시선을 돌렸다. 빨리 이 임무에 어떤 진척이 있어야 하는데. 그렇게 생각하는 순간 김후명의 머리를 번갯불처럼 스치는 어떤 것이 있었다.

"왕이 연의 수도인 중산을 공격하여 중산을 지키는 황룡을 커다란 화살로 쏘아 죽였다. 그리고 중산을 함락시켰다."

김후명이 혼잣말로 중얼거렸다. 이로가 고개를 번쩍 치켜들었다.

"그게 무슨 말입니까?"

"임경업 장군이 채록한 이야기이지. 예전에 자네에게 내가 말해 준 적이 있었지 않은가? 압록강 주위에 사는 백성들 사이에서 떠도는 전설에 나오는 광개토왕과 관련된 구절."

정이로는 미처 그것까지는 기억하지 못한 듯했다. 김후명이 잠시 생각하더니 말을 이었다.

"그러면 그 연 왕의 소중한 것과 황룡은 분명히 관계가 있겠군. 황룡, 황룡이라……."

김후명은 계속 생각의 바퀴를 굴렸다.

"일반적으로 용이란 비를 내리게 하는 것. 지고(至高)의 영적(靈的)인 존재 혹은 황제를 뜻하네. 그러나 그것보다는……."

김후명은 생각의 바퀴를 굴렸다. 문득 어둠 속에서 김후명이 뭔가 생각난듯 표정이 환해졌으나 잠시 스쳐갈 뿐 다시 침묵에 잠겼다.

"그러면 일단 내일 아침에 다시 생각해 보시죠, 승지 어른."

김후명은 잠자코 고개를 끄덕이고는 돌아누웠다. 이로는 금세 잠에 골아 떨어졌다. 그러나 김후명은 필사적으로 생각에 생각을 거듭했다.

'태왕이 남긴 그것을 찾으려면 아니 구경이라도 하려면 당장 저 귀신 인지 수호신인지 하는 것을 물리쳐야만 하는데 그 방법은 어디에 있단 말인가?'

김후명은 다시 깊이 잠든 정이로를 흔들어 깨웠다. 짜증이 나는지 볼멘 목소리를 냈지만 금방 의식을 수습하고 김후명과의 대화를 이어 갔다. 그만큼 지금의 시기는 막중한 탓이리라.

"정 선비. 다시 처음으로 돌아가서……."

김후명이 잠깐 뜸을 들이다가 말을 이었다.

"저 수호신은 아무래도 이곳의 산신인 것 같네."

정이로는 놀라 눈을 크게 떴다.

"그것이 가능한 일입니까?"

김후명은 다시금 기억을 더듬어 자신의 아는 바와 이 상황을 연결지 었다.

"아무래도 그 누군가가 광개토왕과 원한을 맺었고 그는 흑암(黑暗) 의 권세에 의지하여 자신의 원한을 풀려고 한 것 같네. 이전에 어떤 서책에서 읽은 적이 있는데 그 의도가 어떻든 간절한 기원은 산신이 나 해신 등 자연물의 지배자에게도 통할 수 있다고 들었네. 그 연의 왕인가?… 아니지. 그는 살해당했는데. 하여튼 누군가가 이곳에 우리에게 적대적인 결계를 설치해 놓은 것이니 그게 연 왕이든 뭐든 상관할 것은 없겠지.”

김후명이 말을 멈추고 다시 생각에 잠겼다.

“그러면 어떻게 됩니까?”

답답해진 정이로가 다그쳐 묻자 김후명은 맥이 빠지는 듯 힘없이 말했다.

“산신에게 기도한 그의 기원을 풀지 않는 한 수호신은 물러가지 않을 것이야.”

“기도를 푼다? 그것은 어떻게 해야 하는 것입니까?”

“그들의 기도를 푼다는 것은 하나의 방법이고 다른 방법도 있네. 산신보다 더 강력한 존재의 힘을 빌려 산신을 물러가게 하면 되네.”

“더 강력한 존재? 그것은 뭡니까?”

“그것은 나도 알 수 없네. 다만 아까 저 무사가 했던 행동으로 미루어 보아 짐작은 가네. 아까 저 사람이 거울을 연못에다 던지니 땅이 흔들리지 않았는가? 그 현상에 대해 지금 생각해 보니 수호신, 즉 이 산의 신령이 반응을 보인 것이었네. 반응을 보인다는 말은 움직임이 있다는 말이니까 더 적극적인 것도 가능하다는 말이지.”

“더 적극적이란 것은 물러가거나 공격하는 것이다?”

정이로가 묻자 김후명이 고개를 깊게 끄덕였다.

“그런데 이 이야기를 아까 하지 않고 왜 이제야 하는 것입니까?”

정이로가 묻자 김후명이 나지막이 말했다.

“저들을 믿지 못해서 그러네.”

김후명이 턱짓으로 군데군데 몰려서 웅크리고 자는 태왕신교 사람들을 가리키며 말했다.

"저들에게 아직 믿음이 가지 않아. 너무 순순히 자신들의 소중한 비밀을 발설하는 것이."

정이로가 생각하니 일리가 있는 말이었다. 태왕신교의 교주도 그렇고 김계안도 그렇고, 이로 일행에게 너무 고분고분하게 대하고 있었다. 굳이 그러지 않아도 됐을 것을, 이모웅 일파를 모두 살해하던 그 잔인함을 볼 때 결코 호락호락한 인물들은 아닌데 말이다. 조선의 주상이 단지 자신들이 숭배하는 태왕의 옛 사업을 다시 시작한다는 말을 듣고 단번에 신뢰를 한 것도 따지고 보면 쉽게 납득이 가지 않았다. 정이로가 문득 낮에 윤선도가 준 주머니에서 꺼낸 글자를 생각해 냈다.

"그러면 거문고 금 자와 저 수호신과 어떤 관계가 있는 것일까요?"

"그러지 않아도 계속 생각 중이네. 그 글자와 수호신과의 관계 말이야. 으음, 거문고 금 자, 거문고 금 자라."

김후명도 그 대목에서 잘 풀리지 않는 듯 한참을 생각에 생각을 거듭했다. 김후명이 아무 말도 없이 한참을 그러고 있자 정이로는 답답해졌다.

"그냥 글자 그대로 거문고를 가져와서 한 번 뜯어 볼까요?"

김후명이 어둠 속에서 이빨을 드러내며 웃었다.

"물론 그 방법도 있긴 하지만 좀 더 생각을 해 보세. 그리 쉬운 일을 약이 영감께서 굳이 글자로 남기셨을 리가 없다는 생각이 드니까."

정이로가 머쓱하여 입을 다물었다. 시간은 계속 흘러갔다. 어떻게든 저 연못 밑바닥에 무엇이 있는지 알아내야만 했다. 어느덧 동녘이 뿌옇게 밝아 왔다. 결국 김후명과 정이로는 한숨도 제대로 못 자고 생각과 이야기로 밤을 지새우고 말았다. 김후명은 아직도 이로의 옆에 비스듬히 모로 누운 채 생각에 잠겨 있었다.

"정 선비!"

상념에 골몰해 있는 이로의 어깨를 김후명이 살짝 두드렸다. 이로는 놀라서 김후명을 돌아다보았다.

"어허! 무슨 생각을 그리도 골똘히 하는가? 좋네. 까짓 거 그냥 한번 뜯어 보세."

"무엇을요?"

정이로가 되묻자 김후명이 장난스레 웃었다.

"아까 자네가 그러지 않았나? 그냥 거문고를 가지고 와서 한번 뜯어보자고. 그런데 이 근방에서 거문고를 구할 수 있는 곳이 있으려나?"

그러는 사이에 날이 완전히 밝았다. 이로는 구개하를 강계부로 보내어 거문고를 구해 오게 했다.

"어떻게 구하죠?"

개하는 난감한 듯 인상을 찌푸렸다. 김후명이 웃으며 개하를 달랬다.

"걱정 말게. 내가 서찰을 써 줄 터이니 부사 어른께 말씀드리게. 그 넓은 부 중에서 거문고 한 대 구하는 것쯤은 쉬울 것이야."

*

송시열은 홀로 사랑방에 앉아 생각에 잠겨 있었다. 그러다 장롱 문을 열어 이시백이 가지고 온 영패를 꺼내 한참 동안 들여다봤다. 얼마

전 주상과 단 둘이 마주 앉아 나누었던 대화가 생각났다. 그날 주상의 부름에 응하여 오랜 만에 입시한 송시열에게 주상이 남아서 같이 대화하기를 청했었다. 그때 주상은 사관(史官)에게 물러갈 것을 명하여 송시열은 의아한 생각이 들었었다. 사관을 물린다 함은 그날의 대화가 기록에 남겨지지 않는 것을 원한다는 것이었다.

＊

"그래. 몸은 좀 어떠하오?"

"신의 꾀병이 지나쳐 성심에 누를 끼친 것 같사옵니다."

주상이 웃으며 찻잔을 들어 권했다.

"이판과 상의할 일이 있어 내 이렇게 이판을 남으라고 했소."

"어리석은 소신에게 어떤 하문하실 일이 있으시온지."

짐짓 겸양을 하자 주상이 껄껄껄 웃으며 말했다.

"사부! 이제부터 내가 하는 말을 잘 들으시오."

사부! 주상이 송시열을 사부라고 불렀다. 즉위 이전의 대군 시절에 송시열이 그의 사부 노릇을 한 적이 있었기 때문에 그를 이렇게 부르곤 했다. 송시열은 몸을 긴장시켰다. 주상이 그를 이렇게 호칭할 때는 뭔가 심각한 것을 말할 때 그렇게 하곤 했기 때문이다.

"조정의 일은 어떻소?"

주상이 인자한 표정으로 하문했다.

"전하의 성은으로 만백성이 태평성대를 구가하는 일에 진력하고 있지요."

"그걸 말하는 게 아니오. 저 오랑캐 정벌에 대한 조정의 일을 말하는 게요."

송시열이 문득 주상을 바라보았다. 좀 전의 인자한 표정은 간 곳 없고 자못 근엄한 표정이었다.

"신료들의 마음은 하나이옵니다. 저 오랑캐를 정벌하여 멸망한 명의 원수를 갚고자 하는 마음에는 추호의 흐트러짐이 없사옵니다."

"그러면 어찌하여 과인이 명하는 것에 대한 진척이 그리도 더딘 것이오?"

송시열의 대답을 듣고는 주상의 말이 빨라지고 어조가 격해졌다.

"어떠한 명을 말하시는지."

"반가에서 군포를 거두어들이는 것은 어떻소?"

"그것이……."

송시열이 말끝을 흐리자 주상이 계속하여 빠르게 말했다.

"이전의 노비를 추쇄하라는 영은 아직 계속되고 있기는 하오?"

송시열이 대답을 않고 가만히 주상을 쳐다봤다. 주상의 용안에 어느덧 노기가 비쳐 있었다.

"전하께 상주하기 심히 민망하나 백성들의 삶이 말이 아닙니다. 빈번한 흉년으로 끼니조차 제대로 잇지 못하는 형편이라 그들에게 계속 수자리며 공부(貢賦)를 명하기가 쉽지 않사옵니다."

송시열이 마치 준비한 듯한 대답을 되풀이하자 주상이 말을 그치고 송시열을 쳐다봤다.

"과인은 심양에서 보았소. 내 백성들이 얼마나 강하고 현명한지를 말이오."

송시열이 주상을 바라보았다. 아니 노려보았다는 것이 옳은 말일 것이다. 왜 갑자기 심양에서의 포로 생활을 이야기하는가? 송시열의 목소리가 낮게 울려 퍼져 나왔다.

"그러나 그 백성들도 삶이 피폐해지면 약하고 우둔해지게 됩니다."

"사부는 그들이 지금 그렇게 되었다고 하는 거요?"

주상이 되묻자 송시열이 입을 다물었다. 무언의 긍정으로 보였다. 주상의 용안에 엷은 미소가 번졌다.

"훈련도감과 금군의 훈련 태세는 그 어느 때보다도 엄정하며 사기는 충천해 있소."

송시열이 기다렸다는 듯이 다급하게 말문을 열었다.

"전하! 군사의 훈련만으로는 전쟁을 하기가 불가하옵니다. 무엇보다도 재화의 뒷받침이 있어야 하온데 그것이 이즈음의 사정으로는 쉽지가 않사옵니다. 앞서 상주드렸지만 연이은 흉년으로 백성들의 삶은 피폐합니다. 거기에 전쟁 준비를 위한 짐을 얹는다 함은……."

"그것은 과인도 알고 있소. 과인이 지금 말하고자 하는 것은 우리의 자세를 말하고자 하는 것이오. 준비된 자에게는 항상 기회가 올 가능성이 있소. 그러나 준비가 안 된 자는 기회가 와도 잡을 수가 없는 것이오."

"준비가 안 되었다 하심은 과한 하교이시옵니다."

송시열이 대답하자 주상이 잠시 말을 그치고 편전의 천장을 바라봤다. 그러고는 송시열을 똑바로 주시하며 말을 이었다. 단호한 그 자세로부터 단호한 말이 솟아나왔다.

"백성들의 삶이 피폐하다 하시었소? 그러면 이렇게 생각해 본 적은 있소? 우리가 백성들의 삶을 피폐하게 만들었다는 생각은?"

송시열이 입을 다물었다. 우리가 백성을 곤궁하게 했다 함은 일부 신료들과 지방관들의 가렴주구(苛斂誅求)를 일컬음인가?

"물론 저희 신료들이 불충하여……."

"그런 의례적인 대답을 듣자는 게 아니오. 진정 저 백성들이 피폐함은 과인과 신료들이 나태하여 오로지 하늘만 바라보고 농사만 짓게 만들어서 그렇게 되었다는 생각은 해 본 적이 없소?"

송시열이 놀란 듯 눈을 크게 떴다. 십 년이 다 되어 가는 치세 중에 그가 이런 식으로 말을 한 것은 처음 있는 일이었다.

"과인은 중원에서 보았소. 저 청의 오랑캐들이 요동의 일개 야만인에서 왜 오늘날 우리와 명을 누르고 중원의 패자가 될 수 있었는지 말이오."

송시열이 대답하지 않아도 주상은 그침 없이 계속 말했다.

"물론 여러 가지 이유가 있지. 그러나 그중에서도 특별한 것은 있는 법이오. 그것은 현세의 삶에 대처하는 그들의 자세요. 그들은 농사에만 전념하지 않소. 즉 농사를 짓되 우리처럼 오로지 하늘만 바라보며 살지는 않소. 그들은 그들이 원하는 것을 스스로 획득하오."

"스스로 획득한다 하심은?"

송시열의 물음에 주상은 탁자 위에 놓았던 한 손을 굳게 쥐며 말했다.

"중요한 것은 백성들을 배불리 먹이고 강한 군사를 유지하는 재화요. 그것만 있으면 되는 것이오. 그것이 하늘에서 떨어지건 땅에서 솟아나건 아니면 다른 사람의 것을 빼앗은 것이든.”

송시열은 눈을 크게 떴다.

“그러면 전하께서는 그들의 약탈 행위를 말씀하시는 것입니까?”

“문제 될 것은 없지 않소? 그것이 내 백성을 배불리 먹이는 것이라면.”

“전하! 불가하옵니다. 지금 조선이 저 오랑캐를 정벌하려 함은 천하에 중화의 위엄을 세우려는 것입니다. 멸망한 명이 저 임진년에 우리에게 베푼 은혜를 갚고 변방의 오랑캐 따위가 감히 중원의 자리를 빼앗아 꿰차고 있는 것을 본래대로 바로 세우려 함입니다.”

“본래대로? 그것은 무엇을 말하는 것이오?”

송시열이 새삼스레 주상을 뚫어지게 보았다. 이 사람이 지금 무슨 요망한 발상으로 나를 시험하는 것인가? 그런 송시열을 바라보는 주상의 용안에 노기 비슷한 것이 스치고 지나갔다. 그러나 주상은 한차례 숨을 고른 후 차근차근 말을 이어갔다.

“그러면 사부의 생각을 들어 봅시다. 우리가 만약 오랑캐를 정벌하여 승리했다고 한다면 그 연후에는 사부께서는 어떻게 하시겠소?”

송시열이 잠시 말이 없다가 근엄한 목소리로 말했다.

“멸망한 명의 황손을 찾아 모셔야 하겠지요.”

“모신다 함은 뭘 말하는 거요? 그러니까 전쟁은 우리가 하여 피와 땀을 흘리고 그 과실은 이미 멸망한 왕조의 후손에게 돌린다. 그 말이오?”

“그렇사옵니다.”

"그러면 우리가 흘린 피와 땀은 무엇이 되오? 과인은 백성들에게 무어라고 말해야 하오? 우리가 죽음으로 빼앗은 점령지를 과거에 우리를 조금 도와준 자의 후손에게 모두 넘겨줄 터이니 너희들은 그리 알아라 그렇게 말해야 하오?"

"그것이 진정 교화된 백성의 도리이옵니다. 베풀되 대가를 바라지 않는 것. 그것이 군자의 도리이옵니다."

주상이 갑자기 앞에 있는 탁자를 쾅 하고 내리쳤다.

"그게 말이나 된다고 생각하오? 그러면 오랑캐를 정벌하여 내 백성이 얻는 것은 무엇이오? 기껏 도리를 바르게 세웠다느니 은혜를 갚았다느니 하는 그 허울 좋은 허명이나 얻고자 중원까지의 그 먼 길을 가서 목숨을 바쳐야 한단 말이오?"

"진정한 군자는 좁은 길 험한 길을 마다하지 않고 올바른 길을 가는 것이옵니다."

주상이 송시열을 노려보았다. 송시열도 이번에는 지지 않고 주상과 마주 노려봤다.

"보시오 사부! 인질로 끌려가 청의 군대에서 종군하면서 나는 보았소. 저 중원의 패자라고 일컫던 명의 성곽이 모래 더미처럼 무너지는 것을. 그리고 항복한 명의 장수와 신료들이 오랑캐의 장수들에게 살려달라고 아첨하며 매달리는 것도 보았소. 그 당당했던 대국의 장수와 관료들이 말이오. 그때 나는 느꼈소. 우리가 세상의 모든 것이라고 생각했던 명의 허상에, 아니 중화의 허상에 우리는 속아 왔던 것이오. 그런 중화는 없소. 우리가 선 자리가 중화요. 중화는 명이 품에 안고 함께 멸망한 것이 아니오. 내가 천하의 중앙에 서면 그것이 중화인 것이오."

송시열이 놀라 눈을 크게 떴다.

"전하! 그것은 저 오랑캐들이나 하는 망상이옵니다! 통촉하소서!"

"오랑캐? 좋소. 나는 심양에서 포로로 잡혀 가서 노역을 하고 추위와 굶주림과 질병에 죽어 가는 내 백성들을 이 두 눈으로 똑똑히 보았소. 그들이 무슨 잘못이 있겠소? 다만 못난 왕과 신하들을 만난 죄밖에는 말이오. 그들이라고 해서 저 중원을 호령하는 오랑캐나 중원인들과 무엇이 다를 게 있소? 그들이 그렇게 된 것은 다만 약한 나라에 태어나 전란에 희생되어 그렇게 된 것밖에는 없소."

"전하! 공맹과 주자를 오랑캐들은 알지 못하옵니다. 그들의 성공은 힘에 의지한 필부의 성공일 뿐 곧 무너지고야 말 모래 위의 누각 같은 것이옵니다. 저들을 정벌함은 저들에게 공맹과 주자를 알게 하여 본래의 자리로 되돌아가게 만드는 것일 뿐 다른 목적이 있어서는 아니 되옵니다!"

송시열의 열기 띤 목소리가 편전을 울렸다. 주상은 잔잔한 눈길로 그런 송시열을 바라봤다. 잠시 그런 상태로 주상이 침묵을 지켰다. 주상이 입술을 힘 있게 깨물었다. 작심한 듯 주상의 어조는 한 마디 한 마디 끊어져 나왔다.

"나도 공맹을 알고 주자를 섬기오. 나는 변하지 않았소. 다만 중원에 갔다 온 이전의 나와 이후의 내가 결정적으로 다른 것은 있소. 그것은 내 백성을 위해서라면 나는 공맹도 죽이고 주자도 죽일 것이오. 그것이 다른 점이오!"

송시열의 안색이 파리하게 변했다. 그것은 그가 극도로 분노했을 때 나타나는 현상이었다.

"공맹이 없고 주자가 죽어서는 세상은 암흑 천지입니다. 전하께서는 그 암흑 천지에서 사시겠습니까?"

송시열의 말이 낮은 울림이 되어 편전을 울렸다.

"나는 상관없소. 저 가여운 내 백성들만 잘 살게 할 수 있다면 내게 아비지옥을 가라고 한다 해도 나는 갈 것이오!"

"아아! 전하!"

송시열이 주상을 부르는 소리가 전에 없이 간절했다. 떨리는 얼굴 근육, 하염없이 오르내리는 목울대. 그가 마침내 울음을 터뜨렸다. 주상이 그런 송시열을 무표정하게 바라봤다. 그 울음이 무엇을 의미하는지 알고 있었다. 이것으로 그와의 인연은 끊어졌는지도 모른다. 그러나 주상은 말을 계속했다. 깨어짐의 아픔이 없이는 다시 태어남의 환희도 없다. 주상은 지금 송시열 개인을 향해 말하는 것이 아니었다. 그를 대표로 하는 조선의 모든 신하들에게 통고하고 있었다.

"저 중원은 지금 주인이 없소. 청이 지금 대세를 잡아가고 있다 하나 아직은 미흡하오. 바꾸어 말한다면 지금 중원에 누가 들어간다 해도 가서 차지하면 된다는 것이오. 내가 오랑캐를 정벌하고자 하는 것은 명의 원수나 갚으려 하는 것은 결코 아니오. 아까 백성들의 삶이 피폐해졌다 했소? 바로 그것이오. 그들에게 중원을 줄 것이오. 말을 타고 사흘을 꼬박 달려도 산이 보이지 않는 곳이 있소. 들어나 봤소? 바로 그곳을 내 백성에게 줄 것이오. 그리하여 이 좁디 좁은 땅에서 그저

282

하늘만 바라보며 살았던 그들에게 새 세상을 열어 줄 것이오!"

주상의 용안에 서릿발 같은 결의의 빛이 빛났다. 송시열은 망연자실하여 그것을 그저 바라보고만 있었다.

"이제 과인과 조선의 군사가 중원으로 들어가 일단 저 오랑캐들을 무너뜨린다면 일시 불리하여 몸을 숨겼던 수많은 중원의 기인, 협사들이 우리를 도우러 나올 것이오. 그러면 십만 아니 백만의 원군인들 구하기 어렵겠소?"

주상은 그 부분에서부터 더는 말을 하지 않았다.

*

그 이후의 이야기가 쓰여 있는 것이 바로 적정고다. 이형상이 청의 친왕에게 적정고의 일을 고변하겠다고 했을 때 송시열과 송준길은 차마 그의 행동을 막지 못하였다. 그만큼 북벌에 대한 신료들의 반대는 거대한 것이었다. 마침내 청의 사신까지 오고 말았다. 적정고의 일을 고변할 때 예상하지 못했던 바는 아니지만 사신의 행보는 과감했다.

결국 주상의 양보를 얻어냈고 상황은 대강 수습되었다. 그러나 송시열은 주상의 진의를 믿지 못하고 있었다.

'그날의 그 결연한 어조와 태도는 오랜 세월 그런 생각을 계속 하지 않는 한 나오지 않을 종류의 것이었다.'

주상이 생각하는 북벌과 산림의 북벌은 겉으로는 그 의미가 같을지 몰라도 속 내용은 거의 완전히 다른 것이었다. 산림 정권이 내세운바 반청복명의 의리는 어디까지나 평화를 전제로 한 명분이었다. 평화 시에 명의 황제의 사당을 건립하고 재조지은에 보답하는 일들 등은 얼마든지 가능했다. 그러나 청이라는 강한 상대와 전쟁을 해 가면서까지 의리나 명분에 집착한다는 것은 있을 수 없었다. 수십 년 전 병자년의 전란은 그런 사실을 확실히 인식시켰다.

학자로서의 송시열과 정치가로서의 송시열은 어디까지나 다른 존재였다. 만일 이번 사신이 적정고의 일에 대해 조사를 하고 증좌라도 확보했다면 어찌 되었을까? 신하의 나라라고 생각했던 조선의 주상이 자신의 적임이 분명히 드러난 이상 청국에서도 가만히 있지는 않을 것이다.

지금 청의 태도는 이전과 많이 달라졌다. 조선과의 관계에 대해 강경책으로 일관하던 보정왕(도르곤)이 의문의 사고로 죽었다. 그는 죽은 뒤 황제와 신하들에 의해 역신으로 몰려 가산이 적몰되었다. 현 황제(순치제)는 보정왕이 그의 친모와의 불륜 관계에 있었다는 소문을 그대로 믿고 그를 역적으로 몰았다. 보정왕 사후 청의 조선에 대한 태도는 유화책으로 변했다. 그리하여 빈번하던 공물의 요구도 이전에 비해 많이 줄어들었다. 조선은 이전의 나선정벌과 같이 청의 요구가 있을 때면 그저 간단히 응하면 되는 것이었다. 그러면 되지 않는가.

송시열은 주상의 그 집착을 이해할 수 없었다. 청에게 치욕을 당한 것은 이미 수십 년도 더 지난 과거의 일이다. 그 과거에 얽매어 청이라는 거대한 적을 상대로 북벌이라는 도박을 하겠다는 것이다. 청이 이전의 조약 내용을 내세운다면 조선의 왕은 언제든 갈아치울 수 있었다. 이미 병자년의 전란 때 청과 맺었던 조약에 그 사실이 명기되어 있다. 소현세자가 청에 볼모로 잡혀간 것은 조선왕이 배신할 경우 언제든 그를 왕으로 내세우겠다는 청의 의지가 드러난 조치였다. 아무리 정치적 상황이 유화적으로 변했다 하더라도 적정고의 경우처럼 명백한 반역 행위는 용서되기 힘들 것이다.

*

"대감, 병조참판께서 뵙기를 청합니다."

청지기의 목소리가 송시열의 상념을 깨웠다.

"참판이? 안으로 뫼시어라."

사랑방의 문이 열리고 이형상이 들어와 자리에 앉았다. 굳은 표정으로 송시열에게 그저 목례를 할 뿐 별반 말이 없었다.

"참판이 웬일인가?"

이형상은 자리에 앉아서도 한참 침묵을 지켰다. 이윽고 그가 무겁게 입을 뗐다.

"사신은 아무런 소득 없이 돌아가고 말았습니다."

송시열은 새삼 그런 말을 하는 이형상을 의아한 시선으로 봤다.

"제가 듣기에 전하께서 훈련도감과 금군을 우리에게 맡기셨다 들었습니다. 맞습니까?"

"맞네. 내 그래서 그대에게 급히 그런 영을 내렸던 것이고."

이형상의 눈꼬리가 치켜 올라갔다.

"대감! 어찌 그리 무르십니까? 이것은 전하께서 이 상황을 모면하시려는 계책임을 왜 모르십니까?"

"그대의 그 의심병이 또 도졌구먼. 군왕이 신하에게 군령권을 맡긴다 했네. 그것이 어찌 일시적인 계책이란 말인가?"

송시열이 정색을 하고 대답했다.

"저는 그리 생각하지 않습니다. 대감께서는 전하께서 어떤 분이시라는 것을 잊으셨습니까? 그토록 긴 인질 생활 중에서도 애초에 품으셨던 성지를 놓지 않으신 분입니다. 그리고 무엇보다도 적정고를 보시고도 대감께서는 전하의 어지를 모르시겠단 말입니까? 다시 시일이 지난 후 전하께서 군왕의 권도로서 군령권을 가져가겠다고 하시면 어찌하시겠습니까?"

"그러면 참판은 뭘 어찌 하자는 건가?"

마침내 송시열이 목소리를 높였다. 이형상은 지지 않고 송시열을 노려봤다. 송시열 또한 이형상을 언짢은 시선으로 마주 봤다. 질식할 듯한 침묵이 잠시 이어진 후 이형상이 말했다.

"대감께서 지금 더 모질지 못하심은 전하와의 인연 때문에 그러십니까?"

"뭐라고?"

송시열이 느닷없이 앞에 있는 탁자를 쾅 하고 쳤다.

"네가 내게 그따위로 말하다니! 눈에 보이는 것이 없는 모양이구나!"

송시열이 격노하자 이형상은 잠시 송시열을 노려보던 눈길을 아래로 내리깔았다.

"노하셨다면 용서하십시오. 그러나 이번처럼 절호의 기회를 놓쳐 버린 것이 안타까워서 드리는 말씀입니다."

이형상이 사과하자 송시열은 분노를 누그러뜨리며 자리에 앉았다.

"그래서 참판의 생각을 말해 보게. 어찌 했으면 좋겠는가?"

"어찌 하다니요? 사신이 하려던 것을 할 수 있게 하면 됩니다. 제 계책은 그것이 전부입니다."

"한 번 떠났던 사신을 무슨 수로 다시 부른단 말인가?"

"이유야 만들면 그만이지요. 문제는 대감을 위시한 우리가 어떤 의지를 가지고 상황을 관리해 나가느냐 하는 것이지요."

송시열이 난감한 듯 머리를 흔들었다. 그때 이형상이 품속에서 종이를 하나 꺼냈다. 두루마리처럼 된 것이었다. 그것을 송시열의 앞에 놓인 탁자 위에 놓았다.

"이게 뭔가?"

"연판장입니다."

"연판장? 무엇을 위한 연판장인가?"

"이 나라에 전란의 참화를 불러올 수 있는 것이라면 무엇이든 제거하고야 말겠다는 우리의 의지를 담은 것입니다. 수결하시겠습니까?"

송시열은 못내 찜찜한 시선으로 이형상과 연판장이라고 하는 종이를 번갈아 보았다. 이미 연판장에는 서너 개의 이름과 수결이 올라가 있었다. 좌찬성 김병욱의 이름도 보였다.

"나는 할 수 없네!"

송시열이 거부 의사를 밝히자 이형상은 아무 말 없이 연판장을 거두어 품속에 넣고 일어섰다.

"연판장에 수결을 하시라고 강요하진 않겠습니다. 그러나 향후 제가 하는 행동에 대해서 어떤 간섭도 하지 마시고 그저 지켜보십시오. 군이 대감의 수고를 빌지 않고도 이 이형상이 문제를 해결하겠습니다!"

이형상은 말을 마치자 가볍게 목례를 하고는 단호하게 송시열의 방을 나섰다. 그 뒷모습을 바라보는 송시열의 시선이 복잡했다.

12. 태왕의 유물을 찾다

1659년 4월

구개하가 말 잔등에 거문고를 싣고 헐레벌떡 돌아온 것은 그가 강계부로 출발한 지 사흘째 되는 날이었다. 김후명은 저 멀리서 개하의 모습이 보이자 반색을 했다. 그동안 그야말로 무료한 시간을 보낼 수밖에 없었다. 시간은 자꾸만 가는데 임무는 시작될 기미도 보이지 않아 답답한 마음이었다. 개하는 말에서 내리자 곧바로 말 잔등에 싣고 온 묵직한 것을 풀었다.

"제대로 된 거문고이군! 오동나무와 밤나무로 된 것에 비단 줄."

김후명은 거문고를 쓰다듬었다. 그는 즉시 거문고를 들고 폭포가 떨어지고 있는 곳으로 갔다. 물가 기슭에 거문고를 내려놓은 김후명은 호흡을 가다듬었다. 그리고 윤선도가 준 종이에 쓰인 '금(琴)' 자를 다시 한 번 꺼내 보았다.

"이 악기는 고구려 사람인 왕산악이 만든 것이라 하지."

정이로가 가까이 다가오자 그에게 김후명이 속삭이듯 말했다.

"왕산악이요?"

"그렇네. 삼국사기 기록에 따르면 중원의 진(晉)나라에서 보내온 칠현금이란 악기를 개량해 만든 것이라 하네. 이 악기가 보내져 왔어도 아무도 연주하는 법을 몰랐으나 홀연히 왕산악이 본 모양은 그대로 두고 제도를 고쳐서 100여 곡을 지어 연주했다 하네. 그때 검은 학이 날아와 춤을 추었다고 해서 현학금(玄鶴琴)이라고도 했다 하지."

김후명은 다시 떨어지는 폭포수를 바라보았다. 그리고 하늘을 우러러보았다. 검은 학과 거문고. 검은 학이 날아와 춤을 춘다. 사서의 구절을 회상하던 김후명이 갑자기 눈을 크게 떴다. 그리고 마치 뭔가 자세히 살피듯 사방을 뚫어지게 주시했다. 그러더니 폭포의 위아래와 양옆의 벼랑을 살폈다.

"왜 그러십니까?"

정이로가 김후명의 행동을 보고 기이하게 여겨 물었다.

"저것 보게."

김후명이 손가락으로 폭포가 떨어지고 있는 벼랑의 좌에서 우를 직선을 긋듯이 가리키며 말했다.

"저 모양이 무슨 모양 같나?"

정이로가 눈길을 돋우어 자세히 관찰했다.

"아!"

정이로가 탄성을 울렸다. 김후명이 가리키는 벼랑의 양옆 절벽의 모양은 마치 날아가는 학의 모양과 흡사했다. 왼쪽 벼랑의 수풀과 바위는 학의 부리와 머리에 해당되고 폭포는 몸통과 꼬리에 해당되는 모양이었다. 오른쪽은 학이 차고 올라가는 땅의 모양이 저러할까. 김후명이 뚫어지게 그 지세를 바라보고 있다가 문득 말했다.

"삼국사기의 기록에 나오는 현학금의 그 현학이란 검은 학이 아니었군!"

"네?"

"저것 보게! 저 학은 하늘로 올라가는 학이네! 검을 현(玄) 자에는 검다는 뜻 이외에도 하늘이라는 뜻도 있네. 그 전설은 이곳을 암시하는 것이었어. 왕산악이 거문고를 연주하니 검은 학이 날아와 춤을 추었다는 전설. 그것은 검은 학이 아니라 하늘의 학이 춤춘다. 즉 이곳의 지세를 빗대어 그렇게 표현한 것 같아."

"그러면 거문고와 이곳이 옛날부터 연관이 있었다는 말입니까?"

김후명이 새로운 발견의 기쁨으로 빛나는 눈빛이 되어 말했다.

"그렇네. 아무래도 거문고를 만들었다는 그 왕산악이라는 분이 이곳과 무관치 않다는 느낌이 드네. 나는 약이 영감께서 평소에 거문고를 즐기시는 것을 알고 있네. 그래서 그분이 거문고 금 자를 정 선비에게 주었다는 말을 듣고 약이 영감이 그 글자를 통해 말씀하시고자 하는 바를 추론해 보고 있었네. 그런데 이것은 그런 것이 아닌 것 같아."

'약이 영감이 써 준 거문고 금 자가 그러면 이것을 뜻하는 것이었단 말인가? 어쨌든 일단 거문고를 이곳에서 한 번 쳐 보기나 해 보자.'

김후명은 그렇게 생각하고 털썩 주저앉아 거문고를 무릎 위에 올렸다.

'가만 있자. 이것을 치려면 술대가 있어야 하는데.'

김후명은 주위를 둘러보고 대충 술대와 비슷한 크기의 나뭇가지를 꺾어 왔다. 그러고는 현을 누르고 나뭇가지를 들어 올렸다가 내렸다. 두웅 하고 마치 지하실에서 울리는 듯한 소리가 났다. 김후명은 한 번 현을 뜯고는 잠시 주위를 살피며 뭔가 변화가 있는지 살폈다. 그러나 폭포 소리만 요란할 뿐 아무런 변화도 없었다. 다시 왼손으로 괘를 짚으며 오른손의 나뭇가지로 몇 번 더 뜯거나 퉁겨 봤다. 역시 아무런 변화가 없었다.

'아무래도 뭔가 정해진 음조가 있어야만 하는 것인가?'

김후명은 초조한 마음이 들었다. 그러면 그렇지. 이 따위 악기 하나가 무슨 큰 도움이 되겠는가 싶었다. 김후명은 낙담하여 악기에서 물러나 앉았다. 그리고 장하게 떨어지는 폭포수를 올려다봤다. 다음 순간 김후명은 자신의 눈을 의심했다. 폭포 아래의 물 표면이 부글부글 끓는가 싶더니 곧바로 물을 뚫고 무언가가 위로 날아오르고 있었다. 그것은 용! 용이었다! 온몸이 황금색인 용!

"아아! 저것은!"

정이로가 탄성을 올리며 김후명의 곁으로 다가왔다. 동시에 물가에 있던 모든 사람이 와 하고 함성을 질렀다. 모두 물속에서 솟아오른 용을 본 것이다.

'그러면… 그 전설은 실제 있었던 일을 기록한 것이었단 말인가?'

백성들 사이에서 회자되는 광개토왕에 대한 전설. 용성을 지키던 황룡을 화살로 쏘아 죽였다는 것. 그러면 저것이 그 황룡이란 말인가? 일단 물 위로 솟아오른 용은 앞뒤 보지도 않고 마치 무언가에 쫓기듯이 폭포 양옆의 벼랑을 넘어 숲의 저쪽 기슭으로 사라져 버렸다. 사람들이 따라가려고 했으나 워낙 그 움직임이 빨라서 도저히 따라잡을 수 없었다.

"그렇군. 일이 그렇게 된 거군."

자신의 옆에 멍하니 서 있는 정이로를 바라보며 김후명이 나지막하게 속삭이듯 말했다.

"저것은 물속에 있던 자네와 개하를 공격했던 그것이 분명하네. 그러나 실제 생물은 아닌 듯하이."

"뭐라고요? 그럼 그게 뭐란 말입니까?"

"그냥 환영이네. 내가 아까 자세히 보았어. 용이 벼랑 저쪽으로 사라질 때 용의 몸통을 뚫고 숲의 나무들이 보였네. 그것은 실제 존재하지 않는 것이기에 그런 현상이 생기지 않았겠는가?"

"그럼 저는 여태껏 허깨비를 두려워했었다는 말입니까?"

"아니야. 그것은 환영이지만 그것을 만든 존재는 따로 있네. 그 존재가 용의 모습으로 현현한 것뿐이지. 아니 용의 모습일 뿐만 아니라 여러 속성이 용과 비슷한 존재이겠지. 그러기에 우리 눈에 그렇게 비쳤던 게지. 하여튼 왕산악의 안배는 대단했네."

"왕산악의 안배?"

김후명이 감탄했다는 듯한 얼굴로 폭포를 쳐다봤다. 그리고 읊조리듯 말했다.

"그렇네. 어쨌든 저 물속에는 태왕이든 무엇이든 간에 대단한 존재가 남긴 어떤 소중한 것이 들어 있어. 이런 결계와 장치들이 있는 것으로 보아서 말이야. 그런데 왕산악이라는 분이 그것을 풀었던 것 같네. 그분은 여태껏 역사적으로 제이상(第二相)이라 하여 고구려의 관리이거나 거문고를 개량한 것으로 미루어 보아 음악을 하시는 분으로 알려져 왔었는데 주술에도 상당한 조예가 있으셨던 분인 것 같네. 그러니 저 정도 되는 결계를 풀 수 있었겠지. 그리고 왕산악 어른은 그 결계를 다시 잠그셨네. 이번에는 그 열쇠를 남겨둔 채로 말이야."

"거문고가 왕산악이 남긴, 결계를 푸는 열쇠라는 말입니까?"

"그렇다네. 그리고 이제 생각한 건데 그 전설. 학이 날아와서 춤추었다는 그 전설도 비밀을 내포하고 있는 것이야. 학이 무엇을 잡아먹고 사나? 벌레나 물고기, 그중에서 특히 좋아하는 것이 미꾸라지나 지렁이지. 용은 크기만 줄이면 뱀이나 심지어 미꾸라지 혹은 지렁이로도 볼 수 있어. 학이 날아오면 자신을 잡아먹는 줄 알고 당연히 도망가겠지. 그 전설에는 이런 비밀이 숨겨져 있었던 거야. 즉, 학의 형상인 골짜기에서 거문고를 타라. 그러면 용이 도망간다. 거문고를 타니까 학이 날아왔다는 것은 이것을 거꾸로 하면 되는 거지. 즉 학을 날리려면 거문고를 타라. 학이 날면 용은 도망간다. 그러나 아무리 추리력이 뛰어난 사람이라도 이 폭포 주위의 지형을 보지 않고서는 전설의 비밀을 풀 수가 없을 것이네. 그냥 그저 재미로 하는 지나간 옛이야기에 불과한 것이지."

정이로는 고개를 크게 끄덕였다. 태왕의 유물. 왕산악의 안배. 이제는 그것을 감사히 받아야 할 때였다.

"어쨌든 이제 저 물속으로 들어가는 일만 남았군."

김후명이 목소리에 힘을 주어 말했다. 정이로가 고개를 끄덕였다.

*

정이로는 물속으로 들어가면서 다시 이를 악물었다.

'승지 어른의 말이 맞아야 하는데.'

이번에 다시 그 수호신인가 하는 귀신과 마주친다면 정말이지 방법이 없을 것 같았다. 아마도 다시는 이 물속으로 들어올 수 없을지도 몰랐다. 그만큼 그가 느꼈던 두려움은 큰 것이었다. 아래로 아래로 자맥질하여 그 귀신을 만났던 지점이라 생각되는 곳에 이르자 이로의 주먹에는 저절로 힘이 들어갔다. 주위를 다시 한 번 휘둘러보았다. 물속은 그저 고요하기만 했다. 꼴깍 하고 침이 목구멍으로 넘어가는 소리가 들렸다. 다시 한 번 주위를 둘러보았다. 아무런 일도 없었다.

'승지 어른의 말이 맞았다. 아아! 그러면 그 모든 것이 다 사실이란 말인가?'

이로의 뇌리에 순간적으로 수많은 것이 스쳐 갔다. 윤선도의 쪽지, 눈을 부릅뜨고 있던 귀신, 태왕신교 교주라던 그 노인의 말 등등. 문득 정신을 차리고 이로는 자세를 가다듬은 후 더 아래로 내려갔다. 족히 서너 장은 더 내려갔을 것이다. 서서히 숨이 가빠오기 시작했다. 일단 수면으로 올라갔다 다시 내려와야 할 것 같았다.

이로가 그렇게 생각하고 몸을 위로 향하려는 찰나 이로의 시야에 뭔가 번쩍이는 것이 들어왔다. 물속 저편 아래 뭔가 빛나는 것이 있는 것 같았다. 이로는 그쪽으로 더 내려갔다. 그곳은 물속 바닥이었는데 위에서 떨어지는 물로 인하여 자그마한 소용돌이가 치고 있는 곳이었다. 겉으로 보기에는 작아 보여도 일단 소용돌이에 휘말리면 생명을 보장하기 어렵다. 그런데 이로가 발견한 그 빛나는 것은 바로 그 소용돌이 아래에 있었다. 이로가 시력을 돋워 그것을 자세히 보니 바닥의 자그마한 모래와 돌멩이들 사이로 누런색의 빛나는 것이 보였다.

이로는 눈을 크게 떴다. 그리고 이를 악물고 소용돌이 속으로 들어갔다. 순간 맹렬하게 물의 흐름이 아래위로 요동쳤다. 이로는 물속에서 몇 바퀴를 회전해야 했다. 빨리 물 밖으로 나가야 했다.

이로가 몸을 겨우 추슬러 바닥의 빛나는 것을 양손으로 더듬었다. 위에 쌓여 있는 모래와 흙더미를 걷어냈다. 그러자 네모반듯한 것이 아래에 모습을 드러냈다. 이로가 한 손으로 그것을 집어 들었다. 그것은 바닥에 고정된 듯 단단히 박혀 있었다.

이로가 손에 힘을 주어 힘껏 뽑자 그것은 쑥 하고 뽑혔다. 이로는 숨이 막혀 더는 물속에 있을 수 없었다. 곧 바닥에서 뽑힌 것을 들고 물 바깥으로 나왔다.

"이것이 바닥에 박혀 있었다?"

김후명이 이로가 물속에서 가져온 것을 면밀히 살피며 말했다. 물 바깥에서 보니 그것은 물속에서 본 것보다 훨씬 작았다. 길이가 일곱 치 정도나 될까? 두께는 한 치가량.

둥그스럼한 네모 모양이고 둥글게 안쪽으로 굽어 있으며 몸 전체가 황금색으로 빛나고 있다. 물 밖으로 나와 햇빛을 받으니 그 빛깔이 더욱 영롱했다. 김후명이 그것을 들어 이리저리 살펴보더니 입으로 그것을 깨물어 봤다.

"어찌 그러십니까?"

"이것이 혹 금은 아닌지 확인해 보았네. 금으로 만들어진 것은 아닌 듯싶어."

그렇게 말하고 나서 김후명이 문득 뭔가 생각난 듯 번쩍이는 시선으로 이로를 한 번 보더니 다시 그것을 바라봤다. 그러고는 얼른 그것을 갖고 저쪽에 놓여 있는 거문고를 향해 갔다. 이로와 다른 사람들은 김후명이 하는 양을 멍하니 바라볼 뿐이었다. 김후명은 곧 그것을 들어 거문고의 머리 쪽 부분에 끼워 맞췄다. 마치 사전에 맞추어서 만든 것처럼 정확히 그것은 거문고의 머리 부분에 들어맞았다. 정이로가 눈을 빛내며 거문고를 들고 있는 김후명의 곁으로 다가갔다. 그때였다. 이로는 보았다. 거문고 위에 겹쳐진 황금색 판 위 표면에 검은색 글자가 서서히 나타나고 있었다. 김후명과 정이로는 아연하여 서서히 모습을 드러내는 글자를 바라보았다.

'태왕생어한수(太王生於漢水) 태왕이 한수에서 나리니, 시현부흥강역(是顯復興彊域) 이는 강역이 다시 흥함을 드러내는 것이다.'

내용을 읽은 김후명과 정이로는 서로를 마주 보았다. 김후명이 거문고의 머리에서 그 판을 들어올렸다. 그리고 김후명은 다시 그 판을 거문고 위에 아까와 똑같은 모양으로 올려놓았다. 그러나 글자는 다시 나타나지 않았다. 김후명이 정이로를 보며 말했다.

"정 선비! 자네도 보았지? 아까 그 글자를 말이야."

정이로가 아무 말 없이 고개를 끄덕였다. 김후명이 한숨을 쉬며 말했다.

"그 문장은 다시는 나타나지 않을 것이야. 그것은 어떤 도력에 의해 여기에 글자를 새긴 후에 거문고의 이 부분에 그 판을 대면 다시 드러나게 해둔 것이야. 대단한 능력이네. 천 년을 넘어 그런 도력을 현현시킨다 함은."

김후명이 잠시 침묵을 지켰다. 급박하게 나타나는 현상들을 머릿속

298

으로 정리하는 것처럼 보였다.

"여하튼 여러 가지 정황으로 보아 이 판은 태왕의 유물을 얻을 수 있는 결정적인 열쇠인 듯싶네."

그렇게 말하고는 김후명의 표정이 다시 상기되었다.

"그리고 아까 판 위에 새겨진 그 문장에서 한수(漢水)란 오늘날의 한강을 말하는 것인 듯싶네."

"그러면?"

"그렇네. 지금 우리가 이 판을 발견함은 이미 천이백 년 전에 왕산악이 예비를 해 놓은 것이야. 한수에서 태왕이 다시 태어나서 강역, 즉 태왕의 강역을 다시 일으킨다는 것이니."

"그러면 태왕이라 함은?"

"이 표식을 발견하는 자, 즉 지금의 우리 주상 전하를 이름이네. 그리고 왕산악은 우리 이전에 누군가가 태왕의 유물을 훔쳐갈 것을 염려하여 거문고와 이 계곡, 그리고 이 쇠로 된 판에 그 비밀을 묻어둔 것이지."

태왕이 한수에서 태어난다. 강역을 다시 부흥시킨다. 이로가 그 문장의 내용을 생각하며 멍청히 앉아 있자 김후명이 이로의 어깨를 가볍게 쳤다.

"어서 다시 물속으로 들어가서 할 일을 해야겠네. 자 서두르세!"

김후명의 명을 따라 정이로가 다시 물속으로 들어가려고 준비를 했다. 그때였다.

"그게 무엇인가?"

정이로의 행동을 막아 나서는 목소리가 있었다. 자신들이 나누는 대화와 계속 일어나는 놀라운 현상들에 몰두하느라고 잠시 그들의 존재를 망각하고 있었다. 김후명과 정이로가 동시에 옆을 돌아보니 김계안이 어느새 그들의 곁으로 와서 정이로가 들고 있는 황금색 판을 쳐다보며 묻고 있었다.

"아! 별것 아니요. 물 아래에 들어가 보니 이런 것이 있어서……."

김후명이 얼른 아무렇지도 않은 듯한 표정으로 대답했다. 김계안은 바닥에 놓인 거문고와 정이로가 들고 있는 황금색 금속판을 번갈아 바라보며 미심쩍은 표정을 지었다. 그러고는 곧 그가 데리고 온 부하들에게 눈짓을 했다. 그러자 그들은 전광석화처럼 달려와 김후명과 정이로 일행을 포위했다. 김시연이 환도를 뽑아 들었다. 그러자 그들도 일제히 병장기를 뽑아 들고 대치했다. 일촉즉발의 긴장감이 폭포 아래의 공터에 가득 찼다. 김후명이 얼른 말했다.

"무사님! 왜 이러시오?"

"네놈들의 태도에 수상쩍은 데가 많다. 지금 이 일들은 다 무엇이냐. 무슨 말들을 그리도 소곤소곤 나누고 있느냐. 이실직고하라!"

김후명은 난감한 마음이었으나 환도를 뽑아든 김시연을 바라보고 눈짓을 했다. 김시연은 몹시 마땅찮은 표정이었으나 순순히 환도를 칼집에 꽂았다.

"아무런 일도 없었소. 그저 이곳에 있다는 태왕의 유물에 접근하는 방법을 알아냈다는 것 정도요."

김후명이 순순히 말하자 김계안의 표정이 환하게 변했다.

"그러면 저것이 바로 그 열쇠라는 말이렸다?"

김계안이 정이로가 들고 있는 금속판을 가리키며 물었다. 김후명이 무겁게 고개를 끄덕였다. 그것을 보자마자 김계안이 정이로를 바라보며 말했다.

"너와 저자가 물속으로 다시 들어가야겠다. 서둘러라."

김계안이 개하를 가리키며 말했다. 그는 마치 그렇게 될 줄 알았다는 듯이 조금도 놀라거나 당황하는 기색이 없었다. 정이로는 아무래도 이놈들을 믿지 못하겠다던 김후명의 지난 밤 말이 떠올랐다. 그러나 어찌하겠는가. 놈들이 빼든 칼날의 위협 아래에서 벗어날 길이 없는데.

정이로와 구개하는 다시 물속으로 뛰어들었다. 이번에는 거침없이 물속으로 계속 내려갔다. 한참을 내려갔다. 아까 황금색 판을 가져왔던 곳에 이르자 물의 소용돌이가 다시 보이고 그 너머로 아득하게 칠흑처럼 검은 구멍이 있었다. 구개하가 말한 동굴이었다. 그 동굴을 보고 이로는 느낌이 이상하여 동굴의 맞은편을 보았다. 거기에도 똑같은 형태의 다른 동굴이 있었다. 다시 그 옆을 보았더니 또 다른 동굴이 검은 아가리를 벌리고 있었다. 또 그 옆에는 또 다른 동굴이…… 헤어보니 정면을 중심으로 좌우로 세 개씩 정확히 여섯 개의 동굴이 있었다. 숨이 막혀 왔다. 이제 물 위로 올라가 숨을 쉬어야만 했다.

"여섯 개의 동굴?"

김후명은 허겁지겁 물속을 빠져나온 이로의 힘겨운 토로를 듣고는 난감한 모습이었다. 헐떡거리며 햇볕에 몸을 말리는 이로를 쳐다보며 김후명이 생각에 잠겼다. 김후명은 한 손으로 턱을 괴고는 이로의 옆을 왔다 갔다 했다. 그러더니 문득 고개를 돌려 저쪽에 놓인 거문고를 쳐다봤다. 그러고는 눈을 빛내며 그리로 다가갔다. 거문고를 무릎에 얹은 채 뚫어지게 쳐다봤다. 잠시 후 김후명이 깊게 고개를 끄덕였다.

"정 선비. 물속의 동굴이 여섯이라고 했지?"

"그렇습니다만……."

정이로의 대답을 들은 김후명이 회심의 미소를 지었다. 그리고 이로를 쳐다보더니 손가락으로 거문고를 가리키며 말했다.

"저것 보시게, 정 선비. 거문고의 현을 말이네."

이로가 영문을 몰라 하며 김후명의 곁으로 다가섰다. 김후명의 손가락 끝을 보더니 정이로의 얼굴이 밝아졌다.

"알겠나, 정 선비. 내가 무슨 말을 하려고 하는지."

"그러면 그 여섯의 동굴은 거문고의 현의 수를 나타내는 것이라는 겁니까?"

김후명이 말없이 고개를 크게 끄덕였다.

"그렇네. 거문고의 줄은 여섯이네. 첫째 줄은 문현(文絃), 둘째 줄은 유현(遊絃), 그리고 셋째 줄은 대현(大絃), 넷째 줄은 괘상청(棵上淸), 다섯째 줄은 괘하청(棵下淸), 여섯째 줄은 무현(武絃)이라고 하지."

"거문고 줄의 갯수와 저 물 아래 동굴의 갯수가 일치하는군요!"

김후명이 온 얼굴을 무너뜨리며 밝게 웃었다.

"그렇네. 거문고의 여섯 줄은 각기 의미가 동, 서, 남, 북, 천, 지의 기운이라 했으니 문현부터 시작하여 동, 서, 남, 북, 천, 지로 하여 본다면 문=동, 유=서, 대=남, 괘상청=북, 괘하청=천, 무현=지, 이렇게 그 의미를 일치시킬 수 있지."

정이로가 의아한 생각이 들어 말했다.

"그러면 어느 동굴이 유물을 찾을 수 있는 동굴이라는 말입니까?"

김후명이 곤란한 표정으로 말했다.

"그것이 문제야. 어느 현이 무엇을 의미한지에 대해서는 정확한 것은 아직 알 수가 없네."

그러고는 김후명이 고개를 갸우뚱하며 생각에 잠겼다.

'거문고의 현 여섯 줄과 동굴 여섯 개. 이 의미를 정확히 알아야만 열쇠를 풀 수가 있는데.'

잠시 생각에 잠겼다가 김후명은 결심했다.

'좋아! 여섯 개의 현과 그 동굴들의 위치를 어떻게든 맞추는 것이다. 까짓 거 죽기 아니면 까무러치기겠지.'

"승지께서 보시기엔 어떠합니까? 어디가 올바른 길일 것 같습니까?"

이로가 묻자 김후명이 이로의 굳은 낯빛을 살펴며 말했다.

"문=동, 유=서, 대=남, 괘상청=북, 괘하청=천, 무=지이니까……."

김후명은 말하면서도 계속 생각을 했다.

"답답하군요. 그리로 가는 길이 어디일 것 같으냐니까요?"

마침내 이로가 거의 비명에 가까운 고함을 질렀다. 그런 이로의 기세에 김후명이 마치 생각의 둑을 터뜨리는 것처럼 말했다.

"북일 것이야. 북은 예로부터 제왕을 상징하니까. 태왕은 제왕이었으니까 그분을 뵈려면 당연히 북쪽으로 가는 길을 가야겠지. 그러면 괘상청, 즉 네 번째 동굴이네. 네 번째 동굴이 북쪽, 즉 제왕을 뵈러 가는 길일 것이야."

마침내 답이 나왔다. 정이로는 답을 듣자마자 즉시 개하를 이끌고 물속으로 첨벙 뛰어들었다. 이로는 물속에 뛰어들자마자 곧바로 아까의 그 황금색 철판을 발견했던 지점으로 가서 좌우를 살폈다. 그들 앞에는 그들을 가운데에 두고 양쪽으로 세 개씩의 동굴들이 그 시커먼 아가리를 벌리고 있었다. 상당히 깊어 보였다. 이로는 그 왼쪽으로부터 네 번째 동굴을 향해 헤엄쳐 갔다. 동굴에 들어가자 주위가 칠흑처럼 어두워 아무것도 분간할 수 없었다. 그의 옆에서 헤엄치는 개하의 모습조차 제대로 식별이 불가능했다. 이로는 이를 악물고 앞으로 앞으로 나아갔다. 어두운 가운데서도 어느 지점에 이르자 물속에서 물살이 갑자기 빠르게 흘렀다. 눈 깜짝할 사이에 이로와 개하는 그 물살에 휩쓸리고 말았다. 절망적인 허우적거림으로 버텼지만 이미 이로는 물살에 갇혀 버렸다. 물살이 흐르는 소리가 귓가를 달려갔다. 그렇게 생각하는 다음 순간 이로는 정신을 잃고 말았다.

*

정이로는 축축하고 따뜻한 습기를 얼굴에 느끼며 눈을 떴다. 눈을 뜨자 이로는 화들짝 일어나 사방을 두리번거렸다. 자신의 몸이 반쯤 물속에 빠져 있었다. 얼른 물 밖으로 나왔다. 이곳이 어디인가? 물살에 휩쓸려 정신을 잃었었다. 물속의 동굴 속에 또 이런 곳이 있다니. 저쪽에 개하가 마치 잡아놓은 돼지처럼 사지를 벌린 채 뻗어 있었다. 이로는 얼른 황금색 판을 찾았다. 다행히 그 와중에도 그는 그것을 멀리 놓치지 않아 이로가 서 있는 곳의 서너 자 되는 거리에 던져져 있었다.

이곳은 마치 바깥과는 딴 세상인 것 같았다. 여름 같은 훈풍이 뺨을 스쳤다. 이로는 얼른 정신을 차리고 사방을 자세히 살폈다. 이곳은 마치 바닷가에 가면 흔히 있는 동굴처럼 생겼다. 양 사방으로 울퉁불퉁한 바위가 둘러쳐져 있고 천장에 매달린 뾰족한 바위의 끝에서는 물방울이 맺혀 떨어지고 있었다.

'나는 분명히 물속에서 물살에 휘말려 들어갔거늘 어찌 이런 마른 땅에 와 있단 말인가?'

이로의 궁금증은 그러나 곧 풀렸다. 아까 이로가 누워 있던 곳의 아래에는 마치 연못 같은 웅덩이가 흐르고 있었다. 그곳을 통하여 물 밖으로 나온 것이었다. 이로는 뻗어 있는 개하를 깨우기 위해 발걸음을 옮겼다. 몇 걸음을 옮기던 이로가 문득 동굴의 앞 정면을 뚫어지게 응시했다. 마치 바위가 벽처럼 되어 있었지만 자세히 보니 평평하여 마치 양쪽으로 여는 누각의 문처럼 보였다.

이로는 그곳으로 천천히 다가갔다. 그리고 마치 양쪽으로 밀어서 열게 되어 있는 문 같은 바위의 틈새로 저쪽을 바라보았다. 동굴은 어두컴컴했다. 바깥의 빛은 거의 이곳에 미치지 못하는 것 같았다. 그 희미한 빛에 의지하여 이로는 바위의 저쪽을 안력을 돋워 바라보았다. 뭔가 번쩍이는 것이 있었다. 그렇게 느끼자 이로의 머릿속으로 번쩍하고 스쳐 가는 것이 있었다. 이로는 얼른 돌아서서 바닥에 떨어져 있던 황금색 판을 가져와서 양옆으로 된 문 같은 바위의 틈새로 들이밀었다. 순간 이로의 두 눈이 휘둥그레졌다. 황금색 판 위로 아까 김후명과 같이 본 그 문장이 다시 떠오르는 것이 아닌가! 그리고 드드드 하며 동굴을 울리는 굉음을 내면서 마치 성문이 열리듯 양옆의 바위가 천천히 옆으로 벌어지고 있었다. 바위들은 서서히 틈이 벌어져 두 사람이 들어갈 수 있는 정도의 넓이로 벌어지자 딱 하고 벌어짐을 멈추었다. 그것을 멍하니 보고 있던 이로가 자신의 손을 문득 내려다보다가 깜짝 놀랐다. 자신의 손에 들고 있던 황금색 판이 칠흑처럼 검은 색깔로 변해 있었던 것이다. 그 표면의 재질도 여태까지의 반질반질한 것이 아닌 거칠거칠한 현무암처럼 되어 있었다.

연이어 벌어지는 놀라운 일에 이로는 입을 다물지 못했다. 그러나 이로는 이를 악물고 벌어진 바위의 틈새로 들어갔다. 끝장을 보아야 했다. 세상에는 지식만으로는 도저히 이해할 수 없는 것도 있다. 아니 자기 지식만으로 이해할 수 있는 것이 몇 개 없다. 틈 사이로 들어가 그 안을 본 이로의 두 눈이 커질 대로 커지고 입은 떡 벌어졌다. 황금! 황금이었다! 벽도 천장도 바닥까지도 온통 황금이었다.

잠시 그것을 보던 이로가 자신의 정면에 있는 한 자 길이의 돌덩이를 집어 들었다. 그리고 이빨로 깨물어 봤다. 이빨이 푹 하고 들어갔다. 순금이었다. 다른 것이 전혀 섞이지 않은 순도 99%의 황금! 이로가 정신을 차리지 못하고 있는데 뒤에서 헉 하고 숨을 몰아쉬는 소리가 들렸다. 돌아다보니 개하가 어느새 깨어나 바위 틈새의 입구에 서 있었다. 그는 이로를 한 번 보고 틈새 안을 한 번 보고 또 그러고를 반복했다.

"나, 나리. 세상에 이런 일이! 온통 금이군요. 바닥의 흙까지도 금입니다."

개하가 바닥의 흙을 한 움큼 움켜 내어 들어 올렸다. 이곳은 바닥의 흙까지도 황금이었다!

"이게… 과연 얼마나 될까?"

이로가 개하에게 물었다. 개하가 여전히 사방을 두리번거리며 대답했다.

"잘 알 수가 없지요. 족히 수만 냥은 되겠습니다요."

"수만 냥? 이놈아! 그 정도밖에 안 돼? 이 벽이며 바닥이며 저 천장까지 온통 황금인데도?"

도대체 어디까지가 황금일까? 이로는 옆구리에 차고 있던 단도로 바닥을 파 보았다. 바닥을 파자 두 치가량 아래에서부터 검은 흙이 나오기 시작했다.

'그러면 이 넓은 바닥의 두 치까지가 전부 황금이란 말인가?'

바위 틈새의 넓이는 족히 가로 세로 십 장은 되어 보였다. 그러면 전체 황금의 양은?

이로는 비명을 질렀다. 수백만 냥은 될 것이다. 태왕의 유물이란 이것을 말함인가?

김후명이 이야기하던 황룡의 비유, 그것이 황금이었단 말인가?

"돌아가자."

잠시 후에 이로가 개하를 똑바로 보며 말했다. 개하는 아직껏 제정신을 차리지 못하고 있었다. 그런 개하를 이로는 잡아끌듯이 하고 바위 틈새를 나왔다.

*

밤이 이슥했다. 이형상은 홀로 사랑에 앉아 연판장를 바라보고 있었다. 결국 송시열과 송준길의 수결을 받고 말았다. 우상 원두표의 수결을 끝으로 이 조정의 한다 하는 대신들 거의 모두가 이 연판장에 수결을 했다. 이제 조정은 한마음으로 뭉쳤다. 이형상은 마침내 주상의 경거망동을 억제할 힘을 확실히 얻은 느낌이었다. 그동안 얼마나 살얼음판을 걷는 느낌이었는가. 비록 자신의 당파가 이 조정의 실세라고는 하지만 조정 신료들 전체의 합의를 이끌어 낼 정도는 아니었다. 그러나 이제 이것으로 그리된 것이다. 이형상의 기쁨은 거기에 있었다. 이제 대국의 힘으로 주상의 경거망동을 억제할 조치를 취해야 한다. 단순히 훈련도감과 금군의 군령권을 얻은 것 정도로는 충분하지 않았다.

이형상이 신중한 자세로 서찰을 작성했다. 서찰을 작성한 후 다시 꼼꼼히 살피는 것을 잊지 않았다. 그때 누군가 인기척을 했다.

"영감. 소인이옵니다."

"들어오너라."

김향남이 무표정한 얼굴로 들어와 자리에 앉았다. 이형상은 잠시 김향남을 지그시 보다가 천천히 입을 열었다.

"내 너를 이렇게 부른 것은 너에게 이 나라를 구할 기회를 주고자 하는 것이다."

김향남이 눈빛을 빛냈다. 이형상은 여태껏 보고 있던 서찰을 잘 접은 후에 비단으로 된 주머니에 넣고 겹겹이 쌌다. 그리고 그것을 김향남에게 내밀었다.

"이것을 가지고 중원으로 가라. 가서 황도의 범경 대인에게 전해야만 한다.”

“범경이라 함은 이전의 그 사신으로 오셨던 분을 말함입니까?”

“그렇다. 시간이 촉박하다. 너는 한시라도 빨리 이것을 그분께 전해야 한다.”

김향남이 서찰을 싼 비단주머니를 지그시 봤다. 대국에 보내는 문서이고 급한 것이라면 파발을 이용하여 보내면 될 것을 왜 굳이 자기에게 맡길까.

“이것은 극비리에 전해야만 하는 것이다. 만일 누군가에게 이것을 빼앗기기라도 한다면……”

이형상이 잠시 말을 멈추고 김향남을 노려보았다. 그러고는 한 마디한 마디 끊듯이 말했다.

“너는 그 자리에서 자진하라! 알겠느냐?”

김향남이 눈을 크게 떴다. 이 문서가 그리도 중요한 것이란 말인가? 김향남이 절을 하고 나가자 이형상은 홀로 중얼거렸다.

“이제 더는 뒤로 나갈 곳이 없다. 앞으로 가는 수밖에는.”

*

“그래? 이형상의 부하가 남몰래 집을 나섰다?”

“네. 천총 어른.”

이시백이 앞에 앉은 사람의 대답에 흥 하고 콧방귀를 뀌었다. 그러면 그렇지. 놈들이 이 일을 그냥 덮고 넘어갈 리가 없다고 그는 이미 생각하고 있던 터였다.

“너는 지금부터 그놈을 잘 미행하라. 결코 놓치는 일이 없어야 할 것이다."

"네, 영감. 한데 그냥 미행만 합니까?"

이시백의 앞에 앉아 있던 조심환(趙深煥)이 긴장한 목소리로 물었다.

"의주를 벗어나기 전에 어떻게든 그놈이 가지고 가는 것을 빼앗아야만 할 것이다."

"과연 놈들이 그놈에게 중요한 일을 맡겼을까요?"

이시백은 조심환을 똑바로 바라보며 말했다.

"분명하다. 왜냐고? 나라도 그렇게 했을 터이니까. 중요한 일일수록 조용히 처리하는 것이 성공할 가능성이 높은 것이다. 누가 짐작이나 하겠느냐? 집에서 거두는 식객 따위에게 대국과 관계되는 중요한 일을 맡길 줄을 말이다."

조심환은 고개를 끄덕인 후 곧 방을 나갔다. 조심환은 약관을 갓 넘긴 나이답지 않게 누구보다도 진중한 성격과 날랜 무예를 자랑했다. 일찍이 김후명이 무과에 갓 급제한 그를 눈여겨보고 시림으로 끌어 들였다. 이런 사람이 열 명만 된다면 중원이 아니라 어디를 간다고 해도 주상의 안위는 염려할 것이 없을 것이라고 김후명은 말했었다. 향후의 중원행에서 그는 주상의 안위를 책임질 33명의 위사(衛士) 중 한 명으로 종군하게 될 것이었다. 이시백은 자신에게 뒷일을 맡기고 떠날 때 김후명이 했던 말을 떠올렸다.

'역시 승지의 추측이 옳았어! 이놈들! 이번에야말로 네놈들의 명줄을 끊어 놓고야 말겠다.'

지난번 역모 사건으로 정성식과 개경 유수를 비롯하여 시림의 중요한 핵심 인물들을 잃었다. 그때 이후 와신상담 놈들의 빈틈만을 노려온 김후명과 이시백이었다.

*

김향남은 한양을 벗어나 관도를 타고 북으로 북으로 향하고 있었다. 말을 달리면서도 참판 영감의 긴장 가득한 얼굴이 쉬 뇌리에서 사라지지 않았다. 영감을 만난 지 십 년이 넘었지만 그런 안색은 처음 봤다. 자꾸만 불길한 예감이 떠올랐다. 김향남은 머리를 털고 그것을 잊어버리려고 애썼다.

'내가 무슨 생각을 한다고 해서 참판 영감이 염려하시는 일이 해결되는 것은 아니지 않는가?'

그렇게 생각하니 한결 마음이 가벼워졌다. 그렇게 말을 달리다가 문득 자신을 뒤쫓는 존재가 있다는 사실을 눈치챘다. 개성 부근을 지날 때의 일이었다. 김향남은 일부러 개성의 저잣거리로 들어가 인파의 혼잡함 속에 몸을 감추었다. 그러다가 어느 대로에서 갑자기 주변 골목으로 몸을 숨겼다. 형체는 보이지 않지만 상대방이 당황하여 자신을 찾는 기척이 느껴졌다. 김향남은 한 식경을 그 골목에서 머무르다가 골목을 나서려고 했다. 막 몸을 돌리려는데 누군가 앞길을 막아섰다.

"그대가 나를 미행했는가?"

김향남이 찬찬히 웃으며 말했다. 상대는 선비의 모양새를 하고 있었다. 허나 김향남은 느낄 수 있었다. 그의 눈빛은 결코 글만 읽는 샌님의 눈빛이 아니었다. 그 형형한 눈빛 아래에서 단호한 말이 튀어나왔다.

"병조참판의 밀서를 가지고 있겠지? 그것을 내게 주어야겠네."

김향남은 쓰게 웃었다. 언제 놈들이 냄새를 맡았을까? 김향남은 순순히 인정했다.

"그것을… 내가 왜 그대에게 주어야 하지?"

"그것은… 사직과 인군을 오랑캐에게 팔아먹는 것이니까."

김향남의 말이 떨어지기가 무섭게 상대는 빠르게 말했다. 대답이 끝나기도 전에 김향남이 몸을 움츠린다 싶자 그의 품속에서 날이 시퍼런 비수가 튀어나왔다. 상대는 긴장하여 몸을 호형(虎形)으로 했다. 김향남이 눈을 크게 떴다.

"그대는 조정 관원이로군."

상대의 반응을 보고 김향남은 상대방의 정체를 알 수 있었다. 그가 보이는 일순간의 빈틈을 김향남은 놓치지 않았다. 김향남이 비수를 일직선으로 찌르는 척하다가 비스듬히 내려 그었다. 상대는 그것을 피하려고 했다. 그러나 너무 급히 뒤로 물러서다가 돌부리에 걸렸는지 비틀거렸다. 김향남이 다시 비수를 둥글게 그었다. 그 동작이 워낙 빠른 탓에 상대는 마침내 비수에 베이고 말았다. 그가 서너 걸음 물러서더니 자세를 바로 하고 섰다.

"제법이로군. 장안 왈패들이나 상대하던 수준치고는 말이야."

그는 얼굴 부근을 베였는지, 그의 관자놀이를 타고 한 줄기 선지피가 흘러내렸다. 김향남은 아무 말 없이 비수를 앞으로 내밀며 그를 향해 돌진했다. 비수로 그를 베는 듯하다가 느닷없이 발길질로 상대를 찼다. 그러나 김향남은 허공을 차야만 했다. 상대는 김향남의 발길질을 피하는 동시에 오른쪽 주먹으로 그의 명치 부근을 강타했다. 허헉 하고 가쁜 숨을 내뱉으며 김향남이 무너졌다. 억센 발길이 곧이어 김향남의 턱을 강타했다. 김향남은 그 자리에서 쓰러졌다. 한 줄기 피가 악다문 이빨 사이로 흘러나왔다. 그것을 지켜내려는 필사적인 몸부림에도 상대는 신속히 김향남의 품을 뒤져 서찰을 찾았다.

"네놈이야 무슨 잘못이 있겠느냐? 그저 주인을 잘못 만난 죄밖에는."

그가 등을 보이고 빠르게 걸어가려고 했다. 김향남은 비칠거리며 억지로 몸을 일으켜 비수를 고쳐 쥐었다. 등을 돌린 채로 상대가 말을 했다.

"그대로 있으면 살 수 있다. 헛된 살생은 하고 싶지 않다."

그러나 그 말을 무시하고 김향남은 비수를 비껴 든 채 그에게로 돌진했다. 그가 빠르게 몸을 돌렸다. 번쩍하고 무언가 빛나는 것이 김향남에게로 쏟아져 왔다. 다음 순간 김향남은 인후부에 몹시 뜨거운 기운을 느끼며 그 자리에 멈춰 섰다. 어느새 상대는 환도를 뽑아 들고 서 있었다. 김향남이 목 부근을 움켜쥐었다. 그의 손가락 사이로 핏줄기가 분수처럼 뿜어져 나왔다. 김향남이 가르륵 거리며 목 부근에서 가래가 끓는 소리를 냈다.

"부디 다음 생에는 좀 더 복된 삶을 살기를."

상대는 말을 마치고 두 손을 모아 합장했다. 김향남은 눈을 부릅뜬 채 쓰러진 상태로 멀어져 가는 상대의 뒷모습을 응시했다. 어느새 목 부근의 통증도 없어지고 졸음이 밀려왔다.

*

"게 아무도 없느냐? 당장 이 문을 열렸다!"

이형상의 집 대문을 일단의 관원들이 세게 두드리고 있었다. 하인이 대문을 열자 밀물처럼 집안으로 쏟아져 들어왔다.

"역적 이형상은 오라를 받으라!"

사랑에서 책을 읽고 있던 이형상이 전갈을 받고 뛰쳐나왔다. 이형상과 나머지 오촌계의 일원들은 그 밤으로 모두 추포되어 하옥되었다. 그리고 다음 날 이형상은 인정전 뜰 앞으로 끌려 나갔다. 이미 국문을 위한 모든 준비가 끝나 있었다. 곧이어 주상이 모습을 보였다. 주상은 국문장에 나타나자마자 이형상을 보고 말했다.

"병조참판! 그대가 왜 이곳에 있는지 아는가?"

이미 사태를 돌이킬 수 없음을 깨달았는지 이형상이 차분한 어조로 대답했다.

"소신, 무슨 영문인지 도무지 알 수 없나이다 전하!"

주상의 표정이 눈에 띄게 굳어졌다.

"좌승지는 그것을 가지고 오라!"

좌승지가 주상에게 서찰 하나를 공손히 바쳤다. 이형상의 눈빛이 흔들렸다.

"이 서찰의 글씨는 분명히 내가 차자(-간단한 서식의 상소문)에서 본 적이 있는 그대의 글씨다. 확인하겠는가?"

주상이 지시하자 좌승지가 서찰을 가지고 와서 이형상의 눈앞에 대고 펼쳐 보였다. 임금의 물음에 이형상은 아무 말이 없었다. 문득 자신의 방문을 초조하게 나서던 김향남의 뒷모습이 떠올랐다. 이형상이 주상을 노려보며 한 번 이를 악물더니 말했다.

"그래서 무엇이 어찌 되었다는 겁니까?"

"좌찬성이 이미 토설했다. 이것을 이전에 사신으로 왔던 자에게 전달하려고 했다고 말이다!"

"……!"

이형상은 획 하고 고개를 돌려 김병욱을 노려보았다. 이미 형신이 가해진 듯 피로 얼룩진 얼굴의 김병욱이 참담하게 고개를 떨궜다. 정녕 이렇게 끝이 나고 마는가?

"왜 말이 없는가? 사실을 인정하는가?"

위관의 추달이라는 순서를 무시하고 곧바로 임금이 나섰다는 것은 그만큼 증좌에 대해 확신을 가진다는 뜻이다. 영의정 정태화가 곧바로 큰 소리로 외쳤다.

"어허! 저자가? 주상 전하의 하문에 불경하게도 아무런 대꾸도 없다니. 여봐라!"

곧 이형상과 좌찬성 김병욱에게 잔혹한 형신이 가해졌다. 피가 흐르고 살점이 튀었다. 마침내 이형상이 입을 열었다.

"전하! 소신이 무엇을 토설하리까?"

주상이 살기가 등등한 눈빛으로 이형상을 노려봤다.

"좌승지! 서찰의 내용을 읽어라!"

좌승지가 서찰을 펼쳐 들고 큰소리로 빠르게 읽었다.

─ … 대인께서 알아보신 바 적정고의 일은 아국 궁중의 내관들이 작성한 것이 아니라는 증좌가 확인되었사오니 대인께서는 이 점 유념하시어 다

시 그 일을 면밀히 조사하시어 대국의 법을 바로 세우시기 바랍니다. 대청 황상의 은혜를 받은 지 수십 년. 아직 아국은 미력하여 그 은혜에 보답하는 길을 알지 못하나이다. 그런데도 일부 불측한 무리가 황상의 은혜를 갚는 것은 고사하고 불경하게도 은혜를 원수로 갚으려고 하는 우를 범하려고 하니 부디 통촉하시기 바랍니다. 황상 폐하께서는 마땅히 이 불측한 무리들의 음모를 황군을 보내시어 징치하여야 할 것으로 사료되옵니다. …….

서찰의 내용을 듣고 국문장에 있던 모든 신료들이 아연해졌다. 모두의 눈길이 이형상에게로 쏠렸다. 특히 한쪽에서 이형상의 모습을 지켜보던 송시열, 송준길의 눈길이 가늘게 떨렸다.

"이 서찰에 쓰여 있는 불측한 무리란 누구를 말함이냐? 과인을 말함이냐?"

"……."

"그리고 황군을 보내 달라고? 그러면 조선으로 보내진 황군이 여기에서 할 일은 무엇이냐?"

주상의 계속되는 힐문에도 이형상은 함구로 일관했다. 거듭 가해지는 형신에 지쳐 그 서찰의 작성을 지시한 사실을 토설할 만도 한데도 그는 그저 함구로 일관할 뿐이었다.

날이 저물었다. 일단 죄인들은 의금부 형옥에 하옥되었다.

감옥에 있는 이형상에게 옥사장을 통해 누군가가 면담을 신청해 왔다. 옥리의 전달을 들으면서도 이형상은 일언반구 말이 없었다. 이

316

형상은 옥사 한쪽 구석에 구겨진 채 그저 멍하니 허공을 보고 있을 뿐이었다.

"여보게, 참판!"

송시열이었다. 그가 의금부의 형옥까지 이형상을 찾아온 것이다. 이형상은 송시열을 쳐다보지도 않았다. 송시열은 잠시 망설이더니 소리를 죽여 말했다.

"자네가 한 짓이 무언지나 알고 있나?"

그제야 이형상이 고개를 조금 돌려 송시열을 바라봤다.

"나는… 종묘사직과 백성을 위해 할 일을 했을 뿐이오."

송시열이 그런 이형상을 바라보며 한숨을 내쉬었다.

"자네야 자네 소신대로 했을 뿐이겠지만… 문제는 그것이 역모에 해당하는 중죄이니까 그렇지. 안 그런가?"

"무엇이 역모란 말씀이오?"

이형상이 핏발 선 눈에 힘을 주어 송시열을 바라봤다.

"자기네 임금의 일을 상대국에 밀고하는 것은 역모나 다름없지 않은가? 그리고 적정고의 일은 이미 일단락이 되지 않았나?"

이형상이 천천히 말을 받았다.

"지난번 친왕에게 연통하였다고 말씀드렸을 때는 아무 말씀도 없지 않으셨습니까?"

"그것은 다른 것이지! 친왕에게는 황군을 보내 달라느니 하는 말은 안 하지 않았는가?"

이형상은 쓰게 웃으며 말했다.

"역모라고 덮어씌운다면 받아들일 수밖에."

송시열이 목소리를 높이려다가 좌우를 돌아보고 다시 낮게 말했다.

"이 사람아! 사람이 왜 그리 성급한가?"

이형상이 지그시 송시열을 바라보더니 말했다.

"대감. 연판장은 아무도 알지 못하는 곳에 있으니 염려 마십시오. 그리고 나는 후회하지 않소이다."

"무엇을 말인가?"

"이 땅에 다시 전란의 피바람을 일으킬 수는 없소. 만약 그렇게 하려는 사람이 있다면 나는 그를 파멸시키고 말 것이오. 그 대상이 설혹 주상 전하라고 해도 내 결심은 변하지 않소."

송시열이 핏발 선 이형상의 눈을 바라보더니 외면했다. 연판장에 관한 것을 확인하자 적이 안심하는 듯했다.

"어쨌든 나는 그리 알고 갈 것이네. 알겠는가?"

이형상은 총총히 발길을 돌려 걸어가는 송시열의 뒷모습을 동정하듯 하는 시선으로 바라봤다.

*

"놈이 아무런 말도 하지 않았다?"

이시백이 그를 찾아온 좌승지를 향해 말했다.

"그렇습니다. 이형상이 그 잔혹한 형신에도 끝끝내 아무런 말도 하지 않았습니다."

이시백이 곰곰히 생각에 잠겼다.

'자복을 받아야만 한다. 아니 무엇보다 놈들이 작성한 연판장을 찾아야 한다. 제 아무리 입을 닫아도 연판장에 자신들이 작성한 수결이 눈앞에 있고서야 아무런 말도 할 수 없다. 그래야만 놈들을 치죄하여 사사하든지 할 수 있다. 그렇게 하지 않는다면 이 국면이 끝나자마자 조정의 공론은 놈들에게 유리한 쪽으로 돌아갈 것이다. 대간이든 무엇이든 간에 지금 조정의 우위를 점하고 있는 것은 이형상 일파를 위시한 산림의 무리들이다. 일시 약점을 잡혀 침묵하고 있다 하더라도 증좌에 대해 인정을 받지 않고 그들을 죄준다면 필시 증거불충분을 이유로 향후 죄인들에 대해 조치를 취하려고 들 것이다. 게다가 놈들은 청이라는 막강한 배경을 가지고 있다. 그때 오늘날 이형상 등을 죄준 사람들이 어떻게 될지는 아무도 알 수 없다. 놈들의 침묵은 그것을 노리는 것이다.'

"좌승지. 전하는 어떻게 하실 생각이신가?"

"주상 전하께서도 놈에 대해 이번 기회에 끝장을 보실 심산이신 것 같습니다. 다음 국문에서 기어이 놈의 토설을 받아내실 겁니다."

이시백이 고개를 끄덕였다. 생각보다 이형상이 강하게 나온다. 선비들이란 본시 몸이 물러서 조금만 형신을 가한다면 곧 토설을 받아낼 수 있을 것이고 이것을 기화로 조정에 대한 대대적 물갈이를 하려고 했었다. 그런데 놈들의 저항이 의외로 강렬하다. 이시백은 초조한 마음이 들었다.

'다음 단계의 조치를 취해야 하는데 승지가 지금 이곳에 없구나.'

이시백은 시림이 취할 다음 조치에 대해 생각에 잠겼다. 만약 김후명이 이 상황에 처했다면 어떤 조치를 취할까? 그러다가 이시백은 작심한 듯 말했다.

"안 되면 압슬형과 낙형을 가하도록 상주드리게."

좌승지가 놀란 표정으로 눈을 크게 떴다. 조선 후기에 이르러서는 사람을 불구로 만들 수 있는 압슬형이나 낙형 등의 잔혹한 형벌은 거의 금기시되고 있었다. 그런데 이시백은 주상이 행하는 친국에서 그 고문을 가하도록 하라는 것이다. 이시백이 좌승지를 똑바로 보고 말했다.

"알겠는가? 이번이 저들을 일소할 수 있는 마지막 기회라고 생각해야만 하네. 이번이 아니면 기회는 없네."

김후명이 지금 한양에서 이 상황을 접한다고 해도 이렇게 했을 것이다. 지금 저들과 끝장을 보아야 하는 것이다. 좌승지는 아무 말 없이 이시백의 집을 나섰다. 달이 빠른 걸음으로 밤하늘을 가고 있었다.

13. 중원으로부터의 낭보

"왜 말이 없는가? 저 물 아래에 무엇이 있더냐고 묻지 않았나?"

김계안이 물 밖으로 나온 정이로를 다그쳤다. 정이로는 여전히 아무런 말이 없었다. 김계안이 문득 한쪽에 서서 이로를 바라보고 있는 김후명을 보았다. 김계안이 김후명을 쳐다보며 말했다.

"그대가 이자에게 묻게. 나는 저쪽으로 가 있을 테니."

김계안은 부하들을 데리고 한쪽으로 물러섰다. 김후명이 이로에게 다가오자 마침내 이로는 입을 열고 그에게 물속에서 본 것들을 이야기했다.

"어떻게 했으면 좋겠습니까? 이 사실을 알면 놈들이 가만있지 않을 것인데."

이로가 묻자 김후명은 잠시 생각하더니 말했다. 이미 뭔가를 짐작하고 있었던 듯 아주 태연하고 침착한 태도였다.

"일단 사실의 일부만 말하게. 놈들로 하여금 그 황금들을 꺼내게 할 수 있도록."

"차라리 전하께 상주하여 인원을 지원받는 것이 어떻습니까?"

"지금 조정의 상황상 전하께서는 우리의 일까지 신경 쓰실 수 있는 여유가 없네."

김후명은 이곳에 오기 직전까지 적정고와 관련하여 숨 가쁘게 돌아가는 조정의 일들을 보고받고 있었다. 그리고 구개하가 가지고 온 월향의 서찰을 받았다. 역시 자신의 짐작이 옳았다. 놀라운 것은 이형상의 손길이 이곳 만주까지 뻗쳐 있었다는 것이다. 하루빨리 저 썩은 뿌리를 제거해야만 했다. 김후명이 이로에게 대략적인 상황을 이야기했다.

이로는 고개를 끄덕였다. 그러면 결국 스스로의 힘으로 이 일을 처리할 수밖에 없는 것이다.

"뭐라고? 황금? 그게 정말인가?"

이로의 말을 들은 김계안이 믿기지 않는 듯 매우 놀랐다. 태왕의 하사품이 있다고 김후명 일행을 이곳으로 데리고 온 자가 그런 반응을 보이니 김후명으로서는 기가 막힐 노릇이었다.

"그러면 증좌를 가지고 오게."

"증좌요?"

"그렇네. 한 덩어리라도 좋으니 자네가 말하는 그곳의 황금을 내게 가져오게."

이로는 즉시 다시 물속으로 들어가 황금덩이를 하나 가지고 돌아왔다. 그것을 본 모두의 반응은 놀라움 그 자체였다. 김계안이 기쁨이 가득한 얼굴로 모두에게 말했다.

"이제 교단으로 돌아간다. 모두 말에 올라라!"

＊

월향은 얼굴에 떨어지는 차가운 물방울을 맞고 화들짝 정신을 차렸다. 얼른 사방을 둘러보았다. 칠흑 같은 어둠 속이었다.

'여기가 어디지?'

바닥을 만져보니 울퉁불퉁한 돌더미였다. 강계부 중의 숙소에서 잠을 자던 그녀에게 서너 명의 사내들이 들이닥친 것은 어젯밤이었다. 숙소의 방에 그들이 모두 들어서서야 그들의 낌새를 느낄 만큼 그들은 날랜 자들이었다. 불문곡직 재갈을 물리우고 양손을 결박당했다. 그리고 커다란 보자기에 씌워진 채 끌려온 곳이 여기였다. 월향은 얼른 품을 뒤져 봤다. 이로가 맡기고 간 비단 주머니는 다행히 품속에 남아 있었다.

'누가, 어떤 목적으로 나를 이곳으로 납치했을까?'

그때 입구 쪽이 훤해지며 여러 명의 사람들이 걸어오는 소리가 들렸다. 월향은 온몸을 긴장시켰다.

"오호라! 이자인가? 그런데 이자는 여인이 아닌가?"

그들의 맨 선두에 선 하얀 백발을 한 노인이 말했다.

"네. 저희도 끌고 오던 중에 알았습니다."

그의 옆에 있던 자가 대답했다.

"이것 봐라! 미색이 제법이 아닌가?"

늙은이가 이리저리 월향의 얼굴과 몸을 살피며 말했다. 월향은 온몸에 벌레가 스멀거리며 기어 다니는 듯한 불쾌감을 느꼈다.

"당신들은 누구요? 누군데 아녀자를 납치하는 비열한 짓을 하는 거요?"

"비열하다! 맞아. 좀 그렇긴 하지. 하지만 어쩌겠나? 우리에겐 낭자가 필요한 인물인 것을 말이야. 하하하!"

늙은이는 호탕하게 한 번 웃더니 딱 그치고는 옆의 사내들에게 정색을 하고 말했다.

"저 여자를 잘 감시해라! 놈들이 하사품을 확보해서 확실히 우리의 것이 될 때까지는 절대로 필요한 여자이니까 말이야. 알겠나!"

"넷! 명 받드옵니다!"

옆에 있던 사내들은 허리를 거의 구십 도로 꺾으며 늙은이에게 그러마고 했다. 늙은이가 저놈들의 수령인 듯했다. 곧 월향은 양손을 뒤로 하여 묶이고 발까지 묶인 채 다시 동굴 속에 남겨졌다. 놈들은 그런 월향을 음습한 굴속에 남겨둔 채 커다란 바위로 입구를 막아 버리고는 가 버렸다.

*

태왕신교의 본단으로 돌아오자마자 김후명과 정이로는 교주에게로 안내되었다. 그들을 만나자 그는 좌우를 물리쳤다. 단 셋이 남게 되자 교주가 천천히 입을 열었다.

"자네가 본 것에 대해 전사단장에게서 들었네. 그런데……."

교주가 일단 말을 끊고 정이로의 기색을 살피더니 다시 말했다.

"정말인가? 자네가 본 것이 그 정도밖에 되지 않았는가?"

그때 김후명이 얼른 끼어들어 정이로 대신 대답했다.

"그렇습니다. 그저 상자 속에 그런 것이 열 상자 정도 들어 있었다고 하는군요."

김후명이 교주가 들고 있는 예의 그 황금덩이를 가리키며 말했다. 교주가 가만히 미소를 지었다.

"자네들이 무슨 이유로 전사단장에게 그런 거짓을 말했는지 모르나 내 이야기를 들어보면 내가 왜 자네들 말을 믿지 못하는지 알 걸세."

교주는 김후명의 말을 무시해 버리며 시선을 먼 곳에 둔 채 천천히 말했다.

"그대들이 이번에 간 곳은 말일세. 태왕께서 자신의 유물을 매장해 놓은 그곳이 틀림없네. 그곳이 자네들을 받아들였어. 태왕께서 허락을 하신 게지."

김후명이 교주의 말이 끝나자 일부러 잘 알아듣지 못하는 척하며 물었다.

"그러면 그 수호신인가 하는 귀신은 무엇이란 말이오?"

"귀신? 허허, 그대가 잘못 짚었네. 그분은 그 산의 신령이시네."

"신령이오?"

"그렇네. 우리 태왕신교의 교주에게로만 대대로 비밀리에 전해 오는 이야기가 있지. 그것은 이러하네. 태왕께서 생전에 중원의 연(燕)을 정벌하셨네. 그때 연의 황제는 모용희였지. 태왕께서는 연의 수도인 중산을 점령하고 연 황제인 모용희가 소중히 여기는 무언가를 탈취해 오셨네."

김후명이 고개를 끄덕였다. 교주가 김후명이 하는 바를 유심히 보더니 다시 천천히 말을 이었다.

"그런데 태왕이 연을 정벌하고는 다음 해에 모용희가 군대를 일으켜 우리를 침범했네. 사서에는 그저 태왕의 정벌에 대한 보복전의 차원이라는 식으로 기술되어 있지만 실은 그때 태왕께 탈취당한 자신의 소중한 것을 되찾기 위함이었지."

김후명은 교주의 말을 들으며 속으로 무릎을 쳤다. 자신의 추론과 정확히 맞아 떨어졌다.

"그러면 모용희는 어떻게 되었습니까?"

"그것은 사서에 나와 있네. 우리 요동성이 함락되려고 하자 자신과 황후가 직접 요동성에 들어가겠다고 고집을 피우다가 결국 요동성을 함락시키지 못하고 돌아갔다고 말이야. 어쨌든 모용희는 그대로 중원으로 돌아갔네. 언젠가는 다시 돌아와 자신의 것들을 찾아가겠다는 생각을 하고 있었겠지. 그런데 그 후의 사태가 그렇지 않았지. 모용희는 연 내부의 반란으로 살해당하고 말았지. 그리고 고구려 계통의 인물이 황제가 되었지. 그런데 그때 죽었다고 알려졌던 모용희는 실은 죽지 않았네. 물론 회복하기 어려울 정도로 타격을 입었고 그 후 얼마 살지는 못했지만 말이야."

교주는 거기까지 말하고는 잠시 입을 다물고 김후명과 정이로의 반응을 살폈다.

"그래서 어떻게 되었습니까?"

김후명이 묻자 교주의 입가에 만족한 미소가 번졌다. 이자들이 자신의 이야기에 적극적인 반응을 보이는 것으로 보아 이들도 자신이 말하는 바를 이미 알고 있는 듯했다. 그러면 자신이 바라는 바대로 되었을 것이었다.

"모용희는 다시 권토중래하려고 했지. 그러나 왕위를 탈취당하고 아무것도 남아 있지 않은 상황에서 권토중래를 꾀할 수는 없지. 그래서 자연스럽게 그가 과거에 태왕께 탈취당한 그 소중한 것을 되찾으려고 했지. 내가 들은바 전설에는 그 소중한 것이란 그저 하늘 아래 가장 귀중한 것이라고만 나와 있었네. 이제는 그것이 무엇이라는 것이 밝혀졌으니 황금이라고 말하지. 본시 재물이란 권세와 함께 가는 법. 모용희는 그 황금을 가지고 세력을 다시 모아 왕위를 되찾으려고 했지. 그래서 그는 태왕께서 황금을 숨겨둔 곳까지 다다랐네. 그런데 그 황금을 숨겨둔 곳까지 다다르자 그에게 문제가 생기고 말았네. 그의 천수가 다하고 만 것이야. 죽음을 눈앞에 두고 그는 억울하기 그지없었네. 자네들도 이해는 하겠지? 그 황금이 자신의 수중에 있다면 즉시 지지자들을 다시 모아 제위를 되찾을 수도 있었을 테니까 말일세. 그래서 그는 그의 앞길을 방해한 고구려에 대해 사무치는 원한을 품었고 고구려나 그 후손들까지도 자신의 소중한 것에 손을 대지 못하게끔 조치를 취했지."

"그것이 무엇입니까?"

"자네들도 보지 않았나? 수호신을 불러 그것을 지키게끔 한 거지."

정이로는 교주의 말을 듣고 새삼 그 흉측한 것이 다시 떠올라 몸서리를 쳤다. 그런 것이 입구에서 지켰다면 천 년이 아니라 만 년이 흘러도 아무도 그것에 손을 대지 못했으리라.

"물론 모용희의 능력으로 그런 조치를 취한다는 것은 불가능하지. 그때 그의 옆에 있던 탁발성(拓跋星)이 아니었다면 말이야."

"탁발성이요?"

"그렇네. 그는 선비족 국가인 대(代)의 황족이었지. 그는 탁월한 주술의 능력을 가진 주술사였네. 그런데 선비족 내부의 세력 다툼으로 그는 부족에게서 버림받고 말았지. 그런 자를 모용희는 곁에 두고 있었어. 왜냐하면 모용희는 주술에 대해 강한 믿음을 가지고 있었거든. 어쨌든 죽음을 앞두고 모용희는 그에게 부탁했지. 아무도 저 황금에 손을 대지 못하게 해 달라고 말일세. 탁발성은 모용희가 죽고 그의 유지를 받들어 그곳의 입구에 강한 주술을 걸었지. 그리고 그곳의 산신령으로 하여금 그곳을 지키게 만들었네."

이 부분은 알지 못하던 것이다. 김후명은 그렇게 생각하며 교주의 말을 듣고 있었다.

"아무도 그곳에 들어가지 못했네. 그대들이 오기 전까지는 말이야. 그리고 그대들이 그곳의 신비를 풀고 들어갔네. 이것은 하늘의 안배라는 느낌이 드는군. 그곳의 결계를 푸는 열쇠가 거문고라는 사실을 어떻게 알았나?"

"……."

김후명과 정이로가 아무 말이 없자 교주는 얼굴 가득 미소를 지으며 말했다.

"말하고 싶지 않다면 하지 않아도 좋네. 어차피 결계는 풀렸으니까. 그리고 내가 그대들의 말을 믿지 못하는 것은 모용희의 황금에 대한 전설에 대해 내가 들은 것이 있기 때문이지. 전설에 의하면 그것은 여러 나라를 다스리고도 남음이 있는 것이라고 했네. 그런데 그 양이 고작 열 상자라고?"

"……."

김후명과 정이로는 아무 말도 하지 않았다. 교주는 손뼉을 쳐서 바깥에 있던 부하들을 불렀다.

"이자들을 잘 감시하라."

교주는 짧게 명령하고는 눈짓을 했다. 김후명과 정이로는 교주의 부하들에게 끌려나왔다. 김후명과 정이로가 막 교주의 방 밖으로 끌려나오려는 순간 교주가 손을 들어 부하들을 제지했다. 그러고는 품속에서 무언가를 꺼내 보라는 듯 흔들어 댔다. 그것을 본 정이로의 눈이 화등 잔 만하게 커졌다. 갑자기 이로가 온몸을 뒤틀어 자신을 잡고 있던 놈들을 물리쳤다. 그리고 달려들 듯이 교주의 앞으로 뛰어갔다.

"이것은, 이것은 무엇인가? 어디서 난 것인가?"

교주는 몹시 사악하게 씨익 웃었다.

"자네들이 강계부에 남기고 온 그자, 아니 정확히 말하면 그 여인의 것이지."

김후명도 놀라 눈을 크게 떴다. 교주가 손에 들고 있는 것은 여인의 노리개였다. 이로는 분명히 그것을 잘 알고 있는 듯했다.

"그 여인이 누구의 여인인지 이제야 밝혀졌군. 각오해! 만일 조금이 라도 허튼 짓을 하면 그 여인의 목숨은 보장할 수 없을 것이야!"

'아뿔싸! 놈들에게 결정적인 덜미를 잡혔구나.'

김후명은 속으로 가슴을 쳤다. 월향을 잠시 잊고 있었다.

이로가 분노로 이를 갈며 한마디씩 끊어서 말을 뱉어 냈다.

"만일… 그 여인에게… 손톱만큼의 위해라도 끼친다면… 네놈들을 모두 찢어발길 것이다! 명심해라!"

교주는 이로의 독설이 귀에 들리는지 마는지 딴청을 피웠다. 김후명 과 이로는 끌려나와 교주의 거처 저쪽에 있는 동굴 같은 곳으로 끌려 갔다. 동굴 안에는 마치 감옥처럼 커다란 나뭇가지들을 얼기설기 대 놓은 장소가 있었다. 김후명과 정이로를 마치 짐짝처럼 그 안으로 던 져 넣고는 부하들은 뒤도 돌아보지 않고 갔다. 어느새 정이로의 부하 들과 김시연까지 그곳에 갇혀 있었다.

"이제 어떻게 하지요?"

계속 씨근덕대던 정이로가 정신을 좀 수습했는지 김후명에게 물었다. 김후명의 주위로 김시연과 구개하, 천필주, 이영복이 모두 모여 들었다.

"놈은 이제 곧 우리더러 그곳으로 다시 가서 황금을 찾아오자고 할 것이야."

"저는 어찌해야 합니까?"

"가서는 안 되네. 내 살펴보건대 놈들은 결코 올바른 의도를 가진 자들로 보이지 않네."

순간 이로는 어헛 하고 격한 숨을 내뱉었다.

"그럼… 월향은, 월향은 어찌합니까?"

김후명이 난감한 표정으로 이로를 봤다.

"다시 말하지만 이번에는 양보하지 못합니다! 아무리 승지 어른이라 해도 말입니다!"

정이로가 원독에 차 부르짖고 있을 때였다. 그들이 갇혀 있는 곳을 향해 누군가 다가오는 소리가 들렸다. 김후명 일행은 긴장하여 몸을 굳혔다. 어떤 사람이 어둠 속에서 불쑥 나타났다. 자세히 보니 그는 김계안과 함께 김후명 일행을 수행한 무사들 중의 한 사람이었다.

"보시오. 우리 전사단장님께서 그대를 좀 보자고 하시는데."

그가 김후명을 보고 말했다. 김후명은 잠시 생각하더니 그의 뒤를 따라갔다. 정이로와 부하들 그리고 김시연은 초조한 눈빛으로 그를 따라가는 김후명의 뒷모습을 바라봤다.

"거기 앉으시오. 자, 이것도 좀 드시고."

김계안의 방으로 가자 김계안이 김후명에게 차를 권했다. 여태까지 김후명 일행을 대하던 때의 차가운 태도와는 조금 다른 태도였다. 김후명이 차를 마시며 앉아 있자 김계안이 천천히 입을 열었다.

"교주와 무슨 이야기를 나누었소?"

김후명은 김계안에게 교주와 나눈 이야기를 모두 이야기해 주었다. 이야기를 듣는 그의 표정이 시시각각 굳어 갔다. 어떤 대목에서는 혀를 차며 안타까운 표정을 지었다. 김후명의 이야기가 끝났다.

"그럼 곧 그대들과 같이 그곳으로 다시 가라는 교주의 명이 있겠군."

"아마 그럴 거요."

김후명이 대답하자 김계안이 잠시 생각하더니 말했다.

"그대들의 임금은 정말로 저 오랑캐들을 정벌할 계획이 있는 거요?"

"물론이오. 아니라면 내가 왜 이 먼 길을 와서 고생을 하겠소?"

"그대는 그의 측근이라고 했지?"

"그렇소. 주상 전하의 성심 깊은 곳의 어지를 수행하는 사람이 나요."

김계안이 또 잠시 생각하더니 말을 이었다.

"그 계곡에서 당신의 부하가 본 황금이 정말로 열 상자밖에 되지 않았소?"

김후명은 잠시 대답을 멈추고 김계안의 눈치를 살폈다. 이자가 왜 지금 이런 말을 하는가? 이미 다 알고 있는 사실을 왜 굳이 확인까지 하는가? 김후명이 대답을 하지 않자 그는 신중한 얼굴이 되어 다시 말했다.

"그 황금은 태왕의 하사품이오. 태왕께서 제국의 영광을 되찾으려는 후손에게 하사하시는 것이지. 결코 사리사욕을 위해 남기신 것은 아니오. 그런데……."

김계안은 거기까지 말하고 다시 말을 멈췄다. 오래전부터 그런 생각을 해 온 듯 그의 눈빛에 속 깊은 분노가 일렁이고 있었다. 김후명은 이것 봐라 하는 생각이 들었다. 의외의 곳에서 이 곤란한 상황을 타개할 묘책이 생기는 듯싶었다.

"교주는 사적인 욕망이 강하오. 내 그의 밑에서 십 년 세월을 지내면서 반복해서 느껴온 것이오. 그러나 나는 일단은 그의 수하이기 때문에 아무 말 없이 그가 지시하는 것들을 수행해 왔소. 허나 이번 것은 정말 아니라는 생각이오. 우리 태왕신교가 존재하는 이유가 무엇인가? 그것은 태왕께서 이룩해 놓으신 것들을 지키고 나아가 태왕의 제국을 부활시키는 데 있소. 그런데 교주는 그런 것들은 제쳐 두고 자신의 사리사욕을 위해 심지어 오랑캐들과 야합하는 일까지 서슴지 않소."

계속 김계안의 이야기를 들으며 상황을 판단해 오던 김후명이 마침내 김계안의 말을 받아 말했다.

"그런 일이 있소? 그건 안 되지요. 그것은 태왕신교 존립의 정통성을 무너뜨리는 것이지요."

김계안이 크게 고개를 끄덕였다.

"그대 임금의 오랑캐 정벌 계획 말이오. 나는 솔직히 그대의 말만 듣고는 믿을 수 없소. 증좌를 보여 주시오."

김후명은 김계안의 얼굴을 보며 생각했다.

'이자를 잘만 이용하면 이 상황을 벗어날 수 있다. 나아가 어쩌면 우리의 계획에 이자들의 힘을 보탤 수도 있다.'

김후명은 이모응을 토벌할 때 김계안이 이끄는 자들의 무공의 탁월함과 용맹함에 큰 감명을 받았었다. 그런데 그들의 우두머리가 지금 오랑캐 정벌의 동지가 될지도 모르는 상황인 것이다. 김후명이 잠자코 품속에서 단검 하나를 꺼냈다. 은색으로 빛나는 그것은 한눈에 보아도 아주 귀중한 물건임을 알 수 있는 것이었다.

"이것은 주상 전하께오서 이번 원행을 나설 때 내게 하사하신 것이오."

말을 마치더니 김후명은 단검을 뽑아 들었다. 김계안의 눈빛이 일렁였다. 김후명은 그런 김계안을 똑바로 보더니 차를 마시던 탁자 위에 자신의 왼손을 얹었다. 그러고는 아무런 망설임도 없이 왼손 새끼손가락 끝을 잘랐다. 선혈이 튀어 오르며 잘려진 손가락 끝에서 선지피가 솟아 나왔다. 김후명의 얼굴이 고통으로 일그러지는 듯하다가 금세 평정을 되찾았다. 상상하지 못할 고통을 속으로 지그시 눌러 참는 듯했다. 잠시 시간이 흐른 후 김후명은 김계안이 갖다 준 무명천으로 자신의 왼손을 감쌌다. 김후명이 짐짓 차분한 어조로 말했다.

"이것으로도 나의 진정성을 믿지 못한다면 나는 더는 할 말이 없소. 그리고 또 하나 내가 그대에게 약속하리다. 만일 그대가 우리 주상 전하를 따라 북벌의 대업에 동참한다면 정벌 후의 논공행상에서 그대에게 이곳에서 시작하여 사방 천 리를 줄 것이오. 내가 주상 전하께 오늘 그대가 보여 준 협력의 중요함에 대해 강력히 진언한다면 분명히 가납하실 것이오. 나를 믿으시오!"

왼손 새끼손가락을 단지(斷指)하는 김후명을 격동에 찬 표정으로 지켜보던 김계안이 잠시 생각하더니 고개를 끄덕였다.

"알았소. 내 그대를 믿어 보리다. 내 이제야 말이지만 처음 그대를 보았을 때 예사로운 기도가 아님은 알고 있었소."

김계안이 결의에 찬 눈빛으로 김후명을 향해 다가왔다.

*

김후명은 동굴 입구로 비치는 달빛의 각도를 보며 시각을 짐작하고 있었다. 자정이 다 되어 가고 있었다. 김후명 일행이 갇혀 있는 동굴 입구에는 태왕신교 전사단의 수하들이 김후명 일행을 감시하고 있었다. 김후명이 눈짓하자 정이로는 품속에서 메추리알처럼 둥근 것을 꺼냈다. 이로가 태왕의 동굴에서 가지고 온 황금이었다. 미리 황금덩이를 여러 개 챙겨둔 것은 혹시 이런 일이 생기지 않을까 염려해서였는데 이로의 짐작이 맞아 떨어진 것이다. 이로는 그것을 들어 동굴 입구를 향해 던졌다. 그리고 입구를 지키는 수하 중 하나에게 말했다.

"여보시오!"

놈들 중에 하나가 이로가 부르는 것을 듣고 감옥을 향해 다가왔다.

"내가 아까 이곳으로 끌려올 때 떨어뜨린 것이 있소. 품에 넣어두었었는데 떨어진 것 같소. 좀 주워 주시겠소?"

놈은 귀찮은 듯 인상을 썼지만 곧 동굴의 바닥을 더듬어 금덩이를 주워 올렸다.

"이것 말인가?"

그가 이로에게로 다가와 그 금덩이를 건네주려고 했다. 이로는 웃으면서 손을 내밀어 그것을 받았다. 그것을 받아 들자마자 이로는 잽싸게 놈의 손목을 나꿔챘다. 동시에 오른손 주먹으로 있는 힘을 다해 놈의 명치를 쳤다. 명치를 맞은 놈이 멈칫하더니 온몸을 떨기 시작했다. 호흡을 제대로 하지 못했다. 순간 이로는 놈이 옆구리에 차고 있던 환도를 빼들었다. 옆에서 이로의 행동을 지켜보던 김시연이 이로가 빼앗은 환도를 받아 들었다. 그러고는 이로 일행이 갇힌 감옥의 앞에 쳐져 있는 나무로 된 울타리를 노려보았다. 하앗 하는 소리와 함께 김시연이 환도를 앞으로 비스듬히 그었다. 환도가 울타리를 베었다. 아니 그렇게 보였다. 김시연이 울타리를 내려 그은 환도를 고쳐 잡았다. 그리고 발로 울타리를 힘껏 차니 울타리는 힘없이 앞으로 쓰러졌다. 이로는 김시연의 무공을 오늘 처음 제대로 보았다. 울타리로 쳐진 나무들은 한눈에 보기에도 굉장히 단단한 것이었다. 그 재질이 나무라하더라도 세월의 풍상에 단단히 굳어져 쇠보다도 더 강한 것일 수도 있었다. 한데도 그것을 단 한 번의 칼질로 베어 버린 것이다.

울타리가 앞으로 쓰러지는 것을 본 전사단 수하들이 우르르 김후명 일행을 향해 몰려왔다. 김시연이 그들 중 맨 앞의 두 놈을 한꺼번에 환도로 베어 쓰러뜨렸다. 곧 동굴 안에서는 난투극이 벌어졌다. 이로는 이를 악물고 주먹으로 치고 발로 찼다. 구개하와 이영복과 천필주는 동굴 바닥의 돌멩이를 집어 들고 전사들의 병장기에 맞서고 있었다. 김후명 일행은 동굴 바깥으로 한걸음씩 걸어 나갔다.

"빨리! 말을 찾게. 어서!"

김후명이 이로의 옆구리를 찔렀다. 이로와 이영복이 필사적으로 말을 찾아 헤맸다. 그때 동굴 안에서 삐리릭 하고 풀피리를 부는 소리가 들렸다.

'아뿔싸! 놈들을 모두 제압했어야 했는데.'

김후명이 생각했지만 때는 이미 늦었다. 곧 김후명 일행이 서 있는 커다란 마당 같은 곳의 양 사방에 서 있는 여러 개의 커다란 초가집 안에서 태왕신교 전사들이 몰려나왔다. 눈 깜짝할 사이에 이로 일행은 전사들에게 포위되고 말았다. 김후명 일행은 둥글게 모여 서서 전사들과 대치했다.

'전사단장은 무얼 하는가? 자정을 기해 행동하기로 약조했거늘.'

김후명이 김계안의 모습을 찾아 그들을 포위한 자들의 저쪽 너머 어둠 속을 봤다.

"이럴 줄 알았지. 네놈이 결코 호락호락하지 않을 줄 내 알고 있었다!"

그때 전사들의 뒤쪽에서 카랑카랑한 교주의 목소리가 들렸다. 늙은 이가 전사들의 앞으로 나서며 비웃음 비슷한 미소를 입가에 머금고 있었다.

"뭣들 하는가? 저놈들만 생포하고 나머지는 모조리 없애 버려라."

교주가 김후명과 정이로를 손가락질하며 말하자 전사들이 김후명 일행을 압박하여 오기 시작했다. 정이로는 바로 자신의 앞에서 창을 겨누고 있는 놈을 향해 돌려차기를 날렸다. 이로의 발이 놈의 뒷머리에 명중하고 놈은 혼절한 듯 힘없이 자빠졌다. 그것을 마치 기다리기라도 한 듯 태왕신교 전사들의 공격이 시작되었다. 이로는 놈에게서 빼앗은 창으로 찌르고 베고 올려쳤다. 주먹질, 발길질, 심지어 목을 감는 한 놈의 팔을 물어뜯어 놈의 살점을 입가에 한 모금 남기기도 했다.

그렇게 얼마를 계속했을까. 이로는 이제 더는 서 있을 힘도 남아 있지 않았다. 도대체 몇이나 되는지 알 수 없었다. 놈들은 끝없이 자빠뜨리고 매쳐도 계속 덤벼들었다. 김후명은 어디 있을까. 승지께서는 몸도 성치 않은데. 그러다가 문득 이로는 옆에서 폭풍처럼 가쁜 숨을 몰아쉬는 누군가를 느꼈다. 돌아보니 김시연이었다. 그의 전신은 온통 피범벅이었다. 적의 피인지 자신의 피인지조차 구분이 가지 않았다. 그의 주위에만 넘어져 있는 전사들이 유난히 많았다. 그만큼 그의 무공이 탁월했던 탓이리라. 그러나 그러하기에 그에게는 그에게 당한 동료들의 원수를 갚으려는 양 전사들이 악귀처럼 달려들었다. 그러던 어느 순간에 누군가의 수리검이 날아와 김시연의 목에 픽 하고 박혔다. 김시연이 크게 휘청거렸다. 그걸로 끝이었다. 전사들의 병장기는 마치 썩은 고기를 뜯어먹는 독수리의 부리처럼 김시연의 온몸을 난도질했다. 김후명은 절망적인 생각이 들었다. 김시연이 죽었다. 자신과 정이로의 부하들 정도의 능력으로는 이들 전사들을 당해내지 못한다.

'항복해야 하는가? 아니다. 어차피 항복한다 해도 끝내 죽고 말 것이다.'

그때 휘익 하고 어디선가 한 대의 화살이 날아왔다. 그 화살은 저편에 선 채 웃으며 이로 일행을 지켜보던 늙은 교주의 목줄기에 정확히 콱 하고 박혔다. 핏줄기가 분수처럼 뿜어졌다. 교주는 이유를 알 수 없다는 얼굴로 자신의 목줄기를 감싸 쥐고 주저앉았다. 커다란 마당 안에서 난투극을 벌이던 사람들은 미처 그 광경을 보지 못했다. 그러나 교주의 모습을 본 사람들의 순서대로 사람들은 하나씩 동작을 멈췄다. 마침내 모든 사람들의 전투가 멈추었다. 피와 피가 튀고 살이 찢어지고 뼈가 부러지고 짐승처럼 비명과 함성을 질러대던, 마치 육식동물의 싸움 같은 행위들이 거짓말처럼 멈춰지고 정적이 찾아왔다. 그 정적을 뚫고 한 줄기 목소리가 마당을 울렸다.

"나 전사단장이 명한다. 모두 싸움을 멈추어라!"

김계안이었다. 그가 한 손에 활을 든 채 낭랑한 목소리로 전사들에게 명하고 있었다. 전사들은 마치 썰물처럼 한쪽으로 밀려나 섰다. 저들이 과연 우리와 방금 전까지 목숨을 걸고 싸웠던 그 사람들일까? 김후명은 도저히 믿을 수가 없었다. 그만큼 그들의 물러남은 신속하고 깨끗했다.

*

"월향! 월향! 어디 있소?"

정이로는 필사적으로 어둠 속을 더듬었다. 교주가 자주 사용하는 동굴이 이 근처에 있다고 김계안이 알려 줬다. 그러나 자세한 위치는 자신도 잘 모른다고 했다. 그곳일 것이다. 놈이 월향을 납치하여 감금한 곳은.

'제발 무사해다오. 제발! 넌 내 남은 생애이다. 네가 없는 세상에선 난 더는 갈 곳이 없다. 부모형제도 아무도 없는 이 세상에서 난 어쩌란 말이냐!'

미친 듯이 숲속을 돌아다니며 정이로는 반은 정신이 나간 듯 그 동굴을 찾아 헤맸다. 그때 숲속 어딘가에서 이쪽을 향해 뛰어오는 두 개의 그림자가 이로의 눈에 띄었다.

'저놈들은?'

"게 섰거라!"

이로의 호령에 놈들은 발길을 멈추고 이로를 뚫어지게 봤다. 두 놈다 칼을 빼들고 서 있었다. 태왕신교 전사들로 보였다.

"네놈들은 누구냐? 어디서 오는 길이냐?"

전투가 벌어진 곳은 분명히 이곳과 반대 방향이다. 놈들은 아무 말도 없이 이로를 향해 칼을 겨누고 달려들었다. 휘익 하고 활이 한 대 날아와 그중 한 놈의 인후부에 정확히 꽂혔다. 놈은 비명 한마디 지르지 못하고 쓰러졌다. 돌아보니 김계안이 활을 들고 서 있었다. 그것을 보고 이로는 왠지 더욱 불안해졌다. 남은 한 놈과 사투를 벌인 끝에 겨우 놈을 제압했다.

"말해라! 어디서 무얼 하고 오는 길이냐?"

"… 교주님께서 하명하신 것을 하고 왔을 뿐이다."

순간 이로의 머릿속을 불꽃처럼 스치는 것이 있었다.

"그 여인은, 그 여인은 어찌 되었느냐! 말해라!"

이미 많은 피를 흘린 놈의 의식이 흐려져 가는 듯 눈동자가 풀려 갔다. 이로는 놈의 멱살을 잡고 머리가 떨어질듯 흔들었다.

"말해라! 으아악! 제발 말해라!"

놈은 말없이 숲속의 한쪽을 손가락으로 가리켰다. 그리고 팔이 아래로 쳐졌다. 죽은 것이다. 이로는 미친 듯이 그곳으로 달려갔다. 눈에 보이는 길이 막 끝나는 순간 이로는 흠칫 발을 멈추었다. 그의 눈 아래로 천길 낭떠러지가 펼쳐져 있었다.

문득 발에 밟히는 것이 있었다. 아직 생생한 핏덩어리가 절벽의 끝에 퍼져 있었다.

'그러면?'

순간 이로는 주저앉고 말았다.

'그러면 월향이 이곳에서?'

"안 돼! 아, 안 돼!"

이로는 으아악 하고 짐승처럼 울부짖었다. 처절한 메아리가 산봉우리 사이를 몇 번이고 되돌아왔다. 동이 트려면 아직 멀었을까? 산봉우리 사이로 유성 하나가 흘러 떨어졌다. 아무도 없는 절벽 끝에서 주저앉아 꺼이꺼이 목 놓아 우는 천애의 고아. 그런 모습을 김계안이 멀리서 바라봤다. 미처 대비를 하지 못한 자의 안타까운 눈빛이었다.

*

실내에 김계안과 김후명이 마주 보고 앉아 있었다. 김후명과 정이로가 교주와 차를 마시며 담소를 나누었던 바로 그 방이었다.

"그 무장이 죽은 것은 참으로 유감으로 생각하오. 그 무장, 참으로 대단한 사람이었소. 단신으로 태왕신교 전사단 삼십 명을 죽일 수 있는 인물이 존재한다고는 생각지 못했소. 나로서도 저들이 열 명 이상 떼지어 덤빈다면 이긴다는 확신이 없는데."

김후명은 김계안의 칭송을 들으며 새삼 김시연의 부재를 확인했다. 주상 전하의 믿음직한 전사를 또 하나 잃었다. 어떻게든 이 원행을

성공시켜야만 했다. 그래야 지하에 있는 김시연에게 미안하지 않을
것이다.

"우리는 천 년이 넘는 세월을 은둔의 세월로 지내 왔소. 저 이모웅이
라는 자가 나타나기 전까지는 말이야."

"이모웅?"

김후명이 목소리를 높였다. 이것은 이전의 만남에서 듣지 못한 이야
기였다. 김계안은 김후명을 보며 끄덕였는데 양해를 구하려는 표시인
것 같았다.

"교주가 비록 욕심은 조금 있었지만 우리 신교의 은둔의 세월을 걷
어 버릴 정도까지는 아니었소. 그런데 어느 날 대륙에서 왔다는 자가
나타나 자신이 멸망한 당의 황손이라고 떠벌려 댔소. 나는 교주에게
놈과 가까이 지내지 않도록 간언을 했지만 교주는 내 말을 듣지 않았
지. 나중에 알고 보니 이모웅이란 놈, 교주에게 군사를 모아 조선의 영
토를 침범하여 그 옛날 명 태조가 억지로 만들어 놓은 철령위를 차
지하고 공동 통치를 하자고 했다더군요. 지금 중원의 정세는 한 치 앞
을 볼 수 없을 정도이니 아무도 제 놈의 계획을 막아서지 못할 것이라
고 떠벌렸소. 나는 이모웅이 마음에 들지 않았지만 어쩌겠소. 울며 겨
자 먹기로 교주와 행동을 같이했지. 그리고 우리 신교의 피와 살을 놈
에게 뜯겼소. 돈과 군사와 심지어 우리의 여자들까지. 놈은 시간이 갈
수록 마각을 드러내기 시작했소. 마침내는 나와 교주를 제거하고 놈
들이 우리 신교를 독차지하려는 계획을 진행 중인 것을 알았소. 그 결
과는 그대들이 잘 알고 있고."

"그러면 교주도 그대와 같은 피해자의 입장이 아니오?"

김후명이 김계안에게 다소 굳은 어조로 물었다. 이자가 만일 사리사욕으로 교주를 죽였다면 이자 또한 믿을 수 없는 자가 된다.

"내가 교주를 징벌하지 않을 수 없는 사유가 발생한 것은……"

김계안은 거기까지 말하고 분노에 찬 눈빛을 빛냈다.

"이모응 일당을 모두 제거했다고 생각했었는데 실은 교주는 놈의 동생이란 놈을 남몰래 숨겨두고 음모를 꾸미고 있었소."

이모응의 동생이란 김후명이 이모응의 본거지에서 본 적 있는 그 문사복을 입은 사내였다. 그가 태왕신교 교주와 연계하여 이모응이 못다 이룬 꿈을 계속 이루려 했었다면 충분히 이해가 가는 일이다. 김계안이 단호한 표정으로 말을 계속했다.

"알고 보니 이모응을 제거한 일까지 모두 교주의 음모였소. 이모응을 제거하고 뒤이어 나를 제거하여 태왕신교를 완전히 장악할 속셈이었겠지. 게다가 태왕의 하사품을 그대들이 찾아내자 그걸 가지고 저 청의 오랑캐와 거래를 할 셈이었다는군. 태왕의 적인 자들과 말이오."

앞서 만남에서 김계안이 말했던 교주가 오랑캐와 거래를 하려고 한다던 것은 이를 두고 한 말이었다. 김계안이 김후명을 보고 말했다.

"그 폭포 아래에서 가지고 온 그 황금빛 쇠판을 보고 나는 깨달았소. 태왕신교가 마침내 그 쓰일 곳을 찾았다고 말이오. 태왕신교는 태왕의 어지를 받들어 태왕께서 이루어 놓으신 것들을 지키는 것이 그 존재의 이유요. 허나 고구려가 멸망하고 난 후 저 발해가 그 뒤를 이었지만 발해 이후로 태왕의 강역은 한낱 오랑캐들의 앞마당으로 전락했소. 그러기를 또 수백 년. 허나 지금 중원의 정세로 보아 태왕께서 이루어 놓으신 것들을 되찾을 수 있는 절호의 기회요. 그런데 교주라는 자는 제 야망의 성취에만 급급하여 그런 것들을 모두 잊었소. 심지어 오랑캐와 거래 후 나와 전사단들이 자신의 말을 듣지 않을 경우 나와 전사단들을 모두 몰살시키려는 계획까지 가지고 있었소."

김계안이 말을 마치고 침묵을 지켰다. 그러고는 김후명을 보며 눈을 빛냈다. 이전의 만남에서 그가 마지막 순간에 보였던 것과 같은 눈빛이었다.

"그러면 단장께서는 주상 전하의 북벌에 동참한다는 결정을 하신 것이오?"

김후명이 확인하듯 묻자 김계안이 표정을 엄숙히 하여 말했다.

"태왕이 한수에서 나타난다 했으니 그것은 지금 조선의 임금을 말함이 아니겠소? 태왕의 후계자가 나타났으니 응당 태왕신교는 그 뒤를 따라야 하겠지요."

김후명의 얼굴이 환하게 밝아졌다. 마침내 자신의 의도가 적중했다. 엄청난 양의 황금과 아울러 중원 정벌이라는 목표에만 모든 것을 걸수 있는 수백 명의 전사들을 얻은 것이다. 김후명은 꿈만 같았다.

*

"병조참판과 좌찬성을 저대로 두실 작정입니까?"

병조판서 송준길이 목소리를 높였다. 송시열이 난감한 표정으로 앉아 있었다.

"참판은 너무 앞서 갔습니다. 아무리 그래도 청에 군병을 요청함은 너무 심하지 않았습니까?"

송시열은 다소 언짢게 말하고 있었지만 그 어조는 결연한 것은 아니었다.

"우리 당의 기둥입니다. 참판은. 잊으셨습니까?"

송준길은 여전히 흥분한 어조였다. 송시열이 잠시 생각을 하더니 결심한 듯 말했다.

"알겠습니다. 방법을 찾아보지요."

"어떻게 하실 작정입니까?"

"전하께 상주하여……."

송준길이 고개를 저었다.

"전하께 지금 참판의 구명을 요청한다는 것은 안 될 말입니다. 설혹 전하께서 그런 성지가 있으시다 해도 이미 추포하여 투옥까지 시킨 마당에 어떻게 슬그머니 방면하실 수 있단 말입니까?"

"그러면 병판께서는 어떤 생각이 계신지요?"

송준길이 잠시 송시열의 눈치를 한 번 보더니 입을 열었다.

"이미 사람을 황도로 보냈습니다."

"네?!"

송시열이 목소리를 높이자 송준길이 다급하게 말했다.

"시간이 없었습니다. 낼모레면 추국이 계속될 터이고 참판이 형신에 못 이겨 자복이라도 하는 날엔 꼼짝 없이 죽은 목숨 아닙니까? 그래서 이판께 미리 상의드리지 못했습니다. 미안합니다."

송시열은 혀를 차며 큰 소리로 탄식했다. 그러나 송시열은 곧 송준길의 생각에 동의했다. 다른 수가 없지 않은가. 이대로 산림 정권의 기둥인 이형상을 잃을 수는 없는 노릇이었다.

*

"뭐라고요? 이형상 이하의 역도들을 무죄 방면하라고요?"

주상의 노한 목소리가 편전의 천장을 쩌렁쩌렁 울렸다.

지금 편전 안에는 청의 사신 범경이 서 있었다. 별다른 이유도 없이 들이닥친 사신은 곧바로 임금에게 독대를 청하여 황제의 뜻을 전달했다.

"그러하옵니다. 황상께옵서 그들의 일에 대해 들으시고 대국에 대해 충성하는 자들을 그리 대할 수는 없다고 하명하셨습니다."

범경이 굳은 얼굴로 대답하더니 황제의 조서를 들어 바쳤다. 임금은 그것을 받아 읽었다. 잠시 질식할 것 같은 침묵이 편전을 감싸고 흘렀다. 주상이 조서를 들었던 손을 천천히 내렸다. 그러고는 미동도 않은 채 한참을 앉아 있었다. 주상이 천천히 떨리는 목소리로 말했다.

"알겠소. 내 황상의 성지를 받들겠소."

범경은 만족한 미소를 온 얼굴에 흘리며 물러갔다.

'이는 저들의 명백한 내정 간섭이다. 자신에게 역모를 품고 있는 신하들도 제대로 벌주지 못하는 군왕이 무슨 군왕이란 말인가?'

주상의 두 눈에 분노가 가득했다. 꽉 움켜쥔 어수는 하염없이 떨렸다. 주상은 그렇게 한참을 앉아 있었다.

"전하, 좌승지이옵니다. 훈국천총 입시이옵니다."

좌승지의 목소리에 주상의 용안이 번쩍 들어 올려졌다. 들어 올린 용안 위로 한 줄기 눈물이 흘러내리고 있었다. 분루(憤淚)이리라!

"그게 정말이냐?"

"네. 그러하옵니다. 전하."

잠시 전 청의 무례한 요구에 분개하여 분루를 삼키던 주상이 이시백의 보고를 듣고는 만면에 희색을 감추지 못했다. 이시백은 지금 주상에게 김후명이 보낸 장계에 대해 보고하고 있었다. 주상은 곧 장계를 직접 읽었다.

"과인에게 유일한 낙이 이들이로다. 희망이 먼 변방에서 싹트고 있었다니. 그러면 어서 그 황금을 꺼내어야만 할 것인데. 자네가 가겠는가? 내 금군 이백을 딸려 보내도록 하지."

이시백이 눈을 크게 떴다.

"전하! 지금 금군을 움직인다는 것은 저 신료들에게 공격의 빌미를 주는 것밖에는 안 되옵니다. 통촉하소서!"

주상이 이시백의 말을 듣고 잠시 생각하더니 고개를 끄덕였다.

"그대의 말이 옳다. 아! 군왕이라는 자가 제 휘하의 병력 하나 마음대로 움직일 수 없는 형세라니. 참으로 한심하도다!"

임금의 탄식에 이시백은 저절로 눈물이 나왔다.

"그러면 어찌 그 황금을 꺼낸다는 말이더냐?"

"전하! 승지가 보낸 장계에는 그 태왕신교라는 무리의 우두머리가 전하께 복속할 것을 맹세하였다고 하오니 그들에게 맡기심이 가한 줄 사료되옵니다."

주상이 잠시 침묵을 지키고 머릿속을 정리했다.

"향후 사태가 어찌 되느냐에 따라 과인은 중대한 결심을 할 수도 있다. 중원의 형세가 명백해진다면……."

주상은 거기까지 말하고 말끝을 흐렸다. 강하게 맥박 치는 눈빛은 성심의 현 위치를 보여 준다. 이시백은 그런 주상의 눈빛을 확인하고 자세를 바로 하고 섰다. 김후명이 장계와 함께 보내온 것이 있었다. 이시백은 품에서 어떤 종이 뭉치를 꺼냈는데 뭔가가 빽빽이 적혀 있고 자그마한 서책의 형태로 되어 있는 것이었다.

"그게 무엇인가?"

"승지가 장계와 함께 소신에게 보낸 것이온데 전하께 상주드리겠습니다."

이시백은 서책의 내용을 한 자 한 자 읽어 나갔다.

— 소신이 알아본 바 한 사람의 장정이 일 년을 농사를 짓거나 하지 않고 아무런 일 없이 지냄에 있어 필요한 재화는 대략 스무 냥가량이 소용되옵니다. 먹을 것에 열 냥가량, 의복을 입는 것 등등 다른 것에 들어가는 것이 그러하옵니다. 오천. 지금 훈련도감과 총융청에서 군사를 징발하고 이제 합류하게 될 태왕신교의 전사단까지를 모두 합한다면 우리 자체 내의 동원 가능한 병력은 그 정도가 될 것이라 사료되옵니다. 거기에 고려방의 군세를 합한다면 대략 이만의 병력이 됩니다. 그러면 어림잡아 사십만 냥의 재원이 소요됩니다. 거기에 총포와 화약, 화포 등 병장기도 전쟁에

는 뺄 수 없는 것이니 이에 대한 자금도 필요합니다. 지금 나라의 사정으로는 거듭된 흉년으로 백성의 삶이 피폐하옵니다. 만일 이를 백성들에게서 염출한다면 백성들의 삶이 도탄에 빠질 것은 자명하옵니다. 이러한 때에 저 황금이라는 것이 나왔다는 것은 가히 하늘의 도우심이라고 사료되옵니다. 소신은 그 황금으로 중원 강남 지역의 부유한 곳에 가서 이를 실제 사용될 물자로 바꾸는 것이 알맞다고 생각되옵니다. 중원에서는 황금이라면 나라도 살 수 있다는 말이 떠돌 만큼 황금의 값어치는 대단하옵니다. 비록 전란이 계속되어 물자가 부족하다 하지만 이는 물자 자체가 부족하다기보다는 부상대고들이 약탈을 염려하여 물자를 은닉하여 비축하는 것이 더 큰 원인이옵니다.

임금은 만족한 표정으로 이시백을 바라봤다.

"빠른 시일 내에 그리하도록 하라. 시일이 지나 중원의 주인이 확정되어 버린다면 군사를 일으키는 것이 무의미하게 될지도 모른다. 그리고 중원의 협사들에 관한 것은 어찌 되었는가?"

"영명왕을 추종하여 강남 지역 이곳저곳에 흩어져 있던 무리들을 규합하고 이자성의 반란 이후 흩어졌던 농민군들을 거느린 협사들을 하나의 세력으로 만들어야 하옵니다. 여기에도 이번에 찾아낸 황금은 지대한 역할을 할 것이옵니다. 창름(倉廩)이 풍부하여야 인심이 난다는 옛말도 있지 않사옵니까?"

"고려방은?"

"중원 정벌의 준비를 모두 마치고 모두 전하의 어명이 내리기만 학수

고대하고 있다고 하옵니다."

주상이 만면에 웃음을 띠었다. 고려방. 심양의 포로 시절부터 남몰래 뜻을 함께한 백오십 명의 협사들을 본국으로 송환될 당시 인근 각지의 조선인들이 사는 마을로 내려 보냈다. 언젠가 이 땅에 다시 돌아오는 날 나를 기다리라는 말을 남기고서. 형님인 소현세자가 즉위하면 자신은 형님을 설득하여 전쟁을 준비한 뒤에 도원수가 되어 정벌군을 이끌고 심양으로 돌아갈 심산이었다. 그런데 소현세자가 느닷없이 죽고 보위라는 예상치 못한 자리에 앉게 되었다. 그리고 다시 십 년. 그들 협사들은 이제 만 오천의 병력으로 늘어나 있었다. 이제 그들은 그 어느 누구보다도 더 강력한 주상의 원군이었다. 중원 정벌의 대업에 농사와 병역을 겸하느라 느려 터진 조선의 병사들은 결코 도움이 되지 못한다. 저들의 빠른 기마병을 상대하기 위해서는 이쪽도 그에 못지않게 빠르고 잘 훈련되어 있어야 했다. 저들 만 오천은 오로지 중원 정벌이라는 목적 하나로 훈련을 거듭한 병사들이었다. 그들에게 농사는 부업이고 전쟁이 주업이었다. 일부러 조선에서 끌려간 자들의 자손들을 대상으로 대원을 모집했다고 들었다. 이름하여 고려방. 그런데 문제는 재화였다. 아무리 열렬한 마음으로 오랑캐를 정벌하고 싶어도 제대로 먹지 못하고, 입지 못하고, 싸울 무기가 없다면 오랑캐를 정벌하는 일은 불가능했다. 현재 조선의 능력으로는 불가능했다. 거듭된 흉년으로 고통받고, 탐관오리의 가렴주구에 시달리는 백성들에게 더 무엇을 요구한단 말인가? 그래서 광개토태왕의 전설이라는 다소 황당하기까지 한 것에 매달렸다. 그런데 김후명과 정이로가 정말 너무나 고마운 일을 해 주었다. 임금은 지금이라도 달려가 그들을 얼싸안아 주고픈 마음이었다.

"천총, 알고 있나? 도(道)도 창름(倉廩)에서 나온다 하지 않았던가?"

주상이 농을 하며 활짝 웃었다. 이시백은 참으로 오랜만에 주상의 밝은 용안을 보았다.

*

"괜찮으신가?"

김병욱은 아직도 욱신거리는 대퇴부와 살 사이를 주무르며 이형상에게 말했다. 그는 별반 말이 없었다.

"전하와 그늘 속의 무리들을 너무 얕잡아 본 겁니다."

이형상은 말하고 나서 형신을 받고 투옥된 날들이 새삼 사무치는지 이를 갈았다.

"청의 사신이 알맞게 당도하였으니 망정이지 그렇지 않았다면 참으로 황천길로 갈 뻔했네."

김병욱이 새삼 가슴을 쓸어내렸다. 이형상이 타는 듯한 시선으로 앞을 내다보다가 말했다.

"이번 일로 전하의 어심이 더는 우리에게 없음이 밝혀졌습니다."

이형상의 말을 듣고 김병욱도 고개를 끄덕였다.

"그리고 전하의 어심을 우리에게로 돌릴 이유 또한 이제는 없는 것 같습니다. 그렇지 않습니까?"

김병욱이 비로소 반응을 보였다.

"그러하네. 전하께서는 이번 일로 우리를 도륙 낼 심산이셨지. 청의 사신이 아니었다면 우리는 꼼짝없이 약사발을 엎고 피를 토했을 것일세."

"전하께서 그러하시다면 우리로서도 앉아서 당하고 있을 수만은 없지요."

"어찌하겠다는 건가?"

"가만히 앉아서 벼락을 기다리느니 하늘을 바꾸면 될 것이 아닙니까?"

김병욱이 침을 삼켰다.

"승산은… 있다고 보는가?"

이형상이 얼굴을 일그러뜨리며 웃었다.

"승산이 문제가 아닙니다. 문제의 본질을 보아야지요. 지금 이러한 사태의 진원지가 누구입니까?"

"그야… 주상이시지."

"그러면 해답은 이미 나와 있는 것 아닙니까?"

김병욱이 눈을 크게 떴다.

"자네 설마……."

"우리가 생각하는 상대는 의외로 숫자 면에서는 많지 않습니다. 다만 당사자의 크기가 문제이지요."

이형상이 목소리를 낮추어 다시 한 번 읊조렸다.

"적은 인원의 희생으로 전란을 막을 수만 있다면… 응당 그래야지요."

14. 필사의 전투

"저… 나으리님."

뭔가를 생각하던 김후명은 구개하의 목소리에 문을 열었다.

"저… 이로 도련님을 한 번 찾아봐 주심이 어떠하온지요."

김후명이 개하를 보며 고개를 끄덕였다.

"어찌 지내고 있는가? 많이 괴로워하는가?"

"그것이… 벌써 나흘째 그 낭자가 잡혀 있었다던 동굴에서 칩거하시며 술만 마시고 있습니다요."

김후명은 잠시 생각한 후 의관을 차려입고 따라나섰다.

"……."

이로는 퀭한 눈으로 동굴의 벽면을 주시하고 있었다. 지금이 언제인지, 여기가 어디인지조차도 이제는 단지 귀찮을 뿐이었다. 동굴 입구에서 인기척이 났지만 이로는 돌아보지도 않은 채 앞만 바라보고 있었다.

"이제… 그만하지."

김후명이 이로의 옆으로 다가가며 말했다.

"……."

이로는 아무 말이 없었다. 김후명은 그런 이로의 옆 모습을 한동안 바라보다가 짐짓 태연하게 말했다.

"삶을 살다 보면 누구나 굴곡은 있는 법. 자네가 지금 그 굴곡의 밑바닥에 있음을 내 아네. 하지만……."

"하지만 뭡니까?"

저 밑바닥 땅속에서 울려나오는 것 같은 어조로 이로가 말했다. 김후명은 그것에 개의치 않고 말을 이어갔다.

"주상 전하의 어지를 잊었는가? 맡겨진 과업은 끝내야지 않겠는가?"

"제게!"

김후명의 말이 채 끝나기도 전에 이로가 억양 없는 어조로 그러나 단호하게 말했다.

"… 이제 더는 의무를 말하지 마십시오. 그 사람이 떠난 순간… 저의 이 지상에서의 뿌리는 끊어졌습니다."

김후명은 한 번 더 이로의 얼굴을 보더니 입술을 깨물며 말했다.

"그래서? 어쩌자는 건가?"

"그냥 내버려 두십시오. 다 귀찮습니다. 주상 전하의 어지도, 부모 형제의 복수도 모두 말입니다."

"자네… 왜 이러나? 조선의 슬픔을 모두 다 어깨에 짊어진 표정 같구만."

그제야 이로가 고개를 획 돌리며 김후명을 노려봤다. 김후명은 타는 듯한 눈길로 그런 이로를 쏘아봤다.

"엄살 떨지 말게. 모두 다 고통스러운 세상이야. 자네는 지금 조금 더 심한 것일 뿐이네."

"조금 더요? 이제 이 조선, 아니 세상 어디에도 제 뿌리는 없습니다. 그런데 조금 더 고통스러울 뿐이라고요?"

"닥쳐라!"

김후명이 벽력처럼 일갈하였다. 김후명의 일갈에도 이로는 눈을 똑바로 뜨고 노려볼 뿐이었다.

"네놈만 그런 슬픔에 잠긴 줄 아느냐? 이것을 보아라!"

그러면서 김후명은 서찰 하나를 이로에게 던졌다. 이로가 덜덜 떨리는 손으로 그 서찰을 집어들어 읽었다. 내용을 읽는 이로의 눈이 놀라움으로 커졌다. 그리고 고개를 돌려 김후명을 바라보았다.

"알겠느냐? 네놈만 연모하는 이를 잃고 아파하는 줄 아느냐? 나는 이제 그런 정도에는 눈썹 하나 까딱하지 않는다."

−승지 어른. 참으로 비통한 소식을 전하여야겠습니다. 이틀 전 부인께서 댁으로 들이닥친 불한당 놈들에게 참변을 당하셨습니다. 어서 빨리 한양으로 오시어 상을 치르심이 마땅한 줄로 압니다……

"알겠느냐? 내 내자가 살해당하였다. 나는 안다! 어떤 놈들이 그런 짓을 했는지. 나를 만나 이십 년을 삼시 세 끼 밥 한 번을 제대로 못 먹고, 옷 한 벌을 제대로 못 사 입혀 본 사람이다. 그 사람은……."

김후명이 잠시 말을 멈추었다. 가슴 저 아래에 숨겨 두었던 격정이 올라오는 것을 애써 참고 있는 듯했다. 다소 떨리는, 밑바닥에 한없는 눈물이 흐르는 목소리로 김후명이 말을 이었다.

"나는… 내 내자의 초상에 가지 않는다. 아니 못 간다. 그리 보낸 사람을 무슨 낯으로 만난단 말이냐? 그를 그렇게 만든 놈들을 징치하지 않고서는 결코 갈 수 없다. 너는 아직 멀었다. 네가 두 눈 뜨고 지켜보는 이 세상 사람들이 얼마나 많은 아픔과 한을 안고 사는지 네가 보려면 다른 방법이 없다. 네가 직접 그 고통을 당해 보는 것 이외에는……."

잠시 후 김후명이 다시 정상을 되찾은 목소리로 말했다.

"사내는 눈으로 울지 않는다. 온몸으로 가슴으로 운다. 허나 나는 울지 않는다. 내 내자는 결코 서방의 그런 모습을 보고 싶어 하지 않을 것이기 때문에……. 울고 싶다면 피해서 울어라. 남 몰래 울어라. 괜한 눈물로 가뜩이나 힘든 사람들을 더 힘들게 하지 말아라. 알겠느냐?"

갑자기 이로가 벌떡 일어나더니 김후명을 얼싸 안았다.

"승지 어른!"

이로는 동굴이 떠나가도록 꺼이꺼이 울었다. 어느새 김후명도 눈가에 이슬이 가득한 채 그런 이로의 등을 두드리며 쓰다듬었다.

"내 내자와 네 여인의 명복을 빌자. 그러나 울며 쭈그리고 있지는 말자. 그들이 가장 바라보기 싫은 모습이 그것일 것이다."

그런 김후명의 말에도 이로는 아랑곳하지 않은 채 계속 몸부림치며 울었다.

*

김후명은 정이로와 함께 강계부로 돌아왔다. 주상께 보낸 장계에 대한 회답을 기다리기 위해서였다. 그러던 차에 손님이 찾아왔다. 중원인의 복장을 하고 있었다. 그는 김후명을 보자마자 환하게 웃었다. 무사의 기질이 느껴지는 풍모였다. 정이로는 그의 무쇠 같은 단단한 어깨와 바른 걸음걸이를 보며 그렇게 생각했다. 김후명은 그를 마치 죽마고우라도 되는 것처럼 반갑게 맞았다.

"인사하게. 이쪽은 최씨 성에 기영이라는 사람일세."

김후명은 정이로에게도 그를 소개했다. 그들이 수인사를 주고받자 김후명은 만족한 미소를 머금으며 최기영에게 차를 권했다.

"이제 본격적인 활동에 들어가야 하지 않겠습니까?"

최기영이 차를 한 모금 마신 후 진중하게 말했다. 김후명은 말없이 고개를 끄덕이고는 찻잔만 기울였다. 잠시 후 김후명이 천천히 입을 열었다. 그의 시선은 정이로를 향해 있었다.

"이제 우리의 임무를 본격적으로 수행해야 하네."

"네? 우리의 임무는 끝나지 않았습니까?"

정이로가 되묻자 김후명은 답답하다는 듯 혀를 찼다.

"태왕의 유물을 찾는 것은 우리의 임무 중 극히 일부에 지나지 않네. 일전에 자네에게 이야기하지 않았나? 주상 전하의 오랑캐 정벌에 대한 성지에 대해서."

최기영이 주위를 한 번 살피더니 목소리를 낮춰 말했다.

"표적으로 삼을 놈들을 정해 두었습니다."

김후명이 고개를 끄덕이더니 정이로를 보고 말했다.

"최 당주에 대해 자네도 이제 알아두어야겠네."

"최 당주요?"

정이로에게 김후명이 들려준 얘기는 이랬다. 최기영은 주상이 중원에 만들어 놓은 군세인 고려방의 총당주(總幢主)이다. 총 일만 오천 명으로 구성된 고려방의 군세는 십오 개의 당으로 구성된다. 각 당에는 일천 명씩의 전사들이 소속되어 있다. 총 만 오천의 일당백의 전사들. 이들은 평시에는 농사를 지으며 생업에 전념하지만 유사시에는 모두 전투에 동원된다. 고려방의 방주는 물론 주상이다. 정상적인 군대라면 사령관이 군사들과 함께할 수 있지만 조선의 왕이 중원에 있는 고려방 군사들을 통솔할 수는 없는 일이다. 그래서 주상과 고려방의 사이에 김후명의 시림이 있어 평상시의 행정을 처리한다. 최기영은 지금 주상의 참모격인 김후명을 만나러 온 것이다.

"그러면 이제 전하께서 오랑캐 정벌의 기치를 올리셨단 말씀이오?"

정이로가 묻자 김후명은 고개를 저었다.

"아니. 아직은 아닐세. 목전까지 다가오기는 했지만. 그래서 지금부터 나와 자네는 최 당주와 함께 한 가지 일을 해야 하네. 그것은 청의 팔기군 중 하나와 전투를 하는 것이네."

정이로의 두 눈이 커졌다.

"팔기군과 전투요?"

"그렇네."

정이로는 너무도 급박하게 돌아가는 상황에 당황하고 있었다. 팔기군! 대륙을 석권해 가는 대청의 최정예 부대. 그들과 전투를 한다고?

"지피지기면 백전백승이라 했네. 그런데 우리는 아직 적들에 대해 너무 아는 것이 없네. 그런 의미에서 이 전투는 본격적인 정벌에 못지않게 중요한 것이 될 것이야."

"자, 잠깐, 승지 어른!"

정이로가 자기도 모르게 목소리를 높였다. 김후명은 귀찮다는 듯 정이로를 쳐다봤다. 마치 칭얼거리는 어린 애를 보는 듯한 눈빛이었다.

"팔기군이라 하심은, 저 청의 군대를 말함입니까?"

"그러면 그놈들 말고도 팔기군이라고 칭하는 자들이 있던가?"

자신들의 능력으로 어떻게 청의 정예부대와 전투를 하겠다는 것인지 의구심이 들었지만 정이로는 김후명의 타는 듯한 두 눈을 보고 그 마음을 지워야 했다.

"할 수 없다는 따위의 말은 하지 말게. 자네는 이미 주상 전하를 위해 자네의 한 목숨 따위 초개처럼 버리겠다고 내게 맹세하지 않았나? 그래서 자네를 이번 원행에도 동행시킨 것이고."

정이로가 아무 말도 하지 못하자 김후명은 최기영과 정이로를 번갈아 바라보며 말했다.

"이번 전투는 그동안 고려방의 군사들이 쌓았던 실력에 대한 시험대이네. 고려방의 군사들은 일당백의 용사들이지. 그 점은 내가 어느 누구보다도 자신하고 있네. 그러나 군사들이란 전투에서 그 실력을 발휘하지 못하면 아무 소용도 없는 법. 훈련 시의 실력과 실제 전투를 수행할 때의 실력이란 반드시 일치하지는 않는 법이지. 자네가 보아 두었다는 표적은 어떤 군대인가?"

김후명이 최기영에게 물었다.

"구도(舊都, 심양) 근처에 주둔하여 수비 중인 팔기군의 한 대입니다."

"심양 근처에 주둔 중인 부대?"

"네. 정탐을 해 본 결과 그놈들이 팔기의 모든 요소를 고루 갖추고 있어 적합하다고 사료됩니다. 물론 그놈들을 모두 상대할 수는 없지요. 놈들은 황도 주변에 1잘란의 부대를 주둔시키고 있습니다. 잘란은 다섯 개의 니루로 구성되어 있습니다. 각 니루가 상호 연통은 하고 있으나 모두 흩어져 있으니 그 하나의 니루와 싸우는 것이지요."

최기영은 정이로가 알아들으라는 듯 용어를 해설해 가며 말했다. 김후명이 진중하게 입을 열었다.

"일 니루의 군세가 삼백이지?"

최기영이 고개를 끄덕였다. 정이로가 최기영에게 물었다.

"그러면 그들을 상대하는 우리의 군세는 얼마나 됩니까?"

최기영은 정이로를 한 번 보고는 대수롭지 않게 말했다.

"백 명이오. 각 당에서 예닐곱 명씩 골라 포진시켰소."

정이로의 두 눈이 한껏 커졌다.

"그러면 삼백을 상대함에 백 명으로 전투를 행한다는 말씀이오?"

정이로가 목소리를 높이자 최기영이 담담하게 말했다.

"충분히 이길 수 있소."

그러더니 최기영이 정이로를 똑바로 보며 다시 말했다.

"불가능하다고 보시오?"

정이로가 한숨을 내쉬었다.

"솔직히 많이 힘들 것이라고 사료되오만."

정이로의 대답에 최기영이 입가에 미소를 머금었다. 어떤 확신에 찬 사람의 태도였다.

"우리가 이번 전투에 이길 수밖에 없는 이유를 귀공에게 설명해 본들 귀공은 알아듣지 못할 것이오."

그때였다. 김후명이 손가락을 입에 대고 조용히 하라는 신호를 보냈다. 정이로와 최기영이 입을 다물자 김후명이 살며시 방 쪽으로 걸어가더니 귀를 기울였다. 그러더니 왈칵 문을 열어젖혔다.

"왜 그러십니까?"

정이로가 묻자 김후명은 고개를 갸웃했다.

"이상하다. 분명 누군가 문 밖에 있었는데."

"승지 어른. 너무 예민해지신 거 아닙니까?"

최기영이 웃으며 말해도 김후명은 계속해서 고개를 갸웃거렸다. 방문이 다시 닫혔다. 그때 닫힌 방문을 쳐다보는 긴장된 눈길이 있었다. 눈길은 소리도 없이 김후명 일행이 있는 방을 잠시 쳐다보다가 사라졌다.

다음 날. 김후명과 정이로는 이로의 부하들과 함께 최기영이 기다리는 강계부 바깥으로 나갔다. 최기영이 홀로 말을 타고 기다리고 있었다.

"형제들은 어디에 있는가?"

김후명이 묻자 최기영이 웃으며 대답했다.

"모두 자신이 있을 곳에 매복하고 있지요."

최기영과 말을 나란히 하여 이틀을 꼬박 달린 뒤에야 김후명 일행은 심양 근처에 당도할 수 있었다. 이곳은 산세나 들판의 모양도 조선의 산하와는 많이 달랐다. 무엇보다도 이전의 봉금지에서 본 것처럼 산이 드물었다. 최기영은 김후명 일행에게 저 멀리 평야 위에 우뚝 서 있는 커다란 산 하나를 가리켰다.

"저곳으로 가면 됩니다."

김후명 일행은 최기영이 가리킨 산의 자락으로 접어들었다. 산자락으로 접어들어 말을 더 달리자 탁 트인 구릉지대가 나왔다. 최기영이 말을 멈추고 섰다. 그리고 품속에서 작은 빨간색 깃발 하나를 내밀어 흔들었다. 그러자 구릉 저편의 숲속에서 나무 사이로 뭔가 흔들리는 것이 보였다. 자세히 보니 하얀색의 깃발이었다. 잠시 후 마치 숲속의 모든 나무가 앞으로 걸어 나오는 것처럼 느껴졌다. 정이로는 놀라서 말을 뒤로 몇 걸음 후진시켰다. 김후명은 정이로의 놀라는 모습을 보고는 밝게 미소 지었다. 걸어 나오는 나무들 사이로 한 사람의 얼굴이 보였다. 그는 최기영을 보고 밝게 웃었다. 갓 스물은 되었을까. 검게 그을린 건강한 얼굴색을 하고 있었다. 최기영이 그를 보고 마주 웃으며 한 팔을 휘두르자 일제히 나무들 속에서 사람들이 뛰어나왔다. 그들과 나란히 걷게 되자 최기영은 이로 일행을 산속으로 안내했다. 산속에는 거대한 협곡이 있었다. 조선의 산세와는 달리 이곳의 산세는 몹시 거칠었다. 가는 곳마다 뾰족한 바위로 이루어진 협곡들이 많았다. 그중 한 협곡에 최기영과 그 군사들이 유숙하는 듯이 보였다. 협곡 속에는 길다랗게 평지가 펼쳐져 있었다. 평지 위에는 십여 개의 커다란 천막이 쳐져 있었는데 군사들은 모두 그 안에서 생활하는 것으로 보였다. 그 천막들 중 자그마한 한 천막으로 김후명 일행은 안내되었다.

*

이로는 향긋한 내음에 눈을 떴다. 응? 이 향은? 월향이다. 월향이 즐겨쓰는 분에서 나던 그 향이다.

'그래! 죽지 않았구나! 그렇지. 네가 그렇게 쉽게 나를 떠날 리가 없지.'

이로가 정신을 차리고 주위를 둘러보았다. 다음 순간 그의 눈앞에 펼쳐진 광경은 그를 아연실색케 했다. 바로 그곳이었다. 다시는 가고 싶지 않았던 곳. 월향이 죽은 바로 그 천 길 낭떠러지 위.

"낭자! 낭자!"

이로는 목이 메어 부르짖었다. 그러나 사위는 그저 고요할 뿐 아무런 응답이 없었다. 신기하게도 메아리조차 들리지 않았다. 이로가 낙담하여 땅바닥에 주저앉으려는 순간 그의 눈앞 허공에 무언가가 어슴푸레하게 모습을 드러냈다. 시력을 돋우어 보니 월향, 월향이 그곳에 있었다.

이로는 벌떡 일어나 그녀를 향해 달려가려고 했다. 그러나 월향은 두 손을 들어 그를 막았다. 더 이상 다가오지 말라는 듯했다.

"월향! 왜 그러오? 나요! 정이로란 말이오!"

이로의 말이 채 끝나기도 전에 월향의 가슴께에서부터 붉은 선지피가 배어나오기 시작했다. 이로는 다가오지 말라는 월향의 손짓에 다가가지는 못하고 그저 안타깝게 바라보기만 했다. 월향은 자신의 오른손을 들어 그녀의 가슴에서 흘러나오는 핏물을 찍었다. 그리고 허공에 손가락으로 글씨를 쓰자 신기하게도 허공에 글자가 선명하게 나타났다.

'곡(谷)'

그것은 분명히 계곡 곡 자였다. 글씨 쓰기를 마치자 월향이 고개를 돌려 이로를 봤다.

연민과 사랑과 처연함이 묻어나는 그 눈길을 이로는 차마 바로 볼 수 없었다. 마침내 이로가 월향의 손길을 무시하고 앞으로 발걸음을 내밀었다. 다음 순간 이로는 천길 낭떠러지로 떨어져 내렸다.

"으, 으악!"

이로는 황급히 허공을 두 손으로 휘저으며 잠에서 깨어났다. 한낮의 일장춘몽이었다. 월향이 꿈에 나타난 것이다.

'분명히 계곡 곡 자였다. 그것은.'

다음 순간 이로는 잠시 잊고 있었던 것을 생각해 냈다. 강계부를 떠나기 전 그녀에게 윤선도가 준 비단주머니 중의 하나를 약조의 증표로 주었던 것이다.

'그러면 월향이 써 준 글자는 약이 영감의 주머니 속에 있던 것이란 말인가?'

너무도 산이 깊어 시신조차 건지지 못했다. 그저 떨어진 낭떠러지 앞에 그녀의 소지품을 넣은 돌무덤 하나 세워 준 것이 전부였다.

"아아! 월향, 월향!"

*

밤에 있을 전술 회의를 앞두고 김후명은 머리를 짜내고 있었다. 그 앞에 정이로가 다가와 섰다.

"저, 승지 어른 이것을……"

정이로가 내민 것에는 한 글자가 적혀 있었다.

'곡(谷)'

김후명은 이번에도 뜬금없이 쓰인 글자에 다소 당황스러웠다. 그리고 정이로는 월향의 꿈에 대해 이야기했다. 김후명은 고개를 크게 끄덕였다. 분명 그녀의 영혼이 이런 계시를 준 것이리라. 연모하는 남자의 목숨이 걸린 전투에서 그 결정적 단서가 될 열쇠를 쥐고 어떻게 그녀의 영혼이 평안할 수 있을까?

'골 곡 자… 계곡? 이게 무슨 뜻인가?'

"제가 잘은 알지 못하지만……."

정이로가 옆에서 작은 목소리로 말했다. 김후명이 그를 보며 대답을 재촉했다.

"그것은… 이 전투의 전술을 말하고 있는 것이 아닐까요? 골 곡. 즉 오랑캐의 군대를 계곡으로 유인하여 포위 섬멸하라는 뜻인 것 같습니다."

김후명이 고개를 끄덕였다. 그렇다. 최기영의 군대가 주둔한 이 산에는 협곡이 많다. 숫자가 적은 군세로는 적을 유인하여 포위 섬멸하는 것이 최고의 전술이다.

*

전술 회의는 한밤에 열렸다. 김후명이 회의장으로 들어서자 최기영을 위시하여 고려방의 지휘관인 듯한 사람 서너 명이 일제히 일어서서 경의를 표했다. 김후명은 좌중이 자리를 잡자 천천히 입을 열었다.

"이번 전투의 목적은 분명하다. 오랑캐들과 본격적인 전투를 하기 전에 그들의 전력과 전투 방법의 실제를 알아보고자 하는 것이다. 그러하니 다들 전공을 서두르지 말라. 이것이 첫 번째 군령이다."

좌중은 쥐죽은 듯 고요했다. 그 속으로 김후명의 목소리만이 낭랑하게 울려 퍼졌다.

"우리는 적에 비해 1/3에 불과한 병력이다. 아무리 우리가 고도로 단련된 정예병이라 하나 정면으로 맞붙어서는 승산이 없다. 무엇보다도 이번 전투에서는 결코 적에게 우리의 정체를 드러나게 해서는 안 된다. 정면 승부에서는 분명히 전사자나 부상자가 많이 나올 것이고 그래서는 적에게 우리의 정체를 들키고 만다. 그러니 패하는 척 적을 유인하여 섬멸하는 방법을 쓸 수밖에 없다."

비로소 좌중에서 약간의 소란이 일었다. 김후명이 최기영을 눈으로 불렀다. 최기영이 다가왔다. 김후명이 좌중이 술렁거리는 이유를 묻자 최기영이 대답했다.

"이들이 지난 세월 청의 팔기에게 당한 것들이 많습니다. 그래서 오랑캐 놈들에 대한 원한이 뼈에 사무쳐 있는 자들이 많습니다. 일단 패하는 척 후퇴하여 유인하자는 승지 어른의 전술에 다소 불만이 있는 것 같습니다."

김후명은 최기영의 말을 다 듣자 입술을 굳게 깨물고는 천천히 일어섰다. 그리고 당찬 어조로 선언했다.

"그대들의 의견을 잘 알았다. 이번 전투는 포기한다!"

김후명이 다짜고짜 자리를 박차고 일어나 천막을 빠져나갔다. 전광석화 같은 그의 행동에 모두 어안이 벙벙하여 잠시 침묵을 지켰다. 곧 정이로와 최기영이 김후명에게 달려갔다. 잠시 후 그들에게 이끌리듯 김후명이 천막 안으로 들어섰다. 그러고는 좌중의 하나하나를 훑듯이 바라보며 말했다.

"잘 들어라. 그대들의 원한, 복수심, 그리고 지난 세월의 혹독한 훈련

과정. 모두를 잘 알고 있다. 그러나 개인감정은 모두 버려라! 감정에 휩싸인 군대만큼 위험한 것은 없다. 그런 군대를 가지고 전투를 하느니 나는 차라리 하지 않는 쪽을 택한다. 나는 질 것이 뻔한 싸움을 할 만큼 어리석지 않다. 잘 들어라. 향후라도 언제든 그대들이 감정에 휩싸여 있다고 판단되면 언제든 나는 그대들에 대한 지휘를 그만둘 것이다. 개인감정에 휩싸여 군령을 어기는 자, 즉시 참(斬)한다. 이것이 두 번째 군령이다!"

＊

다음 날 저녁. 정이로는 이영복과 천필주, 구개하를 거느리고 심양의 교외로 갔다. 청의 팔기군이 주둔하고 있다는 곳이다. 저 멀리에서 거대한 화톳불이 피어오르고 있었다. 저녁 어스름에 언뜻 보니 입구에 통나무를 깎아서 만든 거대한 목책이 줄줄이 서 있었다. 정이로가 뒤를 돌아보았다. 저쪽 풀숲에는 제1진 사십 명의 고려방 군사들이 매복해 있었다.

'놈들을 일순간에 모두 뛰어나오게 해야만 한다. 그러려면 불을 질러 소란을 피우는 수밖에는 없다.'

정이로는 저녁을 먹은 후 포만감에 적의 긴장감이 최대한 풀려 있을 때를 기다렸다. 이로가 손을 들자 풀숲에서 기다리던 군사들이 일제히 화전에 불을 댕겼다. 이로가 손을 내리자 마치 비오는 것처럼 불화살이 청의 주둔지로 날아갔다. 연이어 수십 대씩의 불화살을 쏘자 주둔지 안의 거대한 막사들에는 순식간에 불이 붙어 타올랐다. 짐승의 가죽으로 만든 오랑캐들의 천막은 불이 붙자마자 대번에 타오르기 시작했다. 곧 아수라장이 펼쳐졌다. 저녁 식사 후의 느슨함에 빠져 있던 오랑캐들이 모두 뛰어나와 고함을 지르고 여기저기 붙은 불을 끄느라고 난리였다. 이로는 때를 놓치지 않고 군사들을 주둔지 안으로 진격시켰다. 평화롭던 군막에 느닷없이 불이 붙어 정신이 없던 차에 틈을 주지 않고 밀어닥쳐 퍼붓는 공격에 제 아무리 천하의 팔기군이라고 해도 속절없이 당하는 수밖에 없었다. 여기저기서 피를 내뿜으며 오랑캐들이 죽어 자빠졌다. 편곤에 맞아 피를 뿌리며 쓰러지는 놈, 환도에 팔을 반쯤 잘리어 비명을 지르는 놈 등등. 그러나 김후명의 엄명을 받은 터라 이로는 전투 분위기에 전혀 휩쓸리지 않았다. 놈들을 유인해야만 했다. 이로는 앞에서 달려드는 놈 하나를 베어 쓰러뜨린 후 곁에 있던 이영복에게 명령했다.

"영복아! 퇴각 신호를 해라! 어서!"

이영복이 지체 없이 들고 있던 호적을 길게 불었다. 이로는 재빨리 몸을 돌려 주둔지 바깥으로 뛰어나왔다. 군사들은 이로를 따라 일사불란하게 주둔지를 빠져나왔다. 그리고 일제히 숨겨 두었던 말에 올라 달리기 시작했다. 달리면서 이로가 뒤를 돌아보니 주둔지 안에서 일단의 병사들이 말을 타고 뛰어나오는 것이 보였다. 일단 놈들을 유인해 내는 데는 성공한 셈이다. 이로는 번개처럼 말을 달려 김후명과 최기영이 기다리고 있는 협곡 위의 벼랑으로 갔다. 이로가 돌아오자 기다리고 있던 제2진 삼십 명이 달려 나갔다. 그리고 이로 일행을 쫓아오던 팔기군들과 전투를 벌였다. 다시 제2진이 퇴각을 했다.

"됐어! 놈들이 거의 이성을 잃은 것 같군."

벼랑 위에 서서 멀리 청의 팔기군을 바라보던 김후명이 말했다. 제2진은 놈들을 유인하여 협곡 속으로 들어오고 있었다. 조금만 더. 조금만 더.

"지금이다! 발사!"

팔기군 군사들의 후미가 거의 협곡으로 다 들어오자 김후명이 명령을 내렸다. 협곡의 위에서 아래를 향하고 있던 화살, 조총 등이 일제히 발사되었다. 기동력으로 대표되는 청의 기병의 우수성이었지만 그들이 일단 계곡 안에 갇히게 되자 아무 쓸모가 없게 되어 버렸다. 계곡 안은 그야말로 아비규환 그 자체였다. 최기영이 다시 손짓하자 아래 협곡의 입구로부터 그그그 하는 소리가 들렸다. 제1진으로서의 임무를 마치고 김후명이 서 있는 곳으로 돌아온 정이로가 소리가 나는 쪽을 보았다. 저녁 무렵의 어스름 때를 배경으로 마치 괴물 같은 것이 계곡으로 들어서고 있었다.

"목화수거(木火獸車)네!"

김후명이 그것을 손가락으로 가리키며 정이로에게 말했다. 그것은 마치 거대한 수레처럼 생긴 것이었다. 꼭대기에 호랑이처럼 보이는 짐승이 걸터앉아 있었다. 호랑이의 옆구리에는 한 쌍의 날개가 달려 있었다. 선혈을 연상케 하는 검붉은 색깔은 적의 공포심을 배가시키기 위한 것일 것이다. 부릅뜬 호랑이의 두 눈은 노을빛을 배경으로 가일층 공포감을 심어 줬다. 정이로가 그렇게 생각한 순간 떡 벌어진 호랑이의 입으로부터 불덩이가 뿜어지기 시작했다.

"저것이 신화(神火), 독화(毒火,) 법화(法火), 비화(飛火), 열화(熱火)라는 것이네!"

　김후명이 다시 낮게 속삭였다. 뒤이어 불이 뿜어져 나오는 호랑이의 입 아래쪽 수레의 밑면으로부터 따다다 하고 불꽃이 뿜어지기 시작했다. 호랑이가 타고 있는 수레의 밑면에 호랑이가 앉아 있는 널따란 판이 있었다. 그 아래에 다섯 개의 총구멍이 있고 또 그 아래에 다섯 개하는 식으로 그것은 총 3개 층으로 구성되어 있었다. 다섯 열로 3개 층이니 총 열다섯 정의 조총이 3층을 이루어 탑재되어 있는 것이다. 그 열다섯 정의 조총으로부터 1회에 한 층의 다섯 열의 조총으로부터 발사가 이루어졌다. 한 층이 발사하고 나면 곧이어 아래층이 발사를 이어갔다. 그러니 거의 쉴 사이 없이 조총이 발사되는 것이었다. 조총의 불꽃이 번쩍일 때마다 청의 기병들은 피를 뿜으며 나가떨어졌다. 협곡 안에 뭉쳐져 우왕좌왕하던 오랑캐들에게로 호랑이의 입에서 나온 불덩이와 조총의 불덩이가 뭉쳐져서 쏟아졌다. 결과는 차마 눈뜨고 보기 어려울 정도였다. 사람이든 말이든 계곡 안에 서 있는 것들은 모두 피를 뿜으며 쓰러졌다. 목화수거는 한 대만이 아니었다. 계곡의 입구에 두 대, 후미에 두 대, 총 4대의 목화수거가 나타나 계곡 안을 빠져나가기 위해 아우성치는 오랑캐들을 향해 불을 뿜어 대고 있었다. 목화수거의 앞부분에서 불이 몇 번 내뿜어지고 곧 목화수거 뒤에 숨어서 따르던 군사들이 뛰어나와 아직 정신이 혼미한 채 서 있는 자들을 살육하기 시작했다. 전투가 끝났다. 너무도 쉽고 간단하게 끝난 싸움이었다.

*

　"확인된 적의 시신만 이백이 넘습니다. 우리 측은 전사 삼 명, 부상

십 명입니다. 엄청난 대승입니다."

다음 날 최기영이 김후명에게 보고했다. 김후명이 옆에 서 있는 정이로를 보며 말했다.

"어제 보았지? 우리 목화수거의 위력을 말일세."

"네. 보았습니다. 참으로 가공할 물건이더군요."

김후명은 고개를 끄덕였다. 그러고는 몹시 심각한 표정이 되어 다시 말했다.

"우리에게는 그런 것이 더 필요하네. 한데 문제는 그런 것을 만들 재원이 우리에게는 부족하다는 것이었지."

"재원이요? 돈을 말씀하시는 것입니까?"

"그 목화수거. 우리에게 있는 것 전부였네. 즉 어젯밤의 그 화력이 우리 고려방의 모든 것을 쏟아부은 화력이란 말이지."

"그러면 그 태왕의 유물로?"

뭔가 생각난 듯 되묻는 정이로에게 김후명이 만면에 웃음을 띠며 말했다.

"왜 전하께서 우리의 원행에 그토록 지대한 관심을 가지셨는지 이제 좀 이해가 되는가?"

김후명이 더더욱 밝게 웃었다.

*

정이로는 격전이 끝난 계곡 아래로 내려가 보았다. 코끝에 확 끼치는 피비린내. 이곳저곳에 버려진 채 말라붙은 핏덩어리를 온몸에 칠갑하고 쓰러져 있는 시신들. 단 몇 시진 만에 삼백 명 가까운 목숨이 이곳에서 스러져 갔다. 지금 이곳 계곡에 시신이 되어 쓰러져 있는 저들도 바로 어제 저녁때까지만 해도 혹은 웃고 혹은 울고 혹은 즐거워하며 살았으리라.

'패배자 다음으로 가장 슬픈 자는 승리자라고 하더니⋯⋯.'

이로는 전에 없던 어떤 비장함 같은 것을 느끼고 있었다. 그것은 이제 저런 풍경들을 일상사로 해야 할지도 모른다는 긴박함을 느껴서 그런지도 몰랐다.

'아서라! 아버지와 형님들이 역모로 몰리던 그날 밤에 이미 스러져야 했던 목숨이 아닌가. 내게 무슨 감상이 있을 리 있는가?'

애써 독한 마음을 가져 보려고 하지만 마치 가슴속 한가운데가 뻥 뚫린 것 같은 심정을 억제할 수 없는 이로였다.

그때였다. 계곡의 저쪽 구석 한 곳에서 비명 같은 소리가 들려오는 것 같았다. 이로는 귀를 곤두세웠다. 그 소리는 계곡의 한가운데로 나 있는 큰 길의 옆에 있는 자그마한 숲길로부터 들리고 있었다. 아직 적의 패잔병이 도망가지 않은 것일까.

이로는 빠른 걸음으로 그곳으로 달려갔다. 그곳의 전면에 당도하여 숲속의 광경을 본 이로의 두 눈이 커졌다. 서너 명의 청나라 병사의 군복을 입은 자들이 무엇인가를 가운데에 두고 둘러서 있었다. 가장 바깥쪽에 있는 녀석이 연신 숲 바깥쪽을 살피고 있었다. 그 태도로 보아 이로는 놈들의 몸뚱이에 가려서 잘 보이지 않는 저쪽에 무엇인가 놈들이 숨기려고 하는 것이 있음을 알아차릴 수 있었다. 놈들도 몸의 상태가 온전치는 않은 듯 어떤 녀석은 곧 쓰러질 듯 비틀거리기도 했다.

놈들의 수는 많지만 저런 상태라면 이로 혼자서도 충분히 감당할 수 있었다. 이로가 환도를 빼어들고 그곳으로 달려갔다. 이로의 모습을 본 녀석들이 뭐라고 큰소리로 외치며 몹시 당황하여 허둥댔다. 이로는 놈들이 겁에 질려 도망가도록 일부러 몸짓을 크게 하여 환도를 휘둘렀다. 드디어 놈들이 달아나기 시작했다. 그러나 가장 안쪽에 있던 것으로 보이는 한 놈이 땅바닥에 던져 두었던 장검을 들어 이로를 향해 곧추세우며 전투 태세를 취했다. 이로가 환도를 비스듬히 휘둘러 놈의 인후부를 베었다. 평소의 잘 훈련된 병사라면 충분히 피했을 정도의 공세였지만 놈은 다리에 심각한 부상을 입고 있었다. 곧 놈은 피를 뿌리며 옆으로 쓰러졌다. 이로는 상황을 장악하자 놈들이 둘러싸고 있었던 것으로 눈을 돌렸다. 이로의 눈이 커졌다. 어떤 사람 하나가 땅바닥에 거꾸로 엎어진 채 피를 흘리고 있었다. 피는 어깨로부터 흘러내리고 있었는데 이미 많은 양의 피를 흘린 듯 온 어깨와 등판이 피로 물들여져 있었다. 급격하게 오르내리는 등판. 이미 빈사 상태에 빠진 듯했다. 청나라 장수의 옷을 입고 있었다. 아마도 도망친 놈들의 지휘관쯤 되는 것 같았다.

'포로인가? 앞으로의 일을 위해 장수급의 포로 하나쯤 잡아두는 것도 괜찮겠지.'

이로는 그렇게 생각하고 쓰러져 있는 자를 안아 올렸다. 그리고 어깨에 짊어지고는 병영으로 돌아왔다.

"무슨 일인가?"

김후명이 이로가 짊어지고 온 자를 바라보며 물었다.

"부상을 입고 쓰러져 있는 것을 데리고 왔습니다. 아마도 청의 장수나 되는 모양입니다."

이로가 김후명을 바라보자 김후명이 환자의 상세를 살폈다. 조선의 선비답지 않게 김후명은 의술에도 일가견이 있었다. 웬만한 병증은 김후명의 치료를 받으면 곧 나았다. 정이로가 데려온 자를 유심히 살피던 김후명이 문득 고개를 들고 이로를 봤다. 그러고는 급히 상대의 맥을 짚었다.

"무슨 일입니까?"

이로가 묻자 김후명이 다소 의아한 표정으로 대답했다.

"이 사람… 여인이네."

"!?"

이로가 놀라서 쓰러져 있는 사람을 유심히 보았다. 그러고는 그의 갑옷을 벗겨 앞섶을 노출시켰다. 갑옷 속에 받쳐 입은 갓옷이 드러났다. 유심히 보니 앞가슴이 도드라진 것이 여인이 분명했다. 여인이 어째서 청나라 장수의 군복을 입고 있는가?

"우선 이자를 치료부터 하세. 여인의 몸으로 이런 전장에 나선 이유는 차차 알아보도록 하고."

김후명이 곧 어깨 부위의 상처를 잘 씻으며 말했다. 이로는 응급처치가 끝난 후 천막 밖으로 나왔다. 최기영이 이로를 보고 말했다.

"정공! 포로를 잡으셨다고요?"

이로는 아무 말 없이 웃기만 했다.

＊

최기영과 김후명 일행은 전투 장소를 떠나 최기영의 본거지인 조선인 마을로 돌아왔다. 이곳은 누가 보아도 그저 평범한 농부들이 농사를 짓고 사는 마을이었다. 헌데 이런 곳에서 그런 최정예 병사들을 키울 수 있다니 참으로 대단하다는 생각이 들었다.

"어떤 조건에서든 의지만 있다면 못 할 일이 없소."

최기영은 이로가 그 비결을 묻자 그렇게 대답했다. 정이로가 최기영의 집에서 식사를 마친 후 차를 한 잔 마시고 있는데 김후명이 다가와 말했다.

"그 여인이 깨어났네."

이로가 몸을 일으키려고 하자 김후명이 그의 팔을 잡고 말했다.

"이건… 노파심에서 하는 말이지만 좀 놀라운 일이 있더라도 당황하지 말게. 알겠나?"

"… 네."

정이로는 의아한 생각을 품은 채 이번 전투에서 부상한 자들을 모아서 함께 치료하고 있는 곳으로 가 보았다. 한쪽 구석에 어떤 사람이 누워 있었다. 김후명이 그의 곁으로 가서 앉았다. 그리고 이로를 다시 한 번 보더니 그 사람을 향해 물었다.

"그대는 청의 장수인가?"

김후명은 부축을 받아 몸을 일으키는 여인에게 물었다. 조선말을 알아듣지 못해서인지 여인은 잠시 불안하고 긴장된 시선으로 사방을 두리번거리며 봤다. 그녀를 이곳으로 옮겨올 때에는 피와 오물에 젖어 있어 여인의 얼굴을 자세히 보지 못한 탓인가. 얼굴을 깨끗이 씻고 난 후의 여인은 미색이 남달랐다.

"!"

여인의 얼굴을 자세히 본 정이로의 두 눈이 한껏 커졌다.

"그… 그대는?"

아니다. 이럴 리가 없다. 그녀는 이미 이승의 사람이 아니지 않은가. 월향! 그녀는 월향의 모습과 너무도 흡사했다. 아니다. 그럴 리가 없다고 하면서도 정이로의 눈길은 그녀의 얼굴을 떠나지 못하고 있었다. 그때 여인이 입을 열고 비록 힘은 없지만 단호한 어조로 뭐라고 했다.

"뭐라는 겁니까?"

화들짝 정신이 든 이로가 마침 그곳으로 온 최기영에게 뜻을 물었다.

"나를 빨리 죽여 달라고 합니다."

그가 여인의 말을 통역했다. 정이로는 기가 막혔다.

"우리가 누군지나 아느냐고 물어보시오."

정이로가 말하자 여인이 대답했다.

"그런 것은 중요하지 않소. 어쨌든 전쟁에 패하고 살아 있을 수는 없소."

"그러면 그때 계곡에서 그대의 곁에 있던 자들은 그대의 부하들이오?"

"그렇소."

김후명이 계속 정이로의 표정을 살피다가 말했다.

"이제 그만! 여기서 나가세!"

그때 천막 바깥에서 누군가가 최기영을 보며 들어오더니 귓속말로 뭐라고 했다. 이어 최기영이 김후명에게 말했다.

"정공이 사로잡아 온 저 여인 말입니다. 이곳 수비를 맡고 있는 잘란 액진의 딸이라고 합니다."

"액진이라고?"

김후명은 최기영의 보고를 받으며 놀라 되물었다.

"그렇습니다. 우리 전사 중 하나가 구도에서 저 여인을 본 적이 있다고 합니다."

'지방 수령? 그러면 저 여인이 청의 지배층의 자식이란 말인가?'

*

여인이 잠이 들었다. 정이로는 여인의 잠든 얼굴을 유심히 바라보고 있었다. 다시 한 번 그날의 피맺힌 일들이 이로의 뇌리에서 시끄럽게 돌아다녔다. 월향. 이제 이승에서는 맺지 못할 인연이라고 체념하고 있던 이로였다. 그런데 지금 저 여자는 누구란 말인가?

마치 그녀가 눈앞에 앉아 있는 것만 같은데. 그렇다. 이로는 무언가 결심한 듯 주먹을 움켜쥐었다.

'다시는 너를 내게서 멀어지게 하지 않으리라. 하늘이 너와 나의 인연을 차마 끊지 못하셔서 너를 내게 보낸 것이 틀림없다. 아니면 이런 기적은 일어나지 않는다.'

"이제 고비는 넘긴 것 같네."

어느새 군막으로 들어섰는지 김후명이 이로에게 다가오며 말했다.

이로는 아까 자신을 유심히 관찰하던 최기영의 태도가 왠지 미심쩍었다.

"당주가 무슨 생각을 하는지 모르겠습니다."

김후명이 이로의 표정을 한 번 살피더니 말했다.

"저 여인의 신분에 대해 듣지 않았나? 아마도 포로교환이나 그런 것을 하려고 하겠지."

"포로교환이오?"

"그렇네. 고려방 병사들 중에 여러 문제 때문에 청의 관부에 잡혀 있는 자들이 있네. 초적이라는 죄목으로 잡혀 있는데 이곳에서도 조선에서와 마찬가지로 초적에 대해서는 처벌이 가혹하지."

"그러면 저 여인과 그 사람들을 맞바꾼다는 말입니까?"

"아마도 그렇게 하려고 하겠지. 잘란의 수장인 자의 딸이라면 그만한 값어치는 있지 않겠나?"

이로는 잠자코 고개를 끄덕였다.

'딴은 그렇기도 하겠지. 허나 어림없다. 다시는 내게서 그녀를 떼어놓을 수 없다.'

15. 일희일비

이형상은 지금 한 통의 서찰을 읽고 있었다. 서찰을 읽어 가는 내내 그의 표정은 경악 그 자체였다. 어떤 대목에서는 멈추어 몇 번을 반복하여 읽었다. 그렇게 하기를 한 식경가량이 경과했다. 마침내 그가 서찰을 다 읽고는 이마에 맺힌 땀방울을 훔쳤다.

'짐작은 하고 있었으나 이 정도까지 구체적일 줄이야! 하긴 어차피 정해진 수순이 아니던가? 이제 그의 동의만 남았다.'

그렇게 생각하며 이형상이 자리를 차고 일어났다. 이형상은 교자를 재촉하여 송시열의 집으로 갔다. 책을 읽고 있던 송시열은 뛰듯이 방으로 들어온 이형상을 의아한 시선으로 봤다. 자리에 앉자마자 이형상은 불문곡직 아까까지 자신이 읽고 있던 서찰을 송시열에게 내밀었다.

"읽어 보시지요."

이형상이 내민 서찰을 받아 읽어 내려가는 송시열의 표정이 점점 경악으로 물들어 갔다. 송시열이 서찰을 내리자 이형상이 기다렸다는 듯이 말했다.

"이제 결단을 내려야 합니다. 어찌 하시겠습니까?"

송시열이 이형상을 노려봤다. 이형상 또한 지지 않고 그를 노려봤다.

"기어이 그리해야… 하겠는가?"

송시열이 한 마디 한 마디 끊어 말했다. 이형상은 노려보던 눈길을 거두지 않은 채 잠시 침묵을 지켰다.

"더 큰 양보가 어떤 결과를 불러왔는지는… 대감도 잘 아시지 않습니까?"

이형상이 무겁게 깔리는 목소리로 힘을 주어 말했다. 그러나 송시열은 외면을 했다. 이형상은 아무 말 없이 송시열의 집을 물러나왔다.

＊

"훈국의 병사들 중 쓸 만한 자들로 천 명을 추리게. 할 수 있겠나?"

주상은 자신의 앞에 앉은 이시백에게 명했다. 그가 잠시 고개를 갸웃거리더니 천천히 말했다.

"명 받잡겠사옵니다."

"기한은 한 달 이내이네."

마치 끊듯이 말하는 어투다. 주상이 평소 그를 대하는 태도와는 사뭇 달랐다. 이시백은 잠자코 부복했다. 송시열을 위시한 산림은 이형상의 사건 이후 훈련도감과 금군의 영패를 주상에게 돌려주었다. 신하로서 성상의 군권을 운위한다는 것은 받들기 어려운 명이라는 명분을 내세웠지만 실상 이형상의 사건에 뒤이을 주상의 잔당 색출을 미연에 막아보려는 시도였다는 것을 주상은 알고 있었다. 이시백이 돌아간 후 주상은 긴장된 기색을 풀고 자세를 편하게 했다.

'우선 일천의 병력으로 선발대를 구성한다.'

어제 주상에게 김후명의 장계가 비밀리에 도착했다. 주상이 이시백에게 병력 일천 명의 선발을 명한 것은 김후명의 장계에 그려진 계획에 의한 것이었다. 그 천 명이 중원으로 떠난 후 국내에서 오천의 병력을 추가로 조달하는 일이 남아 있다. 훈련도감 및 어영청 총융청의 병사를 쓸 것이고 병력의 수준이 미달할 경우에 관군을 쓸 수 없다면 일부반 관군으로 하고 나머지는 민간에서 용력이 출중한 자들을 모아서 쓸 수 있을 것이다. 조선 국내의 병력은 전투를 수행하고 청의 군세를 물리친 후 중원의 각 지방을 장악했을 때 주둔군으로 쓰는 것이 주목 적이었다. 실제 전투를 수행하는 것은 오만 명 이내가 적합했다. 조선 의 병력과 고려방의 병력, 그리고 태왕신교의 병력까지 합한다면 이만 오천가량은 됐다. 나머지는 중원의 협사들 중에서 충원할 계획이었다. 수가 많다고 해서 승리할 수 없다는 것은 저 명의 수도가 함락될 때를 보아도 알 수가 있었다. 비록 청의 회유에 굴복하여 투항을 한 상태였 다지만 그때 오삼계가 이끄는 명의 병사는 삼십 만이었다. 그런데 실제 로 연경을 접수한 것은 예친왕 도르곤이 이끄는 십사만의 청의 병력이 었다. 명의 병사 삼십 만은 그저 들러리에 불과했던 것이다. 정벌대의 병사들은 수년간 고된 단련 과정을 거친 정예들이었다. 청의 십사만보 다도 뛰어났으면 뛰어났지 뒤떨어지지 않았다. 지금 중원에서는 김후 명의 지휘하에 명의 부상대고와 외국인들, 특히 스페인, 네덜란드 등에 서 온 상인들을 상대로 조총과 불랑기 등 무기를 구입하는 협상을 벌 이고 있었다. 한 달. 김후명이 주상에게 제시한 시간은 한 달이었다. 주 상은 김후명이 장계와 함께 보내온 메추리알만한 금덩어리를 매만지며 눈매를 가늘게 했다.

'이것이다! 중원을 우리에게 주시려고 하늘에서 내리신 동아줄이다.'

*

정이로는 포로로 잡힌 청의 여인과 마주 앉아 있었다. 상처가 난 자 리도 많이 아문 듯 여인은 이제 가끔씩 일어나 앉아 가벼운 식사를 하 기도 했다. 건강을 회복해 가자 여인의 본래 면목이 드러나기 시작했 다. 이로는 눈을 의심하지 않을 수 없었다. 쌍둥이라고 해도 믿을 것

384

같았다. 이로는 이제 월향과 만나기라도 하듯 그녀에게로 와서 그녀 곁에 앉아 있는 시간이 많아져 가고 있었다. 너무도 빤히 자신을 쳐다보는 눈길을 의식했는지 그녀가 뭐라고 말했다.

"나를 어떻게 할 생각입니까?"

이로는 깜짝 놀랐다.

"그대… 조선말을 할 줄 아오?"

"어릴 때 친했던 동무가 조선인이었습니다."

이로는 고개를 끄덕였다. 그녀가 조선말을 하자 더욱더 그녀가 월향의 분신처럼 느껴지는 이로였다. 처음 그녀를 보았을 때 마음속으로 맹세했던 것들은 시간이 지날수록 오히려 더 강한 집착으로 변해 갔다. 하지만 이로는 정신을 차리려고 애를 썼다. 월향은 죽었다. 현실은 현실인 것이다. 그러나 이 또 다른 월향만은 무사히 지켜 내고 싶었다. 자기 곁에 있으면 위험했다. 결국 지켜 주지 못한 채 그녀를 떠나 보내야 하지 않았던가. 그저 이 하늘 아래에 살아만 있어 주면 되었다. 마음속의 영원한 연인으로 살아만 있어 주면… 그것이 이로의 소원이었다. 이로가 이를 악물고 말을 꺼냈다.

"시간이 지나 상처가 아물면 그대의 가족에게로 돌아가시오."

그녀가 잠시 의아한 시선으로 이로를 봤다. 그녀는 이로가 그녀를 이곳으로 데리고 온 것이 최기영이 말하는 것처럼 포로를 교환하거나 할 그런 목적으로 그리한 것으로 생각하는 것 같았다.

"그대를 물건처럼 누구하고 맞바꾸거나 그런 짓은 하지 않겠소. 이것은 맹세할 수 있소."

이로의 단호한 태도에 다시 한 번 의아한 시선으로 이로를 보는 그녀였다. 이로가 다시 한 번 자신의 마음을 이야기하려고 하는데 저쪽에서 김후명이 이로를 불렀다. 이로가 다가가자 김후명이 조금 망설이는 듯하더니 말했다.

"저 여인, 이제 회복을 한 것 같으니까 제집으로 돌려보냄이 어떤가?"

이로가 김후명을 메마른 눈길로 쳐다봤다.

"그것은… 제가 알아서 하겠습니다."

김후명이 부드러웠던 표정을 굳히며 말했다.

"자네의 여인은 죽었네. 그리고 저 여인은 자기 가족에게로 돌아가야 하네."

여인의 용모가 월향과 흡사함을 김후명도 모르는 바 아니었다. 이로가 느닷없이 김후명을 쏘아봤다.

"왜입니까?"

김후명이 이로에게 더 뭐라고 말하려 하자 이로가 갑자기 눈매를 사납게 하며 말했다.

"설마 승지 어른께서도 저 여자와 고려방 포로들을 교환하자는 것은 아니겠지요?"

김후명은 지체없이 고개를 끄덕였다. 그리고 단호하게 말했다.

"맞네."

"그건… 아니 됩니다!"

김후명이 냉정해진 표정으로 이로를 쏘아봤다. 하지만 짐짓 냉정한 눈길 속에서도 이로의 복잡한 마음속을 짐작하는 듯했다.

"이유는 묻지 마십시오. 어쨌든 아니 됩니다."

김후명은 알았다는 듯 고개를 끄덕이고 나갔다.

"큰일났습니다. 당주가 그 여인을 데리고 마을 밖으로 나가 버렸습니다!"

김후명이 방을 나간 후 이로가 한참 동안 월향과의 옛 생각에 사로잡혀 있을 때 필주가 뛰어 들어와 외쳤다. 이로는 그 말을 듣자마자 방문을 박차고 뛰었다. 이로는 곧바로 마굿간으로 달려가 말을 잡아탔다. 다시 또 그녀를 놓칠 수는 없었다. 이전의 잘못만으로도 이로는 죄책감에서 벗어나지 못하고 있었다.

그런데 이로는 지금 자신이 최기영의 마을에 와 있었다는 사실을 잠시 망각하고 있었다. 마을 바깥으로 나가자 도대체 어디가 어딘지 알 수가 없었다. 이로는 그렇게 마을 바깥을 하염없이 돌아다니다가 돌아올 수밖에 없었다.

'차라리 잘 된 건지도 몰라. 이곳보다는 자신의 가족들 속에 있는 것이 더 안전하니까.'

그 과정이야 어쨌든 그녀가 살아서 돌아갔다는 사실만으로도 이로는 마음을 놓을 수 있었다.

*

"뭐라고? 초적 놈들이 연락을 해 왔다고?"

청의 장수 하나가 자리에서 벌떡 일어나며 목소리를 높였다. 도도. 이곳 구황도를 수비하는 청의 수비군 잘란의 수령. 만주 팔기의 1인이며 청의 황실과도 먼 친척뻘이 된다. 우람한 체격과 매 같은 눈매. 굵으면서도 위엄 있는 목소리는 오랜 전쟁으로 다져진 그의 위용을 짐작하게 했다.

"뭐라고 연락을 해 왔더냐?"

그의 앞에서 무릎을 꿇은 부하가 다소 떨리는 목소리로 말했다.

"그것이… 놈들이 아가씨를 보호하고 있다고……."

도도의 굵은 눈썹이 꿈틀거리며 위로 향했다.

"놈들이 소군을 잡았다고? 그러면 계곡의 전투에서 전사한 것이 아니더란 말이냐?"

간밤에 초적 놈들의 기습을 받고 놈들을 뒤쫓아 간 병력이 함정에 빠져 참패를 당하였다는 말을 듣고 내심 소군의 안위를 염려했었다. 그런데 소군을 따라간 부하 놈들이 돌아와 소군이 전사했음을 보고했다. 도도의 낙심은 컸다. 그에게는 유난히 자식복이 없었다. 여러 명의 처첩에게서 얻은 자식들은 모두 어려서 죽거나 전장에서 전사하거나 하여 이제 남은 혈육이라고는 소군 하나뿐이었다. 여인의 몸으로 사내들이나 하는 위험한 일에 뛰어드는 자식을 말렸었다. 하지만 싸움터에서는 그 누구보다도 용맹한 그도 자식 앞에서는 그저 평범한 부모에 불과했다. 그런 과실이 오늘의 사태를 낳았다. 그런데 죽은 줄만 알았던 소군이 살아있다고 한다. 도도는 내심 기뻤지만 싸움에 패배한 장수로서 그런 기색을 겉으로 드러낼 수는 없었다.

"놈들이 뭐라고 연락을 해 왔더냐?"

"이전에 사로잡은 초적 놈들과 아가씨를 맞교환하자는 연락입니다."

"……"

도도는 입을 다물었다. 그는 손짓하여 부하를 나가게 하고는 생각에 잠겼다.

'어떻게 해야 할까? 소군을 놈들과 맞바꾸어야 한다고?'

만주족의 관습법은 엄했다. 특히 전쟁에 나가 패배한 자에 대해서는 조그마한 잘못이라도 엄벌에 처하는 것이 그들의 법이었다. 이유야 어쨌든 소군은 장수의 신분이다. 니루(약 300명)의 지휘관으로서 그 부하 장병들을 잃고 살아있다는 것은 치욕이다. 잠시 생각하던 도도는 바깥을 향해 명령했다.

"초적 놈들의 연락을 가지고 온 자를 불러들여라!"

*

소군은 천막 안에서 아버지를 기다리고 있었다. 사로잡혀 있던 초적들이 자신과 교환되어 여러 명 풀려났다고 들었다. 소군은 부끄러워서 고개를 들 수 없었다. 진즉에 자결이라도 하여 만주족의 기인인 아버지의 명예를 지켜드려야 했다. 그런데 이상하다. 여태까지 아버지의 명예와 만주족의 승리를 위해서는 초개처럼 버릴 수 있을 것 같았던 목숨에 집착이 간다. 소군은 자신이 변했음을 어렴풋이나마 짐작하고 있었다. 언제부터였을까? 그때 그녀의 뇌리에 문득 정이로의 얼굴이 떠올랐다. 그를 생각하면 왠지 몸이 나른해지고 가슴이 두근거렸다. 소군은 자신의 그런 마음을 얼른 다잡았다. 자신은 만주 팔기의 장수이다. 장수가 어찌 그런 연약한 마음을 품는단 말인가? 바깥에서 인기척이 들렸다. 헛기침 소리와 함께 그녀의 아버지 도도가 모습을 드러냈다. 도도는 그녀를 한 번 보고는 외면을 했다. 잠시 어색한 침묵이 천막 안을 돌아다녔다.

"어찌 살아 돌아왔느냐? 너는 팔기의 장수임을 잊었느냐?"

소군은 고개를 떨어뜨렸다. 여전히 외면한 채 도도는 말을 이었다.

"팔기의 기인은 패배를 모른다. 그것은 살아서는 결코 패배할 수 없다는 뜻이다. 패배하고도 살아 있다는 것은 기인의 치욕이다!"

도도는 마침내 고개를 돌려 머리를 수그린 채 앉아 있는 딸을 보았다.

"할 말은 없느냐?"

"소녀는 패전지장입니다. 어찌 할 말이 있겠습니까? 하오나 아버지."

소군이 뭔가 말하려다가 목소리를 입안으로 감추고 만다. 도도는 그런 딸의 모습을 아프게 바라봤다. 이윽고 도도가 눈에 물기가 가득한 채로 바깥을 향해 명령했다.

"여봐라! 이자를 데려가라! 싸움에 진 자에게는 응당한 처벌이 따르는 법이다."

소군은 양손을 앞으로 묶인 채 청군의 주둔지 바깥으로 끌려갔다. 그녀의 앞에서 그녀를 묶은 포승을 잡은 채 말 위에 타고 가는 자는 한 번도 그녀를 보지 않았다. 그렇게 한참을 걸었다. 어느새 그녀의 온몸은 땀으로 범벅이 되었다. 그래도 앞에서 그녀를 끌고 가는 자는 한 번도 말을 멈추지 않았다.

"이보시오! 물 좀 주시오!"

목이 타도록 목마른 소군이 마침내 앞을 향해 소리를 질렀다. 그녀를 끌고 가던 말이 멈추었다. 말 위에 타고 있던 자는 사방을 둘러보더니 말에서 내렸다. 그리고 다가와 가죽주머니로 만든 물통을 내밀었다.

"이 정도쯤이면 되겠군."

소군이 다급하게 물을 들이키는 것을 바라보며 그가 말했다. 아버지의 심복 장수 중 한 사람이었다. 소군이 입에 대고 있던 물통을 내렸다. 그가 소군을 지그시 바라봤다. 그러고는 소군을 향해 한 걸음씩 다가왔다. 마침내 죽는 것인가? 소군은 눈을 감았다. 그의 발걸음이 그녀 앞에서 멈추었다. 사각 하는 소리가 들렸다. 칼을 칼집에서 빼내는 소리였다. 휘익 하고 칼이 휘파람 소리를 내며 바람을 갈랐다. 잠시 후 소군이 갑자기 눈을 떴다. 죽지 않았다.

"그대는 이 자리에서 죽었소. 장군님의 명이오. 그대를 추방하오. 그대는 이제 우리 부족 사람이 아니오."

그렇게 말하고 그는 빠르게 걸음을 옮겨 말을 향해 갔다. 소군의 발 아래에는 잘려진 그녀의 머리카락이 한 다발 떨어져 있었다. 소군은 그저 멍하니 말을 타고 멀어져 가는 그의 뒷모습만 바라봤다. 추방이다. 자기는 이제 자랑스러운 대청 기인의 딸이 아닌 것이다. 그런데 그 사실이 전혀 실감이 나지 않았다. 자신은 그런 사실들을 그저 멀리서 바라보는 관찰자에 지나지 않았다. 한 줄기 차가운 바람이 그녀의 온몸을 훑고 지나갔다. 모래먼지가 뒤섞인 바람이었다.

16. 절정

"이 대인은 어찌 이리도 늦는 것인가?"

요한슨은 답답한 마음에 앞에 있는 탁자를 주먹으로 내리쳤다. 요한슨 드 메지에르. 사십오 세의 네덜란드인. 그가 광주에서 옛 명의 포정사사였던 이극렴에게서 연락을 받은 것은 달포 전의 일이었다. 급히 일백 문의 포와 일천 정에 달하는 조총을 구할 수 있느냐는 것이었다. 그것을 제작할 수 있는 여건은 턱없이 부족했다. 그러나 시간만 있다면 제작할 수는 있었다. 이곳 강남에는 멸망한 명의 관원으로서 화포를 제작하다가 나라가 망하여 피난 와 있는 자들이 많다. 그들에게 재료와 재물만 준다면 그런 것쯤은 얼마든지 가능했다. 문제는 시간이었다. 그 많은 무기를 제작하여 공급하기에는 시간이 턱없이 부족했다. 그러나 요한슨이 누구인가. 만들 수 없다면 사 모으면 되었다. 북경이 함락되자 명의 지방관들은 일시에 중앙의 통제에서 벗어나게 되었다. 그들이 지니고 있던 화포 등 각종 화기들도 마찬가지였다. 나라가 멸망한 마당에 의지할 수 있는 것은 재물뿐이었다. 그들 지방관들도 그 사실을 잘 알고 있었다. 재물만 있다면 그 지방관들의 수중에 있는 무기는 얼마든지 사 모을 수 있었다. 그리하여 그가 가진 인맥을 총동원하여 한편 지방관들을 구슬리고 한편 광주는 물론 전 중원에 있는 거대 상인들은 물론 네덜란드인, 포르투갈인 상인들에게까지 수소문하여 말 그대로 무기를 긁어모았다. 일본 나가사키에 있는 네덜란드인들로부터는 일본식 조총을 사 모았다. 세끼가하라의 전투 이후 도쿠가와 막부의 천하가 굳어지고 더 이상 나라를 흔들 만한 커다란 전투는 없게 되었다. 그때부터 소용되는 데 비하여 너무 수가 많아진 일본의 조총 제작 기술자들은 막부에게 은근한 감시와 탄압의 대상이 되어 왔다. 무엇보다도 극심한 생활고에 시달리는 것이 그들의 최대 문제였다. 그들에게 요한슨의 조총 주문은 가뭄의 단비와도 같은 일이었다. 혹은 제작하기도 하고 혹은 숨겨 두었던 것들을 꺼내오고 해서 조총의 수량은 삽시간에 채워졌다. 그러나 정작 문제는 그 다음에 발생했다. 이극렴에게 주문한 무기를 모두 준비했다고 비밀리에 연통했음에도 이극렴은 그 무기들을 인수하기를 차일피일 미루고 있었다. 상인들과 그들을 중간에 끼워 요한슨에게 무기를 팔아먹기 위해 무기를 빼돌린 지방관들에게서 무기 대금 변제 요청이 쇄도하고 있었다. 요한슨은 오늘이야 말로 끝장을 보겠다고 별렀다. 오늘 이극렴에게서 확답을 듣지 못한다면 그 무기들은 모두 전 주인에게 돌려주어야 한다. 아니면 최악의 경우 향후의 사태에 대비하여 그것들을 매장하거나 폭파시켜야 할지도 모른다. 허나 그것으로 끝이 아니었다. 수십 년간 쌓아온 상인의 생명과도 같은 신용을 요한슨은 잃게 되는 것이다. 그리고 혹시 향후에 화북을 장악하고 있는 청의 세력이 이곳 강남까지 장악했을 때 그 무기들을 왜 모았으며 어떻게 사용하려고 했는지 캐묻는다면 꼼짝없이 적대 세력으로 몰려 이곳 중원에서의 기반을 송두리째 상실하게 될지도 몰랐다. 요한슨이 답답한 마음으로 찻잔을 들이켜고 있는데 이극렴이 나타났다. 늘 혼자이던 그가 오늘은 어떤 사람과 동행하고 있었다.

"오! 요한슨 공이오? 오래 기다리셨소이다."

이극렴은 만면에 웃음을 띤 채 다가와 요한슨의 손을 잡았다. 요한슨은 짐짓 화가 난 듯 외면을 했다. 그런 요한슨을 보더니 이극렴이 호탕하게 웃었다.

"하하하! 우리 공이 오늘 화가 나셨구려. 이해하오! 나라도 그랬을 것이오."

"이분입니까? 그 화란(和蘭) 상인이라는 분이?"

이극렴의 옆에 서 있던 자가 요한슨을 바라보며 물었다. 이극렴이 크게 고개를 끄덕이자 그가 요한슨의 앞에 앉자마자 말했다.

"여기 이 공께서 부탁한 무기들을 모두 준비하셨다고요?"

요한슨이 의아한 시선으로 이극렴을 보며 고개를 끄덕였다.

"그렇소. 이분께서 무기들을 준비하고 기다리신 지 오래요. 아! 요한슨 공. 인사하시오. 이분은 조선에서 오신 김 공이오."

조선? 요한슨은 잠시 고개를 갸웃하다가 끄덕였다. 일본의 나가사키에서 장사를 하는 친구들에게서 들은 적이 있었다. 일본의 바다를 건너 멀리 서쪽에 조선이라는 나라가 있다는 사실을 말이다. 조선에서 왔다는 인물. 그가 나지막하고 차분한 어조로 말했다.

"요한슨 공이라고 하셨소? 공께서 준비해 둔 무기들을 제가 인수하려고 하오. 대금은 얼마나 되오?"

요한슨이 순간 머리를 굴렸다.

'이자가 무기를 인수한다고? 듣기에 조선은 그다지 부자 나라가 아니라고 들었는데.'

그의 속마음을 알았는지 조선에서 온 인물이 품에서 조그만 옥갑을 하나 꺼냈다. 그리고 망설임 없이 그것을 열었다. 순간 요한슨의 눈이 크게 떠졌다. 금. 황금덩이였다. 중원의 상인들에게서 흔히 수령하던은 따위가 아니었다. 금이라면 이야기가 달라진다. 요한슨은 얼른 그것을 받아들어 이빨로 깨물어 보았다. 어떤 불순물도 섞이지 않은 순금이었다.

"이런 것으로 얼마면 되겠소?"

조선의 인물. 그가 자신 있는 어조로 물었다.

"대략 이십만 냥이면 되겠습니다만."

요한슨이 나직하게 말하자 그가 곧 대답했다.

"알겠소! 무기들을 인수할 사람들을 내가 데리고 왔으니 그들에게 무기를 내 주시오. 그러면 내가 무기들을 확인하고 곧바로 대금을 지불하도록 하겠소."

황금 이십만 냥이라는 거금을 듣고도 그는 한 치의 망설임도 없었다. 요한슨이 멍하니 있자 조선에서 온 인물이 종이쪽지를 하나 요한슨에게 내밀었다.

"인수증이오. 여기다 수결을 하시오."

요한슨은 아무 말 없이 수결을 했다. 바로 그날 밤부터 요한슨이 수십 개의 창고에 나누어 보관하던 무기들이 수백 대의 수레를 끌고 온 일단의 무리들에게 하나씩 건네어지기 시작했다. 인수는 밤을 통해 진행됐다. 조선에서 온 인물은 요한슨에게 정확히 이십만 냥의 황금이 든 상자들을 건네고 돌아가면서 말했다.

"향후 귀하에게 또 다른 주문을 하게 될지도 모르오. 그럼 이만."

*

"내 전의를 이렇게 부른 것은 다름이 아니라 요즈음 주상 전하의 용태가 어떠한가 해서요."

이형상은 자신의 앞에 앉은 사람을 바라보며 말했다. 주상의 머리 위에 나 있는 종기의 증후가 점점 더 악화되어 가고 있었다. 전의라고 불린 신가귀가 대답했다.

"네. 영감. 그리 대단한 것은 아니라고 사료되옵니다만. 본시 종기라는 것은 몸 안의 기가 허한데다 그 위에 피로가 겹치거나 해당 부위를 깨끗하게 관리하지 못해서 생기는 법입니다. 주상 전하께서는 환우에서 곧 쾌차하실 것입니다."

신가귀가 대수롭지 않다는 듯이 말했다. 그 말을 들은 이형상의 눈빛이 번쩍하고 빛났다. 그러나 곧 평정을 되찾은 이형상이 신가귀에게 차를 들 것을 권했다. 차를 한 모금 마시고 나서 이형상이 말했다. 낮고 차분한 어조였다. 마치 폭풍우가 불어닥치기 전의 고요함을 연상시켰다.

"전의께서 전의감의 물목을 구입할 때는 물론 취재 시에 영향력을 행사하시는 것이 상당하다고 들었소."

순간 찻잔을 들고 있던 신가귀의 손에 힘이 빠졌다. 그런 신가귀의 태도를 짐짓 모른 척하며 이형상이 말을 이었다.

"내 전의감의 일에 관심이 있어 일찍이 그 사항을 조사해 두라고 지시해 두었지요."

신가귀의 안색이 눈에 띄게 창백해졌다. 이형상이 능청스럽게 한마디 덧붙였다.

"전하의 옥체를 돌보는 전의감의 일에 하등의 잘못이 있어서는 종사에 누가 될 수도 있어서 그리하였소."

신가귀가 마침내 온몸을 떨며 손에 든 찻잔을 바라봤다. 잠시 질식할 것 같은 시간이 흘렀다. 신가귀가 마른 입술을 열어 더듬거리며 말했다.

"영감. 살려 주십시오."

이형상이 짐짓 딴청을 피우며 말했다.

"전의께서 어찌 그리 당황하시오? 내 딴소리가 아니라 다만 전의감의 일에 대해 조사했다고만 말했을 뿐이거늘."

신가귀는 찻잔을 탁자 위에 내려놓더니 필사적인 눈빛으로 말했다.

"영감! 저에게는 딸린 식솔이 많습니다. 노모께서도 아직 생존해 계시고… 혹시 제가 잘못되어 파직이라도 당한다면 식솔들은 하릴없이 궁핍한 신세가 되고 말 것입니다. 한번만 살려 주십시오."

그런 신가귀를 이형상은 자못 오만한 시선으로 내려다봤다.

"소문으로만 듣던 전의감에 관한 추문이 사실이었소그려. 아랫것들이 뭐라고 말해도 내 전의의 충직함을 믿었거늘. 그렇게 부끄러운 짓은 하지 않아야 되지 않소? 이게 무슨 꼴이오? 한 나라의 최고 의원이라는 사람이 아무런 상관도 없는 병조의 당상에게 머리를 조아려야 하다니."

신가귀는 이형상에게 머리를 조아리면서도 속으로 생각했다.

'이자가 왜 이런 말을 하는 것일까? 전의감의 일에 다소의 뇌물이 있음은 누구나 다 아는 공공연한 비밀이거늘.'

전의감의 일을 말하는 자가 이형상이 아니었다면 별일이 아니었을 것이다. 그러나 지금 조선에서 임금 이외에 두려워해야 할 존재가 있다면 이자를 위시한 이른바 오촌계의 인물들이었다. 그들의 눈 밖에 난다면 관직생활이 결코 쉽지 않은 일이다. 언제 그들의 탄핵을 받아 낙마하게 될지 몰랐다. 듣기로는 주상 전하도 이들과 이들의 뒤에 있는 송시열, 송준길을 위시한 산림 세력들의 말을 결코 무시하지 못하신다고 했다.

"다시 한 번 묻겠소. 전하의 머리에 나 있는 종기가 어떻다고요?"

신가귀는 이형상의 의도를 알 수 없었다. 주상 전하의 종기를 이야기하며 또한 전의감의 일을 이야기하다니. 그 둘 사이에 무슨 관계가 있다는 것일까? 그렇게 생각하는데 이형상의 단호한 어조가 신가귀의 귓가를 때렸다.

"지금 전하의 환우는 누가 담당하고 있소?"

"저는 요즘 몸이 부실하고 또한 전하의 종기의 병증이 그리 대단한 것은 아니라고 사료되어 유후성 영감께서 전하의 환우를 돌보고 계십니다만."

신가귀의 말이 끝나기가 무섭게 이형상이 신가귀에게 가까이 오라고 손짓했다. 신가귀가 무슨 일인가 싶어 이형상의 바로 앞까지 다가가니 이형상이 귀엣말로 뭐라고 속삭였다. 그 말을 들은 신가귀의 표정이 경악으로 일그러졌다.

"영, 영감. 그리할 수는……."

신가귀가 더듬거리며 말하자 이형상의 표정이 험악하게 일그러졌다.

"그대는 방금 전의 내 말을 들은 순간 나와 한 배를 탔다. 이 배에서 내리는 순간 그대와 그대의 식솔은 쥐도 새도 모르게 죽어 없어질 것이다. 어찌하겠는가?"

신가귀는 온몸을 떨며 식은땀을 흘렸다. 그리고 애절한 눈빛으로 이형상을 바라봤다. 이형상은 그런 신가귀를 엄한 표정으로 노려보고 있었다. 잠시 질식할 것 같은 시간이 이형상의 사랑을 내리눌렀다.

"이번 일로 그대는 죽을 수도 있다. 그러나 내가 보장하겠다. 남은 식솔과 그대의 가문은 살아남을 것이다. 살아남는 것은 물론 나아가 부귀영화를 누리게 될 것이다. 어차피 지금껏 밝혀진 그대의 죄상만으로도 원지 유배의 형을 면하기 어렵다. 어떻게 하겠는가? 이대로 원지 유배를 가고 그대와 그대의 가문이 모조리 망하는 것을 원하는가? 아니면 그대 하나가 희생함으로써 그대의 식솔과 가문의 명맥을 이을 수 있게 되기를 원하는가?"

이형상의 말이 불꽃처럼 쏟아져 나왔다. 신가귀는 다시 한 번 이형상을 바라보았다. 이형상은 짐짓 신가귀의 시선을 외면하였다. 잠시 후 신가귀의 떨리는 목소리가 새어 나왔다.

"영, 영감. 그리하겠습니다."

굳어져 있던 이형상의 얼굴에 비로소 만족한 미소가 번졌다.

"진즉에 그리 대답했다면 좋았을 것을. 하하하!"

이형상의 호탕한 웃음이 사랑방을 울렸다. 신가귀는 그저 떨며 머리를 숙이고 있을 뿐이었다.

*

머리가 깨질 듯 아팠다. 정이로는 멍한 의식을 겨우 추스르며 누워 있었다. 포로로 잡혀 온 그녀. 자신의 이름이 소군이라 했던가? 그녀가 떠난 뒤 아니 반강제로 그녀를 떠나보낸 뒤 자주 이런 증상에 시달렸다. 잠을 자려고 자리에 누우면 의식은 더욱 맑아지고 온통 그녀의 모습만 사방으로 돌아다녔다. 어젯밤도 온통 그렇게 지새웠다.

"나리, 나리!"

누군가 이로의 방문을 세차게 두드렸다. 이로는 다소 짜증스럽게 방문을 열었다. 구개하가 숨을 헐떡이며 문 앞에 서 있었다.

"나리, 큰일났습니다. 필주가 죽었습니다."

"뭐라고?"

이로는 그 말을 듣자마자 필주가 유숙하고 있던 초가로 뛰었다. 아직 온기가 가시지 않은 이부자리. 그 위에 천필주가 온몸을 웅크린 채 누워 있었다. 얼핏 보아서는 아직 잠들어 있는 것처럼 보였다. 정이로와 구개하, 이영복 세 사람이 필주의 시신 앞에서 어쩔 줄 모르고 있는데 소식을 들었는지 김후명이 나타났다. 그는 차분하게 다가가서 필주의 안색을 살폈다. 입가에 거품이 묻어 있고 온 얼굴이 푸르스름하게 변해가고 있었다. 입술은 이미 문드러졌다. 입을 벌려 보았다. 입안이 검붉었다. 김후명은 다시 필주의 손을 잡아 올려 손톱을 살폈다. 손톱 색깔이 푸르딩딩했다.

"독이군."

김후명이 신음하듯 중얼거렸다. 순간 뜨거운 것이 울컥하고 정이로의 명치를 쳤다. 이로는 흐흐흐 하고 울음을 터뜨렸다. 참으로 아끼고 사랑했던 심복 중의 심복이었다. 구개하와 이영복, 천필주. 모두 이로와는 반상의 차이를 떠나 친구 같은 관계였다. 이로의 가문이 역모 사건으로 멸문지화를 당한 후부터는 네 사람은 마치 가족처럼 지내 왔었다.

"자살을… 할 이유는 없었나?"

김후명이 조심스레 말을 꺼냈다. 정이로는 벌겋게 충혈된 눈으로 김후명을 보았다.

"내 말은 만일의 경우를 상정할 수도 있다는 말이네. 죽은 사람은 말이 없으니."

"그럴 일은 없을 것입니다. 필주는 우리들 중에 가장 낙천적이고 착한 녀석이었습니다. 설혹 자살을 할 만한 일이 있었다면 분명히 내게 먼저 어떤 언질이라도 주었을 겁니다."

이로가 단언을 했다. 김후명이 고개를 끄덕였다.

"그러면 결국 누군가에게 살해당했다고 생각할 수밖에 없군. 내가 생각해 보아도 지금 우리가 하는 일은 육체적인 고통은 조금 따를지라도 정신적인 고통은 수반되지 않는 일이지. 자살은 대개 외부의 고통보다는 내부의 고민이 그 원인이 되는 법. 혹시 이 사람이 최근에 어떤 문제가 있어 고민을 하고 있는 것은 보지 못했는가?"

"필주에게 스스로를 죽일 만한 고민이 있었다고는 생각하지 않습니다. 한양에 있는 식솔들도 평안하고. 그런 점에 있어서는 우리들 중 아마도 가장 유복한 편일 것입니다. 필주가."

최기영의 부하들이 초가로 들어와 시신을 옮겨 갔다. 올바른 장례식도 없을 것이었다. 그런 생각을 하니 이로의 비통한 마음이 더욱 서러워졌다.

"정 선비!"

이로가 그런 생각을 하며 다시 눈물짓고 있는데 김후명이 옆으로 다가와 말을 건넸다.

"필주 그 사람이 손에 꽉 쥐고 있던 것이라네."

정이로는 슬퍼하는 와중에서도 정신을 차렸다. 그것은 어쩌면 필주를 죽인 흉수에 대한 단서가 될지도 모르는 것이었기에. 김후명이 내민 것은 은장도였다. 여인네들이 자신의 정조를 보호하기 위해 품속에 지니고 다니는 것이었다. 이로는 고개를 갸웃거렸다. 여인네들, 특히 반가의 여인네들이나 지니고 다니는 은장도를 양반도 아닌 천필주가 가지고 있다는 것이 이상스럽게 생각되었다.

"이것을 필주가 손에 쥐고 있었다고요?"

"그렇네. 나도 이상스럽게 생각하고 있었네. 이 은장도는 장식이나 모양으로 보아 꽤 사치스러운 것이야. 즉 반가의 여인네들 중에서도 이 정도로 고급스러운 은장도를 지니고 다닐 만한 여인은 많지 않을 것일세. 이런 것을 양반의 신분도 아닌 사람이 지니고 있었다는 사실이 아주 이상하군."

이로는 앞뒤가 꽉 막힌 미로 속에 선 느낌이었다. 필주를 죽인 흉수를 찾아야 하는데 기껏 찾은 증좌가 이리도 막막한 것이라니.

*

정이로는 천필주를 최기영의 마을 근처 야산에 묻었다. 매장이 진행되는 내내 이로는 슬퍼하면서도 그 은장도에 대해 생각하고 있었다. 여인이 가지고 다니는 물건인데 필주가 그것을 가지고 있다 함은 필주가

404

여인네와 어떤 관계를 맺었다는 말일까. 아니다. 필주는 여자 관계가 깨끗했다. 기질상 그는 여인과 정분을 잘 맺지 못했다. 한양에는 그의 조강지처가 아이 하나를 키우며 남편을 기다리고 있다. 한양에 있을 때 그녀에게 잘 못해 준 것을 늘 미안하게 생각하던 필주였다.

"승지 어른. 이로입니다."

김후명이 서책을 보고 있다가 방으로 들어서는 정이로를 봤다.

"그래. 필주의 장례는 잘 치렀는가?"

"네. 걱정해 주셔서 고맙습니다."

"아닐세. 고향을 떠나 이역만리에서 죽음을 맞이하는 일은 되도록이면 없어야 하는데. 자네와 부하들의 안위에 좀 더 신경을 썼어야 했어."

"아까 보여 주신 그것 말입니다. 그 은장도."

"이것 말인가?"

김후명이 예의 그 은장도를 꺼내 들었다. 정이로는 그것을 손에 받아 들고 다시 한 번 자세히 관찰했다. 그렇다! 그것을 처음 본 순간에 기억을 했어야 했는데 그때는 경황이 없어 그런 생각을 하지 못했었다. 그것은 서시, 그녀가 가지고 있던 것이었다. 이로는 다시 한 번 은장도를 유심히 보았다. 분명했다. 그것은 서시가 애지중지하던 그녀의 물건이었다. 이로는 머릿속이 혼란스러워졌다. 천필주가 죽고, 그가 죽으면서 서시가 아끼던 물건을 손에 꽉 쥐고 있다니. 천은으로 된 고급품이다. 2/3척 정도의 길이에 다양한 장식. 이로는 칼자루와 앞매기, 칼 몸체의 명문을 살폈다. 단도를 어피로 싼 칼집에서 빼어 들여다보기도 하고 뒷매기 부분, 띠 그리고 메뚜기와 두겁, 왕매기 등등을 꼼꼼히 살폈다. 마지막으로 칼집의 안쪽 동그란 부분의 속까지 들여다보았다. 그러다가 이로는 무언가 발견한 듯 눈을 크게 떴다. 칼의 몸체와 손잡이가 시작되는 부분인 주석막이 사이의 아주 작은 공간에 아주 조그맣게 쓰여 있는 글자 하나를 발견한 것이다. 그런데 그 글자는 너무도 작아서 무슨 글자인지 알아볼 수가 없었다. 이로가 눈에 힘을 주어 한식경을 쳐다보다가 겨우 알아낸 사실은 그 글자의 윗부분이 나무 목 자와 비슷하다는 것이었다. 그런데 그 아래의 글자는 너무 작고 또한 약간 지워져 버린 것 같아 알아낼 수가 없었다.

*

밤이 이슥한 시간. 정이로는 자리에 누웠지만 의식은 은화처럼 초롱초롱했다. 한참을 뒤척이다가 견딜 수가 없어서 마당으로 막 나서려고 했다. 그때였다. 누군가 이로가 머무르는 초가 옆 어두운 구석에 숨어 있는 것이 느껴졌다. 이것도 태왕의 선물일까. 그 폭포 아래의 동굴을 다녀온 이래 시각, 청각, 촉각 등의 감각이 그 어느 때보다도 살아 있었다.

이로가 머무는 초가의 천장에서 움직이는 벌레소리조차 또렷이 들렸다. 이로는 천천히 마당으로 나서는 척하며 초가 옆 어둠 속을 살폈다. 마당에 내려서자 신발을 신는 척하며 몸을 앞으로 굽혔다. 그러고는 번개처럼 몸을 일으키며 어둠 속을 향해 무언가를 던졌다. 딱 하는 소리가 나며 낮은 신음이 어둠 속을 울렸다. 이로가 다시 몸을 날려 초가 옆 어둠 속의 존재를 덮쳤다. 사람이었다. 이로는 얼른 놈의 멱살을 잡아 달빛 속에 그 얼굴을 노출시켰다. 이로의 눈이 찢어질 듯 커졌다.

"영복아!"

이영복이었다. 양 미간 사이에서 한 줄기 선혈이 흐르고 있다. 이로가 던진 돌멩이를 그곳에 맞았음이 틀림없었다. 그는 혼절해 있었다. 이로의 목소리를 듣고 김후명이 어느새 숙소의 문을 박차고 달려 나왔다. 그도 이로의 손에 멱살이 잡혀 있는 이영복을 보고 다소간 놀란 듯했다. 이로는 이영복을 얼른 자신의 방으로 데려가 눕혔다.

"저자가 어찌 자네의 숙소를 살피고 있었던 것인가?"

이로가 영복을 자리에 눕히자 김후명이 빠른 어조로 물었다.

"모르겠습니다. 저놈이 왜 내 숙소 옆을 어른거렸는지."

김후명이 이로의 표정을 찬찬히 살피더니 말했다.

"자네, 놀라지 말고 내 말을 듣게. 내 생각엔 저자가 필주 그 사람을 죽인 흉수라고 생각되네만."

이로가 눈을 크게 떴다. 김후명이 거침없이 말을 이었다.

"부하를 잃고 비통에 잠긴 자네에겐 미안한 일이지만 내 진즉에 저자를 눈여겨보고 있었네. 항상 우리의 행동을 살피며 자신만의 생각에 잠기곤 했었지."

"그럴 리가 없습니다."

이로는 정색하며 부인했다. 김후명의 예지나 판단력에 대해선 그간의 여러 경험을 통해서 이미 마음속으로부터 인정하고 존경하는 이로였으나 이번만큼은 그의 판단이 틀린 것이라 생각했다.

"진실은 이자가 깨어난 후 문초해 보면 드러나겠지."

*

"네 이놈! 진실을 토설하렸다! 진정 네놈이 천필주를 살해한 것이 아니란 말이냐?"

김후명의 추상같은 어조가 이로의 숙소 앞마당을 울렸다.

"아이구! 나리, 억울합니다요! 제가 어찌 필주를 죽일 수가 있겠습니까요? 저에겐 하늘이 내린 은인이 그놈이었는데."

이영복은 필사적인 목소리로 항변했다. 김후명의 옆에서 그런 영복의 모습을 보고 있던 이로는 그러면 그렇지 하는 표정이었다. 그만큼 영복에 대한 그의 믿음은 컸다. 김후명은 그런 이로를 한 번 보더니 굳은 표정으로 소매 속에서 무언가를 꺼냈다.

"이것이 무엇인지 너는 알고 있겠지?"

그것을 본 영복의 표정이 사색이 되었다. 김후명이 꺼낸 그것은 자그마한 주머니였다.

"이 안에 든 것이 무엇인지 너는 알고 있지?"

"……!"

이로가 김후명이 들고 있던 주머니를 빼앗아 안을 열어 봤다.

"조심하게! 비상이네!"

김후명이 나지막하게 이로에게 주의를 줬다. 그러고 나서 김후명은 영복을 추상같이 윽박질렀다.

"나는 이 주머니를 네놈의 짐 보따리 안에서 찾았다. 자! 이러고도 네놈이 범인임을 이실직고하지 않겠느냐?"

정이로는 번개처럼 이영복을 쳐다보았다. 온 얼굴이 땀에 젖어 있었다. 입술은 질려서 파랗게 변하고 두 눈은 쉴 새 없이 깜빡이고 있었다. 이로는 불문곡직 달려가 이영복의 멱살을 움켜쥐었다.

"저 말이… 저 말이 참이더냐? 진정 참이더냐!"

이로는 영복의 멱살을 잡고 머리가 떨어질 듯이 흔들어 댔다. 김후명의 옆에 서 있던 최기영이 눈짓하자 그의 부하들이 다가와 이로를 뜯어 말렸다. 이로는 가까스로 안정을 되찾았지만 다시 소리쳤다.

"말해라! 네놈이 정녕 필주를 죽인 흉수냐?"

이영복은 이로에게 멱살을 잡힌 후부터 눈을 감고 있었다. 이로가 다시 한 번 다그치자 그는 눈을 번쩍 뜨더니 말했다.

"그렇소! 나요. 내가 천필주를 독살했소!"

순간 이영복의 턱이 위로 들려지며 몸이 마당의 저쪽 편으로 나가 뒹굴었다. 이로가 씩씩대며 이영복을 노려봤다. 이로가 발길질을 날려 그를 걷어찬 것이다. 구개하가 이로를 만류했다. 이로의 발길질에 맞아 입가가 터진 듯 피투성이가 된 영복이 다시 꿇어 앉혀졌다.

"어찌하여 천필주를 살해하였느냐? 이실직고하라!"

김후명의 추상같은 어조가 이영복을 닦달했다. 영복은 잠시 아무 말도 없이 앉아 있더니 이윽고 결심한 듯 이로를 한 번 쳐다보더니 김후명에게로 얼굴을 향했다.

"이 마당에 내가 무엇을 숨기겠소? 놈이… 내 정체를 알고 말았소."

이영복의 토설을 듣는 김후명의 표정이 애매한 것에서 확신에 찬 것으로 변해갔다. 이미 그는 그런 낌새를 알고 있었던 듯했다.

"정체라니? 네놈의 정체가 무엇이냐?"

영복은 픽 하고 한 번 웃었다. 그것은 모든 일이 끝난 뒤에 그 일이 너무도 허탈한 것이었음을 깨달았을 때 나올 수 있는 종류의 것이었다.

"내가 병조참판 영감께 서찰을 보내는 것을 놈이 알아채고 말았던 것이오."

"병조참판?"

역시 놈이었다. 자신들 일행의 행로가 누군가에 의해 누설되고 있지 않나 하는 의혹을 품어 오던 김후명이었다. 훈련도감 천총 이시백으로부터 한양의 상황을 계속하여 전해 듣고 있는 김후명이다. 이시백이 전해 준 소식에 의하면 이형상 일파는 주상의 숨은 성지를 수행하는 시림의 행보를 손바닥 보듯이 알고 있는 듯했다. 원인은 명확했다. 이곳으로 온 일행 중에 이형상 일파의 간세가 숨어 있기 때문일 것이다. 음모와 권모술수가 횡행하는 조정에서의 오랜 경험은 김후명에게 그렇게 말하고 있었다. 정이로로서는 경악하지 않을 수 없었다. 병조참판이라면 이형상이 아닌가? 적정고를 숨겨 주상을 위협한 장본인. 그리고 그 적정고로 인하여 자신과는 씻을 수 없는 원한을 쌓은 사람. 김후명이 늘 이야기하는바 지금 조선의 암종과 같은 존재.

"네 이놈 영복아! 하나만 묻자. 왜 필주를 죽였느냐? 필주는 네놈의 목숨을 구해 준 사람이 아니냐? 설혹 네놈의 정체를 알았다고 해도 필주를 다독여서 발설하지 않게 할 수도 있지 않았느냐?"

"이로 나리! 나리는 지금 어떤 일을 하고 있는 줄 알고 있기나 하시오? 필주가 비록 내 은인인 것은 사실이오. 허나 어차피 그도 오래 못 가서 죽어야 할 목숨이오. 조금 더 빨리 간 것뿐이란 말이오."

"뭐라고? 이놈이 끝까지."

이로가 다시 뭐라고 하려다가 다시 목소리를 낮추어 물었다.

"네놈의 그 은장도는 어디서 난 것이냐? 필시 무슨 사연이 있을 터이지."

이영복은 은장도에 관해서 듣자 갑자기 몹시 비통한 표정이 되었다.

"그것은 내가 평소에 품에 지니고 다니던 것인데, 필주 놈이 이미 죽었다고 생각하고 방에 들어갔는데 놈이 아직 죽지를 않아서 놈과 엎치락뒤치락하다가 빼앗긴 것이오."

이로는 은장도에 새겨져 있던 글자를 떠올렸다. 나무 목 자. 그리고 … 순간 이로의 뇌리를 번개처럼 스쳐가는 것이 있었다. 그렇다. 나무 목 자의 밑에 쓰여 있던 것은 아들 자. 그렇다면 그것은 오얏 리(李) 자가 된다. 이영복의 이, 그리고 서시의 이. 서시의 성씨가 이씨였다는 것을 새삼 그제야 떠올리는 이로였다.

"네놈은 서시와 무슨 관계냐?"

이로가 묻자 마치 그 말을 기다렸다는 듯 이영복의 눈빛이 격렬하게 타올랐다. 그리고 이로를 쏘아보며 말했다.

"당신으로 인하여 한 많은 생을 마감할 수밖에 없었던 여자. 그 여자는 내 누이였소!"

원독에 차 부르짖는 이영복. 이로는 놀라 한 걸음 뒤로 물러서지 않을 수 없었다. 이영복의 눈과 입에서 뻗어오는 살기가 마치 바늘 끝처럼 얼굴을 찔러 왔다.

"당신에게 그 여자는 당신의 목적을 수행하기 위한 한낱 도구에 불과했겠지만 내 누이는 진심으로 당신을 의지했었소. 당신으로 인하여 내 누이가 죽던 날 아침에 나는 맹세했소. 내 목숨이 살아 있는 한 당신을 결코 용서치 않을 것이라고 말이오.”

정이로는 감당할 수 없는 충격에 비틀거렸다.

‘아아. 내가 저질러 놓은 일이 결국 내 발목을 잡고야 마는구나. 피할 수 없는 인과응보로다.’

“그러면 병조참판은 우리의 모든 것을 이미 다 알고 있겠군.”

옆에서 정이로와 이영복의 하는 양을 지켜보던 김후명이 나직한 목소리로 캐물었다.

“물론이오! 알다 뿐입니까? 이미 모든 조치들을 취하시고 있다 들었소!”

김후명은 쓰게 웃으며 고개를 끄덕였다. 역시 이형상이다. 보기 좋게 뒤통수를 맞았다.

이런 줄 알았다면 진작에 조치를 취했어야 했는데. 그렇게 생각하면서 김후명은 무덤덤하게 한마디 내뱉었다.

“너는 네 누이가 그렇게 된 것이 우리들 탓이라고 알고 있는 것이냐?”

이영복이 증오에 찬 눈길로 김후명을 쏘아보며 외쳤다.

“그러면 당신들 말고 누가 내 자형의 일을 방해하고 누이를 그리 만들 수 있단 말이오?”

“우리가 너의 누이가 보관하던 서책을 네 누이게서 빼내온 것은 사실이다. 허나…….”

김후명은 잠시 뜸을 들였다.

“사실을 말하자면 네 누이는 자살한 것이 아니다.”

그 말을 듣고 정이로는 이영복과 거의 동시에 외쳤다.

"뭐, 뭐라고요?"

이번에는 이로가 김후명에게 물었다.

"승지 어른! 무슨 말입니까? 그 마님이 자진을 한 것이 아니라니요?"

김후명은 조금 머쓱한 표정으로 이로를 한 번 보더니 말했다.

"모르겠는가? 그 마님이 기껏 서책 하나 잃어버렸다고 자살을 생각할 사람으로 보이나? 비록 그것이 자신의 남정네에게 중요한 것이라고는 하나, 그 사람이 누구인가? 산전수전 다 겪은 그런 사람이 그 정도일로 자살을 한다고? 상식적으로도 이해가 가지 않지 않는가?"

이영복은 정신없이 벌어지는 일들에 잠시 멍한 듯했다. 이로가 다시 김후명을 재촉했다.

"그러면요? 어찌 되었단 겁니까?"

"이형상이 적정고에 대한 비밀을 알고 있는 그 사람을 살수들을 시켜 살해했네. 나는 증좌도 갖고 있네."

그러면서 김후명은 이영복을 애처로운 듯 보며 말했다.

"이 어리석은 자야! 너는 이형상이란 자를 몰라도 너무 몰랐다. 너는 처음부터 그에게 이용당한 도구에 불과했단 말이다."

이영복과 정이로 모두 김후명의 말에 멍하니 넋을 잃고 있었다. 그들을 무시한 채 김후명은 생각에 잠겼다.

'제 손으로 죽인 여자의 동생을 간세로 집어넣다니… 이형상에게 보기 좋게 당했구나! 그러나 어찌 되던 상관없다. 어차피 칼자루는 이미 우리 손에 쥐어져 있다.'

북벌의 대장정은 이미 시위를 떠난 것이나 마찬가지였다. 광개토왕의 황금을 발견한 이후 모든 것은 명확해졌다. 북벌의 가장 커다란 장애였던 자금 문제가 해결된 것이다. 놈들의 어떤 방해공작으로도 이 도도한 흐름을 막을 수는 없을 것이다.

김후명이 그렇게 생각하고 있을 때였다. 귓가에 거친 숨소리가 들려 옆을 바라보니 최기영이었다. 그가 지금 이영복을 노려보며 거칠게 숨을 몰아쉬고 있었다. 문득 불안함을 느낀 김후명이 미처 그를 말릴 새도 없었다. 최기영이 허리에 차고 있던 육모곤을 빼어 들었다.

"안 돼!"

정이로가 최기영을 향해 소리쳤다.

"퍼억!"

마치 젖은 바가지를 깨뜨리는 것 같은 소리와 함께 이영복의 몸이 앞으로 고꾸라졌다. 그의 두개골은 이미 최기영이 휘두른 육모곤의 단 일합에 의해 마치 수박처럼 깨져 버렸다.

앞으로 고꾸라진 그의 사지가 경련을 일으키고 있었다. 절명한 것이다. 일순간에 일어난 일이었다. 정이로는 두 손을 앞으로 내밀며 뛰어나와 이영복의 식어 가는 시신을 안았다. 그러더니 끄윽 끅 하고 울음을 토해냈다. 정이로의 옆에서 그 광경을 보던 구개하도 같이 울음을 터뜨렸다.

김후명은 인상을 찌푸리며 최기영을 노려보았다. 경솔한 짓이었다. 놈을 살려서 이형상 일파에게 데려가 자신의 일행을 염탐한 것을 추달할 수도 있었다. 그때 놈은 좋은 증인이 될 수 있었는데.

17. 별은 떨어지고

1659년 5월

주상은 보료에 앉은 채 손으로 머리 윗부분에 나 있는 종기를 매만졌다. 손가락 끝으로 종기를 눌러 보았다. 흐릿한 동통이 전해져 왔다. 이제 그 종기는 얼굴까지 퍼져 눈을 제대로 뜰 수 없을 지경이었다. 요 며칠간 온몸이 나른하고 피로가 파도처럼 밀려오곤 했다.

'무엇 때문인가? 중원에서의 일들로 인해 너무 신경을 쓴 탓인가?'

중원으로 가 있는 김후명에게서 장계가 도착했는데 그 내용은 대강 이러했다.

… 영명왕을 추종하던 협사들이 군사를 다시 모으고 있다. 청의 공격으로 북경이 함락되고 도주하던 이자성이 죽은 후 지리멸렬하던 농민군의 대오도 어느 정도 재정비되어 조만간 영명왕의 추종 세력과 그들 사이에 연합전선이 이루어질 수도 있다. …

네덜란드인 상인 요한슨에게서 사 모은 무기가 대운하를 거쳐 북경 인근으로 가고 있다. 고려방의 군사들과 영명왕 추종 세력, 그리고 농민군의 잔류 병력이 북경 인근으로 집결하여 그곳에서 지체없이 북경을 공략할 것이다. 북경이 함락되는 대로 주상 자신은 조선에서 징발한 오천 명의 후발대를 거느리고 제물포를 거쳐 등주로 상륙하여 북경으로 가서 그들과 합류할 계획이다.

그리될 것이다. 아니 그리되어야 한다. 그리되어야만 선왕이 아홉 번

머리를 땅바닥에 두드리며 오랑캐의 황제에게 군신의 예를 다하던 날의 치욕을 설욕하는 것이다. 그리고 중원 정벌의 본격적인 서막이 오르는 것이다.

문득 주상의 뇌리에 얼마 전 한양의 사거리에 잠행을 나갔을 때 본적이 있는 백성들이 생각났다. 헐벗고 굶주려서 얼굴이 누렇게 뜬 채로 아무 생각 없이 그저 주어진 대로 살아가는 모습의 백성들이.

저들에게 중원을 선물할 것이다. 중원의 주인이 되어 천하의 주인으로 당당하게 살아가게 할 것이다. 그들은 충분히 그리될 자격이 있는 자들이다. 명의 변방에서 한갓 야인으로 살아가던 청도 그리했다. 조선이 그렇게 못할 것이 무엇인가?

주상은 다시 한 번 주먹을 움켜쥐었다. 그러려면, 그렇게 하려면 중원 정벌에서 최선봉에 서야 할 자신이 강건해야 했다. 임금이 강건하지 못하면 설혹 일시적으로 힘을 통해 중원을 손아귀에 넣는다고 해도 저들 백성들은 구심점을 찾지 못하고 헤매다가 누군가 다시 나타난 세력에 의해 패배하고 말 것이다.

"전하! 어의 입시이옵니다."

대전내관의 목소리와 함께 편전으로 들어서는 사나이. 전의 유후성이다.

"전하. 피로가 겹쳐서 옥체가 상하신 듯하오니 잠시 정무를 쉬시고 휴식을 취하심이 어떠하올는지요?"

주상의 머리에서 생겨 이미 용안까지 퍼진 종기를 꼼꼼히 살핀 후 유후성이 말했다.

"과인은 지금 그럴 틈이 없다. 다른 처방은 없겠는가?"

유후성이 부복하여 다시 아뢰었다.

"전하, 본시 종기라는 것은 몸이 허하여 어혈이 몰려서 생기는 것으로……."

유후성이 말하자 주상이 어수를 들어 말을 막았다.

"내 며칠 전 전정에 나아가서 비를 빌다가 다소 몸이 곤하여 그런 것이니 어의는 크게 신경 쓰지 말라."

유후성은 잠시 생각한 후 다시 말했다.

"하오면 독기가 안포에 모여 있으니 일단 산침을 놓아서 독기를 배설함이 옳을 것입니다."

눈 위의 종기만이라도 빨리 치료해야 한다는 유후성의 말이었다. 임금이 잠시 생각하더니 그러마고 고개를 끄덕였다.

"어떻소? 전하의 환우는?"

유후성이 편전을 물러나와 전의감으로 돌아오자 그를 기다리고 있던 신가귀가 물었다.

"어찌 출사하셨소? 병이 깊다고 하시더니."

유후성이 뜻밖이라는 듯 눈을 크게 뜨고 물었다. 신가귀는 신병으로 출사하지 않은 지가 꽤 되었다. 그런 사람이 느닷없이 나타나 주상의 병세를 물으니 유후성으로서는 놀랄 수밖에 없었다.

"내 신병이야 어제 오늘의 일이 아니라오. 아무튼 전하의 환우는 어떠하오?"

신가귀가 거듭 묻자 유후성이 신중한 낯빛이 되어 말했다.

"무엇보다도 옥체를 편히 하심이 급한 일인데 전하께서 옥체를 쉬시는 것을 원치 않으시니 큰일이오."

그 말을 들은 신가귀가 유후성을 바라보고 환히 웃으며 말한다.

"내일 전하의 환우를 살피는 데 나도 동행할 것이오."

＊

주상은 이부자리에 누워 있었다. 오늘 아침 깨어난 이후 자리에 앉지도 못하고 누워 있는 상태라는 내관의 말이었다.

"전하. 어떠하시온지요?"

유후성이 누워 있는 주상의 옆으로 무릎걸음으로 다가가 물었다. 주상이 힘없이 눈을 떴다.

"고통이 심하구나. 이즈음에 이런 고통은 처음이다. 방법이 없겠는가?"

유후성이 뭐라고 하려 하자 옆에서 그를 지켜보던 신가귀가 얼른 말을 꺼냈다.

"전하! 종기의 독이 용안으로 흘러내리면서 또한 농증을 이루려고 하고 있으니 반드시 침을 놓아 나쁜 피를 뽑아낸 연후에야 효과를 거둘 수 있겠습니다."

임금이 신가귀를 쳐다보았다.

"가귀의 의견이 어떠한가?"

임금이 유후성에게 하문했다. 안포의 독기만 배설한다면 모르되 종기 사체를 침으로 치료한다는 것은 위험하다. 유후성은 고개를 크게 가로저었다.

"아니 되옵니다. 전하! 경솔히 침을 놓았다가 혈락을 범하기라도 하면 큰일이오니 통촉하소서!"

임금이 유후성과 신가귀를 번갈아 바라보더니 두 사람을 대조전 밖으로 물러가게 했다.

"어쩌자고 그런 말을 하시오? 그건 너무 위험한 시술이오."

유후성이 대조전 밖으로 나오자 신가귀를 나무랐다. 신가귀는 정색을 하고 대답했다.

"그러면 전하의 환우를 지금 저런 상태로 계속 놓아두란 말이오? 빠른 쾌차에는 침이 제일이오!"

유후성이 고개를 돌리고는 콧방귀를 뀌었다.

'이자가 칭병하고 집에 있더니 정신이 어떻게 된 것인가? 상대가 누구인 줄 알고 그런 시술을 고집하는가? 저잣거리의 천한 자들에게나 할 시술을 지존에게 함부로 하려고 하다니.'

종기에 침을 쓴다는 것은 물론 금기사항은 아니었다. 그러나 문제는 그 상대가 누구이며 어느 부분에 종기가 났느냐는 것이었다. 너무 위험했다. 그런데 이자는 그 시술을 고집하고 있었다. 유후성이 다시 한 번 신가귀를 타이르려고 하자 신가귀는 이미 저만치 앞서 걸어가고 있었다. 유후성은 혀를 차며 그 뒤를 따랐다.

*

다음 날 임금은 유후성과 신가귀를 편전으로 불렀다.

"가귀가 어제 내게 침을 맞으라고 했었지?"

주상이 묻자 신가귀가 얼른 대답했다.

"그러하옵니다. 전하."

임금이 고개를 끄덕이고는 하문했다.

"침을 맞는다면 빨리 나을 수 있겠는가?"

신가귀가 또다시 얼른 대답했다.

"그러하옵니다. 빠른 쾌차에는 침이 제일 낫다고 사료되옵니다."

유후성이 인상을 찌푸리며 그를 노려보았지만 신가귀는 모른 척했다. 임금이 잠시 생각에 잠기더니 말했다.

"알았다. 침을 놓도록 하라."

"수라를 드신 후에 하심이 어떠하온지요?"

그때 옆에서 대화를 듣고 있던 세자가 말했다.

"아니다. 한시라도 빨리 이 몹쓸 놈으로부터 해방되고 싶다."

주상이 곧 모로 누웠다. 신가귀는 무릎걸음으로 다가가 침을 잡았다.

"빨리 나을 수 있도록 최선을 다해야 한다."

임금이 옆으로 다가온 신가귀에게 다시 한 번 다짐을 주었다. 신가귀는 순간적으로 당황한 듯하더니 곧 크게 머리를 숙였다.

"전하! 성심을 다하겠사옵니다."

신가귀가 머리에 나 있는 종기에 침을 놓았다. 침을 놓자 종기 부위가 빨갛게 부풀어 오르더니 곧 피가 배어 나오기 시작했다. 임금이 찡그리고 있던 얼굴을 펴며 말했다.

"시원하구나! 가귀가 아니었다면 병이 위태로울 뻔하였다."

임금은 만족한 미소를 머금더니 온몸을 늘어뜨렸다. 옆에서 지켜보던 유후성과 입시했던 약방도제조 원두표도 그런 주상의 모습을 보고

안도의 한숨을 내쉬었다.

*

"큰일이오! 피가 그치지를 않사옵니다."

주상의 용태를 지켜보던 유후성이 다급한 목소리로 말했다. 원두표도 사색이 되어 옆에 있던 도승지를 바라봤다. 신가귀가 침을 놓았던 자리에서 계속 피가 배어 나오더니 급기야 거의 쏟아져 내리는 것으로 변했다. 신가귀도 또한 사색이 되어 어쩔 줄을 몰랐다.

"빨리! 피를 멈추는 약을!"

유후성이 급하게 소리치며 주상의 환부를 향해 달려들었다. 천으로 급히 주상의 머리를 동여맸으나 곧 머리를 동여맸던 천이 빨갛게 물들며 피는 계속 흘러나왔다.

"어서! 삼공과 이조판서, 병조판서를 부르라. 어서……."

주상이 혼미해지는 의식을 억지로 가다듬으며 띄엄띄엄 말했다. 이미 편전 안은 혼란의 도가니로 화했다. 의관들이 청심원을 가져온다, 독삼탕을 달여 온다, 법석을 떨며 어찌할 바를 몰랐다. 모두가 반쯤은 정신이 나가 있어 누가 누구를 부르는지조차도 모르는 혼미한 상태였다.

*

이유를 알 수 없는 아득한 느낌 속에서 주상은 눈을 떴다.

'여기가 어디인가?'

주위를 둘러보았다. 평소에 머무르던 편전 안이었다.

'그렇지. 가귀가 내게 침을 놓았고 머리에서 피가 많이 났었지. 그리고…….'

그런데 이 느낌은 무엇인가? 몸이 몹시 가벼웠다. 코와 입 등 자신의 감각기관들이 심한 고뿔이나 든 것처럼 모두 막힌 것 같았다. 마치 자신이 꿈속에 있는 것처럼 존재감이 부족했다. 그때 주상의 앞을 빠르게 스쳐 가는 사람이 있었다. 우의정이다. 뭔지 다급한 일이 있는 것처럼 몹시 당황하여 앞만 보고 걸어갔다. 그런데 우의정의 하는 양이 조금 이상했다. 주상을 뵈었으면 당연히 크게 목례하고 자세를 바르게 하는 것이 법도인데 그는 그의 앞에 서 있는 임금을 본체만체 앞만 보고 빠르게 걸어가는 것이었다.

"보시오! 우상!"

주상이 보다 못해 우의정을 불러 세웠다. 그런데도 우의정은 여전히 앞만 보고 걸어서는 저쪽으로 가 버렸다. 주상은 혀를 끌끌 찼다.

'저자가 평소에도 조금 주의 깊지 못하더니.'

그렇게 생각하고는 잠자코 아까까지 자신이 누워 있던 보료를 향해 걸었다.

'?!'

주상이 두 눈을 크게 떴다. 지금 보료 위에 누워 있는 사람. 머리에는 피에 물든 천 같은 것을 두르고 있었다. 빈사 상태인 듯 안색이 백지장처럼 하얗다. 의관들이 한 손에 약사발을 들고 숟가락으로 그 입에 뭔가를 떠 넣고 있었다. 그러나 입에 떠 넣어진 것은 목으로 넘어가지 못하고 입술 주위로 흘러내리고 있었다. 그 사람은 자신이 아닌가!

'나는 여기 있는데 왜 또 다른 내가 저기 누워 있는가?'

"이제 알겠습니까?"

옆에서 들리는 목소리에 주상은 소스라치게 놀라 한 걸음 옆으로 물러섰다. 목소리가 들리는 쪽으로 고개를 돌린 주상의 눈이 경악으로 커졌다.

"아니! 형님!"

소현세자다. 그가 살아생전의 모습을 한 채 주상의 옆에 서 있었다. 늘 눈가를 채우는 인자한 미소. 따뜻한 음성. 그런 형의 죽음이 얼마나 그를 가슴 아프게 했던가?

"주상. 주상께서는 승하하셨소."

소현세자는 잔잔한 음성으로 말을 이었다.

"제가… 죽었다고요?"

"그렇습니다. 지금 저기에 주상의 생전 모습이 보이지 않습니까?"

소현세자는 주상이, 아니 주상의 육신이 누워 있는 보료 쪽을 가리켰다. 소현세자가 가리키는 쪽을 보았다. 다음 순간 주상의 머릿속을 마구 엇갈려 지나가는 것들. 김후명, 중원, 광개토왕, 북경, 후발대를 이끌고 등주로 가야 하는 것 등등.

"지금은 아마 실감이 잘 나지 않을 겝니다."

주상의 마음을 짐작한 듯 소현세자가 말했다. 주상은 손을 들어 형의 말을 막았다.

"아닙니다. 아직 너무 할 일이 많은데. 당장 청운에게 다음 할 일을 하교해야 하는데……."

소현세자는 그런 주상의 모습을 잔잔히 미소 지으며 살폈다.

"그런 것은… 이제 다 잊으셔야 하오. 저들과 주상은 이제 다른 세상의 사람들입니다."

소현세자가 편전의 안과 밖을 뛰어다니는 의관과 신료들을 가리키며 말했다. 주상은 형이 하는 말들을 받아들이기 힘들었다.

'내 의식이 이리도 또렷하거늘 내가 죽었다니.'

"나도 처음엔 주상께서 현재 생각하는 것처럼 그리했었소. 그러나 이제는 받아들이셔야 하오. 늦어지면 그런 만큼 주상의 앞길에 걸림돌만 될 뿐이오."

소현세자가 말을 이어 갔으나 주상의 머릿속은 아직도 혼란스러웠다. 그런 모습을 보고는 형은 안타까운듯 고개를 가로저었다. 흡사 가슴을 내리누르는 듯한 혼란스러운 시간이 지나갔다. 그 자리에 우두커니 선 채 필사적으로 머릿속을 정리하던 주상이 마침내 소현세자를 똑바로 보며 말했다.

"형님께서 이렇게 제 눈앞에 서 계신 것을 보니 제가 죽었다는 형님의 말씀은 사실인 것 같습니다."

마침내 현실을 받아들였음인가 주상은 체념한 듯 차분한 어조로 말했다.

"잘 생각하셨소. 주상의 명석함을 내 믿었소."

"허나 소제가 떠나간 다음 이 조선이 걱정입니다. 이제 지난 십 년간 준비한 것을 막 시작하려는 시점인데 지금 소제가 떠난다면 그 모든 것이 물거품이 될까 두렵습니다."

주상이 비감 어린 목소리로 말했다. 소현세자는 크게 고개를 끄덕였다.

"주상의 성심을 내 모르는바 아니오. 내 주상의 하는 일을 늘 지켜보았소. 인군으로서 당연히 그리해야 하지요. 허나…….."

소현세자는 잠시 말을 끊었다. 주상의 눈가에 맺혀 있는 한 방울 눈물을 보았기 때문이다. 다시 고개를 한 번 끄덕이고 소현세자가 말을 이었다.

"이제 그만 잊으시오. 이 세상의 일은 이 세상에 남아 있는 사람들에게 맡기고 가야 하오. 주상이 품으셨던 어지(御志)가 컸던 만큼 버리기도 그만큼 힘들 것이오. 허나 어쩔 수 없는 것이오. 주상의 어지가 이루어지려면 다시 이 땅에 주상과 같은 인군이 출현하길 기다려야 할 것이오."

소현세자는 단호하게 말했다. 이제 그만 미련을 버리라는 의미인 듯했다. 주상의 용안에 마침내 한 줄기 눈물이 흘러내렸다. 비감한 말소리가 뒤를 이었다.

"그래야겠지요! 그래야겠지요! 그것이 하늘의 뜻이라면 어쩔 수 없겠지요."

잠시 비감 어린 시간이 흘렀다. 소현세자가 천천히 말했다.

"자! 이제 갑시다. 부왕께서 주상을 기다리고 계시오."

소현세자가 주상에게 갈 길을 재촉했다. 주상은 다시 편전 안과 천정, 그리고 아직도 바삐 뛰어다니는 신료들을 아프게 바라보았다. 마치 천년 같은 시간이 흘렀다. 주상이 천천히 몸을 돌려 소현세자의 뒤를 따랐다. 백성을 위한 일에 모든 것을 바쳤던 인군이 이 땅을 떠나가고 있었다. 그가 하려고 했던 일을 채 시작하지도 못한 채 그가 목숨보다도 사랑했던 조선의 백성들을 남겨둔 채로 떠나갔다. 마치 여름 같은 봄날이었다.

대자연의 봄에는 떨어지는 생명이 없지만 인간 세상의 봄에는 떨어지는 생명이 있다. 그러면 가을까지 가지고 가서 숱한 열매를 맺어야 할 그 생명의 남은 활력들은 어디로 가는 것일까?

*

"이 어인 망극한 일인가?"

송시열은 대궐의 전갈을 전해 듣고 급히 입궐하며 도승지에게 물었다.

"전의가 침을 놓은 후에 환우가 급히 악화되셔서……."

도승지도 그런 말을 할 뿐 얼굴이 노랗게 되어 더 이상 말을 잇지 못했다. 대조전 앞에까지 다다른 송시열은 망연자실 멈추어 설 수밖에 없었다. 이미 전각 안과 밖으로 궁인들과 내관들의 통곡 소리가 진동하고 있었기 때문이다.

'주상께서 정말로 승하하셨단 말인가?'

송시열은 힘없이 비칠비칠 전각을 향해 걸어갔다. 이미 전각 앞의 뜰에는 소식을 듣고 달려온 제신들이 땅을 치며 통곡하고 있었다. 송시열이 힘없이 고개를 돌려 그중 한 사람을 바라봤다. 병조참판 이형상이었다. 그도 제신들과 함께 온몸으로 통곡하고 있었다.

송시열이 한참 동안 그를 노려보며 서 있자 이형상이 문득 고개를 들고 송시열을 바라봤다. 그의 두 눈에서는 더 이상 눈물이 흐르지 않고 있었다. 모두가 온몸을 거의 땅바닥에 내던지듯이 울고 있는 대조전 앞의 뜰에서 홀연히 울고 있지 않은 두 사람이 잠시 동안 마주 보았다. 송시열은 더욱 눈에 힘을 주어 이형상을 노려보았다. 이전까지 흘린 눈물로 인해 두 눈가가 불그스름한 이형상도 송시열을 마주 보았다. 갑자기 송시열이 크흑 하고 목청을 울렸다. 그리고 땅바닥에 온몸을 던지고 통곡하기 시작했다. 이형상 또한 잠시간 그쳤던 통곡 소리를 다시금 울렸다. 대조전 뜰 앞에 잔인한 봄의 햇살이 내려쬐었다.

*

"전의가 무슨 잘못이 있단 말입니까? 그는 다만 최선을 다했을 뿐이거늘……."

이형상이 목소리를 높였다. 그의 앞에 앉아 있는 송시열이 정색을 하고 말했다.

"그게 무슨 말인가? 신가귀는 대행대왕을 승하하게 한 대역 죄인과 같은 자이거늘… 그런 자를 어찌 죄주지 않을 수 있단 말인가?"

"대감! 결국 그자를 죽여야 한단 말입니까? 직무상의 과오라 하여 원지 유배로 하심이 어떠합니까?"

이형상이 다시 한 번 생각해 달라는 듯한 눈빛을 하고 말했다. 송시열은 단호했다.

"안 되네. 유후성의 경우도 신가귀의 행위를 적극 만류하지 않았다 하여 원지 유배에 처해야 한다는 공론이 빗발치고 있네. 하물며 대행대왕의 승하하심에 직접적인 원인을 제공한 자를 어찌 살려둘 수 있단 말인가?"

송시열이 말을 마쳤을 때 이형상은 순간적으로 눈을 번쩍이며 송시열을 노려봤다. 입가에 교활한 미소를 띤 채 바라보는 그의 눈빛은 상대의 약점을 잡아 이용하려는 자의 눈빛이었다. 송시열은 대조전 앞에서 그것을 본 이래로 이형상의 그 눈빛이 지극히 거북하였다. 두 사람이 마주 앉은 송시열의 집 사랑에 이루 말로 형용할 수 없는 거북한 기운이 감돌았다.

"어쩔 수 없겠지요. 공론이 그러하다면."

이윽고 이형상이 낮고 빠르게 말하고는 자리에서 일어났다.

"너무 초조해하지는 마시게. 설마하니 참판에게야 무슨 일이 있겠는가?"

일어서 나가는 이형상의 뒤에다 대고 송시열은 허공을 바라보며 뇌까렸다. 이형상이 멈칫하더니 곧 다시 발걸음을 옮겼다. 대문을 나서자 이형상은 비로소 주위를 살피며 미소 지었다.

＊

김후명은 네덜란드의 상인인 요한슨에게 무기를 구매해 온 김수안(金收按)으로부터 인수한 무기의 현황에 대해 보고받고 있었다. 그도 중원 정벌 계획이 본격적으로 시작되자 병조정랑직을 사직하고 이곳 중원으로 왔다. 무기들은 지금 중원 곳곳에서 매입되어 운하를 타고 북경 인근으로 집결되고 있었다. 1차로 요한슨에게서 인수한 무기들을 보관하는 장소에 대해 협의하고 있던 중인데 바깥이 소란해졌다.

"무슨 일이냐"

김수안과 동행해 온 조심환이 방문을 열고 들어섰다. 그의 뒤에 어떤 자가 서 있었다. 그의 온몸에 긴장하여 달려온 기색이 역력했다.

"한양에서 급한 전갈이라 하옵니다."

조심환이 말하고는 뒤에 섰던 자를 바라보았다.

"청운거사, 김후명 어른이옵니까?"

"그렇네. 자네는 누군가?"

"저는 대전내관 최두겸(崔斗兼) 어른이 보낸 자이옵니다."

최두겸? 대전내관이다. 중원으로 오기 전 궁에 급한 일이 생기면 즉시 그에게 연통하도록 예비해 두었었다. 이자는 그의 수하인 듯싶었다.

"그래서? 무슨 일이냐?"

"워낙 망극한 일이온지라… 우선 이것을……."

그는 김후명에게 서찰 한 통을 내밀었다. 급하게 보낸 서신인 듯 글씨는 사방으로 흩어져 있고 서신 말미의 수결조차도 떨리는 글씨체였다. 서찰의 내용을 읽어 가는 김후명의 시선이 눈에 띄게 떨렸다. 곧이어 손까지 덜덜 떨었다. 앞에 앉은 김수안이 그 모습을 보고 의아해서 물었다.

"무슨 내용인데 그러하온지?"

"……!"

김후명은 서찰을 다 읽고는 온몸의 힘이 빠진 듯 양손을 늘어뜨렸다. 쿵 하고 손이 탁자에 닿았다. 잠시 방 안의 공기가 질식할 듯 팽팽해졌다. 김후명이 천천히 떨리는 목소리로 입을 떼었다.

"주상 전하께서… 승하하셨다네."

"!?"

김수안과 그들의 하는 양을 지켜보던 조심환은 동시에 눈을 크게 떴다. 김수안이 김후명이 탁자에 내려놓은 서찰을 급히 집어 들었다.

내용을 읽어 가는 김수안의 태도도 좀 전의 김후명과 다르지 않았다. 김후명은 멍하니 천정을 바라보았다.

*

김후명은 초조하게 뜰을 거닐고 있었다.

'주상께서 승하하셨다면 북벌의 계획은 어찌해야 하는 것인가? 시림은?'

지금 조선에서는 중원 정벌에 종군할 어영청과 총융청의 병력을 선발하고 중원으로 건너가기 위한 판옥선의 징발이 한창일 것이다. 이번 달 말이면 얼추 징발을 끝낼 수 있다고 생각했었다. 그들에게 무슨 조치를 취해야 했다. 하지만 주상이 승하하신 마당에 이미 조정을 장악한 이형상 이하 매국노들이 그 모든 것을 무위로 돌렸을 것이다. 주상이 없는 조정은 이미 그들의 독무대나 다름없을 테니까. 정성식 이하 핵심 요직 인물들이 제거당한 후 한층 약해진 시림의 인물들로는 결코 저들을 당해 낼 수 없었다. 왕세자께서는 심성이 나약하기만 한데 어찌 저들을 당해 내실까?

김후명은 주상의 승하에 관한 소식을 확인하자 미처 저들 오촌계 이하 산림 세력을 제대로 감시하지 못한 자신의 불찰을 깨달았다. 저들을 너무 얕보았던 것이 화근이었다. 이미 인조반정이라는 역천을 수행한 전력이 있는 자들이었다. 금상인들 어찌 그들의 마수에서 온전할 수 있었을까.

'미리 모조리 도륙을 내고 시작했어야 했는데.'

이조참판의 역모 사건 이후 김후명이 주상에게 이형상 이하에 대한 전격적인 거세를 건의했을 때 주상은 망설였었다. 주상의 망설임을 그도 이해는 할 수 있었다. 주상의 계획은 이러했다. 중원을 정벌하여 회수를 기준으로 남북으로 양분한다. 그리하여 남쪽은 영명왕을 추종하는 세력들에게 일시 위임하여 통치시키고 북쪽은 조선의 힘으로 통치한다.

그런데 중원의 북쪽을 통치하는 데 소요되는 인재들이 문제였다. 적지인 중원에서 인재를 모집할 수는 없었다. 그것은 적어도 오륙십 년, 즉 이삼 대에 걸친 조선의 통치 후 중원인들이 조선의 통치를 숙명이라 여기고 제대로 받아들인 후에나 가능할 것이었다. 그전에는 어쩔 수 없이 통치술에 익숙한 기존의 인재들, 즉 조선에서 인민들을 통치한 경험이 있는 자들에게 행정을 맡겨야만 했다.

얼마나 많은 북방의 제국들이 중원으로 진입해 들어와서 거꾸로 중원의 일부로 녹아들고 말았던가. 조선도 그리되지 않는다는 보장이 없었다. 그때를 위해 인재를 아껴두어야 했다. 그래서 중원 북쪽에서 기른 힘을 바탕으로 나아가 남쪽까지 모두 조선의 발아래 복속시켜야만 했다. 지금 현재 그 일을 할 수 있는 인재들은 조선에서의 인재들 밖에 없었다. 저들 산림도 결국 조선의 인재들이었다.

그러나 문제는 바로 그 인재들 속에 있었다. 주상은 그 부분에서 실패하고 만 것이다. 김후명은 다시 한 번 주상의 용안을 떠올렸다.

'나는 주상과 생과 사를 같이 하기로 결심한 지 오래다. 주상이 살아생전 못다 하신 일은 내가 대신해야 한다.'

마음 같아서는 지금 당장 조선으로 진군하여 놈들을 모조리 도륙하고 싶었다. 만 오천 고려방 병력만으로도 한양을 점령하는 데는 큰 힘이 들지 않을 것이다. 거기에 태왕신교의 병력까지 더한다면? 그만큼 김후명은 군사력에 있어서만큼은 자신이 있었다. 그러나 김후명은 고개를 저었다. 그것은 주상의 뜻이 아닐 것이다. 그렇게 하기로 마음먹었다면 벌써 그렇게 했을 것이기 때문이다. 잠시 그렇게 뜰을 거닐던 김후명은 무언가 결심한 듯 굳은 표정으로 자신의 방으로 가서 서찰을 작성하기 시작했다.

*

정이로는 김후명의 부름을 받고 그의 방으로 들어섰다.

"?!"

김후명은 벽을 향해 앉은 채 두 눈을 감고 있었다. 마치 명상하는 선승과 같은 자세였다.

엄숙하고 비장한 그 무엇이 방 안을 채우고 있었다. 이로가 엉거주춤 방 한가운데 서 있었음에도 김후명은 여전히 눈을 감고 있었다. 잠시 후 김후명은 천천히 두 눈을 뜨더니 이로를 바라봤다. 고요하기 그지없는 눈빛이었다.

"자네를 부른 것은… 한 가지 지시할 것이 있어서네."

눈빛처럼 부드럽고 고요한 목소리로 김후명이 말했다. 이로는 그의 그런 태도에 전에 없는 숙연함을 느꼈다.

"무엇입니까?"

"자네는 지금 이 길로 자네 부하를 데리고 이곳을 떠나게."

"?!"

이로는 몹시 의아했다. 자신과 구개하는 북벌에 종군하기로 암묵적인 약속이 된 것으로 이해했었다. 그런데 김후명의 뜻은 그렇지 않은가 보았다.

"왜입니까?"

이로는 저도 모르게 그렇게 물었다. 김후명이 미소 지었다.

"왜냐고? 이제 그대는 여기서는 더 이상 할 일이 없기 때문이다. 그리고 한 가지 알아 둘 것은… 주상 전하께서 승하하셨네."

"?!"

이로의 두 눈이 눈에 띄게 커졌다. 이어서 손까지 덜덜 떨었다.

"그, 그러면?"

"주상께서 승하하신 지금 우리의 계획은 계속될 수 없지. 그러니 여기서는 더 이상 할 일이 없다는 말일세."

이로는 잠자코 김후명의 말을 되새겨 보았다. 그럴 리가 없다. 이 사람은 아무리 주상 전하의 승하라는 큰일을 당한다고 해도 자신이 결심한 바를 포기할 사람이 아니었다. 이로가 이제까지 겪은 김후명이라는 사람은 그런 사람이었다.

"저도 승지 어른과 함께하게 해 주십시오!"

이로는 비장한 목소리로 대답했다. 무슨 대단한 계획이 있어서 그리한 것은 아니었다. 그저 지금 여기서는 그렇게 말하는 것이 옳을 것 같아서 그랬다. 김후명이 화난 듯한 표정을 지었다.

"자네는 자네가 그렇게 대단한 사람인 줄 아는가?"

"네?"

"자네는 학문도 무술도 무엇 하나 잘하는 것이 없는 쓸모없는 자일세. 그렇게 생각하지 않나? 그리고."

김후명이 잠시 말을 멈추고 호흡을 가다듬었다.

"자네가 나와 함께할 수 없음은 내가 자네에게 씻을 수 없는 빚을 졌기 때문이네."

"무엇입니까?"

자신에 대해 의도적인 비하를 하고 있음을 알아챈 이로가 급하게 되물었다. 내가 그리도 쓸모없는 인간이었다면 무엇 때문에 이곳까지 자신을 데리고 와 그런 고생을 시켰단 말인가?

"내가 자네에게 진 빚은… 자네 아버님과 형제들의 죽음에 대해 내게도 일말의 책임이 있기 때문이야."

"!?"

이로의 두 눈이 좀 전 주상의 승하 소식을 들었을 때보다 더욱 커졌다.

"자네 아버님은 시림의 일원이었어. 그 이야기는 자네도 알지? 그러나 자네 아버지는 시림의 일원이었기 때문에 비명에 갈 수밖에 없었네. 사실을 말하자면 나는… 자네 아버지에 대해 이형상 일파가 역모의 혐의를 씌우려고 한다는 첩보를 이미 입수하고 있었네."

김후명의 말을 듣고 이로는 망치로 뒤통수를 맞은 듯 멍하게 그를 바라봤다. 그러더니 곧 두 주먹을 꽉 움켜쥐었다. 그러면 이자는 아버님과 형들이 그리될 것을 알면서도 방관했다는 말인가?

"그러면… 아버님과 형님들이 그리될 것을 알면서도 아무런 조치도 취하지 않았다는 겁니까?"

"맞았네."

순간 꽝 하는 소리가 이어졌다. 이로가 자신의 주먹으로 방의 벽을 힘껏 친 것이다. 부수수 하고 흙벽의 흙이 떨어지는 소리가 들렸다. 어찌나 세게 내리쳤는지 이로의 오른손 주먹에서 핏물이 새 나왔다.

"그러면, 그러면 당신은 나와 내 집안이 그리될 것을 알면서도 일부러 그리되도록 했다는 말이오?"

"어쩔 수 없었네. 나와 자네 아버님 두 사람이 양립하기엔 시림은 너무 좁은 공간이었어. 자네 아버님은 북벌의 속도를 늦출 것을 제안했지. 그러나 난 그리할 수 없었네. 전하께서는 나와 자네 아버님의 의견을 모두 들으시고 고민하셨지. 모두 당신께서 총애하시는 자들의 충언이었으니까. 그런 연후에 적정고가 자네 아버님께 내려졌네. 누가 보아도 전하께서 자네 아버님의 손을 들어 주신 것이었지. 허나 나는 동의할 수 없었네. 북벌은 지금 하지 않으면 안 되었네. 속도 조절이란 있을 수 없었네. 그건 북벌을 포기하겠다는 뜻이나 마찬가지. 자네 아버님이 북벌의 속도 조절을 말했을 때 결국 그도 저들 산림의 무리들과 다름이 없게 되었지. 저들 산림들이 북벌을 반대하는 명분이 무엇인 줄 아는가? 자네 아버님이 말한 것과 똑같은 것이었지. 백성들이 고통받는다는 것이야. 백성들의 고통은 순간이고 그 뒤의 영광은 영원할 수도 있다는 것을 모르는 짧은 시각이었지. 어쨌든 시림의 양대 기둥 중 한 쪽이 무너지자 전하께서도 성심을 돌이키실 수밖에 없었고. 그렇게 됐네. 자네 아버님께는 미안하기 그지없네. 그러나 큰일을 위해 희생은 따르기 마런인 법."

　김후명이 거기까지 말하자 쉬잇 하는 소리가 났다. 이로가 허리에 차고 있던 환도를 빼들었던 것이다.

"그걸로 날 벨 텐가? 하고 싶으면 그리하게. 그러나 자네도 무사하지는 못해. 최 당주는 항상 내 곁에서 나를 지키고 있네. 지금도 내가 신호만 하면 당장 자네를 막아설 것이야."

　이로는 환도를 쥔 양손을 떨었다.

"어째서 내게 그 사실을 말하지 않았소?"

"말했다면 자네가 지금처럼 이리했을 텐데 어찌 말할 수 있겠나. 언젠가는 말해 줘야 한다고 생각은 했었네. 기회가 마땅치 않았을 뿐이야. 그러나 그런 것은 중요치 않네. 아무튼 당장 떠나게! 나는 자네 아버님의 원수네. 원수와 어찌 같은 하늘 아래 살 수 있으며 더하여 어찌 같은 일을 할 수 있으리오!"

　이로가 으아악 하며 환도로 있는 힘을 다하여 방문을 베었다. 나무로 된 그것은 환도에 맞자 쩍 갈라지며 우수수 하고 쓰러졌다. 다음 순간 이로는 환도를 힘껏 내던지고 방 밖으로 뛰어갔다.

　'……!'

　이로의 뛰어가는 뒷모습을 김후명은 마치 자식을 멀리 떠나보내는 것 같은 시선으로 바라보고 있었다.

　'참판 영감! 이걸로 당신에 대한 빚은 갚은 것 같소. 저놈은 알아서 살아갈 것이오. 영특한 놈이니까.'

　김후명은 눈길을 돌려 노을에 물들어 가는 하늘을 바라보고 있었다. 고독과 허탈함이 그의 뒤태를 싸안고 있었다.

*

물결이 조용히 뱃전을 때렸다. 대운하를 가로질러 올라가는 거대한 배 위. 김후명은 달빛을 따라 일렁이는 뱃전 위에 서서 건너편 기슭 중원의 땅을 바라보고 있었다.

이제 얼마 남지 않았다. 조금만 더 기다리면 되었다. 김후명은 배의 아래쪽에 산더미처럼 실린 짐바리들을 바라 보았다. 이 배를 따라 일백 문의 포와 일천 정의 조총을 실은 배들이 일정한 시간 간격을 두고 뒤따라오고 있었다. 이 배에 실은 무기들만 해도 적어도 일만의 병력을 무장시킬 수 있을 것이다. 운하를 건너 뭍에 닿는 대로 그는 곧바로 이 무기들을 북경 부근에 집결할 조명연합군에게 넘길 것이다.

문제는 시간이었다. 고려방 군사들과 태왕신교의 병력들, 그리고 영명왕을 추종하는 무리들과 농민군의 잔병들이 시간에 맞게 북경 부근으로 집결해 주어야 할 것인데.

김후명은 초조한 마음을 애써 억눌렀다. 그리될 것이다. 하늘이 조선을 버리지 않는다면 십 년을 준비한 이 원정은 결코 실패할 수 없었다. 비록 주상이 승하하셨다고는 하나 중원 정벌은 계속될 것이다. 그러면 전쟁에 이긴 후에는? 주상의 유지를 계승하였다고 천명한 후 그 누군가를 대신 지도자로 내세울까? 그러면 그 적임자는? 그러나 김후명은 머리를 털었다. 그것까지는 아직 생각할 여유가 없었다. 우선 이 전쟁에서 이기고 보아야 했다. 전쟁을 진행하면서 대책을 세울 수밖에 없었다.

"영감. 앞에 어떤 물체가 떠내려 오고 있습니다."

훈련도감 기패관 조심환이 김후명에게 말했다.

"뭐라고? 무엇인가? 자세히 확인해 보라."

조심환은 배의 앞쪽으로 나가서 뱃전에 상체를 바짝 대고 어둠 속을 살폈다. 그가 뱃전에서 상체를 얼른 떼며 뒤로 물러섰다. 그리고 고개를 돌려 김후명을 바라보며 다가왔다.

"웬 조그마한 배들이 무수히 강 위에 떠 있습니다."

김후명은 왠지 불길한 느낌이 들어 조심환이 서 있는 곳으로 다가가려 했다. 그때였다.

펑 하는 소리와 함께 강 건너편 기슭에서 불꽃이 일어났다. 마치 그것을 신호로 기다렸다는 듯 수십 개의 불꽃이 연이어 일어났다. 피익 하는 소리가 나더니 김후명이 타고 있는 배의 머리가 박살났다. 김후명의 안색이 백지장처럼 하얗게 되었다.

"영감! 무, 무슨 일입니까?"

조심환이 다급히 물었다. 김후명은 순간적으로 깨달았다. 저것은 화포다. 놈들은 건너편 기슭에 화포를 숨기고 우리가 다가오기를 기다리고 있었던 것이다. 그렇다면?

"빨리 뒤따라오는 선단에 이곳의 상황을 알려라! 어서!"

김후명은 조심환에게 서둘러 지시를 내렸다. 그때였다. 강 위에 떠내려오던 조그마한 배들이 김후명이 타고 있는 배로 세차게 부딪쳐 왔다. 작은 배가 배의 우현에 부딪치며 멈추자 손에 병장기를 든 수십 명의 병사들이 뛰어나와 김후명이 타고 있는 배 위로 기어올랐다.

"기습이다! 모두 무기를 들고 싸우라!"

김후명은 필사적으로 외쳤다. 작은 배에서 기어오른 놈들은 노를 젓고 있던 뱃사람들을 향해 사정없이 찌르고 베었다. 그들 대부분은 중원의 현지에서 고용한 수부들이었다.

곧 배 안은 피투성이의 아수라장으로 변했다. 김후명이 급히 조심환을 찾았으나 그도 어디론가 사라지고 보이지 않았다. 그때 한 놈이 김후명을 향해 칼을 휘두르며 달려들었다. 김후명이 발길질로 놈의 명치를 걷어찼다. 숨이 꺼지는 소리를 내며 놈이 무너졌다.

김후명은 필사적으로 좌우를 살피며 조심환을 비롯한 조선에서 동행한 병력을 찾았다. 허나 배는 이미 작은 배에서 기어오른 놈들에 의해 장악된 듯했다.

사태를 파악한 김후명은 이를 악물며 강을 향해 뛰어들었다. 그러고는 기슭을 향해 필사적으로 헤엄쳐 나갔다. 얼마를 갔을까. 문득 뒤를 돌아다보았다.

김후명은 아연 눈을 의심치 않을 수 없었다. 온 강 위로 불꽃이 피어오르고 있었다. 강기슭에서는 여전히 화포가 불을 뿜고 있었다. 김후명의 배를 뒤따르던 배들은 화염에 휩싸여 이미 어떤 것은 강 아래로 침몰되고 있었다. 어떤 것은 강기슭을 향해 가고 있었는데 이미 김후명의 배 위로 기어오른 놈들과 같은 놈들에 의해 탈취당해 기슭으로 끌려가고 있는 것 같았다.

'아아! 패착이로다! 이런 황망한 일이.'

강기슭을 향해 헤엄쳐 가면서도 김후명의 머릿속은 텅 비어 버린 것 같았다. 저놈들의 정체는 무엇일까? 아니다. 지금 저놈들의 정체가 중요한 것이 아니었다. 그의 배를 뒤따르던 수십 척의 배가 모두 그의 배와 같은 꼴이 되었다면 절망적인 일이 아닐 수 없었다. 요한슨을 통해 간신히 무기를 구한 일들이 모두 허사가 되어 버리고 만 것이 아닌가?

✳

"뭐라고요? 조선에서의 고변?"

김후명은 이극렴이 하는 말에 자신의 귀를 의심했다.

"영감. 조선의 주상 전하께서 승하하셨다는 소식은 들으신 게요?"

이극렴이 안타까운 목소리로 말했다. 이자가 그 소식을 어떻게? 김후명의 뇌리에 불길한 예감이 스쳐 갔다.

"내 지인의 말로는 이번 일의 고변자는 조선의 병조참판이라 하오. 청은 이번 일에 대대적으로 병력을 동원했소. 지금 청의 조야에서 중원 정벌을 일시 멈추고 다시 조선을 정벌하자는 논의가 들끓고 있소. 이번 일의 배후에 조선의 주상이 개입되어 있다는 증좌가 있다는 것이오. 조선의 주상께서 승하하셨다는 소식도 이미 파다하게 퍼져 있소."

이극렴이 절망적인 목소리로 말했다. 이형상 그자가? 김후명은 이를 갈았다.

'놈이 기어이 결정적으로 우리의 앞길을 막았구나.'

그러면 놈들이 전하를 시해했을 것이라는 자신의 심증은 확실해졌다. 김후명은 정신이 번쩍 나는 듯했다.

"나는 지금 조선으로 가야겠소!"

김후명이 자리에서 벌떡 일어나자 이극렴이 두 팔을 벌리고 막아섰다.

"아서시오, 영감. 이미 벌어진 일이오. 지금 조선으로 갔다가는 죽음을 면치 못할 것이오. 그리고… 영감은 우리의 비밀도 모두 알고 있지 않소?"

김후명이 이극렴을 잡아먹을 듯이 노려보았다. 이극렴은 잠자코 그런 김후명을 마주 봤다.

"흥분은… 모든 일에 실패하는 지름길이오. 차분히 현실을 받아들이고 차후의 일을 생각하는 것. 그것이 군자의 길이오."

그렇게 말하는 이극렴의 눈가에 전에 없던 공포감 같은 것이 서려 있었다. 김후명은 이를 악물었다. 군자의 길이 네놈들을 보호해 주는 것이냐? 김후명은 그렇게 소리치고 싶었다. 허나 김후명은 그렇게 하지 않았다. 이미 이들은 이번 사태를 겪으면서 청에 대해 대항하는 것 자체를 포기한 듯싶었다.

*

김후명은 객잔의 방에 홀로 앉아 있었다. 한 줄기 촛불조차도 끈 상태로 밤의 정적을 즐기는 듯한 그의 자세는 마치 속세를 떠난 신선 같았다. 다기를 앞에 놓은 채 한참을 그린 듯이 앉아 있던 그가 문득 일어나 창문을 향해 걸어갔다. 중원의 밤하늘에는 조선의 그것보다 더 많은 별이 빛나는 것 같았다.

'조선에서보다 훨씬 많은 사람들이 이곳에서 살다가 죽어갔을 터이니까.'

사람은 살아있을 때나 죽었을 때나 늘 자신의 흔적을 별에 남겨놓는다는 말이 떠올랐다. 김후명은 창문 옆에서 다시 돌아와 식탁 겸 책상으로 쓰이는 둥그런 탁자에 앉았다. 촛불을 켤까 하다가 그는 고개를 젓고는 다시 꼿꼿하게 앉았다. 그가 앞에 놓인 찻잔을 유심히 쳐다봤다. 그 찻잔에는 치사량의 비상이 들어 있었다.

'시림, 고려방, 태왕신교……'

수많은 얼굴과 단체의 이름들이 그의 뇌리를 어지럽게 지나갔다. 김후명은 자신이 가지고 가는 무기들을 가지고 북경을 점령하기 위해 모두를 북경 인근으로 집결하도록 지시했었다. 그러나 무기를 모두 잃고만 지금 청의 대군에 맞선다는 것은 자살행위와 같은 일일 것이다. 게다가 청에서는 이미 이런 사실을 알고 대군을 동원하였다고 하지 않은가? 김후명은 이 객잔에 도착하기 전에 서찰을 써서 북경 인근으로 집결 중인 모두에게 흩어져 제 갈 길을 가도록 하라고 이미 지시해 두었다. 그러나 그 일인들 잘될 수 있을까? 김후명은 그런 생각을 하다가 곧 두 눈을 감았다.

'모두 제 살 바를 찾도록 내버려 두자. 지금 와서 내가 책임지지도 못하는 저들에게 무슨 말을 할 수 있겠는가?'

김후명이 자신의 왼손을 내려다봤다. 새끼손가락 끝이 뭉툭하니 잘려져 있었다. 앞서 태왕신교 전사단장인 김계안을 설득하며 잘라낸 손가락이었다. 왼손을 들어 없어진 새끼손가락 끝의 흔적을 유심히 봤다.

'후회는 없다. 단지 이제 저 조선의 앞날이 걱정이구나. 호랑이는 모두 사라지고 승냥이들만 들끓게 될 조선의 조야가 말이다.'

김후명은 찻잔을 들었다.

'주상을 이제 곧 뵈올 수 있겠지. 주상은 나를 칭찬할까 아니면 뒤에 남아 자신이 못 다한 일을 다 하고 오지 않은 나를 책망할까.'

마음은 모든 일의 근본이니, 우리는 마음을 통해서 세상을 만든다. 주상과 자신이 마음으로 만든 것을 이 세상은 받아들이지 않았다. 그저 그뿐이다. 그 많은 시간을 지나고서도 마지막 순간에야 이것을 깨닫다니. 김후명이 찻잔을 들려는 순간 마지막으로 떠오르는 얼굴이 있었다. 바로 착하기만 했던 자신의 내자의 얼굴이었다.

'당신에게는 이제부터 잘해야 하겠네. 이제야 그대를 찾아가는 나를 많이 혼내 주시게나. 허허!'

김후명은 웃으며 찻잔을 들어 그 안에 있는 것을 단숨에 들이켰다.

에필로그
– 남쪽으로

최기영은 초조하게 방 안을 왔다갔다 했다. 지금 그가 있는 이곳은 청의 구황도인 심양 인근이었다. 주상 전하가 승하했다. 이어서 김후명이 중원에서 사 모은 무기를 인수하러 가다가 청의 대군에게 기습을 당해 패한 후 죽었다. 김후명의 명에 따라 북경 인근으로 향하고 있던 최기영은 각자 살 길을 찾으라는 김후명의 연통을 받고 즉시 행군을 멈추고 이곳으로 회군했다. 이유는 명확치 않았다.

오랜 세월 주상과 김후명이라는 두 사람의 명령을 받는 것에 익숙해 있던 최기영이었다. 주상과 김후명의 죽음은 그들을 명확한 전략이 없는 군대로 만들어 버렸다. 김계안은 처음에는 뭔가 미심쩍어하는 눈치였으나 김후명의 명이라는 최기영의 말을 듣고는 순순히 그를 따랐다.

고려방과 태왕신교의 지휘관들이 잠시 후 향후의 행보에 대해 회의를 하기로 했다. 잠시 후 최기영은 아무런 생각없이 방을 나섰다. 지금은 생각을 하려고 해도 할 수가 없었다. 무엇이 어떻게 돌아가는지조차도 잘 알 수 없을 지경이었다.

*

"저들과 일전을 벌여야 합니다!"

태왕신교의 전사단장 김계안이 결의에 찬 목소리로 말했다. 좌중의 사람들이 웅성거렸다. 최기영은 손을 들어 그들을 침묵 시킨 후 김계안에게 물었다.

"승산은 있다고 믿으시오?"

"이미 우리들은 행동을 시작했습니다. 한 번 시작한 이상 이것을 되돌린다는 것은 불가합니다."

고려방의 당주들은 처음에는 침묵을 지키다가 차츰 김계안의 말에 동조하는 분위기로 변해 갔다. 최기영이 다시 말했다.

"만일 진다면 어찌하겠소?"

"진다면? 질 수가 없지요. 우린 오랑캐들을 도륙하기 위해 수십 년 수백 년을 기다린 사람들이오. 질 수가 없소!"

　옳소 옳소 하는 환호 소리가 좌중에서 터져 나왔다. 최기영은 '만일 이긴다면?' 하고 다음 말을 이으려다가 그만둘 수밖에 없었다.

＊

　최기영은 심양 부근에 주둔하여 숨어서 판세를 지켜보다가 은둔을 떨치고 나온 중원의 협사들까지 한 곳으로 집결시켰다. 북경으로 집결해야 할 병력들이 이곳 심양으로 집결한 것이다. 각자 갈 길을 가도록 하라는 김후명의 명령은 최기영의 선에서 끊어지고 더는 알려지지 못했다.

　'이미 오랑캐의 정벌을 위한 화살의 시위는 당겨졌다. 중간에서 그만둔다는 것은 있을 수 없다.'

　최기영은 앞서의 전략회의에서의 결론을 마음속으로 다시 한 번 되뇌었다. 그것이었다. 최기영과 김계안, 고려방의 당주들의 의견은 그 선에서 일치했다. 집결한 병력을 헤아려 보니 김계안의 태왕신교 전사들까지 가세하여 그 수가 무려 이만 오천에 달했다. 최기영은 그 엄청난 숫자에 잔뜩 고무되었다. 그렇다. 주상 전하나 김후명이 없어도 오랑캐에 대한 정벌은 가능하다. 게다가 그들 중 대부분은 아직 주상의 승하나 김후명의 소식을 알지 못하고 있어서인지 사기가 하늘을 찌를 듯

높았다. 최기영은 한편 불안하기도 했다. 무엇보다 화력이 부족했다. 화포와 조총을 앞세운 청군의 공격을 환도, 편곤, 장창 등 원시적인 무기로 맞서 싸운다는 것이 못내 안심이 되지 않았다.

"그런 화기의 열세란 우리의 사기로 충분히 극복할 수 있소!"

김계안은 그렇게 말하고 독전을 했다. 최기영은 병력을 모으자마자 심양을 향한 진군을 개시했다. 그럴 수밖에 없는 것이 그들에게는 아무런 보급이 없는 상태였다. 가지고 있는 식량이라야 이틀 치가 고작이었다. 심양을 함락하여 성중의 식량으로 보급을 할 수밖에 없었다. 저 태왕의 황금도 지금에 와서는 아무런 쓸모가 없었다. 황금은 그 자체로는 아무런 쓸모가 없다. 그것을 각종 재화로 바꿀 수 있을 때에만 황금은 그 가치가 발휘되는 것이다. 그런데 그 황금을 재화로 바꾸어줄 아무런 방도를 모르고 있는 그들이었다. 게다가 김후명이 없는 이상 앞으로도 그 방도는 세워지기가 힘들 것이었다. 최기영은 그런 모든 고민들을 잊으려고 애썼다.

✱

"뭐라고? 정체불명의 군사가 이곳으로 몰려온다고?"

청의 구황도의 수비대 수령 도도. 소군의 아버지이기도 한 그가 목소리를 크게 하며 자리에서 일어났다. 곧 부장들을 이끌고 군문으로 나가 적정을 살폈다. 그리고 도도는 뭔가 생각난 듯 고개를 크게 끄덕였다.

"무슨 생각을 하시는지……."

부장 하나가 그에게 물었다.

"저들의 정체를 알 것 같다. 어쩐지 놈들의 대오의 정연함이나 규율을 보아서 단순한 초적놈들은 아니라고 생각했었다. 그리고……."

소군이 니루를 이끌고 나가 패배했을 당시에도 전황을 보고받으면서 이상한 느낌을 가졌었다. 그런데 얼마 전 황도에서 그에게 보내온 연통이 그의 이런 의문들을 풀어주었다. 중원 정벌! 저놈들은 중원 정벌을 꿈꾸는 무리들로 예사 놈들이 아니었다. 비록 지금은 막강한 화력은 없다지만 팔기군을 깨뜨리는 기세로 볼 때 절대 만만히 볼 놈들이 아니었다.

"내가 명령한 것은 제대로 다 되어 있겠지?"

"넷! 명하신 대로 각 잘란에 연통하여 화기와 병력을 이곳으로 집결시켰습니다. "

도도가 크게 고개를 끄덕이고는 다시 전방을 주시했다.

'이놈들 내 소군의 원한도 갚을 겸 네놈들을 아주 주륙을 내고야 말 것이다!'

비로소 도도가 이를 악물고 두 주먹을 움켜쥐었다.

＊

"놈들이 성중을 벗어나 바깥으로 나오고 있군."

최기영은 진중하게 말했다. 어림잡아 일만은 될까.

"기껏 저 정도 병력으로 일기당천의 우리 고려방 군사들을 상대하겠다는 말인가?"

김계안이 가소롭다는 듯이 코웃음 쳤다.

"저들 하나하나는 결코 우리 고려방 군사들에게 밀리지 않을 용사들이오. 신중히 싸우는 것이 좋겠소."

최기영이 말하고는 이를 악물었다.

"돌격! 돌격하라!"

최기영이 있는 힘을 다해 외치며 말을 달려 앞으로 나아갔다. 이렇게 무작정 돌격할 때에는 우리의 병력이 적의 최소한 두세 배가 넘을 정도로 압도적일 때에나 통하는 방법이었다. 그런 병법의 기초적인 사항을 최기영이 모를 리가 없었다. 지금 이 전투에 나선 병사는 선발대 오천이 고작이었다. 그러나 최기영은 그런 것들은 잊으려고 노력했다.

허허벌판 위에서 기병을 앞세우고 보병을 뒤로 한 채 돌격하는 고려방 군사들을 본 도도의 입가에 회심의 미소가 번졌다. 도도가 손을 들자 뒤이어 천지를 울리는 소리가 벌판을 울렸다. 청군의 뒤에서부터 화포가 열을 지어 발사되고 있었다.

홍이포. 그것을 청은 실전에 배치한 지 얼마 되지 않았지만 톡톡한 재미를 보고 있었다. 16세기 중국 명나라를 통해서 전래된 중화기로 네덜란드인이 사용했던 화포라고 하여 '붉은 오랑캐의 화포', 즉 홍이포(紅夷砲)라 불렸다. 포구에서 화약과 포탄을 장전한 다음 포 뒤쪽 구멍에 점화하여 사격하는 포구장전식 화포로 화약의 폭발하는 힘으로 포탄이 날아갔다. 길이는 2,150mm이고, 구경은 100mm이며, 사정거리는 700m였다. 1604년 명나라 군대가 네덜란드와 전쟁을 치렀다. 네덜란드전 당시 중국인들은 이 대포의 파괴력에 크게 압도되어 1618년 홍이포를 수입하였고 1621년에는 복제품을 만들어 낼 수 있는 단계에 이르렀다.

피익 하는 소리와 함께 최기영의 주위로 흙무더기가 하늘을 향해 솟구쳤다. 콰앙 하고 한 번 소리가 울릴 때마다 그는 심장이 멈추는 것 같았다. 사람과 말이 하늘로 솟구쳤다. 그리고 피투성이가 되어 땅으로 떨어져 내렸다. 사람과 말의 사지가 찢겨 사방으로 날렸다. 고려방 군사들의 모습을 지켜보던 청의 기병들이 뒤로 빠지고 뒤에 있던 조총수들이 앞으로 나섰다. 곧 콩을 볶는 듯한 조총 소리가 벌판 저 끝으로 울려 퍼졌다.

맨앞에 앞장서 가던 최기영의 기병들이 온몸에서 피를 흘리며 말과 함께 앞으로 고꾸라졌다. 청군은 다섯 열로 열을 지어 한 열이 앞으로 나와 사격을 하면 그 뒷줄은 조총을 장전하고 하는 식으로 다섯 줄이 번갈아가며 사격을 했다. 그렇게 사격을 하니 고려방 군사들에게는 거의 쉴 틈 없이 총알이 쏟아졌다.

고려방 군사는 돌격 과정에서 이미 절반가량이 희생되었다. 조총과 화포로 인해 정신이 반쯤 나가 있는 상태인 사람도 부지기수였다. 그런 군사들을 청의 저 유명한 기마병이 덮쳤다. 곧 벌판 위는 죽고 죽이려는 인간들이 악을 쓰며 맞붙는 백병전의 전장으로 화했다. 조총 소리가 여전히 콩 볶는 듯했다. 그 소리가 날 때마다 고려방의 용사들은 피곤죽이 되어 나가떨어졌다.

*

정이로는 구개하와 함께 최기영의 마을로 돌아왔다. 김후명의 말을 듣고 만주 벌판을 몇 날 며칠을 헤매고 돌아다녔다. 그러나 도저히 발길이 떨어지지 않았다.

아버지의 원수. 아니다. 김후명이 왜 원수인가? 진짜 원수는 이형상

일파이지 김후명이나 시림은 아니었다. 다만 이형상 일파의 공격을 알면서도 아버지로 하여금 피하게 하지 않았다는 책임은 있을 수 있겠지만 그 이상은 아니었다. 그리고 무엇보다도 자신은 이제 조선으로 돌아가도 의지할 곳이 없었다.

최기영의 마을은 텅 비어 있었다. 이로는 개하로 하여금 마을을 뒤지게 했다.

"나, 나리."

개하가 부르는 소리에 달려가 보니 웬 여인이 마을 입구의 언덕에 홀로 서 있었다. 이로는 자기 눈을 의심했다. 그녀는 지난번의 전투에서 자신이 사로잡았던 그 청의 액진의 딸이었다. 그녀는 행색이 몹시 초라했다. 이로는 말없이 다가가 그녀를 바라보았다. 그녀, 소군은 이로가 다가가자 별다른 저항 없이 그를 따랐다. 이로는 소군에게서 그간의 사정을 전해 들었다.

'이것은 하늘의 안배인가?'

이로가 그렇게 생각하며 있는데, 곧 마을로 청의 군사들이 들이닥쳤다. 그들은 마을로 들이닥치자마자 온 마을에 불을 지르고 닥치는 대로 약탈했다. 이로는 개하와 소군을 데리고 얼른 마을 뒷산으로 피신했다.

청의 군사들이 돌아간 후 이로는 마을로 내려왔다. 이미 밤이 이슥해진 후였다. 그때 마을로 들어오는 한 무리의 사람들이 있었다. 그들 중 성한 사람이라고는 하나도 없었다. 피투성이의 패잔병들. 그중 하나가 아는 얼굴이었다. 태왕신교의 전사 중 하나였다. 그에게서 최기영과 김계안 그리고 고려방과 태왕신교의 군대가 청의 군대와 교전을 한 사실을 전해 들었다.

"승지 어른은, 승지 어른은 어찌 되셨소?"

"모르겠습니다. 그 양반을 못 뵌 지가 꽤 되었습니다."

문득 불안한 생각이 이로의 머릿속을 스쳤다.

'승지 어른이 계셨다면 그리도 무모한 전투는 하지 않았을 텐데……'

이로는 자꾸만 떠오르는 불안한 마음을 애써 눌렀다.

'그래! 이럴 때 약이 영감의 주머니를 열어 보자!'

이로는 잠시 잊고 있었던 윤선도의 주머니 중 마지막 것을 열기로 했다. 지금 이 상황이라면 충분히 자신의 목숨이 위험한 것에 버금가는 상황이었다.

'갱(坑).'

주머니에서는 예의 기름종이에 쓰인 글자 하나가 나왔다.

'파묻는다? 무엇을 어디에다 그리하란 것인가?'

이로는 뜬금없는 글자의 출현에 더욱 미로에 빠진 느낌이었다. 무엇을 어디에다 파묻으라는 건가? 한참을 생각하던 이로는 마침내 무릎을 쳤다. 지금의 상황. 주상은 승하하고 김후명은 어찌 되었는지 알 수 없다. 남은 것은?

'태왕의 황금이다.'

태왕의 황금. 황금이란 것은 재물이다. 그러므로 이것이 나에게 있다면 일의 진행에 있어 소중한 것이 되지만 상대편에게로 넘어간다면 재앙이 된다. 주상, 김후명, 고려방, 태왕신교 등 북벌의 주체가 모두 변고에 휩싸인 지금 태왕의 황금이 청에게 넘어간다면 어떻게 될 것인가. 그것은 중원 재패를 눈앞에 둔 청에게 무엇보다 소중한 자금원이 될 것이다. 이로는 그렇게 결론을 내리자 즉시 행동에 들어갔다. 이로는 최기영이 평시에 폭약들을 보관하던 곳으로 갔다. 샅샅이 뒤져 보니 아직 조금 남아 있었다.

이로는 그것들을 말 위에 싣고는 곧 마을을 벗어나 달렸다.

"무엇을 하시려는 겁니까?"

이제는 이로의 일행이 된 소군이 말을 달리다가 비로소 물었다.

"이제 이곳을 떠나야 하오. 그전에 해야 할 일이 있소."

이로는 마을에서 조금 떨어진 곳에 위치한 꽤 높다란 산속으로 들어갔다. 산속을 들어가서 조금 더 가자 입구를 위장해 놓은 동굴의 모습이 보였다. 동굴 앞에 이르러 말에서 내린 이로가 소군에게 말했다.

"저 안에 있는 것들을 청의 손에 넘겨줄 수는 없소. 이것으로 폭파하여 입구를 묻을 생각이오."

이로는 말 위에서 화약이 든 상자를 내렸다. 소군은 잠시 의아한 표정이 되더니 곧 이로를 도왔다. 이로는 화약을 동굴의 입구와 입구 위쪽 바위가 조금 튀어나온 곳에 설치했다.

"저 안에 무엇이 있는지는 궁금하지 않소?"

소군은 이로를 보더니 배시시 웃고는 말했다.

"굳이 물을 필요가 있을까요?"

이로는 고개를 끄덕이고 부싯돌을 꺼내 화약의 심지에 불을 붙였다.

기실 김후명은 봉금지에서 꺼내 온 태왕의 황금을 모두 이곳에 가져다 놓았던 것이다. 일부는 이미 꺼내 갔지만 아직도 상당량이 남아 있었다. 이것을 청이든 누구든 적에게 넘겨줄 수는 없었다.

그리고 혹 아는가? 오늘 이후 누군가가 나타나 더 좋은 목적으로 저 황금들을 쓸 수만 있다면. 하지만 지금은 그런 것까지 생각할 여유가 없었다. 그저 저 황금들의 존재를 이 땅 위에서 사라지게 하면 되는 것이었다.

콰앙!

천지가 울리는 굉음이 나며 폭약이 터졌다. 이로 일행이 동굴 입구에서 꽤 먼 거리에 있었음에도 귀가 멍멍해질 만큼 폭음은 컸다. 곧 우르르 하고 동굴 입구가 무너지기 시작했다.

*

대행대왕의 염습을 하고 묘호, 능호, 시호, 전호 등을 지어 바치는 작업이 끝났다. 그리고 국상이 선포되고 애도의 물결이 조선 팔도를 뒤덮었다.

'어찌해야 한단 말인가?'

훈련도감 천총 이시백은 홀로 말을 타고 밤길을 가며 상념에 잠겨 있었다.

'주상께서 불의에 승하하신 후 표면적으로 조정은 평화로우나 내면의 암투는 극에 달했다. 당상 왕세자마마께서 대통을 잇기는 했으나 창졸간에 벌어진 부왕의 승하로 왕세자도 정상적인 상태가 아니시다. 그런데 저들은……'

그런 와중에 김후명의 부음이 전해졌다. 물론 김후명은 조정의 관원이 아니었기에 공식적으로 그의 사망 소식이 전해진 것은 아니었다. 허나 이시백은 알고 있었다. 또한 이미 알 만한 사람은 모두 알고 있었다. 저들 산림정권의 실세들도 마찬가지였다. 지금 김후명의 세력이었던 자신을 위시한 시림의 인물들은 모두 숨을 죽인 채 향후의 정국 변화에 촉각을 곤두세우고 있었다. 이시백 자신조차 중원으로의 출정을 앞두고 만반의 준비를 다 해놓은 상황에서 불어닥친 주상의 승하라는 사태에 어찌할 바를 모르고 있었다.

'응?'

이시백은 뭔가 이상한 낌새를 느끼고 사방을 살폈다. 잘 훈련된 무장으로서 위험에 대한 느낌도 누구보다도 빨리 감지하는 그였다. 허나 그런 이시백이 위험을 깨닫고 미처 대처하기도 전에 그의 앞으로 소리도 없이 다가서는 그림자가 있었다.

"누구냐?"

검은 복면을 한 채 온몸을 검은색으로 휘감다시피 한 그자는 아무 응답이 없었다. 다만 손에 들고 있는 환도가 어둠 속에서 번뜩였다. 이시백은 얼른 말에서 내리며 한 걸음 물러섰다. 허리에 차고 있던 육모곤을 빼들었다. 시국이 시국인지라 호신용으로 가지고 다니던 것이었다.

이시백이 자세를 바로 하자 어둠을 뚫고 서너 개의 검은 그림자가 더 나타났다. 이시백은 이를 악물었다.

'이런 것이었구나. 저들의 침묵은 이런 것을 준비하는 것이었구나.'

제일 처음 나타난 자의 환도를 육모곤으로 받으며 시백은 발길질로 놈의 복부를 강타했다. 이어지는 육모곤의 휘두름에 빠각 하고 놈의 견갑골(肩胛骨)이 부서지는 소리가 났다. 순간 등줄기에 뜨거운 것이 느껴졌다. 몸을 돌리려는 순간 휙 하고 비수가 날아와 이시백의 목줄기에 박혔다. 시백은 자신이 흘린 핏구덩이에 머리를 박고 쓰러졌다. 달이 희뿌연하게 탁한 눈으로 자신을 내려다보고 있었다.

＊

이형상은 탁자 위에 두툼한 서책 하나를 올려놓은 채 사랑에 앉아 있었다.

'이시백. 오늘로 스무 명째로군.'

중원 정벌을 위해서는 조선의 정병을 차출해야 했다. 김후명은 그것을 위해 여태까지 기밀에 부쳤던 시림의 인물들을 마침내 드러내놓기 시작했다. 그래야만 조선의 정병에 대한 차출이 가능했다. 중원 정벌은 공식화된 것이어야 했다. 그것은 주상의 뜻이기도 했다. 그것은 이 나라의 주인으로서 당연한 권리이며 의무였다. 또한 공식화되지 못한 것은 언제든 저들 산림 정권의 거부를 불러올 수 있었고 그렇다면 중원 정벌이 무슨 의미가 있겠는가. 그런데 그것이 결정적인 실수가 되었다. 이형상은 김후명이 드러내놓은 바로 그 인물들을 제거 대상으로 삼고 있었다. 이형상은 붓을 들어 서책에 적힌 이시백의 이름 위에 사선을 그었다. 가슴이 아팠다. 대행대왕과 그를 충동질한 간신배들의 쓸모없는 대의를 위해 얼마나 많은 신료들이 죽음을 당해야 할 것인가.

＊

"조심하시오. 냇물이 깊은 것 같으니까."

이로는 뒤따라오는 여인에게 손을 내밀었다. 소군이 웃으며 이로의 손을 잡았다. 그동안 이로와 소군과 구개하는 오로지 남쪽으로 길을 잡고 달리기만 했다. 태왕의 황금을 화약을 써서 산에 묻고 나서 이로는 향후 어떻게 할까 고민했다. 고민 끝에 윤선도를 찾아가 보기로 했다. 그의 삶이 결정적 위기에 있을 때마다 그가 준 실마리를 풀어 위기를 헤쳐 왔기에 어쩌면 그것은 당연한 행동인지도 몰랐다. 그리고 김후명이 사라진 지금 윤선도밖에는 의지할 사람이 없었다.

윤선도는 지금 효종 사후의 예송 논쟁에서 서인과의 싸움에 지고 난 후 삼수(함경남도)에 유배당해 있었다. 남인의 영수로서 효종의 삼년상을 주장하다가 일년상을 주장하는 서인의 위세에 밀려 패하고 만 것이었다. 인조의 둘째아들로 보위를 이은 효종이었지만 사후 복제를 둘러싸고 논란이 진행되면서 소북계의 윤휴는 장자가 죽으면 적처 소생 제2자를 장자로 세운다는 〈의례〉의 말을 인용하여 효종은 비록 둘째아들이나 적자로서 왕위를 계승했기 때문에 차장자설에 입각하여 삼년상을 치러야 한다고 주장했고, 송시열은 〈의례〉의 사종지설(왕위를 계승했어도 삼년상을 치를 수 없는 이유) 중 체이부정(體而不正, 적자이지만 장자가 아닌 경우)에 입각하여 효종은 인조의 차자이므로 일년상이 옳다고 반박했다. 결국 윤선도를 비롯한 남인은 예송 논쟁에서 패하게 되고 윤선도는 삼수로 귀양을 오게 된 것이었다.

이로는 윤선도가 유배생활을 하고 있는 초막을 수일 동안 탐문하여 본 연후에 그를 만나보기로 했다. 이곳 삼수를 관할하는 수령은 남인계열임이 분명해 보였다. 윤선도가 유배생활을 하는 초막 근처 어디를 보아도 그를 감시하거나 하는 눈길은 전혀 느껴지지 않았다. 드러내놓고 말은 못 해도 그런 식으로 자신의 입장을 표현하고 있는 듯했다.

초막을 들어서자 한 칸뿐인 방 안으로부터 글 읽는 소리가 낭랑하게 들려왔다. 이로에게 익숙한 윤선도의 목소리였다. 이로가 방문 앞에서 인기척을 했다. 문이 열리며 수척해진 윤선도의 얼굴이 드러났다. 그는 이로를 보더니 한동안 지그시 바라보기만 했다. 몹시 거북한 시간이 이어졌다. 견디다 못한 이로가 먼저 말을 꺼냈다.

"영감. 그동안 별래무양(別來無恙)하셨습니까?"

윤선도는 대답도 없이 천천히 시선을 돌려 이로의 뒤에 서 있는 소군을 바라봤다. 그리고 고개를 끄덕이며 말했다.

"자네 눈에는 내가 별래무양한 걸로 보이나?"

윤선도의 입담은 여전히 거칠었다. 이로는 머쓱하였으나 곧 아무렇지도 않은 듯 대답했다.

"그렇지요. 살아계신 것만 해도 소생의 눈에는 별래무양 그 자체인 걸로 비칩니다만."

많은 의미가 담긴 말이었다. 윤선도는 비로소 희미하게 웃으며 이로 일행에게 방으로 들어오라고 말했다. 이로는 윤선도와 마주 앉자 김후명이 죽은 이후의 상황에 대해 대략 이야기했다.

"그러면… 그 고려방과 태왕신교의 군사들은 어찌 되었는가?"

윤선도가 묻자 이로는 비감한 얼굴이 되어 대답했다.

"전사단장, 고려방주는 둘 다 전사했고 남은 군사들은 모두 전사하거나 포로가 되든지 하여 뿔뿔이 흩어졌다고 합니다."

"......."

윤선도는 말없이 고개를 끄덕이더니 이로를 물끄러미 봤다. 잠시 후 윤선도가 천천히 입을 열었다.

"그러면… 이제 나와 자네만 남았군."

윤선도는 웃고 있었지만 그 목소리는 비감하기 그지없었다. 이로는 그 말을 듣고 비로소 어쩔 줄 몰라 했다.

"괜찮으이. 자네가 무슨 잘못이 있겠는가? 산 사람은 살아야 하지 않겠는가?"

"부끄럽습니다. 저 혼자만 이렇게 비겁하게 살아남은 것 같아서."

이로가 정색을 하고 말했다. 윤선도는 천천히 고개를 가로저었다.

"아닐세. 청운, 그놈. 내 이런 날이 올 줄 알았지. 저 혼자만 잘난 척하는 놈. 제 욕심에 눌려 제 갈 길을 간 것일 뿐이야. 자네 아버님과의 일에 대해서는 들었는가?"

이로는 잠자코 고개를 끄덕였다. 윤선도도 그 사실을 알고 있었던 듯했다. 윤선도는 말을 멈추고 이로를 다시 지그시 바라봤다. 윤선도의 두 눈에 눈물이 가득했다. 이로는 차마 그것을 똑바로 바라볼 수 없었다.

"저 처자는 누구인가? 자네와 가까운 사이 같네만."

윤선도가 이로의 곁에 조용히 앉아 있는 소군을 바라보며 물었다. 이로가 그녀와 만난 일과 그간의 일들을 말하자 윤선도는 고개를 끄덕이며 듣더니 자못 인자한 표정으로 말했다.

"그대도 파란만장한 삶이로군. 그 가슴속을 어찌 말로 다 하겠는가?"

460

윤선도는 소군을 바라보며 말하는 것이었다. 소군도 처음에는 긴장한 표정이 역력하더니 윤선도의 말을 듣고는 눈물을 글썽였다.

"좀 쉬었다 가게. 이곳이 유배지이지만 다행히 목민관이 나의 편의를 많이 봐 주네그려."

"영감께서 주신 비책들은 참으로 요긴하게 썼습니다."

이로가 윤선도가 준 주머니에 대해서 이야기하자 윤선도는 이로를 보더니 천천히 고개를 가로저었다.

"그건… 내가 한 일이 아닐세. 나는 그저 하늘이 내게 가르쳐 준 것을 자네에게 전했을 뿐."

"!?"

이로는 윤선도의 말이 뜻하는 것을 제대로 이해할 수 없었다. 그러나 어찌 보면 조금 이해할 수 있을 것 같기도 했다. 지금 자신이 이곳에 살아 있다는 것을 이로 자신조차도 실감하기 힘들 만큼 그동안의 시간들은 격동의 시간들이었으니까. 사람의 힘으로 그 많은 사건들을 예견한다는 것은 불가능한 일일 것이다. 이로와 소군은 윤선도가 따라 주는 차를 마셨다. 윤선도는 초막 바깥에 서 있던 개하까지 불러서 차를 따라 줬다.

"이제 북쪽에서 할 일은 끝났으니 남쪽으로 가게."

"남쪽이라 하심은 어디를 말씀하시는 것인지."

"제왕이 바라보는 곳이 남쪽이지."

"?!"

김후명과 거문고의 비밀을 풀 때 북쪽은 제왕이 거하는 곳이라는 말을 들었었다.

"이 처자가 누구인지는 모르겠으나 상이 좋네. 이 처자와 혼인하여 남쪽으로 가서 평범하게 살게나. 이제까지의 일들일랑 모두 잊고. 북쪽의 일은 제왕의 일, 예컨대 오랑캐의 정벌 같은 일이지. 허나 남쪽의 일이란 신민의 일일세. 농사짓고 아이 낳고 그 아이들을 가르치고 하는 것 등등 말일세."

이로는 윤선도의 대답에 마음속에 끼어 있던 안개가 조금 걷히는 기분이었다. 남쪽. 따스한 바람이 불어 모든 언 것을 녹여 없애는 곳. 가장 가고 싶은 곳 그래서 가서 살고 또한 죽고 싶기도 한 곳. 가장 살기 좋은 곳은 가장 죽기도 좋은 곳일 테니까.

"그대들 같은 사람들이 많아야 하네. 그래야 이 조선에 또 다른 희망이 생기는 법이지."

"영감 같으신 분들이 많이 계셔야지요."

이로가 말했으나 윤선도는 고개를 저었다.

"아닐세. 나는 이제 늙었어. 북망이 널모레인 늙은이가 나라의 장래를 걱정한들 무슨 소용이겠는가? 자네들 같은 젊은 사람들이 나라의 장래를 걱정하고 많은 일을 해 주어야 하네. 지금 저 조정을 점령한 간신배들을 몰아내는 일 같은 것도 해 주어야 하고."

어느덧 해가 지고 있었다. 윤선도는 자리에서 일어났다. 이로가 따라 일어서려 하자 윤선도는 손을 들어 그를 막았다. 이로와 소군을 방 안에 남겨둔 채 윤선도는 초가의 뒤쪽에 있는 야산으로 올라갔다. 한 그루 소나무가 눈에 띄었다. 오랜 세월의 풍상으로 가지도 누렇게 변하고 전체적인 모양이 축 처진 소나무였다. 윤선도는 그 소나무를 한동안 바라보았다. 그리고 하늘을 봤다. 어느덧 초저녁달이 떠 있었다. 윤선도는 그 달을 한동안 바라보았다. 이윽고 노신(老臣)의 눈에 눈물이 그득하게 고였다.

'전하! 이승에서 못다 하신 일이 너무도 많은 줄 노신은 알고 있습니다. 허나 전하! 부디 이제 이승에서의 짐일랑 모두 내려놓으시고 극락왕생하소서. 노신의 소원은 그것입니다. 전하.'

꼿꼿이 선 채로 달을 바라보던 윤선도의 노구가 서서히 앞으로 휘어졌다. 그리고 곧이어 들썩이는 어깨. 그 위로 이제 막 세상 유람을 나선 별빛이 빛나고 있었다.

*

이로는 초가 앞에 선 윤선도를 안타까운 눈빛으로 바라보았다. 혹시나 있을지 모를 남의 눈을 의식하여 윤선도는 저녁을 통해 길을 떠나라고 했다. 이로는 쉽게 발길을 옮기지 못했다. 소군은 알 수 있었다. 이로는 지금 윤선도를 차마 홀로 내버려두고 가기가 어려운 것이었다. 연민. 사랑의 가장 기초적인 단계. 이로는 윤선도에게 그런 연민을 강하게 느끼고 있었다. 그러나 윤선도는 완강하게 그런 이로의 연민을 내쳤다.

"자, 이제 떠나게! 나 같은 늙은이 따위는 안중에 두지 말게! 그리고 잘 살아가게."

윤선도는 그렇게 말하고 입술을 굳게 다물었다.

이로는 떠나는 도중 여러 번 윤선도를 돌아다보았다. 그는 여전히 초막 앞에 선 채 그들을 바라보고 있었다. 그 모습에서 두 사람을 향한 무한히 큰 사랑을 느끼는 소군이었다. 소군이 이로의 겨드랑이를 끼더니 살며시 앞으로 끌었다.

"어서 가요! 영감께서 우리를 보고 계시잖아요."

이로는 고개를 끄덕이고 앞을 향해 떨어지지 않는 발길을 옮겼다. 초막 앞에서 자신을 바라보고 있을 윤선도의 모습이 눈에 선했다.

북녘은 봄바람이라도 남녘의 겨울바람에 못지않게 차갑다. 그 차가운 바람을 뚫고 이로는 길을 나섰다. 남쪽을 향해서. 그들 앞에는 햇살이 찬란한 들판이 펼쳐져 있을 것이다. 그리고 그들은 그곳을 향해 한 걸음 한 걸음 작지만 거대한 걸음을 내디디고 있었다.

〈끝〉